POWER
PLAY

파워 플레이

2017년 6월 15일 초판 1쇄 인쇄
2017년 6월 20일 초판 1쇄 발행

지은이 무연
발행인 이종주

기획 편집 정시연 주종숙
경영 지원 배진경
마케팅 김정수

발행처 (주)로크미디어
출판등록 2003년 3월 24일
주소 서울시 마포구 성암로 330(상암동) DMC첨단산업센터 3층 14호
Tel (02)3273-5135 Fax (02)3273-5134
홈페이지 rokmedia.blog.me
E-mail romance@rokmedia.com

ⓒ 무연, 2017

값 10,000원

ISBN 979-11-294-0111-3 03810

POWER PLAY

파워플레이

romance story
Renee

#프롤로그.

'엄마랑 약속. 절대 여기서 나오면 안 돼. 알겠지?'

끊임없이 들리는 비명에 여자아이가 숨을 삼켰다.

무슨 일이 일어나는지 알지 못했다. 공포에 질려 있던 어머니는 절대 나오면 안 된다는 당부의 말과 함께 서랍장 뒤의 작은 공간에 아이를 숨겼다.

그 뒤로 이어진 굉음과 비명 소리. 그 비명이 어머니의 것이라는 걸 알면서도 몸은 움직이지 않았다.

"아아악!"

몸을 잔뜩 웅크린 여자아이가 제 귀를 작은 손으로 단단히 막았다. 입술을 꾹 깨물고 눈을 질끈 감았지만, 밖의 상황은 끊임없이 아이를 괴롭혔다.

어머니의 비명 소리와 저지하는 아버지의 고함이 귀를 막았는데도 생생히 들렸다. 온몸이 바들바들 떨렸지만, 절대 나오면 안 된다는 말에 숨을 참으며 억지로 버텨 냈다.

"아무것도 들리지 않아."

이렇게라도 하지 않으면 애써 참았던 울음이 터져 버릴 것 같았다. 아이가 무릎을 모아 얼굴을 묻었다.

"하나도 안 무서워."

물건이 부서지는 소리와 함께 또다시 비명이 울렸다. 그리고 점점 더 커져 갔다.

"윽."

처절하게 지르던 어머니의 비명이 멈추자 울렁거리는 냄새가 코를 마비시켰다. 탄내인지 무엇인지 모를 처음 맡아 보는 비릿한 향에 속이 완전히 뒤집혔다. 거듭 나오는 헛구역질을 참으며 여자아이가 눈을 찌푸렸다.

쿵!

무언가가 부딪히며 서랍장이 흔들렸다. 이내 어두웠던 공간 사이로 빛이 새어 들어왔다. 아이는 감고 있던 눈을 떴다.

"아……."

눈앞에 펼쳐진 광경에 치밀어 오르던 비명이 목구멍 안으로 쏙 들어가 버렸다. 그리고 막연했던 공포감이 현실이 되어 사지를 덮쳤다.

"커억. 컥!"

힘껏 깨문 입술이 터진 것도 모른 채, 온몸이 얼어붙은 것처럼 딱딱하게 굳어 버렸다. 아버지의 몸에서 흘러나온 새빨간 피는 멈추지 않고, 아이가 숨어 있는 공간에까지 흘러갔다.

"평범하게……!"

눈앞에 쓰러져 있는 아버지의 입술이 달싹였다. 아버지의 말을 듣기 위해 아이는 귀를 막고 있던 손을 내렸다. 귀를 기울이지 않으면 들을 수 없을 정도로 목소리는 희미했다.

눈물이 시야를 가려 앞이 보이지 않자 여자아이가 소매로 눈물을 훔쳤다. 울렁거리고 무서웠지만 아이의 눈은 죽어 가는 아버지를 끝까지 지켜보았다.

지독한 혈향, 생의 끝자락에 서 있는 아버지의 모습.

그 아버지가 힘겹게 토해 내는 마지막 말.

"너만큼은 평범하게……."

탕!

총소리가 울렸다.

#1.

"헉!"

이마에 송골송골 맺혀 있던 땀이 얼굴을 타고 흘렀다. 잠들기 전에 맞춰 놓았던 휴대폰 알람이 방을 떠나가라 울려 댔다.

"후우."

한동안 잠잠했던 악몽이 잊을 만하니까 또다시 시작됐다. 시끄럽게 울려 대는 알람을 끈 수안이 시간을 확인했다.

새벽 4시 30분.

4시에 맞춰 놓은 알람을 악몽 때문에 듣지 못했는지 30분 내내 울리고 있었다. 피곤한 몸을 억지로 일으킨 수안이 굳은 몸을 풀었다. 땀으로 완전히 젖은 옷을 보던 그녀의 미간이 살짝 굳었다. 20년이나 지난 일인데도 바로 어제 겪은 것처럼 선명했다.

"하아……."

새벽 6시까지 출근해야 하는 수안은 젖은 머리카락을 귀 뒤로 넘기며 서둘러 샤워부스 안으로 들어갔다. 쌀쌀한 새벽, 악몽의 기운을 몰아내기 위해 수안은 찬물로 몸의 땀을 닦아 내고 나왔다. 그러곤 반사적으로 휴대폰을 들었다.

[지우현]

부재중 통화에 적혀 있는 이름을 본 수안의 눈이 흔들렸다. 그렇게 잠시 고민하는 듯하더니 짧은 한숨과 함께 통화 버튼을 눌렀다.

"부회주님."

─ 일어날 시간인데 전화를 안 받네? 씻고 있었어?

얼굴이 보이는 것도 아닌데 통화를 하는 수안의 얼굴은 여전히 굳어 있었다. 머리카락에서 뚝뚝 떨어지는 물방울이 카펫을 적셨지만, 그녀는 수건으로 물기를 닦을 생각조차 하지 못하고 있었다.

"지금 나왔습니다. 그나저나 무슨 일로……."

─ 너에게 연락하는 데 용건이 있어야 하는 건가?

불시에 들어오는 물음에 수안의 눈썹이 꿈틀댔다. 생각지도 못한 상황에서 그는 진심으로 아무렇지도 않게 그녀의 허를 찔렀다.

─ 내가 당황하게 했어?

"아니요. 새벽이라서 부회주님이 주무시고 계신 줄 알았습니다. 평소에는 쉬실 시간이시잖아요."

― 편안히 수안하고 대화할 시간이 없잖아. 그나저나 어때? 할 만해?

웃음이 묻어 나오는 부회주의 물음에 수안이 다시 입을 다물었다.

상황만을 두고 보면 다정한 남자와 차가운 여자의 어긋나는 대화로 보일 만했다. 하지만 실상은 달랐다. 남자와 자신의 관계는 일반적인 것과는 너무나도 달랐다.

"이제 겨우 한 달인데 그런 것을 파악할 겨를이 있겠습니까?"

수안의 대답이 끝나자마자 부회주라는 이가 박장대소를 터트렸다. 재미있는 일도 아닌데 한참 동안 웃어젖히는 부회주를 수안이 조용히 기다렸다. 그의 기분을 거스를 생각 따위 없다. 저 부드러운 태도를 거스르는 순간 수안은 쥐도 새도 모르게 죽임을 당해 시신조차 찾을 수 없는 곳에 버려질 수도 있었다. 한참을 웃던 그가 어쩔 수 없다는 말투로 말을 이었다.

― 넌 정말 변함이 없어. 조금은 느낀 걸 말해 줘도 되는데 말이야.

"부회주님."

― 보고 싶다.

그의 말에 수안이 입을 다물었다. 휘둘리지 않겠다고 생각하면서도 항상 그의 말에 말문이 막혀 버린다. 언제나 우현은 이런 식으로 사람을 흔들었다. 특별한 감정이 있는 것도 아니면서 불시에 사람의 마음속에 들어와 허를 찔렀다.

"일이 끝난 후에 본가로 가겠습니다."

― 오후에 차 보낼게. 그거 타고 와.

"부회주님! 제가 직접……."

말이 끝나기도 전에 끊긴 전화를 보며 수안이 허망한 표정을 지었다.

역시 꿈이 문제였다. 본가라는 말을 내뱉은 순간부터 피곤이 한꺼번에 몰려왔다. 지끈거리는 머리를 붙잡으며 수안이 피곤한 숨을 길게 내쉬었다.

❖

수안의 아버지와 어머니는 같은 날 피습을 당해 목숨을 잃었다. 두 분 다 심한 고문을 당한 후 총기에 의해 사망한 것인데도, 사건은 누가 범인인지 밝혀내지도 못한 채 무장 강도에 의한 사고로 마무리되고 끝났다.

억울하다는 말도, 도와 달라는 말도 할 수 없었다. 도와줄 일가친척 하나도 없던 수안에게는 진실을 알아내는 것보다 앞으로 어떻게 살아 넬지 걱정하는 것이 우선이었다. 영락없이 보육원으로 보내질 상황에 놓였을 때, 돌아가신 아버지가 모셨던 청운회의 회주라는 사람이 수안을 찾아왔다.

"채 비서님. 오셨어요?"

"안녕하세요. 유 비서님."

6시가 되어 출근한 수안을 향해 젊은 여자가 미소를 지었다. 여자에게 수안이 깊게 고개를 숙였다. 국내 10대 기업에 드는 주원그룹의 가장 꼭대기 층, 유 비서는 그 층에 머무는 주인의 전체적인 업무를 담당하고 있었다.

"사장님께서는 안에 계시나요?"

"어제 퇴근을 못 하셔서요. 안에 계세요."

"감사합니다."

주원그룹에 입사한 지 이제 한 달이었지만, 나누는 대화는 신입사원과 비서 간의 대화처럼 느껴지지 않았다.

주원, 신원, 유원.

대한민국의 경제를 지배하는 세 개의 대그룹의 공통점은 하나였다.

청운회.

몇몇 조직이 모여 만든 청운회는 50년이 지난 지금, 대한민국 깊숙한 곳에서 막강한 영향력을 발휘하고 있었다.

들어가라는 유 비서에게 다시 고개를 숙인 수안이 닫혀 있던 사장실의 문을 열었다. 어두운 사장실 안에는 아무도 없었다. 수안이 사장실의 한쪽 벽에 있는 문에 다가가 도어록 비밀번호를 누르자 문이 자동으로 열렸다.

스케줄을 담당하는 유 비서가 관여할 수 있는 곳은 사장실, 그리고 이 도어록 안쪽부터는 수행비서인 수안의 영역이었다.

"사장님. 들어가겠습니다."

아버지가 되어 주겠다며 회주가 내민 손을 잡는 순간, 수안의 삶은 완전히 달라졌다. 아버지의 유언은 신기루처럼 완전히 사라진 지 오래였다.

불이 켜져 있지 않은 방으로 수안이 조심스럽게 들어갔다. 사장실 안에 마련된 공간은 마치 집 안에 또 다른 집처럼 만들어진 새로운 공간이었다. 방에 들어가자 커다란 침대에 남자가 엎드린 채 잠들어 있었다.

"사장님."

"……."

잠든 남자는 미동조차 하지 않았다. 잠시 고민하던 수안이 결심한 듯 다시 입을 열었다.

"회주님."

회주라는 말에 잠들어 있던 남자가 눈을 떴다. 남자가 고개를 돌려 시선을 마주하자 수안이 숨을 삼켰다.

방금 전에 잠에서 깬 사람답지 않은 매서운 눈이었다. 무언가를 꿰뚫어 보는 듯한 시선에 수안이 저도 모르게 고개를 숙였다.

"일어나실 시간입니다."

매서운 눈빛과는 달리 시야가 흐릿한지 남자는 눈을 깜박였다. 그의 시선을 받아 내며 수안이 고개를 숙였다.

"유 비서는?"

"밖에 계십니다."

사장에게 있는 여덟 명의 비서, 그중 네 명은 그룹의 비서로 고용이 된 이들이었고, 나머지는 청운회에서 보낸 이들이었다. 특히 청운회에서 보낸 이들은 수행비서라는 직함만 있을 뿐, 결국 회의 주요 위치에 있는 이를 보호하는 경호원에 더 가까웠다.

"……."

"유 비서님 들어오시라 전할까요?"

수안의 물음을 넘기며 남자가 침대에서 몸을 일으켰다.

나른한 맹수가 움직이듯 천천히 몸을 일으키는 남자에게서는 쉽게 다가갈 수 없는 위압감이 느껴졌다.

"오늘 일정."

남자가 손을 내밀자 들어오기 전에 유 비서에게 받았던 파일을 건넸다. 날카로운 눈매만큼이나 또렷한 이목구비를 가진 사내였다. 시선을 끄는 외모만큼이나 단련된 몸과 큰 키가 어지간한 연예인보다도 매력적이었지만, 겉모습만으로 빠져들기에는 이 남자가 가진 배경이 얼마나 무서운지 수안은 똑똑히 알고 있었다.

"나한테 온 지 얼마나 되었지?"

불시에 들어오는 물음에 생각에 빠져 있던 수안의 몸이 굳었다. 그녀에게서 말이 없자 파일을 보던 남자가 눈을 들었다.

그의 시선에 당황한 수안이 숨을 들이마셨다.

"그게……."

"내 물음이 그렇게 어려웠나?"

"죄송합니다. 한 달 조금 넘었습니다."

청운회 회주의 수많은 아들과 딸들. 그 안에서 수안에게 다른 선택은 없었다. 그저 일시적인 소모품으로 사라지는가. 그게 아니면 조금이나마 눈에 들어 살아남는가.

후자를 선택한 수안은 살아남았다. 그녀를 거둔 회주는 제 아버지를 닮아 똑같다는 말을 했지만, 그 말 이외의 호의는 없었다.

"그래서 보고는 잘하고 있나?"

"……네?"

무슨 말이냐는 듯이 수안이 미간을 모았다. 당혹스러워하는

17

수안을 보던 남자가 태연하게 말했다.

"형의 스파이까지는 안 하고 있군."

어느새 맺힌 식은땀이 이마를 타고 흘렀다. 허점을 보이는 듯 느른한 모습에도 좀처럼 틈을 찾을 수가 없었다. 잠깐이라도 방심하는 순간 사내에게 목이 뜯길 것 같은 공포가 느껴졌다. 툭 던지듯 가볍게 던진 물음에 어떻게 답했는지에 따라 죽었을지도 모르는 일이었다.

청운회를 거스르는 자는 시신조차 찾을 수 없다.

조직 내에서도, 심지어 다른 곳에서조차 반 농담 삼아 나오는 말이었다. 뭣도 모르고 네, 라고 대답했다면 지금 자신의 상황이 어떻게 달라져 있을지 상상만으로도 끔찍했다.

화가 난 수안이 입을 열려는 순간, 그녀의 앞에 선 남자가 가운을 벗었다. 가운이 내려가며 드러나는 탄탄한 나신에 화를 내려던 수안이 황급히 시선을 돌렸다.

"나가 있어."

하고 싶은 말이 목 끝까지 치솟았지만, 이미 말을 끝낸 남자는 그 모습 그대로 샤워실로 향한 뒤였다.

남자가 사라진 공간에 서 있는 수안의 눈이 어둡게 가라앉았다.

❖

지성훈이라고 하면 대부분의 사람은 주원그룹의 회장이자 신원과 유원의 공동대표이사로 알고 있었다. 대한민국 경제에 막강한 영향력을 발휘하는 경제인인 데다 다양한 분야에서 이루어지는 복지사업 덕분에 그는 노블리스 오블리주의 상징으로 여겨졌다. 하지만 그에게는 지하조직인 청운회를 30년 동안 지배한 회주라는 이면의 모습이 있었다.

그렇게 기업을 운영하면서 굳건하게 청운회도 관리해 온 그가 작년 겨울, 뇌경색으로 쓰러졌다. 그로 인해 생긴 엄청난 피해를 수습하고자 성훈은 회사와 조직을 두 아들에게 나누어 운영하게 했다.

"회장님의 부재로 인한 손실은 이제 거의 회복했다고 판단해도 될 것 같습니다."

그룹 회의가 끝나자마자 기다리고 있던 손 비서가 사장의 곁으로 다가왔다. 손 비서가 하는 보고의 대부분은 청운회에 관련된 것들이었다. 그리고 그들 중에는 수안 또한 있었다.

"유원과 신원은?"

"……."

"뻔한 수작질이라도 제대로 해야 할 것이 아닌가?"

남자의 조소에 사장실이 무겁게 가라앉았다. 숨소리조차도 들리지 않을 정적 속에서 수안이 입술을 깨물었다.

지성훈에게 있는 두 명의 아들.

친아들이자 장남인 지우현.

양아들이자 차남인 지무현.

회주에서 물러난 지성훈은 회주의 자리와 주원그룹은 무현에게, 그리고 두 개의 그룹과 부회주의 자리는 우현에게 넘겼다. 겉으로 보기에는 무현에게 더 이득이 가는 분배였지만 실상은 달랐다.

"날 떠올리는 어머니의 얼굴이 어떨지 눈에 선하군."

"쉽지 않을 것입니다. 회장님께서도……."

"아버지가 친아들을 위하는 게 잘못된 일은 아니지 않나."

지하세계의 황제라 불리던 지성훈이 쓰러진 후, 비어 버린 자리를 노리는 자들의 물밑 작업이 치열하게 진행되는 중이었다. 그 상황에서 회주가 된 무현은 직함만 그럴듯할 뿐, 모든 이의 표적이었다.

"그리고 유원에서 추가 자금이 필요하다는 요청을 보내왔습니다. 아무래도 며칠 후에 있을 그룹 결과 보고를 신경 쓰는 것 같았습니다."

"……."

"조금이라도 도와주는 것이……."

"적당한 눈가림 정도로 말인가? 그런다고 나를 향한 적의가 사라지기라도 한다던가?"

"회주님."

"그 정도 자금은 알아서 해결하라 해. 다음."

무현의 말에 손 비서가 고개를 숙였다.

능력이 부족한 아들을 보조하기 위해 데려온 양아들을 성훈은 누구보다도 철저히 가르쳤다. 그 양아들이 친아들을 앞질러 청운회를 지배하게 될 줄 알았다면 성훈은 무현을 데리고 오지 않았을 것이다.

지이잉.

심각한 정적 속에서 나는 진동음에 무현의 미간이 딱딱하게 굳었다. 무현의 차가운 눈이 소리의 근원을 향했다.

"죄송합니다."

자신의 휴대폰에서 나는 진동음에 수안이 눈을 질끈 감았다. 몸을 돌려 휴대폰의 전원을 끄려던 수안의 손가락이 멈추었다.

[지우현]

하필 타이밍도 이런 타이밍이 없었다. 전화를 받을 수도, 그렇다고 받지 않을 수도 없는 상황에 수안의 입안이 썼다. 어찌해야 할지 고민하던 수안의 손가락이 종료 버튼으로 향하는 순간 냉담한 목소리가 그녀의 뒤에서 들려왔다.

"받아."

차가운 목소리에 수안이 몸을 떨었다. 무현의 말에 휴대폰의 액정을 보던 수안이 종료 버튼을 눌렀다. 하지만 그것도 찰나, '지우현'이라는 글자와 함께 다시 휴대폰의 진동이 울렸다.

몸을 돌린 수안이 무현을 향해 고개를 숙였다.

"잠시……."

"여기서 받아."

태연히 나오는 말에 수안이 속으로 비명을 질렀다. 적진에서 원군과 연락을 하는 것도 아니고, 스파이로 오해를 받아 죽어도 뭐라 할 수 없는 상황이었다. 결국 눈을 질끈 감은 수안이 통화 버튼을 눌렀다.

- 왜 전화를 안 받아?

나른하고 여유로운 우현의 목소리에 수안이 입술을 깨물었

21

다. 왜 그런지 진짜 모르겠냐는 물음이 목 끝까지 치밀었지만 무현을 보며 애써 화를 삼켰다.

"제가 잠시 뒤에 다시 걸겠습니다."

- 왜?

하나는 찍어 누르는 압박으로 자신의 피를 말렸고, 다른 하나는 아무것도 모른다는 모습으로 자신의 목을 졸랐다. 머리가 지끈거리는 두통이 시작되는 것을 애써 참으며 수안이 말을 이었다.

"회의 중입니다. 조금 뒤에 다시 걸겠습니다."

- 본사 앞에 차 대기시켜 놨어. 타고 와.

"회의 중이라고……."

- 분명히 내가 오라고 했어.

"……."

- 당장 와.

대답을 하기도 전에 끊긴 연락을 보며 수안이 허망한 표정을 지었다. 우현의 경호를 맡았던 수안은 무현이 회주의 자리에 오르자 성훈의 명령으로 무현에게로 옮겨 갔다.

누구에게 어떻게 옮겨지든 그녀와는 상관없는 일이었지만, 문제는 우현과 무현의 관계였다.

여전히 수안을 자신의 사람이라 생각하는 우현과 잘못 행동하는 순간 그녀를 죽일 수 있는 무현의 사이에서 고생 아닌 고생 중이었다.

"죄송합니다."

허망하게 끊긴 휴대폰을 보던 수안이 무현을 향해 고개를 숙였다. 복잡한 눈으로 수안을 보던 손 비서가 다시 무현을 향해 보고를 시작하려는 순간, 그가 손을 저었다.

"오늘은 여기까지."

나가 보라는 무현의 손짓에 수안을 포함한 이들이 모두 밖으로 나갔다. 무현의 시선이 수안을 향하는 듯했지만 애써 무시하며 그녀는 바쁜 걸음을 옮겼다.

청운회에서 찾는다는 핑계로 손 비서에게 허락을 받고 밖으로 나온 수안의 머릿속에 아버지의 유언이 울렸다.

'너만큼은 평범하게……'

평범해 보이지만 평범하지 않은 삶. 어떻게든 벗어나고 싶었지만 달리 할 수 있는 선택이 없었다.

"부회주께서 부르십니다. 타시죠."

수안을 향해 몸을 숙인 남자가 닫혀 있던 차 문을 열었다.

아무것도 몰랐던 어릴 때와 지금은 달랐다. 결심한 듯 숨을 내쉰 수안이 차 안으로 들어갔다.

차가 멈추고 운전석에서 내린 남자가 문을 열었다. 차에서 내린 수안이 으리으리한 고저택을 보며 무거운 한숨을 내쉬었다.

어디가 끝인지 모를 담이 그녀의 눈이 닿지 않는 곳까지 길게 뻗어 있었다. 거대한 저택이 내뿜는 분위기처럼 주변은 조용하고, 무거웠다.

마음을 다잡은 수안이 열린 문으로 걸음을 옮겼다. 문을 지키고 있던 이들이 수안을 보자 고개를 숙였다.

"사모님께서 기다리고 계십니다."

수안을 향해 다가온 남자가 몸을 숙였다. 남자의 뒤로 보이는 차에 수안의 미간이 딱딱하게 굳었다.

"절 부른 건 부회주이십니다. 부회주께 인사만 드리고 갈 테니 사모님께는 말씀 전해 주십시오."

"꼭 모시고 오라고 하셨습니다. 타시죠."

잠깐 동안 시선이 빠르게 오고 갔다. 이곳에서의 서열이라면 남자의 말을 무시해도 상관없었다. 하지만 남자의 입에서 '사모님'이라는 말이 나온 순간 문제는 달라졌다.

주저하던 수안은 남자가 열어 놓은 차를 탔다. 본가를 향해 출발하는 차 안에서 수안이 눈을 감았다. 이윽고 본가에 도착한 차가 멈추고, 수안은 수행원이 안내하는 곳으로 걸음을 옮겼다.

"늦었구나."

수안이 들어오자 거실의 소파에 앉아 있던 중년 여인이 몸을 일으켰다. 깔끔히 틀어 올린 머리에, 단정한 옷차림, 부드러운 미소는 상대로 하여금 편한 분위기를 느끼게 하는 매력이 있었다.

"사모님."

"우현이가 불렀다면서?"

부드러웠던 눈에 짧게나마 섬뜩한 광채가 흘렀다.

소유란.

이제는 회주의 자리에서 물러난 지성훈의 아내이자 부회주인 지우현의 어머니였다. 유란을 모르는 사람들은 그녀에게 청운회의 인자한 어머니라는 극찬의 칭호를 붙였지만, 그녀의 본모습을 아는 사람들은 그녀를 청운회의 악마라 불렀다.

"잠시 인사만 드리고 갈 생각이었습니다."

"모처럼 본가에 왔잖니. 우현이가 보고 싶어서 불렀나 본데 좀 더 있다 가렴. 설마 네가 우현이와 무슨 일이라도 있겠니?"

다정히 꺼내는 말속에 적의가 느껴지는 건 단순한 기분 탓은 아닐 것이다. 실제로 여자관계가 복잡한 우현의 배경을 직접 정리하고 있는 사람이 유란이라는 것을 알 만한 사람들은 전부 알았다.

"걱정하실 일은 없습니다."

"그래야지. 네가 여지를 줘야 할 사람은 우현이 아니라 무현이니까 말이다. 되도록 그 아이에게 많이 신경 써 주렴."

유란의 말에 수안의 눈썹이 살짝 꿈틀댔다. 신경을 쓰라는 말에서 묘한 기분이 든 건 단순한 기분 탓만은 아니었다. 마치 무현을 유혹하라는 것처럼 느껴지는 말에 수안의 안색이 창백해졌다.

자신이 해야 할 일은 경호이지 여자로서의 유혹이 절대 아니었다. 하물며 그 지독한 눈매를 가진 남자와 함께하고 싶은 생각 따위 절대 없었다. 역시 유란과의 대화는 정신 건강에 좋지 않다.

이만 우현에게 가 보겠다며 몸을 숙이려는 순간, 다가온 유란이 수안의 손을 붙잡았다.

"무현이를 잘 부탁해. 잘할 수 있지?"

"사모님. 회장님께서 명령하신 대로 회주님의 곁에서 제가 할 수 있는 최선을 다할 것입니다. 제게 명령을 내릴 수 있는 분은 회주님과 회장님이시니까요."

자르듯 이은 말에 유란의 미간이 살짝 굳었다. 하지만 괘씸하다며 티를 낼 수도 없었다. 성훈의 수많은 아이들 중 하나이기는 했지만 수안은 나름 그에게 특별한 아이 중 하나였다.

끓어오르는 속을 억지로 진정시키며 유란이 미소를 지었다.

"그거야 당연하지. 하지만 네가 원하는 걸 이루어 줄 사람은 우현이지. 그건 절대 잊으면 안 돼."

무현에게 신경을 쓰라고 하면서도 결정적인 순간에 상기시키는 사람은 우현이었다. 유란의 이중적인 말투에 질린 수안이 애써 입안의 씁쓸함을 삼켰다.

"부회주님께 가 보겠습니다."

잡고 있는 수안의 손에 힘을 주며 유란이 물었다.

"아직 내 물음에 대답하지 않았잖아?"

"이 대화가 회장님께 들어가지 않으리라는 보장이 없지 않습니까? 전 말씀드릴 수 없는 일에 입을 열지 않습니다."

수안의 답에 유란의 눈이 차갑게 굳었다. 그녀와의 대화는 여기까지. 수안은 결정되지 않은 일에 도박을 할 정도로 무모하지 않았다.

"사모님의 가르침대로 최선을 다해 회주님을 보필하겠습니다. 그럼 이만 부회주님께 가 보겠습니다."

한없이 비굴하게 몸을 숙이다가도 결정적인 순간에서는 유란과 똑바로 눈을 마주했다.

예전에 마주했던 시선 하나가 떠오른 유란의 얼굴이 일그러졌다. 수안의 팔을 거칠게 놓은 유란이 몸을 돌려 방으로 걸어 갔다.

"쉬십시오, 사모님."

닫혀 있는 문을 보며 수안이 몸을 숙였다.

역시 본가에 오는 것이 아니었다. 성훈이 버티고 있었지만, 이미 시작된 권력 다툼은 그저 경호원인 수안에게까지 영향을 미치고 있었다.

'네가 원하는 걸 이루어 줄 사람은 우현이지.'

유란의 말이 또다시 머릿속을 울렸다. 가족도, 애착하는 것도 없는 수안의 유일한 약점을 유란은 종종 이용하려 들었다.

평범하게 사는 것.

나름 자리를 잡은 수안이었지만, 그녀는 이곳이 싫었다.

청운회에서 나갈 것이다. 목숨을 걸어야 할 일이었지만, 지금까지 그 생각 하나만으로 버텨 왔다.

굳게 닫힌 유란의 방문을 본 수안이 우현이 머무는 곳으로 걸음을 옮겼다.

차로 모시겠다는 남자를 말린 수안이 넓은 저택 안을 천천히 걸었다.

성훈이 거둔 수많은 자식들은 선생이라 불리는 이들에게 교육을 받았다. 겉으로는 재단의 도움을 받으며 배워 나가는 장학생들로 보였지만 사실은 청운회에 충성할 사람을 만드는 일이었다.

청운회에서 입지를 다졌던 아버지 덕분인지 운동신경이 좋았던 어머니 덕분인지는 알 수 없지만 배워 나가는 무리에서 수안은 두각을 보이는 이들에 섞여 있었다. 괜찮은 성적이었기에 청운회 안에서도 주도적인 위치에 배치될 것이라 했다. 하지만 그 기대는 부모님이 죽을 때 생겼던 트라우마가 드러나면서 좌절되었다.

"채 비서님."

우현의 저택으로 들어서자 거실을 치우던 가정부가 수안에게 다가왔다. 가정부에게 몸을 숙여 인사한 수안의 눈에 못 보던 하이힐이 보였다.

"저기…… 이걸 치운다는 게…….."

"손님이 와 계시나 보네요."

당황하는 가정부에게 수안이 담담히 말했다.

처음 보는 하이힐, 우현의 여자 문제에 민감한 유란.

우현의 여성편력이 1, 2년 된 일도 아니건만 이상하게도 가정부는 여자가 있을 때 수안이 오면 당황했다.

"제가 잠시 뒤에 오겠습니다."

"부회주님께서 기다리고 계셨는걸요. 응접실에 자리를 마련해 드리겠습니다."

나가려는 수안을 가정부가 붙잡았다. 행여 수안이 나가기라도 할까 제 팔을 힘껏 붙잡고 있는 그녀를 보니 차마 나가겠다는 말이 나오지 않았다.

감정을 알 수 없는 무현과는 달리 우현은 자신의 감정을 표현하는 데 주저하지 않았다. 그리고 그 감정이 극으로 치닫는 순간 집 안을 완전히 뒤집어 놓는 걸 수안 또한 알고 있었다.

"곧 나오실 테니까요. 그러니까……."

"응접실에 있겠습니다."

"정말이시죠? 부회주님께 얼른 말씀드리고 올게요."

"아니요. 부회주님 볼일 끝나실 때까지 기다리고 있겠습니다."

여자와 시간을 보내는 우현을 건들고 싶지는 않다.

트라우마 때문에 수안을 필요한 자리에 보내지 못하게 되자 성훈은 그녀를 우현의 경호원으로 붙였다. 종종 청운회의 인사를 경호하기도 했지만, 주로 그녀가 곁을 지켰던 사람은 회장의 친아들인 우현이었다.

"부회주님께서 곧 나오실 거예요."

가정부의 말이 끝나기도 전에 여자의 비명 소리가 들려왔다. 가정부가 가져온 차를 마시려던 수안의 손이 멈추었다.

"이거 놔! 누군데! 누군데 이렇게 내쫓냐고! 너희 내가 누군 줄 알아? 아악!"

날카로운 고함에 수안의 얼굴이 딱딱하게 굳었다. 그러나 아랑곳 않고 어서 끌어내라는 남자들의 목소리가 낮게 들려올 뿐이었다.

"우현 씨! 우현 씨! 우리 이야기 좀 해요!"

"어서 내보내!"

물건이 떨어지는 소리와 여자의 비명이 그치지 않자 응접실 너머에 있던 수안이 안 되겠는지 자리에서 일어났다.

"아직 일어나시면 안 돼요."

"무슨 일인지 압니다. 나가 보겠습니다."

"채 비서님도 아시잖아요."

"……."

"그대로 계세요."

당황하던 얼굴은 어디에도 없었다. 마치 아무것도 안 들린다는 얼굴로 가정부가 수안을 붙잡았다. 그리고 그사이, 여자의 발악하는 소리가 그쳤다.

"이제 올라가세요."

잠시 후 가정부가 열어 주는 문으로 들어가니 언제 그랬느냐는 듯 깨끗한 거실이 눈에 들어왔다.

"왔어?"

2층으로 통하는 계단에서 훤칠한 미남이 모습을 드러냈다. 30대 초중반의 외모에 또렷한 이목구비, 부드러운 미소가 보는 이의 시선을 한 번에 사로잡는 매력이 있는 남자였다.

지우현.

지성훈의 하나뿐인 아들이자 수안이 곁을 지켰던 청운회의 부회주가 그녀를 보며 미소를 지었다.

우현이 수안을 보자마자 시킨 일은 다과를 가져오라는 것이었다. 그의 경호원으로 있을 때도 종종 했던 일이기에 수안은 능숙하게 커피와 과자를 가져와 테이블 위에 내려놓았다.

"아주머니를 시키는 게 더 나을 텐데요."

"네가 가져온 게 맛있거든."

우현의 이런 천연덕스러운 대답에 익숙한 듯 그녀의 표정은 변화가 없었다. 가져온 쟁반을 든 채, 수안이 우현에게서 몇 걸음 떨어진 곳에서 조용히 기다렸다.

여전한 그녀의 모습에 우현이 입꼬리를 올렸다.

"넌 손님으로 온 거잖아. 앉아."

"아닙니다."

"앉으라고 했어."

솔직히 우현과 같은 공간에 오래 있고 싶지 않았다. 수안이 우현을 만나고 있다는 것을 유란이 알고 있는 이상 볼일만 본후, 최대한 빨리 자리를 뜨는 것이 상책이었다. 무엇보다도 무현과는 전혀 다른 이유로 수안은 우현과 마주하는 일이 버거웠다.

거부해 봤자 들을 우현도 아니었기에 수안이 말없이 반대편 의자에 앉았다.

"내 수안이는 여전하다니까."

"부회주님."

"무현이는 어때?"

턱을 손으로 받친 우현이 수안을 향해 물었다. 아침의 통화로 물었던 질문이 다시 나오자 수안이 입술을 깨물었다. 우현의 모습에서 유란이 겹쳐 보였지만, 성격은 완전히 다른 그였다. 우현은 상당히 변덕스러운 성격으로 대부분의 경호원들이 1년을 채우지 못하고 나갈 정도였다. 그런 그를 수안은 8년을 경호했다.

"아침에도 말씀드렸지만 이제 겨우 한 달입니다. 부회주님."

"그래도 넌 느끼는 게 있을 텐데. 나한테 8년이나 맞췄던 너잖아."

"부회주님."

"아버지의 명령만 아니었으면 그딴 놈에게 널 보내지 않았을 거야."

우현의 눈에 감도는 차가운 기운에 수안이 입술을 깨물었다. 한때는 저 호의에 잠시 마음을 빼앗기고 흔들렸던 적도 있었다. 그녀보다 일곱 살 위의 우현은 살벌한 청운회 안에서 유일하게 사람의 온기를 느끼게 해 줬던 사람이었다.

하지만 잠시나마 온기를 느꼈던 그의 행동이 실은 아무런 의미도 없다는 것을 깨닫는 순간, 제대로 시작조차 하지 못한 감정은 처참히 짓밟혔다.

"말해 봐. 무현이는 어때?"

우현에게 여자는 무료한 삶의 유희일 뿐이다.

그럴듯한 외모와 달콤한 속삭임에 속아 전부를 내보이고 마음을 준 여자들의 끝이 어찌 되었는지 수안은 똑똑히 알고 있었다.

"부회주님 못지않게 어려운 분이십니다."

간결하게 나오는 대답에 우현의 눈이 커졌다. 하지만 잠시 후, 몸을 숙인 우현에게서 즐거운 웃음이 터져 나왔다. 뭐가 그렇게도 재미난지 한참을 웃던 우현이 나른히 의자에 등을 기댔다.

"내가 그래서 수안이를 안 부를 수가 없다니까."

"……."

"괜히 널 무현이에게 보낸 것 같아. 넌 놈보다 나한테 더 쓸모가 있는데 말이야."

아무리 달콤한 말을 속삭여도 결국 우현에게 수안은 '주었다'는 표현에 어울리는 그저 도구일 뿐이었다. 우현도, 무현도 수안에게는 아무런 상관이 없었다. 하라는 대로 할 뿐이었다. 청운회 안에서 그녀의 생각은 필요 없다.

얼굴에서 느껴지는 우현의 시선이 따갑다 못해 부담스러울 정도였다. 앉아 있던 수안이 자리에서 일어났다.

"이만 돌아가겠습니다. 그리고 부회주님께 드릴 말씀은 아니지만 이제부터는 회주님을 모시게 되었으니 회주님에 대한 물음에 답은 드리지 못합니다. 그러니 부회주님께서도 앞으로 이런 자리는 만들지 말아 주셨으면 합니다."

수안의 말을 듣는 우현의 눈이 커졌다. 그 눈에 분노가 엿보였다. 하지만 그것도 찰나, 수안을 바라보는 그의 시선에 묘한 감정이 깃들었다.

"서운하네."

"죄송합니다. 부회주님."

"진짜 서운해."

손목이 붙잡혔다. 대응할 틈도 없이 당겨져 어느 순간 우현의 무릎 위에 그녀가 앉는 자세가 되어 버렸다. 당황한 수안이 빠져나오려 했지만, 그보다도 먼저 우현의 팔이 수안의 허리를 휘감았다.

"부회주님!"

"넌 너무 딱딱해. 솔직한 건 좋지만 잘라 내는 넌 역시 마음에 안 들어."

"가, 가 보겠습니다. 놓아주십시오."

"싫다면? 반항이라도 해 보려고?"

"부회주님."

제멋대로 쿵쾅거리는 심장 너머로 우현의 체온이 느껴졌다. 밀착된 몸에서 상대의 체온과 감촉이 노골적으로 느껴졌다. 우현은 몰라도 수안은 이런 상황이 당혹스러웠다.

밀어내려는 수안의 행동에 우현이 미간을 찌푸렸다. 쓸데없는 생각 따위 하지 말라는 것처럼 우현이 수안의 목덜미에 얼굴을 묻었다.

"헉!"

숨조차 쉴 수 없었다. 목덜미에서 느껴지는 그의 입술에 온몸의 신경이 곤두서고, 느껴지는 숨결에 심장이 내려앉았다. 우현의 어깨에 손을 짚고 수안이 몸을 일으키려 했지만, 그보다 먼저 단단한 손이 그녀의 어깨를 짓눌렀다.

"부회주님! 제발 놓아주십시오!"

"무현의 약점을 알아 와."

"……."

몸부림치던 수안의 움직임이 멈추었다. 흔들리는 그녀의 눈동자를 보며 우현이 입꼬리를 올렸다.

그가 아는 여자들과는 너무나도 다른 수안. 여인으로 느껴지지는 않지만, 이런 모습의 그녀는 제법 눈요기가 되었다.

"무현이가 무너지면 이제 전부 내 세상이야. 그때는 네가 원하는 걸 들어줄게."

녹아들 듯 달콤한 목소리로 말했지만, 수안을 바라보는 시선은 속마음을 꿰뚫어 보려는 듯 날카로웠다.

"아!"

수안을 안은 채, 침대로 간 우현이 침대에 그녀를 내려놓았다. 자신의 품에 갇혀 있는 수안의 귀에 우현이 속삭였다.

"얌전히 있어."

수안의 눈이 자신만을 향하자 우현의 얼굴에 만족스러운 표정이 생겨났다. 수안이 반항하지 못하도록 손목을 붙잡은 그가 수안의 목에 입술을 깊게 묻었다.

깊게 묻은 입술로 그녀의 맥이 생생하게 느껴졌다. 이를 세워 목을 깨물자 잇자국이 붉게 새겨졌다.

"……부회주."

쥐어짜는 듯 힘겹게 나오는 목소리에 우현이 얼굴을 들었다. 당장에라도 터지려는 울음을 참으며 수안이 고개를 저었다. 그녀의 거부에 울컥 짜증이 치밀었지만, 터트리는 대신 우현은 참았다.

"이대로 널 안아도 재미있겠지만……."

품 안에서 수안이 터트리는 울음소리를 듣는 것도 짜릿할 것 같다. 아니 어쩌면 딱딱한 겉모습과는 달리 그에게 갈구하며 안아 달라며 매달릴지도 모른다.

어떤 반응이든 지루하고 따분한 삶에 잠깐의 자극이 될 수 있을 것이다.

"하지만 넌 아직 쓸모가 있으니까."

공포에 질린 수안을 안심시키듯 우현이 속삭였다. 가지고 놀

35

다가 부숴 버리기에는 수안은 아직 쓸모가 있었다. 그러니 지금은 잠깐의 유희를 즐기는 것으로 만족할 것이다.

"그러니까 무서워도 참아. 잡아먹진 않을 테니까."

하얀 이마에 짧게 키스한 우현이 수안의 눈가에 맺혀 있는 눈물을 혀로 할짝댔다.

지겨워진 우현이 놓아줄 때까지 수안은 침대에서 한 걸음도 움직일 수 없었다.

❖

"후우."

속이 답답해 수안이 긴 한숨을 내쉬었다. 급한 대로 블라우스 단추를 잠가 봤지만 목에 남은 흔적을 가리기에는 턱없이 부족했다. 떠는 손을 진정시키려 수안이 있는 힘껏 주먹을 쥐었다.

수안은 유란이 다시 찾는다며 사람이 찾아온 것에도 드릴 말씀이 없다 하고 정중히 거절했다. 동행을 고집하는 남자에게 이번만큼은 수안도 물러나지 않았다.

다시 회사로 돌아가자니 몇 시간 전부터 지끈거리던 두통이 좀처럼 가라앉지 않아 괴로웠다. 오늘은 쉬겠다 연락을 하려던 휴대폰을 든 수안의 걸음이 본가의 정문에서 멈추었다.

"아……."

정문 앞에 떡하니 세워져 있는 차를 보는 수안의 미간이 좁게 모였다. 설마설마했는데 왠지 모르는 서늘한 기운이 그녀를 스쳐 갔다. 아니길 바라는 그녀의 작은 바람은 선팅이 된 차창이 내려지는 순간 박살이 났다.

"회주님."

무현의 모습을 본 수안이 본능적으로 몸을 숙였다.

이게 다 새벽에 꾼 악몽 때문이다. 유란과 우현에 이어 이제는 무현이라니 지끈거리던 머리가 깨질 듯이 아파 왔다.

"타."

회장님을 만나러 온 길에 마주친 것이기를 잠깐이나마 바랐지만 역시 그건 아닌 모양이다. 오늘 하루가 참 고되다는 불평을 속으로 삼키며 수안이 차에 올랐다.

"회장님을 보러 오신 것이 아니셨습니까?"

"……."

회주의 자리에서 물러난 성훈은 회장님, 무현은 회주로 불렸다.

무현에게서 답이 없자 수안은 말없이 창밖으로 시선을 던졌다. 어차피 그에게 대답을 기대하고 질문한 것은 아니었다. 그저 꿰뚫듯이 노려보는 시선이 부담스러워 던진 것뿐이었다.

"왜 아무 말도 하지 않았지?"

한참의 정적이 흐른 후, 무현에게서 나온 물음에 수안이 숨을 삼켰다. 깨질 듯이 아프던 머리가 그 순간만큼은 고통은커녕 아무것도 느껴지지 않았다. 무슨 말이냐는 물음조차 두려운 나머지 차마 입 밖으로 나오지도 않았다.

마치 그녀의 뒤를 졸졸 따라다닌 것처럼.

그녀가 그들에게 무슨 말을 했는지 보고 있었던 것처럼.

한 달 동안 본 회주는 어쩌냐 묻던 유란과 우현과는 달리, 무현은 둘에게 무슨 말을 했느냐가 아닌 왜 둘에게 아무 말도 하지 않았느냐는 물음을 던졌다.

"이제 회주님 모신 지 한 달 된 제가 무엇을 알겠습니까?"

하루에 같은 말을 네 번을 넘게 해 대니 이젠 돌림노래 같은 느낌까지 들었다. 하지만 그녀가 할 수 있는 최선이었다. 청운회 안에서 대한민국의 법은 통하지 않는다. 청운회에서 완전히 벗어나는 순간까지 그녀는 아무것도 모르는 척 눈을 감고, 귀를 막고 살아야 했다.

"보는 것이 있으면서도 보지 않았다고 할 셈인가?"

좀처럼 말이 없던 사내에게서 질문이 끊임없이 나왔다. 불편하다 못해 피가 마르는 기분이지만, 그가 원하는 대로 답을 해 줄 생각은 절대 없다.

"저는 제 주제를 알고 있으니까요. 그리고 모르는 걸 모른다고 말하는 건 죄가 아니지 않습니까?"

"아무것도 모른다는 사람이 부회주에게 스파이 노릇은 할 수 없다는 말 따위를 하지는 않지."

"……."

"약점을 알아 오라는 말에도 대답을 피하지도 않고 말이지."

살살 긁어내리는 말이 수안의 신경을 조금씩 건드렸다. 눈치껏 상대할 수 있는 우현에 비해 무현은 무슨 생각을 하는지 종잡을 수가 없었다. 하물며 가라앉지 않는 두통 때문에 수안의 신경은 날카로워질 대로 날카로워져 있었다.

"저는 소모품이니까요. 말 많은 소모품이 결국 어떻게 되는지는 잘 알고 있습니다."

수안의 대답에 무현의 눈 끝이 옅게 떨렸다. 생각지도 못했다는 것인지, 아니면 건방지다는 것인지 수안을 뚫어지게 보던 무현이 창밖으로 시선을 돌렸다.

아슬아슬하게 이어지던 대화가 간신히 끝이 나자 수안이 미간을 손가락으로 꾹 눌렀다. 집에 가서 쉴 수 없다면 약국에라도 들러서 약이라도 사 먹어야 할 것 같았다.

유난히도 힘든 하루, 지쳐 있던 수안이 다시 이어지는 물음에 숨을 삼켰다.

"내가 형과 내 사이에서 재주껏 움직여 보라고 한다면 어떻게 하겠나? 그 대신 네가 원하는 걸 내가 들어준다고 한다면 해 볼 생각은 있나?"

간신히 버티고 있던 인내가 순간 툭 끊겼다. 그저 청운회에서 하라는 대로 움직이면 그만인 자신이 우현과 무현 사이에 끼어 버리면서 쓸데없는 신경전이 계속되었다.

"제가 원하는 것을 이루려면 청운회에 깊게 관여하면 안 됩니다. 그리고 제가 할 일은 앞으로 2년, 회장님의 명령대로 회주님을 경호하는 일입니다. 그 이상을 하고 싶진 않습니다."

무현의 시선이 수안에게서 떨어지지 않았다. 그를 보던 수안이 말없이 고개를 숙였다.

"관여하면 안 된다라……."

그의 혼잣말을 외면하듯 수안이 눈을 감았다. 더는 그와 할 말이 없다. 그녀가 원하는 일을 이뤄 줄 수 있는 사람은 자신뿐이었다.

두통이 조금은 나아지자 수안이 감았던 눈을 떴다. 언제부터

인지 그녀를 보고 있는 무현과 시선이 맞닿았다. 이내 그 시선이 머문 곳이 목에 남아 있는 흔적이라는 걸 알아챈 수안이 옷깃을 여몄다.

그리고 차 안에 감돌던 무거운 분위기는 회사로 돌아갈 때까지 계속되었다.

#2.

　고요한 눈으로 결재 서류를 보던 무현이 이내 사인을 하고 새로운 결재 서류를 펼쳤다.

　"회장님의 수행비서 중 하나가 채 비서의 부친이었다고 합니다. 중요한 사안들은 최측근인 김 비서님께서 처리하셨지만, 그 외에 은밀히 진행해야 하는 일에 한해서는 채 비서의 부친이 도맡아 했다고 합니다."

　보고 있던 서류가 미흡했는지 무현은 사인을 하는 대신 책상 옆에 결재판을 덮어 올려놓았다. 손 비서의 보고에도 무현이 손과 눈은 한시도 쉬지 않고 움직였다.

　"침입한 무장 강도에게 총을 맞고 부부가 모두 사망했습니다. 혼자 살아남은 채 비서를 회장님께서 거두셨습니다."

　"범인은 잡았나?"

또 다른 결재 서류가 펼쳐졌다. 하지만 곧 결재판을 덮은 그가 다른 결재 서류에 손을 뻗쳤다.

"집 안의 CCTV도 고장이었는데, 그날 목격자의 증언으로 범인으로 추정되는 이들을 찾았습니다. 하지만……."

"사인은?"

채 말이 끝나기도 전에 무현의 물음이 먼저 나왔다. 결재가 처리된 것보다도 되돌려 보낼 서류가 몇 배는 더 많았다. 회주 자리를 노리고 달려드는 불순한 무리들의 먹잇감이 되라며 무현을 회주에 올렸지만 그는 무리가 원하는 대로 움직이지 않았다.

승부를 봐야 하는 도박의 순간에는 거침없이 자신을 걸었지만, 신중해야 할 때는 지켜보는 것도 답답할 정도로 자신을 감추었다. 그렇게 한 달이 지나기도 전에 회주의 자리에서 끌려 내려오거나 죽임을 당할 것이라는 예상과는 달리 6개월이 지난 지금, 무현은 오히려 자신의 입지를 단단하게 만들고 있었다.

"갑자기 역주행하는 트럭과 정면으로 부딪쳤다고 합니다. 그 자리에서 모두 사망했다고 합니다."

부지런히 움직이던 손이 그제야 멈추었다. 의자에 몸을 기대며 무현이 숨을 길게 내쉬었다. 그는 감정을 겉으로 표현하는 사내가 아니다. 그나마 겉으로 드러나는 감정조차 철저히 계산에 따른 것이 대부분이었다.

"목격자가 될 수 있는 딸을 살려 준 것도 모자라 적당한 시기에 알아서 죽어 주는 무장 강도라니, 지나치게 착하군."

"추측은 됩니다만 증거가 없습니다."

"이 바닥에서 증거를 찾는다는 행위 자체가 우스운 일이지. 채 비서의 아버지에 대해서는 좀 더 조사해 봐."

"그렇게 하겠습니다."

무현의 눈이 수안의 프로필이 적혀 있는 파일에 고정되었다. 오히려 너무도 깔끔하게 정리되어 있어 의심이 갔다.

"혼자 살아남은 딸을 회장님이 거두고, 형에게 보내졌다라……."

"스무 살이 되자마자 부회주님의 경호에 배치되었다고 합니다. 중간중간 다른 인사들을 경호하기는 했지만, 일이 끝난 후 돌아온 곳은 항상 부회주님의 옆이었다고 합니다. 사람을 자주 바꾸시는 부회주님께서도 채 비서만큼은 한 번도 내보낸 적이 없다고 합니다."

종잡을 수 없는 성격만큼이나 우현은 사람을 믿지 않았다. 하물며 우현에게 여자는 그저 잠깐의 유흥거리일 뿐, 신뢰할 수 없는 존재였다.

"변덕스러운 형 곁에서 8년을 있었다……. 참는 건 잘하겠군."

"가볍게 생각할 순 없는 일입니다. 비록 회장님께서 직접 회주께 채 비서를 보내셨다지만 아직 무슨 의도인지는 알아내지 못했습니다."

"안 좋아져 봤자 내 약점이나 찾아내라는 것이겠지."

"회주!"

"형의 곁에 오래 있었다면 실력은 충분할 터, 왜 경호에 배치된 거지? 적혀 있는 대로라면 경호보다는 회장 직속으로도 들어

갈 수 있는 것 아니었나?"

"알아본 바로는 부모가 죽을 때 생긴 트라우마 때문에⋯⋯."

보고하던 손 비서를 잠시 저지한 무현이 자리에서 일어났다. 거침없는 걸음으로 문 앞으로 걸어간 그가 닫힌 문을 벌컥 열었다.

"아⋯⋯."

무현을 따라 걸어온 손 비서가 눈앞에 펼쳐진 광경에 눈을 좁혔다.

언제 어떻게 들어왔는지는 궁금하지 않았다. 유니폼을 입은 여자가 한쪽 팔이 뒤로 꺾인 채, 바닥에 쓰러져 있었다. 발버둥치는 그녀를 붙잡은 수안이 무현과 손 비서를 발견하고는 입술을 깨물었다.

"조용히 처리하려 했는데⋯⋯ 죄송합니다."

여자를 제압한 수안이 짧게 고개를 숙였다. 수안을 보는 손 비서의 미간이 딱딱하게 굳었다. 여기까지 잠입해 들어올 수준이라면 상당한 실력이었을 것이다. 그런데도 아무것도 느끼지 못했다. 그렇다면 생각할 수 있는 건 하나. 암살자가 인지하기 전에 수안이 먼저 움직였다는 것이었다.

"죄송합니다."

손 비서와 무현이 아무 말도 않자 수안이 다시 고개를 숙였다. 그러는 사이, 뒤늦게 달려온 이들이 수안이 잡고 있는 범인을 넘겨받았다. 수안을 노려보던 암살자가 무현을 향해 이를 갈았다. 손 비서를 지나쳐 무현이 자신을 죽이러 온 여자에게 다가갔다. 그리고 손을 뻗어 어깨를 움켜잡았다.

"큭!"

어깨에서 느껴지는 악력에 암살자가 입술을 깨물자, 무현의 손이 여자의 옷을 찢었다. 옷이 찢어지면서 하얀 맨어깨에 선명하게 새겨져 있는 각인이 드러났다.

동그란 원에 그려져 있는 세 개의 검은 선.

이곳에 있는 모든 이들의 어깨에는 저 문양이 새겨져 있었다.

청운회의 표식.

청운회에 들어오는 순간, 몸에 찍히는 각인이었다. 지금 무현을 죽이러 온 여자는 청운회 소속의 암살자란 의미이다.

"처리해."

누가 보냈는지는 중요하지 않다. 어차피 자신은 죽지 않았고, 그뿐이면 되었다.

물음 한 번 없이 무현이 몸을 돌리자 여자가 이를 갈았다. 이대로 있으면 제게 남은 운명은 죽음뿐이었다. 여자는 손목에 숨겨 두었던 잭나이프를 꺼내어 제대로 쥐었다.

"악!"

저를 잡고 있던 남자에게서 비명이 터져 나오자, 바로 다가붙는 남자의 손목도 베었다. 자신을 잡던 이들 모두를 순식간에 제압한 여자가 무현을 향해 몸을 날렸다.

자신의 앞까지 다가온 암살자를 보는 무현의 눈은 태연했다. 마치 자신의 일이 아니라는 것처럼 암살자를 보고 있었다.

"회주!"

그때 작은 인영이 무현의 앞을 막아섰다.

탕!

그 순간 수안의 눈이 커졌다.

털썩!

쓰러진 여자는 제 몸에서 흘러나오는 피로 바닥을 붉게 물들였다. 무현이 소리가 난 곳을 향해 돌아보니 손 비서가 총을 든 채였다. 총구에서 아직 연기가 피어나고 있었다.

"회주. 괜찮으십니까?"

"……."

그의 물음에도 답이 없는 무현의 눈은 자신의 앞을 막고 선 수안에게 집중된 상태였다. 유난히 표정 변화가 없는 그녀의 얼굴이 더 창백해져 있었다. 죽은 건 암살자이지만, 마치 총에 맞은 건 그녀인 것처럼 미동조차 없었다.

"채 비서."

수안의 귀에는 아무것도 들리지 않았다. 총성과 함께 쓰러진 여자의 모습이 누군가의 모습과 겹쳐 보이기 시작했다.

현실이 아니다.

분명 그 사실을 알고 있으면서도 그녀는 할 수 있는 것이 아무것도 없었다. 웅성거리는 소리 가운데 낮은 목소리가 귓가에 맴돌았다. 움직여야 하는데 멈춰 버린 사고처럼 손가락 하나 까닥할 수 없었다.

온몸의 피가 머리로 한꺼번에 치솟는 끔찍한 기분. 누워 있는 여자의 모습이 아버지로 바뀌려고 한다.

'안 돼…….'

그 순간, 우악스러운 손이 제 멱살을 잡아챘다. 단번에 앞으로 잡아끄는 거친 손길에 딱딱하게 굳어 있던 몸이 비틀거리며 끌려가자 멍해 있던 정신이 확 들었다.

놀란 수안의 눈이 자신의 멱살을 잡은 이를 쳐다보았다.

"숨 쉬어."

붉은 피와 돌아가신 아버지의 환영이 있던 곳에 무현이 서 있었다. 핏기라고는 하나 없는 창백한 얼굴이 그를 향하자, 심연 같은 어둡고 깊은 눈동자가 수안을 바라보고 있었다.

격하게 휘몰아치던 공포가 그의 시선에 천천히 사라졌다.

"하아……."

숨을 멈추고 있는지조차 알지 못했다. 곧 밭은 숨을 내쉬며 수안이 꿈틀하자 그제야 무현이 멱살을 잡고 있던 손을 풀었다. 차가웠던 피에 열기가 치밀듯 눈앞이 핑 돌았다.

"죄송합니다."

"들어와."

무현의 말에 수안이 눈을 질끈 감았다. 숨기고 싶었건만, 하필 또 이런 식으로 들키고 말았다. 피 웅덩이와 시신을 보던 수안이 무거운 한숨을 내쉬며 무현의 사무실로 걸어갔다.

어떻게 말을 꺼내야 할지 들어오는 내내 고민했지만 답은 나오지 않았다. 우현도 모자라 무현에게까지 약점을 잡히고 말았다. 트라우마를 알아 버린 그가 어떻게 나올지 예상조차 할 수 없어 머리가 지끈거렸다.

표정을 바로 알 수 있는 우현과는 달리 무현은 좀 전이나 지금이나 별반 차이가 없었다. 그렇기에 더 피가 마르는 기분이었다.

"이거 네가 했나?"

전혀 다른 물음이 나오자 수안이 미간을 좁혔다. 무현이 내민 것은 앞으로 일주일 동안 진행할 스케줄에 대한 정리였다. 우선 시할 것과 재고해야 할 것들을 분리해 놓은 후, 간단한 이유를 메모해 놓았다. 원래는 손 비서가 했던 것이지만 무슨 연유에서 인지 수안에게 넘어왔다.

"내 말을 못 알아들은 건가? 아님 대답할 가치도 없다는 건 가?"

한껏 긴장했던 몸이 예상과 다른 질문에 이상할 정도로 힘이 풀렸다. 이 상황을 어떻게 받아들여야 하는 건가? 하지만 트라 우마에 대한 이야기가 나오지 않으니 한결 나았다.

"손 비서님께서 맡겨 주셔서 제가 처리했습니다."

"유원그룹 김 이사와는 약속을 미루라 한 이유는 뭐지? 나름 청운회 안에서도 입지가 있는 인물인 데다가 주원에도 제법 영 향력을 발휘하는 사람으로 알고 있는데 말이지."

"김 이사님은 이익을 추구하시는 분이시죠. 김 이사님께서는 평소 회주님보다도 부회주님과 만남을 더 자주 가지셨습니다. 실질적인 투자는 회주님보다도 부회주님께 더 하고 있을 인사 입니다. 도움이 되시는 분이기도 하지만 지금은 상황을 보시는 것도 나쁘지 않을 거로 생각했습니다."

무현이 깍지를 낀 채, 턱을 기댔다. 보면 볼수록 무슨 생각인 지 알 수 없는 눈이었다. 저 시선이 부담스러웠다. 쉽게 속마음 을 털어놓을 수도, 그렇다고 마냥 숨길 수도 없었다.

"그렇게 다 말해도 되나?"

무현의 물음에 수안의 표정이 딱딱하게 굳었다. 저 물음이 무엇을 의미하는지 되묻지 않아도 알았다.

스무 살 때부터 스물여덟이 된 지금까지. 그녀는 우현의 비서이자 경호원이었다. 지금 수안이 말한 내용은 우현의 입장에서는 분명 달갑지 않은 내용이었다.

"제가 회장님께 받은 명령은 앞으로 2년 동안 회주를 모시라는 것이었습니다. 그리고 회주님 곁에 온 이상, 제가 최선을 다해 모실 분은 회주님이십니다."

"그 조건으로 청운회를 나가게 되는 건가?"

거침없이 들어오는 물음에 수안이 숨을 삼켰다. 본가에 있지 않아도 그 안의 상황을 훤히 들여다보는 무현이었으니 수안이 원하는 것이 무엇인지 알 것이었다. 하긴 유란이나 우현조차 알고 있는 일이었으니 무현이 아는 것도 이상한 일은 아니었다.

"청운회를 나가는 일이 이루어질지는 모르겠습니다만, 제가 이곳에서 배운 건 제가 책임져야 하는 부분에서 다른 생각을 하면 죽는다는 것이었습니다. 저는 청운회를 나가고 싶을 뿐, 권력이나 부를 얻고 싶은 마음은 없습니다."

자신이 주도하던 분위기가 어느새 수안을 중심으로 흐르고 있었다. 작은 체구에 내세울 것도 없는 여자에게서 처음 느껴보는 묘한 분위기가 흘렀다. 굳어 버린 줄 알았던 심장에 정체를 알 수 없는 떨림이 느껴졌다.

"청운회를 나가려면 힘이 있어야 하는 것이 아닌가?"

수안은 그의 물음에 답을 하느라 머릿속을 가득 채웠던 비릿한 피 냄새와 끔찍한 잔상은 어느새 사라져 있었다. 하지만 고맙다는 생각은 들지 않았다. 무현의 무슨 의도인지도 모르는 물음에 답을 하느라 몇 번이고 고민하고 또 고민해야 했다. 우현과는 다른 의미로 무현은 어려웠다.

"전에도 말씀드렸지만, 나가기 위해서는 너무 깊게 관여하지 않아야 합니다. 힘이 생긴다는 건 결국 청운회 깊숙이 들어간다는 이야기이니까요."

무현에게 수안을 보낼 때 아주 드물게 우현이 회장에게 화를 냈다는 건 알고 있었다. 여자를 장난감으로 아는 그 지우현이 왜 그랬는지 조금은 알 것 같았다.

"트라우마가 아니라 청운회를 나가고 싶어서 경호로 빠진 건가?"

"……."

"피인가? 총성인가?"

묻는 대로 얌전히 대답하던 수안의 눈매가 딱딱하게 굳었다. 자신을 믿지 않는 것도 이해하고, 그녀의 증상을 봤으니 궁금한 것도 당연했다. 하지만 지금은 말하고 싶지 않았다.

"말씀드려야 합니까?"

"듣지 못할 이유도 없지 않나?"

쏘아붙이는 말에도 조금도 흔들리지 않았다. 잊고 있었던 트라우마가 조금씩 어둠 속에서 제 모습을 드러냈다.

"보지 않으셨습니까?"

"요소가 너무 많지 않은가?"

"……."

"피에, 총성에, 시신까지. 어느 하나 버릴 것이 없지 않나?"

"……."

"그런 네게 회장님이 내린 명령이 뭐지?"

핏기가 돌던 수안의 안색이 다시 창백해졌다. 길지 않은 대화에서 무현이 원하는 것이 무엇인지 깨달았다. 수안에 관해 물어보는 듯싶었던 그가 결국 원하는 건 회장이 그녀에게 한 명령이 무엇인지 알아내는 것이었다.

"회주님을 모시라는 것입니다."

두 눈이 마주치며 첨예한 대립이 이루어졌다. 주관과 신념이 뚜렷하고 상황 판단이 빠른 여자였다. 게다가 유순한 듯 보여도 실제로 보이는 고집은 무현의 생각 이상이었다.

눈을 마주하던 수안이 먼저 고개를 돌리자, 무현이 입을 뗐다. 그때, 문을 두드리는 소리와 함께 손 비서가 들어왔다.

"회주님. 지금 출발하셔야 합니다."

팽팽하게 유지되던 긴장이 풀렸다. 일주일에 한 번, 청운회의 이들과 약속이 있었다. 손 비서만을 데리고 가는 자리였기에 수안은 같이 갈 필요는 없어 다녀오시라는 의미로 수안이 한 걸음 뒤로 물러났다. 그러자 자리에서 일어난 무현이 코트를 들며 말했다.

"따라와."

심장이 무겁게 내려앉았다.

조금이라도 빠져나가려 하면 여지없이 그의 힘이 수안의 목을 졸랐다.

'무현이를 경호해라.'

얼마 전 독대했던 성훈의 목소리가 머릿속을 채웠다. 그날 혼자 살아남은 후, 이상과 현실의 간극은 좀처럼 줄어들지 않았다.

'너만큼은 평범하게…….'

복잡하게 엉켜드는 생각을 억지로 밀어내며, 사무실을 나가는 손 비서를 따라 수안이 같이 움직였다.

❖

운전을 하는 수안은 보이지도 않는지 손 비서나 무현이나 각자의 일에 몰두해 있었다. 넉넉히 시간을 잡고 나왔는데도 비가 와서 그런지 차는 조금도 움직이지 않았다. 꽉 막힌 도로를 보던 수안이 백미러를 보았다.

그와 시선이 맞닿았다. 진정되었던 심장이 제멋대로 뛰기 시작했다. 그의 시선은 불편하다. 그럼에도 완전히 무시할 수 없는 힘이 느껴졌다. 결국 수안이 먼저 물었다.

"하고 싶으신 말씀이라도 있으십니까?"

"관여하지 않는 삶이라면 그대로 머무는 것도 괜찮지 않나? 어차피 겨우 경호원일 뿐이지 않나."

다시 시작된 이야기에 수안의 미간이 살짝 모였다. 신호가 바뀌자 멈추었던 차를 출발시켰다.

"마음이 가는 대로 움직였다면 고민이 있을 리가 없지 않겠습니까?"

수안의 대답에 무현의 미간이 딱딱하게 굳었다. 차갑게 가라앉는 모습을 보던 수안의 입가에 희미한 미소가 감돌았다. 찔러도 피 한 방울 안 나올 것 같은 남자가 저런 불만스러운 표정을 짓다니.

자신이 해 줄 수 있는 선 안의 이야기는 사무실에서 이미 다 말했다. 그 이상을 말할 생각은 절대 없다.

"회주인 날 죽이고 형을 회주로 올리면 일이 쉽게 풀릴 수도 있는 것 아닌가?"

"회주!"

놀란 손 비서가 무현의 말을 잘랐다. 하지만 정작 자신을 죽이라고 말하는 남자의 눈은 태연했다. 수안은 무현의 물음에 답을 하는 대신 운전에 집중했다. 그러한 무시는 다음 신호를 받기도 전에 무너졌다.

"형의 여자라는 너라면 형이 회주가 되는 게 더 낫지 않은가?"

끼이익.

잘 가던 차가 도로의 중간에서 멈추었다. 그녀가 몰던 차가 멈추자 뒤를 따르던 차가 아슬아슬하게 멈추었다. 뒤차에서 클랙슨이 시끄럽게 울려 댔지만 수안은 그대로 무현을 노려볼 뿐이었다. 한참을 굳은 눈으로 노려보던 수안이 다시 차를 출발시켰다.

"누가 그런 소리를 했는지 모르겠네요. 찾는 즉시 혀를 뽑아 버려야겠습니다."

"알려지면 안 된다는 건가?"

"잘못된 정보로 죽고 싶진 않으니까요. 하다못해 부회주님의 여자라니, 불구덩이에 뛰어드는 게 훨씬 나을 것 같습니다."

보기 드물게 화를 내는 수안의 모습에 무현이 몸을 숙였다.

"크크큭."

입술을 깨문 무현에게서 웃음소리가 터져 나왔다. 박장대소를 하는 것은 아니었지만, 감정을 거의 드러내지 않는 무현에게는 드문 일이었다.

"회주?"

기다리라는 듯 무현이 손 비서에게 손을 저었다. 진정하려 했지만 한번 터진 웃음이 좀처럼 가라앉지 않았다. 한참의 시간이 흐른 후, 간신히 웃음기를 거둔 무현이 진정하듯 길게 숨을 내쉬었다. 능구렁이들이 득실거리는 청운회 안에서 수안처럼 행동하는 건 좋지 않다. 하지만 개인적인 경호원으로서의 그녀는 나쁘지 않았다.

"도착했습니다. 회주."

어느새 도착했는지 목적지에 차를 세운 수안이 딱딱한 어조로 말했다. 저택에서 내려온 사내가 문을 열자 무현이 내렸다.

"그럼 전 여기서 기다리겠습니다."

"따라와."

그의 말에 수안이 눈을 좁혔다. 분명 청운회의 모임은 손 비서 외에 누구도 들어가지 못한다고 했다. 그런데 지금 상황은 그녀가 들은 것과는 전혀 달랐다.

"회주."

"내 사람으로 있을 생각이면 한 번은 봐 두는 것도 나쁘지 않겠지. 따라와라."

자신의 말만 하곤 그가 거침없는 걸음으로 사라졌다. 그가 들어간 방향을 보던 수안이 거칠게 머리를 긁었다.

어디서부터 꼬인 것인지 되는 일이 없었다. 차라리 마음 가는 대로 움직이는 우현이었다면 기분이라도 맞출 수 있었을 것이다. 하지만 무현은 아니다. 도대체 무슨 의도인지, 어떻게 움직일 것인지 조금도 감을 잡을 수 없었다.

오늘 하루가 유난히도 길었다. 고개를 절레절레 저으며 수안이 안으로 들어갔다.

"차라리 지금이라도 부회주를 완전히 밀어내야 합니다. 무슨 수를 어떻게 쓸지 모르는 인사를 청운회 안에 계속 둘 수 없습니다!"

정 이사의 목소리가 큰 룸을 쩌렁쩌렁 울렸다. 다른 인사들은 정 이사의 말을 기다렸다는 듯이 득달같이 더는 꾸물대지 말라며 상석에 앉은 무현에게 목소리를 높였다.

그들의 모습을 보던 무현의 시선이 뒤에 서 있는 수안에게로 향했다. 표정이라고는 전혀 없어 보였지만 이들을 보는 수안의 미간은 굳어 있었다.

"회주! 결단을 내리셔야 합니다!"

"부회주를 따르는 이들 또한 무시할 수 없지. 내부 분열은 유

혈 사태를 부를 뿐이다."

"언젠가는 해야 할 일입니다!"

"굳이 청운회를 노출해서 언론이나 검찰에 먹잇감이 될 이유는 없지."

"회주!"

무현의 말 한마디에 사람들 사이에 조성되어 있던 흥분된 분위기가 차갑게 내려앉았다. 답답한 일이었지만 무현의 말이 틀린 것은 아니었다. 하물며 우현의 뒤에는 시호파 보스의 막내딸이었던 유란이 버티고 있는 반면 무현은 내세울 배경이 없다. 이 상황에서 어설프게 손을 쓰면 무현의 기반이 흔들릴 수 있다.

"하지만 그대로 부회주를 놔둘 수도 없는 상황입니다. 회주님께서도 이미 알고 계시지 않습니까?"

차분한 물음에 무현의 눈이 말을 꺼낸 상대에게로 향했다.

주원그룹의 대표이사이자 무현이 회주의 자리에 오를 때부터 같이하던 박 전무가 자신의 앞에 가져온 것을 내밀었다.

작은 알갱이들이 들어 있는 투명한 캡슐을 보는 무현의 눈은 가라앉았고, 처음 이것을 본 사람들은 작게 웅성거리기 시작했다.

"그룹과 클럽의 수익으로는 청운회 전체를 장악하기에는 어렵겠지."

"마약은 회칙에 어긋나는 일입니다! 분명 회장님께서도 절대 손대지 말라 지시하신 일이란 말입니다."

"이건 청운회를 완전히 흔들 만한 일입니다. 서둘러 막아야 합니다!"

　비명에 가까운 고함 소리에도 무현은 표정 하나 바뀌지 않았다. 석 달 안에 사라질 거라 생각한 무현이 반년을 버텨 내자 초조해졌을 것이다. 욕심 많은 원로들과 내부 인사들을 설득하려면 자금이 필요했을 터, 무리한 투자를 하더라도 청운회는 한번은 손아귀에 쥐어 볼 만한 먹잇감이었다.

　하지만 그건 무현에게도 마찬가지였다.

　무현의 시선이 어느새 다시 수안에게 향했다. 어두운 눈으로 캡슐을 보고 있었지만 다른 이들처럼 놀라는 기색은 없었다.

　"회주로 있는 이상, 부회주가 잘못된 길로 들어서는 건 막아야겠지. 반입은 막았으니 제공하려는 이들에게 경고를 하는 것부터 해야겠군. 어느 정도 진행했나?"

　무현의 물음에 박 전무가 말을 이었다.

　"부회주께 약을 제공하려 한 조직은 대부분 막았습니다만 부회주가 제시한 금액이 워낙 막대한 터라 처음 이야기가 오고 간 세 군데는 아직 확답을 듣지 못했습니다."

　"간신히 추려 놓은 조직이 없어져 봐야 무서운 것을 알겠지."

　웅성거리던 분위기가 단숨에 가라앉았다. 좀 전까지 몸을 사리며 지켜보자고 했던 무현은 어디에도 없었다.

　이 상황을 내내 지켜보기만 하던 수안이 미간을 모았다. 거침없이 자신의 의견을 토해 내던 성훈과는 달랐다. 단숨에 자신에게로 분위기를 끌고 오는 그는 성훈 이상의 무언가가 있었다.

　말을 듣지 않으면 제거하라는 무현에게서는 정체를 알 수 없는 소름까지 느껴졌다.

"새 회주가 어떤 사람인지 보여 주는 것도 재미날 테고 말이지."

"한 달 안에 처리하겠습니다."

"2주 주겠다. 그 안에 마무리해서 보고하도록."

그가 여지를 주는 것은 청운회 하나다. 그 외에 청운회에 걸림돌이 될 만한 요소는 주저 없이 제거했다. 수안이 아는 한, 무현은 우현이 회주가 되기 전에 불손한 무리를 처리할 생각으로 올린 껍데기 회주였다. 그런데 저 모습이 어딜 봐서 껍데기라는 것일까?

오늘은 이만하자는 듯 무현이 몸을 일으켰다. 회의가 이대로 끝나려 하자 처음 부회주를 치자고 했던 정 이사가 다급히 말을 꺼냈다.

"이대로 부회주를 두고 보기만 하시겠다는 것입니까? 그는 청운회를 나락에 빠뜨릴 것입니다!"

"나는 아무것도 안 하고 있던가?"

"회주!"

"때가 되면 본인의 의사와는 상관없이 끌려 내려올 터, 기다려라."

말을 끝낸 무현이 방을 빠져나갔다.

무현을 노려보는 정 이사를 보던 수안이 말없이 무현의 뒤를 따랐다.

회주의 두 아들 중 한 사람. 지무현.

능력을 인정받아 회주로 올렸다지만, 실은 친아들인 우현이 안전하게 회주에 오를 수 있도록 불순분자를 걸러 없앨 목적으로 세운 방패막이.

그리고 방패막이 주제에 서서히 자신의 세력을 만들고 있는 회주.

수안에게 무현은 딱 저 정도의 정보를 가진 사내일 뿐이었다.

'무현이를 경호해라.'

"출발 안 하나?"

성훈의 목소리와 무현의 물음이 겹쳐 들려왔다. 차를 타려는 무현과 손 비서의 모습이 보였다. 운전석으로 가던 중에도 복잡한 머리는 좀처럼 가라앉지 않았다. 내부 분열을 가라앉히기 위해서라고 했지만 결과적으로 우현을 감싼 건 무현이었다.

'2년만 지키면 된다. 네가 할 수 있는 최선을 다해 무현이를 지켜라.'

"왜 부회주의 일까지 책임지려 하시는 것입니까?"

2시간 동안의 회의를 지켜본 수안은 뭐라 표현할 수 없는 미묘한 기분이 사라지지 않는 것을 느꼈다.

"그대로 놔두시면 부회주의 약점이 될 것인데 어찌하여 막으신 것입니까?"

관여하면 안 된다.

지금의 행동이 자신의 바람을 이루는 일에 걸림돌이 될 수 있다는 걸 알고 있었다.

'그럼 네가 원하는 걸 들어주마.'

"왜 부회주가 스스로 드러낸 약점을 덮으시는 것입니까?"

"채 비서!"

수안의 물음을 들은 손 비서가 움직였지만 무현이 막았다. 그의 물음에 반발했었을 때와는 다른 시선에 무현이 말없이 그녀를 응시했다.

청운회에 깊이 관여하지 않으려 하면서 동시에 청운회를 나갈 기회를 찾고 있는 수안은 언제나 상황을 판단하고 상대가 어떤 사람인지 파악하려 했다. 눈앞의 여자는 무현이 그동안 알아왔던 여자들과는 다른, 시선을 끄는 무언가가 분명 있었다.

여자의 매력이라기보다…… 거슬렸다. 관심도 없다고 하면서도 끊임없이 상황을 파악하려고 애쓰는 저 물음이 예리한 칼로 작은 상처를 만들어 내듯 그의 신경을 건드렸다.

"부회주가 마약으로 자금을 모으려는 건 알고 있었나?"

대답 대신 흘러나온 질문에 수안이 눈썹을 작게 모았다. 변덕스러운 우현의 곁에서 있어서인지 성격 때문인지 알 수 없었지만 무현의 물음에 답을 하는 수안은 신중했다.

"모르고 있었습니다. 하지만……."

"……."

"자금을 끌어오실 생각이었다면 부회주님께서는 충분히 하셨을 일입니다."

수안이 아는 우현은 그랬다. 자신의 감정대로 행동하는 만큼 제 이득을 위해서라면 윤리적인 부분이라거나 양심 따위 무시하고 남는 자였다.

"만약 지금도 부회주의 곁에 있었다면 어찌했겠나?"

"아무것도 하지 않았을 것입니다. 전 아무 힘도 없으니까요."

수안의 눈에 보이는 우현은 브레이크가 고장 난 외제 차였다. 그런 우현에게 불나방이 되어 달려들 생각 따위 추호도 없다.

주저 없이 나오는 답에 잠시 생각하던 무현이 다시 물었다.

"그런 내가 부회주처럼 약을 들여온다면 어찌하겠나?"

"회주! 이런 곳에서 그런 말씀은!"

당황한 손 비서가 무현을 말렸지만, 그의 눈은 수안을 바라볼 뿐이었다.

그와 시선을 마주하는 일은 힘들다. 몇 마디의 대화만으로도 무현은 수안의 전부를 헤집는 것처럼 그녀의 속을 들었다 내려놓기를 반복했다. 그는 대화의 주도권을 자신에게로 끌어오는 데 능숙한 사내였다.

"우선은 그만두시라 말씀을 드리겠습니다."

"나는 만만하다는 건가?"

"제가 본 회주께서는 감정보다는 이성이 앞서시는 분이니까요. 마약을 팔아서 들어오는 돈보다는 회칙을 어김으로써 생기는 약점을 먼저 생각하셨을 것 같습니다."

"그런가?"

"……주제넘은 질문을 해서 죄송합니다."

말을 끝낸 수안이 고개를 숙였다. 충동적이었지만, 결국 그를 자극한 상황만 되어 버렸다. 자신의 실수. 이 이상의 대화는 무모했다.

"회주?"

무현의 입꼬리가 희미하게 올라갔다. 누구도 관심을 가지지 않았던 그의 속마음을 수안은 찾아내고 억지로 끄집어냈다. 역시나 문제는 그녀의 행동에 화가 나기보다는 그저 거슬린다는 것뿐이었다.

"출발하겠습니다."

"내가 지켜야 할 건 청운회니까."

"네?"

운전석에 오르려던 수안의 몸이 중간에 멈추었다. 흔들리는 수안의 눈을 보던 무현이 입꼬리를 올렸다.

"내가 주인으로 있는 곳의 근간을 부회주가 흔들려고 한다면 막는 게 당연하지 않은가? 그리고……."

심장이 두근거린다. 저 뒤의 말을 들으면 안 될 것 같은 기분, 동시에 무슨 말일지 궁금해하는 호기심이 치열하게 부딪쳤다.

"우선 방패막이 행세는 제대로 해야 하지 않겠나?"

거칠게 뛰던 심장이 멈춰 버린 것처럼 고요했다.

"이것도 보고할 건가?"

보일 듯 말 듯 한 미소가 무현에게 지어져 있었지만, 수안은 그에게 어떤 표정을 보여야 할지 암담했다. 그는 우현과는 다르다.

'2년만 지키면 된다. 네가 할 수 있는 최선을 다해 무현이를 지

켜라.'

우현에게서 무현으로 옮기기 직전, 독대를 한 성훈이 그녀에게 명령했다.

'무현이를 흔들 만한 약점을 찾아와라. 완벽해 보이는 놈이지만 약점은 있을 터. 우현이가 회주에 오를 수 있게 네가 길을 뚫어라. 그럼 네가 원하는 것을 들어주마.'

수안은 바보가 아니었다. 그저 관여를 하고 싶지 않았을 뿐. 청운회의 회주에 누가 더 어울리는가. 그건 수안에게 중요한 일이 아니었다. 자신의 바람을 이루려면 누구의 명령을 들어야 하는지도 알았다.

대답 따위 기대하지 않았다는 것인지 말을 끝낸 무현은 차에 올랐다. 긴 숨을 들이마신 수안이 출발했다.

#3.

밖으로 나오는 무현의 주변을 건장한 사내들이 둘러쌌다. 무현의 모습이 보이자 주변을 탐색하며 대기하던 수안과 나머지 인원이 무현을 향해 달려왔다.

[10분 뒤 본사 이동.]

명령처럼 전달된 문자를 본 수안이 품에 휴대폰을 넣었다. 청운회의 세력이 분열되면서 상대의 목숨을 노리는 움직임도 격해졌다. 무현에게서 1미터 정도 떨어진 거리에 자리를 잡은 수안의 눈이 주변을 빠르게 훑었다. 무현이 신중하고 은밀하게 움직이는 터라 아직까지 큰일은 없었지만, 그만큼 노리는 움직임도 치밀해져 갔다. 길을 지나가는 시민 외에 수안의 눈을 끄는 건 없었다.

"음?"

긴장을 놓지 않은 채, 무현과 적당한 거리를 유지하던 수안의 눈이 날카로워졌다. 무현의 오른편을 걷고 있는 사내를 본 수안이 그를 기준으로 주변을 훑었다. 분명 무현과 같은 동선으로 걸어가야 할 경호원이 약간 뒤에서 가고 있었다. 그의 움직임에 따라 무현의 모습이 겹쳐졌다가 나타나기를 반복했다.

'저격?'

자신의 생각에 수안이 고개를 저었다. 저격을 할 만한 곳은 많았지만, 그런 무모한 짓을 할 정도로 유란과 우현은 급하지 않다. 하물며 저격에 실패해서 뉴스에라도 나오는 날에는 성훈의 문책을 피할 수 없게 된다.

어떻게 움직일 것인가? 그 순간 사내와 수안이 눈을 마주쳤다.

쾅!

미끄러지듯 도로를 질주하던 차가 무현이 탈 예정이었던 차와 부딪쳤다. 부딪친 차에서 연기가 나며 주변을 자욱하게 가리자 곧 건장한 사내들이 무현을 향해 달려들었다.

"막아!"

손 비서의 지시에 무현의 곁에 있던 경호원들이 주변을 에워쌌다. 동시에 수안과 같이 있던 경호원들이 다가오는 사내들을 향해 몸을 날렸다. 그런데 몇몇 경호원의 움직임이 수상쩍었다. 이상한 상황을 눈치챔과 동시에 놈들이 무현을 향해 몸을 돌렸다.

"죽여!"

경호원의 배신에 손 비서가 고함을 질렀다. 그때 무현의 오른쪽에 있던 경호원이 그에게 다가왔다.

"모시겠습니다."

말을 맺자마자 사내의 손에서 나온 잭나이프가 무현의 목을 향했다. 다른 경호원도, 공격해 오는 적을 막느라 무현을 협박하는 사내에게 어떤 조치도 취할 수 없었다.

"회주!"

그때였다. 잭나이프로 위협하던 사내의 몸이 휘청거렸다. 사내의 무릎을 지지대 삼아 몸을 타고 올라간 수안이 목에 다리를 감고 몸을 돌렸다.

쿵!

사내가 바닥에 고꾸라지자 수안의 팔이 잭나이프를 들고 있는 손목을 발로 차 무기를 멀리 밀어냈다.

"큭!"

몸을 일으키려는 사내의 급소를 쳐 기절시킨 수안이 다시 몸을 일으켰다. 기절한 사내에게서 몸을 일으킨 수안이 바닥에 떨어진 잭나이프를 무현을 향해 던졌다. 무현을 향해 맹렬히 날아오던 잭나이프가 뒤에서 덮치려던 사내의 어깨에 박혔다.

"후우."

순식간에 사내 둘을 제압한 수안이 다른 곳을 향해 눈을 돌렸다.

아수라장 속에서 무현의 시선이 수안을 향했다. 건장한 사내들 속에서도 수안은 은밀하고 정확했다. 힘에서는 분명 열세였지만, 방어가 뚫리려는 지점을 빠르게 파악하고 주저 없이 움직였다.

사그라지는 연기처럼 무현에게 달려들었던 이들의 기세가 점점 꺾였다. 끝까지 반항하는 이들이 있는 반면, 승세가 없다고 판단한 이들은 난장을 틈타 도망가기 바빴다.

"차를 다시 준비하겠습니다."

상황이 정리되었다고 판단한 수행비서가 무현에게 고개를 숙였다. 그의 이야기를 들으며 무현이 고개를 끄덕이던 그때, 어느새 나타난 수안이 무현의 앞을 막았다.

햇빛에 무언가 번쩍이며 수안의 뺨에서 피가 흘렀다. 잭나이프를 잡은 수행비서의 손목을 붙잡으며 그의 복부를 힘껏 후려쳤다.

"회주님!"

손 비서가 무현을 외치며 그를 보호하려 앞을 막아섰다.

그 외침에도 무현의 눈에 보이는 건 수안의 뺨에서 흐르는 피였다. 깊지는 않았지만 길게 난 상처에서 나는 피가 제법 되었다. 그러나 정작 다친 당사자는 일어나려는 비서를 제압해 잭나이프를 빼앗느라 정신이 팔려 있었다.

"망할! 너 때문에!"

수안의 방해로 일을 실패한 수행비서가 그녀를 향해 폭언을 터트렸다. 수행비서의 힘에 밀린 수안의 몸이 휘청거렸지만, 엎드려 있는 남자의 몸 위에 올라탄 수안이 그의 양팔을 무릎으로 눌렀다.

"부회주님이 너한테 어떻게 했는데 이렇게 배신을 해!"

다가온 사내들이 수안이 제압하고 있는 남자를 붙잡았다. 사내들에게 붙잡힌 상황에서도 남자는 수안을 매섭게 노려보았다.

"부회주님이 널 용서할 거라고 생각하나? 망할 것! 너만 아니었어도! 너만!"

그가 뭐라 하든 아랑곳 않고 수안은 품에서 손수건을 꺼내 상처 부위를 눌렀다. 그리고 몸부림을 치는 수행비서의 앞으로 다가온 수안이 아무렇지도 않게 비서 옷 안쪽에 손을 넣었다.

"망할 년!"

폭언에도 상관없이 안주머니에서 휴대폰을 꺼낸 수안이 차분히 내용을 살폈다. 잠시 후, 무언가를 찾아냈는지 이를 가는 비서를 향해 답했다.

"부회주님이 아니라 사모님이겠지. 나도 나지만 실패한 너도 살진 못하겠네."

"너…… 너!"

말문이 막힌 비서가 연신 수안을 불렀지만, 이미 그에게서 관심을 끊은 수안은 무현에게로 가 있었다.

무현이 서늘하게 자신을 바라보자 고개를 숙인 수안이 들고 있던 휴대폰을 내밀었다. 수안이 보여 준 것은 통화 내역과 암호로 이루어져 있는 메시지였다. 무현이 의문의 시선을 보내자 수안이 품에서 자신의 휴대폰을 꺼내 번호를 보였다.

"사모님이 쓰시는 휴대폰 중 하나입니다. 자주 쓰시는 번호는 아니지만 가끔 필요하신 일에 쓰시고는 했습니다. 메시지는 회주님께서 이동하실 차량과 시간을 암호화해 적어 놓은 것입니다."

일이 터졌을 때부터 지금까지 차분하게 상황을 처리하는 수안을 쭈욱 지켜보던 무현이 들고 있던 휴대폰을 손 비서에게 넘겼다.

"의외로군."

손수건으로 상처를 다시 가린 수안이 소리 없이 한숨을 내쉬었다. 우현의 경호원으로 있었던 시간만큼이나 유란하고도 관여되어 있었다. 그런 그녀가 유란에게 안 좋은 이야기를 직접 꺼내고 있었으니 말이다.

"전 회주님을 경호하라고 온 경호원입니다. 제가 관여한 일도 아니고 말씀을 드리지 않을 이유가 없습니다."

말을 끝낸 수안이 고개를 숙인 후, 원래의 자리로 돌아갔다. 상처를 묻는 이에게 괜찮다 대답해 주는 수안을 무현이 날카로운 눈으로 보았다.

"차가 준비되었습니다. 이동하시죠."

이동할 준비를 마친 손 비서가 무현에게 다가왔다.

'제가 회장님께 받은 명령은 앞으로 2년 동안 회주를 모시라는 것이었습니다. 그리고 회주님 곁에 온 이상, 제가 최선을 다해 모실 분은 회주님이십니다.'

의심하는 무현에게 수안은 저런 답을 했지만 진심으로 믿지는 않았었다. 상황에 따라 목숨이 왔다 갔다 하는 청운회에서 수안처럼 무모하게 행동하는 사람은 없었다. 대부분 흐름에 따라 방향을 바꾸었고, 그 선택에 따른 결과를 반드시 받게 되었다.

'저는 청운회를 나가고 싶을 뿐, 권력이나 부를 얻고 싶은 마음은 없습니다.'

비현실적인 대답이었다. 절대 이룰 수 없다는 것을 알기에 믿지도 않은 말이었다.

"진심이라는 건가?"

자신이 꺼낸 말을 그대로 행동으로 옮기는 사람은 거의 없다. 저 행동조차 목적이 있는 것일 수 있었지만 그럼에도 수안이 다르게 보이는 건 인정할 수밖에 없었다.

우현의 옆을 8년이나 지킨 여자. 조건만으로는 절대 신뢰할 수 없었지만 한 번은 마음 가는 대로 해 보는 것도 나쁘지 않을 터, 수안 하나만을 보고 일을 맡겨 보는 것도 괜찮을 것 같았다.

출발하는 차 시트에 몸을 맡기며 무현이 눈을 감았다.

어느새 석 달이 흘러 있었다. 연일 TV에서는 조폭들 간의 항쟁과 그에 따른 경찰 수사가 진행되고 있다는 보도를 했다. 하물며 수사가 이루어지는 과정에서 신흥 마약을 시중에 유통하려 했다는 증거가 쏟아져 나왔다.

수사의 범위는 걷잡을 수 없이 커졌고, 양 조직의 간부들이 구속되는 화면이 하루가 멀다 하고 뉴스에 나왔다. 수면 아래

은밀히 진행되어 가던 일이 갑작스럽게 모습을 드러냈으나 누가 그랬는지 아는 사람은 극소수였다.

"채 비서님. 오셨어요?"

서류를 전해 주고, 다른 서류를 받아 오라는 심부름에 나갔다 온 수안이 유 비서를 보며 고개를 숙였다.

"어머? 비 와요?"

수안의 어깨와 머리카락에 묻어 있는 물방울을 보며 유 비서가 미간을 찌푸렸다. 어깨에 남아 있는 물방울을 적당히 털어 내며 수안이 고개를 끄덕였다.

"한두 방울씩 내리더니 제법 거세어졌어요."

"아…… 우산 안 가져왔는데!"

"제 거라도 쓰고 가실래요?"

무현이 집으로 돌아갈 때마다 따라붙는 수행비서 둘은 번갈아 그와 함께 가야 했다. 오늘은 수안이 무현을 데리고 가는 날이었다. 차로 내내 이동할 테니 굳이 우산은 필요 없었다. 수안이 선뜻 유 비서 앞에 쓰고 온 우산을 내밀었다.

유 비서의 눈이 수안이 들고 있는 우산으로 향했다. 당장에라도 빌려 달라는 말이 목 끝까지 나오려는 순간, 유 비서가 고개를 저었다.

"채 비서님도 집에 가실 때는 우산이 필요하잖아요. 퇴근 전에 그칠 수도 있고, 편의점에서 사도 되니까요."

단호히 고개를 절레절레 흔드는 그녀를 보며 수안이 참았던 웃음을 터트렸다. 긴장의 연속인 청운회의 안과 달리 밖의 분위기는 쾌활했다. 회주로서의 무현은 힘들고 버거웠지만, 사장으로서의 그는 유능한 사업가였고, 신뢰를 주는 사장이었다. 성훈이 쓰러진 이후, 아직도 자금난과 실적 문제로 허덕이는 두 곳과는 달리 주원은 빠르게 자리 잡아 가고 있었다.

"음?"

유 비서와 대화를 하던 수안이 그녀의 책상에 놓여 있는 작은 피규어를 보며 눈을 빛냈다. 곰 모양에 동그란 눈이 최근 인기를 끌고 있는 캐릭터였다. 수안을 따라 고개를 돌린 유 비서가 환한 미소를 지었다.

"예쁘죠? 요즘 한창 인기 있는 캐릭터잖아요."

"이건 처음 보는 거 같은데요?"

대화를 할 때조차 선을 그어 놓고 그 밖으로는 넘어오지 않던 수안이 관심을 보이자 유 비서가 의외라는 눈으로 바라보았다. 청운회 안의 사람이어서 그런지 비슷한 나이 대의 여자들에 비해 딱딱하고 애늙은이처럼 보였었다. 그런데 저런 피규어 하나에 관심을 보이니 이제야 자신과 비슷한 또래의 여자로 보였다.

"채 비서님께서 이런 걸 좋아하시는지 몰랐네요."

"모으는 걸 좋아하거든요. 어디서 사신 거예요?"

수안의 눈이 모처럼 반짝반짝 빛났다. 여태 보지 못했던 생소한 표정으로 물어보는 수안을 보던 유 비서가 까르르 웃음을 터트렸다.

"이제야 채 비서님이 제 또래로 보이네요."

"네?"

"드릴게요."

유 비서의 말에 수안이 손을 저었다. 모으는 걸 좋아하지만 다른 사람 걸 가져갈 생각은 전혀 없었다.

"아니요! 제가 사면 되는걸요!"

"마침 어제 제가 선물로 같은 걸 하나 더 받았거든요. 두 개여서 가져온 거예요. 전 또 있어요."

"……."

"괜찮다니까요."

주저하는 수안의 손에 유 비서가 피규어를 덥석 쥐여 주었다. 제 손에 들린 피규어를 보는 수안의 입가에 환한 미소가 생겼다.

"감사합니다. 유 비서님!"

수안의 환한 모습에 유 비서의 눈이 커졌다. 표정이 거의 없다고 생각했는데 또 저리 웃으니 생기가 느껴졌다. 이곳에 온 이래 가장 풀어진 모습을 보이는 수안에게 유 비서가 내내 하지 못했던 말을 꺼내었다. 평소라면 얼버무렸을 수안도, 모처럼 기분이 좋은지 그녀와의 대화를 계속 이어 나갔다.

"언제 같이 보러 갈까요? 새로 생긴 매장인데 채 비서님도 좋아하실 거 같아요."

대화의 내용은 사소한 것에서 최근에 오픈한 매장에 관한 것으로 옮겨 갔다. 유 비서의 물음에 답을 하려는 순간, 누군가를 발견한 유 비서가 자리에서 일어났다.

"사장님."

수안이 짓고 있던 화사한 미소가 단숨에 사라졌다. 무현의 눈이 수안과 그녀가 들고 있는 피규어로 향했다. 그의 시선에 수안이 들고 있던 것을 뒤로 숨겼다.

차분한 눈에서 느껴지는 시선은 날카로웠다. 수안을 보던 무현이 말없이 사장실로 들어갔다. 사장실의 문이 닫힌 후, 수안이 긴장된 숨을 내쉬었다.

"들어가 볼게요. 그리고 다음에 꼭 같이 가요."

유 비서가 건네는 일정표를 받아 들며 수안이 속삭였다.

풀어졌던 표정을 다잡으며 그녀가 사장실 안으로 들어갔다.

"이번 주 내로 수사는 마무리하겠다는 연락이 왔습니다."

손 비서의 말을 들은 무현이 보일 듯 말 듯 고개를 끄덕였다. 궁금증이 생기면 어떻게든 해소해야 했던 우현과는 달리 무현은 수안에게 더 이상 묻기를 멈추었다.

"몇 년 버티고 나와도 세력을 다시 모으거나 재기하기는 어려울 것입니다. 놈들의 세력과 자금은 이번 일에 도움을 준 몇몇 조직에 나누어 주었습니다."

청운회 내부를 조용히 가라앉힌 것과는 달리 외부에서 간섭을 하려던 이들은 여지도 없이 잘라 버렸다. 내부의 일을 우유부단하게 처리했다는 불만이 있었지만, 수안의 눈에는 그의 행동이 조금은 다르게 보였다.

성훈이 회주에서 회장으로 물러난 지 이제 겨우 반년이 넘었을 뿐이었다. 무현이 회주로 빠르게 자리 잡고 있다고 해도 아직 청운회의 내부는 불안정했다. 그래서 외부의 상황을 요란하게 정리하면서 분열할 가능성이 내재되어 있던 내부를 사전에 잠재웠다. 겉으로는 우유부단해 보여도 실제로는 영악한 것이었다.

"아!"

혼자만의 생각에 빠져 있던 수안이 무현의 시선에 짧게 숨을 들이마셨다.

"집중을 못 하는 건가? 아니면 귀찮은 건가?"

"죄송합니다."

더 이상 무현이 그녀에게 관심을 가지지 않자, 도리어 그녀가 무현에 대해 생각하는 시간이 많아졌다.

"채 비서 빼고 전부 나가 있어."

무현의 명령에 손 비서를 포함한 이들이 일사불란하게 사무실 밖으로 빠져나갔다.

둘밖에 없는 사무실, 무현의 손이 재고하라며 물린 결재 서류 몇 개를 꺼내 수안의 앞에 내려놓았다.

"네 선에서 보낼 건 보내고, 처리할 건 처리해."

무현에게서 서류를 받아 든 수안의 눈썹이 옅게 꿈틀댔다. 종종 무현이 이런 식으로 비서들에게 일을 시키는 건 알고 있었다. 하지만 지금 건넨 건 그녀가 보던 것과는 수준이 달랐다. 이건 청운회의 사람들을 감사한 보고서였다. 그리고 그 안에는 우현 또한 있었다.

미끼인가? 표정은 담담했지만, 수안의 머릿속은 복잡하게 돌아갔다.

"이런 걸 저에게 맡기셔도 됩니까?"

"못 맡길 이유도 없지 않나?"

"……."

"내 사람으로 있겠다고 한 말은 허울뿐이었던가?"

거대한 추에 머리를 맞은 것처럼 얼얼했다.

내 사람.

대수롭지 않게 꺼낸 말인지도 모른다. 하지만 스무 살 때부터 스물여덟이 된 지금까지 우현은 단 한 번도 그녀는 자신의 사람이라 말해 주지 않았다.

수면에 이는 파문처럼, 침착하려 애쓰는 그녀의 마음 한편에 물결이 일었다. 별것 아닐지 몰라도 누군가에게 살짝 받아들여진 기분, 내내 물건 취급당하다 처음으로 사람으로 봐 주는 묘한 기분이 들었다.

"안 할 건가?"

"아니요. 하겠습니다."

무현이 내려놓은 서류를 냉큼 품에 안으며 그녀가 대답했다.

단순히 꺼낸 말에 휘둘리는 것인지도 모른다. 하지만 불쾌하지는 않았다. 애써 표정을 지우며 수안이 사무실 밖으로 나갔다.

그녀의 모습이 사라진 후, 서류에 향했던 무현의 눈이 그녀의 흔적을 좇았다.

우현의 저택으로 들어선 유란이 희미하게 나는 화장품 냄새에 이맛살을 찌푸렸다. 고개를 숙이고 있는 가정부 너머로 집을 둘러보던 유란의 눈이 날카롭게 변했다.

"언제 나갔어요?"

"사모님. 무슨 말씀을 하시는 건지…….”

짝!

고개를 숙인 가정부의 뺨을 유란이 힘껏 후려쳤다. 유란의 손찌검에 가정부가 자리에 주저앉았다.

"감히 누굴 속이려고!"

"사, 사모님!"

거실의 소란에 일하던 이들이 몰려들었다. 사람의 시선에도 아랑곳하지 않고 화가 나 거칠어진 숨을 몰아쉬던 유란이 턱을 들었다.

청운회의 어머니이자 악마.

운신이 어려운 회장 대신 본가를 지키는 그녀를 막을 사람은 이곳에 아무도 없었다.

"시끄럽게 왜 그러고 계세요?"

2층에서 들려오는 우현의 목소리에 가정부를 노려보던 유란의 눈이 그에게 향했다. 무슨 일인지 전혀 모르겠다는 듯 태연한 우현을 보던 유란이 애써 화를 삼켰다.

무현을 끌어내고, 청운회의 회주가 될 아들이었다. 행동을 조심 또 조심해도 모자랄 판에 하루가 멀다 하고 여자와 시시덕대고 있으니 유란은 속이 바짝 타들어 갈 수밖에 없었다.

"요즘 자꾸 흔적을 남기는구나. 계집애를 끼고 놀려면 내 눈 정도는 확실히 가려야 하지 않겠니?"

유란의 말에 우현이 대수롭지 않게 입꼬리를 올렸다.

매력적인 얼굴에 부드러운 목소리로 속삭이면 여자들은 그에게 전부를 보여 줬다. 그저 장난으로 내민 손을 그녀들은 진심

78

으로 붙잡고 매달렸다. 사랑한다면서 속삭이는 목소리 너머로 보이는 탐욕 어린 시선을 보는 게 재미있을 뿐이었다.

무료한 일상에 잠깐의 유흥이었건만, 유란은 매번 예민하게 굴었다.

"전 그 수도승 같은 누구와는 다르니까요."

"그런 걸 자기 관리라고 하는 거야! 놈의 세력이 점점 커지고 있다는 걸 너도 알잖니!"

유란의 잔소리를 한 귀로 흘리며 우현이 눈을 돌렸다. 유란이 몰랐을 뿐, 예전이나 지금이나 우현은 다가오는 여자를 막지 않았다. 다만 과거와 지금의 차이는 한 가지. 뒷수습하던 수안이 있고 없고의 차이일 뿐이었다.

"역시 없으니까 아쉽네."

"무슨 소리를 하는 거니?"

"할 말이 있어서 온 거죠? 올라와요."

수안이 있을 때는 그녀의 선에서 유란을 정리했다. 안하무인으로 나대는 유란도 수안의 정중한 말에 다섯 번 중 네 번은 확인도 제대로 못 하고 돌아갔었다. 역시 수안만 한 건 없다. 무현에게서 데리고 와야 할 첫 번째는 그녀였다.

한편 방에 들어오자마자 피곤한 듯 소파에 앉는 우현을 보며 유란이 혀를 찼다. 부지런히 움직여도 급한 상황에 계집놀음이나 해 대니 간신히 억눌렀던 분노가 다시 치미는 것 같았다.

"청운회에서 무현의 행동에 불만을 품은 이들이 하나둘씩 생기기 시작했단다."

"잘되었네요."

"문제는 네 행동 또한 문제가 되기 시작했단 말이다. 계집애들 좀 적당히 만나! 주변 정리도 확실히 하고! 엄마가 준비한 일이 시작될 때까지는 얌전히 있어!"

유란의 잔소리에도 우현의 부드러운 미소는 풀리지 않았다. 쓰러진 후부터 핏줄에 대한 집착을 하기 시작한 회장이 양아들인 무현에게 평생 동안 일군 청운회를 넘길 리 없다.

"무모한 짓은 하지 마세요. 그러다가 회장님 눈 밖에 나면 어쩌려고 그래요?"

"무현이는 방패막이일 뿐이야. 이건 내 생각이 아니라 회장님 생각이시지. 설령 회장님의 생각이 달랐대도 상관없어."

유란의 욕심은 때로는 우현 이상으로 컸다. 어쩔 때는 자신을 회주로 세우고 싶어 하는 건지, 스스로가 회주가 되고 싶어 하는 건지 알 수 없을 정도였다. 아무튼 지금 당장은 유란을 신경 쓰기보다는 무현을 회주 자리에서 끌어내리는 것이 우선이었다.

"어서 무현이 그 아이 눈에 수안이 띄어야 하는데 말이다."

여유롭게 테이블의 커피잔을 들던 우현의 손이 멈추었다. 그림처럼 그려져 있던 검은 눈썹이 옅게 꿈틀댔다.

"무슨…… 소리예요?"

되묻는 우현의 목소리가 떨렸다. 우현의 변화를 아는지 모르는지 유란이 멈췄던 말을 계속했다.

"일 잘하고 말 잘 듣는 물건은 청운회에도 얼마든지 있어. 네가 좋아하는 침대에 누워 다리 벌려 주는 계집들 또한 차고 넘치지."

"……."

"마음에 들지는 않지만 그 아이처럼 제 고집을 굽히지 않는 아이도 드물지. 그런 주제에 눈치도 있어서 몸을 사려야 할 부분에서는 또 아무것도 모른다는 얼굴로 물러나잖니."

유란을 보는 우현의 눈에 옅은 빛이 감돌았다. 조금 전까지와 완전히 다른 분위기였지만 자신의 말에 도취된 유란은 우현의 변화를 알지 못했다.

"수안이가 그놈을 유혹이라도 한다는 건가요?"

"유혹이랄 것도 없지. 그냥 그 아이는 평소 하던 대로만 하면 돼. 무현이 같은 애에게는 그 정도가 딱 적당하단다."

유란의 말에 답을 하는 대신 우현이 커피를 한 모금 입안에 머금었다. 쓴 커피를 좋아하는 그였지만, 지금 마시는 커피는 유난히 더 쓰게 느껴졌다. 우현의 서늘한 분위기에 유란이 자리에서 일어났다.

"아무튼 좀 얌전히 있으렴. 종종 원로들에게 인사도 다니고 말이지."

"수안이가 그럴 애로 보여요?"

"그 아이는 두 주인을 모실 애가 아니야. 그렇게 수완이 좋은 애가 아니란 말이지. 무현이에게 간 이상, 그 아이에게 최선을 다할 거다. 그것만으로도 그 수도승 같은 무현이에게는 치명적 유혹이 될 수 있겠지. 그러니 나서지 말고 기다리고 있으렴."

유란이 방을 나가고, 계단을 내려갈 때까지 우현의 눈은 허공을 노려보고 있었다. 그의 품에서 작은 새처럼 떨고 있던 수안의 표정이 머릿속을 스쳤다. 코를 마비시키는 화장품 냄새 대신 코를 묻고 숨을 들이마시게 하는 달콤한 향이 떠오른 우현의 입꼬리가 올라갔다.

"수안이 무현을 유혹한다라⋯⋯."

으득.

차가운 눈에 서서히 살기가 스며들고 깨문 입술에서 붉은 피가 흘러내렸다.

8년 동안 자신의 곁을 지켰던 그녀였다. 재미 삼아 뒤흔드는 말에도 조금도 흔들리지 않던 수안이 그런 용도로 무현에게 보내졌다니 있을 수 없는 일이었다. 무현의 품에서 수안이 자신에게 보였던 눈빛으로 그를 쳐다본다면, 몇 번이고 빨아들이고 삼켰던 하얀 목에 그 방패막이의 입술이 닿는다면⋯⋯.

"불쾌하네."

그저 아버지의 심술로 수안이 무현에게 간 것으로 생각했다. 어차피 수안이 돌아올 곳은 자신이었기에 대수롭지 않게 생각한 것 또한 사실이었다.

피로 붉어진 입술을 혀로 핥으며 우현이 비릿한 미소를 지었다.

수안이 그럴 리가 없다.

그런데도 한번 망친 기분은 풀리지 않았다.

"이대로라면 신원과 유원은 회생 불능입니다. 그런데도 지켜보고만 계실 것입니까!"

아침부터 들이닥친 사람들로 인해 사장실은 소란스러웠다.

나가 있으라는 명령에 문밖에 서 있는 수안의 미간이 살짝 찌푸려졌다. 하필 손 비서가 자리를 비운 상황에서 일어난 일이었다. 어쩔 수 없이 밖에 나와 있었지만 역시나 안에서 들려오는 목소리에 무현의 목소리는 없었다.

"주원에서 조금만 도와주시면 가능한 일입니다. 지금의 자금 사정으로는 상반기의 실적은 최악으로 나올 것이 분명합니다."

"그렇게 될 때까지 유원과 신원에 있는 이들은 무엇을 했나?"

"회주!"

"왜 부회주에게 보고하고 대책을 마련할 일을 나한테 와서 해결을 하라 하는가? 그대들이 직접 세운 사장에게 처리를 하라고 해야 함이 우선인 것 같지 않나. 아니면……."

목청을 높이는 이들을 가라앉은 눈으로 보던 무현이 입꼬리를 올렸다.

이들이 여기까지 와 이러는 이유는 묻지 않아도 훤했다. 하나같이 유란이 직접 뽑아 유원과 신원에 배치해 놓은 이들이었다. 우현의 든든한 뒷배가 되어 주는 대신 그럴듯한 직함을 챙겨 받은 이들이 바로 앞에 앉은 사람들이었다.

"유원과 신원이 잘못되면 그 책임을 나에게 떠넘기기 위함이던가?"

"회주!"

최근 유란이 유원과 신원의 인사들을 이용해서 주원을 흔들려고 하는 건 이미 알고 있다. 회주의 친아들인 우현이 있는 상황에서 배경이 없는 무현이 회주가 된다면 청운회의 뿌리부터 흔들릴 것이라 소문을 흘리고 다니는 사람이 유란이었다.

"어머니께 행동을 조금은 신중하게 하시라 전해 드리는 것이 지금 나에게 와서 이러는 것보다 나을 것 같군."

"회주! 쓸데없는 억측으로 본질을 흐리지 마시죠! 이대로 두 그룹이 무너지는 걸 지켜보시기만 하실 것입니까!"

"나에게서 뭘 얻어 갈 생각이라면 내 눈과 귀부터 막고서 움직이는 게 좋겠지. 내가 모른다고 생각하는 건가? 아니면 모르길 바라는 건가?"

"회주!"

적당히 포기하고 갔으면 싶건만, 찰거머리같이 붙어서는 좀처럼 떨어지지 않았다. 슬슬 짜증이 치밀었지만, 이런 상황을 눈치껏 해결해 왔던 손 비서는 현재 자리를 비운 상황이었다. 어지간한 일로는 꿈쩍도 안 할 이들을 보며 무현이 작정하고 입을 열려는 순간, 문이 열리며 수안이 모습을 드러냈다.

"회주님. 이선그룹의 회장님과의 오찬 장소로 이동하실 시간입니다."

이선그룹과의 오찬 약속은 정해져 있었지만 오늘은 아니었다. 오늘 새벽에 수안이 한 보고이니 그녀도 모를 리 없었다.

무엇이 어쨌든 상관없다. 지금의 자리를 파할 수 있는 절호의 기회, 무현이 말을 마무리했다.

"자, 준비를 해야 될 듯하니 일어나야 할 것 같군. 자세한 이야기는 다음 주에 있을 회동에서 이야기하지."

"회주! 아직 해야 할 이야기가!"

"날 몰아붙여서 무언가를 얻을 생각이라면 다시 생각하는 것이 좋겠군. 웃으면서 상대해 줄 수 있는 것도 이제 슬슬 한계니까 말이지.”

무현의 엄포에 매달리던 이들의 행동이 멈추었다. 떨떠름해
하면서도 어쩔 수 없다는 듯 일어난 이들이 헛기침을 하며 거칠
게 방 밖으로 나갔다. 그들의 기척이 완전히 사라진 이후, 무현
의 눈이 수안을 향했다.

없는 약속을 왜 만들었느냐는 물음 따위 필요 없었다. 다만
그녀의 행동이 좀 의외였다. 수안은 명령한 선 이상으로 절대
나서는 여자가 아니었다.

“주제넘게 나서서 죄송합니다.”

여전히 그녀의 존재는 무현에게 거슬렸다. 시키는 대로 얌전
히 따랐고, 일 처리도 깔끔해서 데리고 있을 만했지만, 그녀에
게는 오랫동안 우현의 곁을 지켰다는 경력과 회장에게 직접 명
령을 받는다는 그림자가 있었다.

눈에서 벗어나게 행동하지도 않았고, 다른 목적을 가지고 움
직이지도 않았다. 그래서 더욱 그녀에게서 눈을 뗄 수 없다.

“회주님께서는 괜찮으신 것 같았습니다만 고성이 오가는 상
황이 계속되는 건 아닌 것 같아서 주제넘게 나섰습니다. 죄송합
니다.”

무현에게서 아무 말도 없자 수안이 부가적으로 말을 덧붙였
다. 기분이 상한 건 아니었다. 도리어 적절한 때에 나서 준 그녀
덕분에 부담스러운 자리가 단숨에 정리되었다.

“내 사람이라는 건가?”

“네?”

수안의 동그랗게 뜬 눈을 보던 무현이 옅게 입꼬리를 올렸다.

85

도대체 자신의 어느 말이 그녀를 건드는 것인지 종종 표정 없던 얼굴에 확 생기가 느껴질 때가 있었다. 짧게 사라졌다가 없어지기를 반복했지만, 적어도 그 찰나의 표정이 종종 그를 완전히 흔들어 놓을 때가 있었다.

"다시는 그러지 않겠습니다."

"내가 하지 말라고 했던가?"

종종 그녀의 말에 꼬투리를 잡으며 무현은 희미한 미소를 지었다. 손 비서는 무현이 웃는 일은 아주 드물다는 말을 했지만, 수안은 그에게서 종종 저런 미소를 보았다.

그녀와의 대화가 재미있다는 건가? 아니면 사람 놀리기를 좋아하는 것인가? 그가 저런 표정으로 말을 꺼낼 때는 어떻게 대답해야 할지 알 수 없었다.

"네 판단으로 아니다 싶을 때는 하고 싶은 대로 해."

아무렇지도 않게 던지는 말이 담담하려 애쓰는 심장을 훅 후려쳤다.

그녀를 시험하는 것일 수도 있고, 그저 그의 말투가 저런 것일 수도 있었다. 하지만 물건이 아니라 신뢰하는 직원으로 봐줄 때의 기분은 뭐라 말로 표현할 수 없었다.

수안의 머릿속에서 위험하다는 경고음이 계속 울렸지만, 솔직히 적응해 가는 시간만큼이나 단단히 잡고 있던 마음이 흔들리고 있었다.

"이만 나가 보겠습니다."

고개를 숙인 수안이 몸을 돌렸다. 문고리를 잡은 손이 움직이려는 순간, 무현의 물음이 들렸다.

"그래서 내 약점은 찾았나?"

수안의 움직임이 멈추었다. 무현의 약점을 찾아오라고 했던 우현의 명령을 상기하는 듯한 물음에 그녀가 숨을 삼켰다.

잊고 있었다.

아니 외면하고 있었다는 표현이 더 맞았다.

"회주의 약점을 찾지 않았습니다. 그래야 할 이유가 저에게는 없으니까요."

말을 끝낸 수안이 조용히 방을 나갔다.

충동적으로 대답하고 나왔지만 혼란스러웠다. 어이가 없어 웃음조차 나오지 않았다.

무현의 약점을 알아내고 그를 흔들기 위해 들어온 곳이었다. 회장과 우현의 명령에 수안은 하지 않겠다고 했지만 어차피 그녀의 의사 따위 상관없는 사람들이었다. 하라는 대로 하지 않는 물건은 청운회에 필요 없다. 그들의 말대로 따르지 않는 수안을 언제 치워 버릴지 모르는 일이었다.

그런데도 하지 않았다. 언제부터였는지 무현의 약점을 찾아 내기보다는 그가 내리는 명령에 집중하게 있었다.

"나가기 전에 죽어도 할 말이 없겠네."

하지 않겠다는 말에 회장은 아무 말도 하지 않았지만, 우현은 웃으면서 해볼 테면 해보라는 했다.

이곳에 있던 석 달 새, 그녀도 모르는 사이에 그녀가 바뀐 것일까?

그건 아니었다. 여전히 그녀는 청운회를 나가고 싶을 뿐이었고, 깊게 관여하면 관여할수록 그녀에게 좋지 않다는 것 또한 알았다. 다만…….

"헉."

그 순간 주머니에 넣어 놓았던 휴대폰의 진동이 울렸다.

[지우현]

휴대폰에 적힌 이름을 보던 수안이 눈을 찌푸렸다. 속마음을 들킨 것처럼 타이밍 좋게 오는 연락에 자신도 모르게 심장이 떨렸다.

"후우."

길게 숨을 내쉰 수안이 휴대폰의 통화 버튼을 눌렀다. 그러자 기다렸다는 듯이 여유로운 목소리가 휴대폰 너머로 들렸다.

"부회주님."

– 뭐 하고 있었어?

이 물음이 지금까지 무엇을 했느냐는 힐난으로 들리는 건 기분 탓만은 아닐 것이다. 무현이 조용히 상대의 목을 조르는 이라면 우현은 다른 사람의 이목에 상관없이 목을 움켜잡는 이였다.

"출근했습니다."

– 여전히 딱딱하네. 먼저 연락 한 번 없고 말이야.

"죄송합니다."

가시가 돋친 답에 수안이 곧바로 잘못했다며 몸을 숙였다. 어설픈 변명 따위 우현이나 무현이나 통하지 않았다.

'네 판단으로 아니다 싶을 때는 하고 싶은 대로 해.'

무현의 말이 머릿속을 스치며 사라졌다. 방심하던 심장이 또 제멋대로 떨리는 순간, 우현의 말이 휴대폰 너머로 들려왔다.

– 아버지에게 들었어. 난 네가 날 그렇게 신경 써 주는지는 모르고 있었네?

수안의 눈이 작게 떨렸다. 독대로 나눈 이야기가 우현의 귀로 들어갔다는 것인가? 잠시 고민하던 수안이 짧게 고개를 저었다. 그렇다면 지금 아버지에게 들었다는 이야기는 그냥 던져 보는 것이 분명하다.

회주의 자리에서 물러났어도 회장의 영향력은 무시할 수 없다. 그리고 성훈은 독대하며 나온 이야기를 아들에게 말하는 사람이 아니었다.

"부회주. 무슨 말씀을 하시는지 모르겠습니다."

– 마침 네 생각도 나고, 듣고 싶은 이야기도 있는데, 어때? 오늘 저녁, 같이 할까?

오늘 저녁에는 무현의 스케줄에 함께 움직여야 했다. 조용히 해야 할 일인지 일정에 적혀 있지 않았지만 손 비서가 자리를 비운 이상, 수안이 따라가야 했다.

"죄송합니다. 부회주님. 오늘 회주님께서 선약이 있어 그곳에 가야 합니다."

– 어디에 누구를 만나러 가는 건데?

"……부회주님."

– 수안. 나잖아. 내가 누군지 또 잊어버린 거야?

머릿속에서 경고음이 울렸다. 오랫동안 우현의 곁에 있으면서 생긴 감각이 위기를 곧바로 감지했다. 하지만 그가 왜 이리 나서는지도 어렴풋이는 알고 있었다.

무현의 약점을 알아오라는 명령에 그녀는 움직이지 않았다. 어쩌면 수안의 변화를 그녀보다도 먼저 우현이 알아차렸을 수도 있다.

─ 수안아. 나한테 해야 할 이야기가 있잖아?

휴대폰에서 들려오는 우현의 목소리에 수안이 눈을 감았다. 보고 들은 걸 우현에게 던져 주고 상황을 모면하는 방법이 있지만 청운회에 오래 있으면서 쌓은 경험이 그건 아니라고 말하고 있었다.

하나를 주기 시작하면 더 큰 것을 요구하게 된다. 어설픈 여지는 결국 독이 되어 자신의 목을 조를 뿐이었다.

"부회주님. 다른 날에 제가 연락을 드리겠습니다. 오늘은 어렵습니다."

─ 6시에 차 보낼게.

"부회주."

─ 수안아. 날 화나게 하지 마.

"……."

─ 무현이가 보듯이 나도 보고 있어.

섬뜩한 말을 하는 우현의 말투에는 옅게 웃음기가 깃들어져 있었다. 우현과의 통화를 마친 수안이 어두운 눈으로 휴대폰을 바라보았다.

똑같은 시간. 거스르는 즉시 목숨을 거둘 두 사람.

수안의 눈이 어둡게 가라앉았다.

통화를 마친 우현의 눈에 짙은 살기가 감돌았다. 유란의 말에 웃으면서 대답했던 여유로운 그는 어디에도 없었다. 자신의 곁에서 얌전한 강아지처럼 하라는 대로 하던 수안이 변했다.

"음."

성훈과 수안이 독대해서 무슨 대화를 했는지 우현은 알지 못했다. 유란은 우현에 대한 이야기를 한 것이라 추측했지만, 그의 생각은 달랐다. 핏줄에 대한 집착만큼이나 청운회에 대한 자부심이 강한 성훈이라 혹시 하는 생각으로 회장에 대한 이야기를 꺼냈지만, 역시나 눈치 빠른 그녀는 우현의 수에 걸리지 않았다.

여전히 조심스러운 그녀가 마음에 든다. 하지만 그의 제안에 여지없이 무현을 팔면서 죄송하다는 말을 하는 그녀는 불쾌하다 못해 짜증이 치밀었다.

"사람이 바뀌는 건 당연한 일이지만 말이야."

매혹적인 얼굴에 드리워져 있던 부드러운 입매가 그도 모르게 딱딱하게 굳었다. 입꼬리를 올리고, 눈웃음을 짓는 것만으로도 여자들은 너무나도 쉽게 그의 품으로 안겨 왔다. 처음 우현에게 왔던 수안 또한 잠시 그에게 흔들리는 모습을 보이기도 했었다.

하지만 수안은 우현에게 빠져드는 대신 선을 지켰다. 답답할 정도로 고집이 셌지만 눈치껏 몸을 숙였기에 다른 놈들보다는 관심을 주었던 것 또한 사실이었다.

"너는 그러면 안 되지."

수안이 무현에게 가게 된 이유를 듣고 난 이후부터 하루에도 몇 번씩 속이 뒤틀렸다. 다른 사람은 몰라도 수안은 자신만을 생각하고 그만을 바라봐야 했다. 얼마든지 품에 안고 부서뜨릴 수 있는 걸 참은 이유는 아직 수안의 존재가 그를 즐겁게 해 주기 때문이다.

허공을 노려보던 우현이 입꼬리를 살짝 올렸다. 주인이 누구인지 잊어버린 물건을 가르치는 방법은 하나였다. 잠시 후, 밖에서 대기하던 비서가 안으로 들어왔다.

"오늘 예약하라고 한 곳은?"

"7시, 두 명 예약 끝냈습니다."

"5시에 차 보내. 데리고 와."

말을 끝낸 우현이 소파에 깊게 몸을 묻었다.

8년을 데리고 있으면서 이제야 쓸 만하게 만들어 놓았건만, 왜 무현에게 수안을 줘야 한단 말인가? 하물며 수안이 자신과 비교도 안 되는 무현에게 흔들리다니, 있을 수 없는 일이었다.

더 짜증나는 일이 터지기 전에 바로잡아야 할 터, 우현의 눈에 천천히 분노가 스며들었다.

안에서 인기척이 없자 수안이 조심스럽게 문을 열고 들어갔다. 오늘따라 약속이라도 한 듯 연이어 손님이 들이닥쳤다. 무현이 기다렸던 이들도 있었지만 찾아온 사람들은 얻을 것이 없는 우현 대신 무현에게 조금이라도 비비러 온 이들이 대부분이었다.

"회······."

사무실 안으로 들어온 수안이 눈을 감은 무현을 보고 입을 닫았다.

종종 새벽에 잠든 그를 보기는 했지만, 저런 모습은 처음이었다. 아슬아슬한 줄 위에서 위태롭게 서 있는 사람처럼, 곁에서 지켜본 무현은 강하지만 동시에 위태로웠다.

유란부터 회장의 비호까지 받는 우현과 방패막이로 혼자 견뎌 내는 무현. 자신 주제에 둘의 사이를 이래라저래라 판단할 의무도, 권리도 없다. 그걸 알면서도 사방에서 드러내는 적의 속에서 혼자 강하게 버텨 내는 이 사람에게 자꾸 시선이 갔다.

"회주님."

자고 있는 그를 깨우고 싶지 않았지만, 출발해야 할 시간이었다. 그리고 동시에 우현이 보낸 차가 올 시간이었다.

깊게 잠들었는지 수안의 부름에도 무현은 눈을 뜨지 않았다. 가까이 다가가자 무현의 앞머리에 붙은 먼지가 수안의 눈에 띄었다. 주저하던 손이 조심스럽게 그의 머리카락을 향했다. 그러나 머리카락에 붙은 먼지에 손이 닿기 직전, 차가운 손이 그녀의 손을 붙잡았다.

"아!"

심장이 덜컥 내려앉았다. 좀 전까지 잠들어 있었던 사람이 맞는지 의심스러울 정도로 또렷한 눈으로 그가 수안을 바라보고 있었다. 잡힌 손에서 느껴지는 냉기가 차가웠지만 차마 뺄 생각조차 하지 못했다.

"머리에 먼지가 붙어 있어서…… 죄송합니다."

손을 빼려 하는 수안을 무현이 붙잡았다. 그의 눈을 피하려 했지만 피할 수 없었다. 그저 마주 보는 것뿐인데도 그에게 속마음을 내보이는 기분이었다. 고립되어 있는 방패막이이면서도 그는 지독히도 강했다.

"몇 시지?"

"5시 30분입니다. 나가셔야 합니다."

손을 다시 빼려는 수안의 손목을 그가 다시 붙잡았다.

"안 떼어 주는 건가?"

"네?"

"먼지 붙었다며? 그럼 떼 줘야 하는 거 아닌가?"

자신이 잘못 들었나 싶어 눈을 좁혔지만, 그는 여전히 서늘하고 날카로웠다. 기분 탓일지도 모르겠다. 표정은 무척이나 차가운데도 그가 그녀에게 건네는 말에서는 옅게나마 웃음기가 느껴졌다.

그녀를 흔들 생각이라면 무현은 성공했다. 이게 무슨 감정인지 알 수 없지만 적어도 그의 행동에, 오랫동안 지켜오던 다짐이 흔들리고 있는 건 사실이니까.

무현의 머리카락에 붙어 있는 먼지를 떼어 내자 그제야 그가 잡고 있던 손목을 놓아주었다. 곧 도망치듯 수안이 무현에게서 몇 걸음 뒤로 떨어졌다.

"나가 있겠습니다!"

"새로 가져온 건가?"

수안의 대답에 허락을 하는 대신 무현이 그녀가 가져온 서류철을 열었다.

"다음 주 청운회 회동에 참석할 이들의 명단입니다."

애써 감정을 추스르며 수안이 차분하게 답했다. 조금이라도 틈을 보이면 무현이 무슨 수를 쓸지 알 수 없었다.

"당분간은 손 비서가 없어. 그러니까 네가 움직여."

무현에게는 청운회에서 보낸 수행비서가 두 명이 더 있었지만, 손 비서의 공백 이후 유난히 일이 느는 사람은 수안이었다. 수안이 고개를 숙이자 무현이 자리에서 일어났다. 피곤해하는 무현을 보던 수안이 자신도 모르게 그에게 물었다.

"커피라도 가져다 드릴까요?"

물어봐 놓고 당황한 수안이 입술을 깨물었다. 업무 외의 물음은 단 한 번도 한 적이 없었다. 하물며 그녀의 앞에 있는 사람은 청운회의 일인자, 회주였다. 잠들어 있는 그를 본 것이 패인이었다. 찰나의 감정에 흔들려 동료에게 하듯 말을 꺼내다니 실수였다.

"제가 실언을 했습니다. 죄송합니다."

"내가 피곤해 보이나?"

수안이 무슨 소리냐는 듯 눈을 좁히고 보니 무현의 미간 또한 딱딱하게 굳어 있었다. 하지만 그것도 잠시, 무현이 고개를 저었다.

"나가 있어."

상황을 자르는 그의 명령에 기다렸다는 듯 수안이 고개를 숙였다.

좀 전과는 다른 서먹한 분위기가 몸서리쳐지게 싫다. 더는 그의 행동 하나에 흔들리고 싶지도, 속마음을 들키고 싶지도 않았다.

도망치듯 수안이 사무실 밖으로 나갔다.

❖

방패막이로 세운 회주라는 것을 상기시키듯 무현에게 자리를 넘기자마자 성훈은 자신이 맡았던 대부분의 일을 그에게 넘겼다.

그리고 그렇게 넘긴 일 중 절반 이상은 청운회 안에서는 오랫동안 방치된 채 고인 물처럼 썩어 가는 문제들이었다. 싹을 도려내지 않는 한 해결할 수 없는 폭탄 같은 문제들을 떠맡은 무현은 이를 하나씩 자신의 방법으로 해결해 나가기 시작했다.

– 그래서 안에는 못 들어갔다는 건가?

수안은 물론이고 따라온 이들까지 모두 밖에 대기시킨 무현이 혼자 안으로 들어간 지 1시간이 넘어 있었다. 절대 혼자 보낼 수 없다 저지했지만, 그는 눈썹 하나 꿈쩍하지 않았다.

흘러가는 시간만큼이나 초조함도 늘었다. 결국 고민하던 그녀가 연락을 한 곳은 최근 자리를 비운 손 비서였다.

"네. 벌써 1시간이 넘었는데 나오지 않고 계십니다."

– 흠. 오늘 약속 장소가 카르페디엠 VIP실이라고 했던가?

"네. 만나시는 분은 D의 S라고만 쓰여 있었습니다."

무현의 일정에는 때로는 그녀가 알 수 없는 이니셜로 일정과 시간이 쓰여 있을 때가 있었다. 그런 경우, 언제나 손 비서와 최소의 인원만 동행했었다.

– 그분이면 괜찮네. 회주께 손을 쓰는 것보다는 손을 잡았을 때 이득이 더 크다는 걸 아는 분이니 말이야.

"그렇……습니까?"

수안의 말이 묘하게 가라앉았다.

우현과 다르다는 것을 알면서도 생각지도 못한 곳에서 그 차이가 드러났다. 우현은 사소한 모임에서도 경호원들을 곁에 두었다. 하물며 조금이라도 제 곁을 비우면 분이 풀릴 때까지 손찌검을 하기도 했다.

– 회주님과 부회주님은 많이 다르신가 보군.

"힘든 건 두 분 다 똑같습니다."

회주보다는 손 비서가 편한 터라 수안이 느낀 것을 털어놓았다. 잠시 말문이 막혔던 그가 수안의 투정에 웃음을 터트렸다. 그사이, 무현이 들어가 있는 곳으로 잘 차려입은 여자 몇 명이 들어갔다. 무슨 목적인지 살피지 않아도 알 수 있는 상황, 그래도 혹시 모를 일에 수안이 그녀들의 얼굴을 머릿속에 담았다.

– 어쨌든 오늘 모임은 걱정하지 않아도 되네. 당분간은 자리를 비울 예정이니 잘 좀 부탁하네.

필요한 말만 꺼내는 듯싶어도 무현과는 달리 손 비서는 주변을 관리하는 데 능숙했다. 그런 그가 자리를 비우는 것이 내심 마음에 걸렸지만, 수안이 뭐라 말할 상황은 아니었다.

손 비서와의 통화가 끝나고 시트에 몸을 기대며 수안이 피곤한 숨을 내쉬었다. 여자가 들어갔으니 모임이 더 길어지겠다는 생각을 하는 순간, 코트의 깃을 여미며 무현이 밖으로 나왔다. 놀란 수안이 차에서 나와 무현에게로 달려갔다.

"회주님."

걸어오는 그에게서 독한 술 향이 훅 끼쳤다. 잠시 고민하던 수안이 무현을 부축하러 가까이 다가갔다.

"출발해."

전혀 흔들리지 않는 목소리에 수안의 걸음이 멈추었다. 그런 수안을 지나치며 무현이 차로 걸어갔다. 지나가는 그를 멍하니 보던 수안이 서둘러 차 문을 열었다. 무현이 차에 오르자마자 수안이 차를 출발시켰다.

차창을 활짝 열어 놓은 채, 무현이 눈을 감았다. 시내로 차가 들어서고 속도를 낼수록 창으로 들어오는 바람의 세기가 매서워졌다. 보다 못한 수안이 창을 닫으려 했다.

"그대로 둬."

잠든 줄 알았던 그가 또렷한 말투로 명령하자, 수안이 손을 거뒀다. 술에 취해 있음에도 그에게서는 조금의 틈도 보이지 않았다. 저런 상대에게서 무슨 약점을 찾아오라는 건지 새삼 우스워졌다.

오랫동안 이어질 것 같았던 정적이 끝난 건, 무현의 입에서 처음 듣는 주소가 나온 후였다.

"잠시 들러."

어디냐는 물음 대신 수안이 품에 넣어 놓았던 휴대폰을 꺼내었다. 휴대폰의 전원을 켜고 통화 버튼을 누른 수안이 회주의 차 주변을 경호하는 차들에게 목적지를 말했다.

신호에 맞춰 수안이 유턴했다. 그리고 그 주변의 경호원들의 차들 또한 방향을 바꾸었다.

"휴대폰은 왜 꺼 놓았지?"

눈을 감고 있는데도 마치 모든 것을 보고 있는 것처럼 무현이 그녀에게 물었다. 수안의 눈이 흔들린 것도 잠시, 다시 평온을 찾은 그녀는 운전에 집중했다.

"부회주님께서 보내신 차를 타지 않은 이상, 그때처럼 연락이 올 테니까요."

담담히 대답하는 수안을 무현이 말없이 바라보았다. 시간이 흐르면서 수안은 무현에게 적응해 갔다. 종종 넋을 놓거나 다른 생각을 하기는 했지만 그럼에도 일 처리나 신변 정리는 깔끔하고 정확했다. 마음에 들지 않는 건 아니었다. 도리어 최근에 들인 사람들 중에 제일 마음에 들었다.

손 비서가 없으면 전혀 진행될 수 없던 일이, 수안이 오면서는 가능하게 되었다. 물론 수안에게 그의 전부를 보여 준 것은 절대 아니지만, 대외적인 일 처리는 손 비서 못지않았다.

"무리했군."

무현이 아는 우현은 불복종을 절대 그냥 넘어가지 않는다. 하물며 우현은 수안에게 제 약점을 알아내라는 명령까지 내렸을 터였다.

"부회주님께서 요청하신 사항이 제가 책임지고 해야 할 일이 아니니까요."

어설픈 술수도, 필요 이상의 욕심도 없었다. 그저 자신이 책임져야 할 부분에서는 확실했지만, 그 이상을 생각하고 욕심을 부리진 않았다.

무현에게 말했던 그대로 그녀는 그에게 최선을 다하고 있다.

"거슬려."

"……네?"

위험한 모략이 판치는 청운회 같은 곳에는 어울리지 않는 여자였다. 외면하려 해도 어느새 그의 시선은 수안을 향했다. 중심을 잡으려 아등바등 버텨 내는 그녀가 신기해서 자신도 모르게 눈길을 주고 있었다. 결정적으로…….

머리카락 끝에 짧게 닿았던 손끝이 아직도 생생했다. 환하게 짓는 미소도, 손목을 잡힌 순간 보여 줬던 놀란 눈도, 그리고 그를 볼 때마다 고민하듯 찡그리는 시선조차도 이상할 정도로 머릿속에 강렬하게 남았다.

무표정 속에 자신을 철저히 감춘 무현의 안으로 그녀가 천천히 들어오고 있었다. 머릿속에서 작게 울리고 있던 경고음이 점점 커져 갔다.

2시간을 내리 운전을 한 후에나 무현이 말한 장소에 도착했다.

무현보다 먼저 차에서 내린 수안이 주변을 둘러봤다. 민가에서 조금 떨어져 있는 전원주택은 몸을 숨길 수 있는 엄폐물도 거의 없어 경호하기에 최적의 장소였다. 낮은 담으로 둘러싸인 저택조차 몰래 들어오는 일은 쉽지 않아 보였다.

청운회의 본가보다 규모만 작을 뿐, 앞의 저택이 안전 면에서는 최상이었다.

"여기 있어."

무현이 내리자 저택의 앞을 지키던 경호원들이 그를 향해 몸을 숙였다. 그들의 인사를 받으며 무현이 저택의 입구로 걸음을 옮겼다. 그리고 그 모습을 차에서 내린 수안이 물끄러미 바라보았다.

무현이 저택의 문을 여는 동시에 닫혀 있던 현관문이 열리며 어린 여자가 고개를 빼꼼 내밀었다. 흔한 화장기조차 없는 얼굴로 상황을 보던 여자는 무현을 보자마자 한달음에 달려와 그의 목에 매달리자, 그는 여자의 이마에 짧게 입술을 맞추었다.

"저런 표정도 지을 줄 아네."

웃는 표정이라고 해 봤자 입술 끝을 조금 올리는 것이 전부인 사내였다. 그런 사내가 누구보다도 다정한 표정으로 품에 안겨 있는 여자를 보고 있었다.

무현의 품에 얼굴을 묻은 여자가 미간을 모으며 뭐라고 하자 못 당하겠다는 듯한 무현이 눈을 내렸다. 둘의 대화는 들리지 않았지만, 둘의 모습에서 무슨 이야기가 오가는지 알 수 있었다.

'애인인가?'

둘의 모습을 보던 수안의 눈이 좁아졌다. 그녀가 누구인지는 몰라도 하나는 확실했다.

'시험……이라는 건가?'

D의 S가 누구인지 수안은 알지 못해도 우현이라면 충분히 알 수 있을 것이다. 그러나 무현의 곁에서 어리광을 부리고 있는 여자는 맹세컨대 우현이나 유란은 모르고 있을 여자였다. 저렇

게 아끼는 여자가 있다는 것을 알았다면 지금까지 둘 다 가만히 있었을 리가 없다.

기분이 서서히 가라앉고 있었다. 회주인 그에게 여자가 없을 거라는 생각 자체가 우스운 일이었다. 그리고 저런 표정을 지을 정도로 아끼는 여자라면 조치를 취하는 게 당연하다.

'좋지 않아.'

자신이 왜 이러는지 모르겠다. 그저 피곤한 상황과 끝나지 않는 업무에 치미는 짜증일지도 모른다. 하루에도 열두 번도 더 그가 대수롭지 않게 던지는 말과 행동에 천당과 지옥을 오가기를 반복했다.

노골적으로 자신의 약점을 보여 주는 무현. 그리고 저 냉정한 남자가 귀하게 여기는 단 한 명의 여자.

가겠다고 했는지 몸을 돌리는 무현의 팔을 여자가 붙잡았다. 환하게 웃고 있던 여자의 눈에 어느새 그렁그렁 눈물이 맺혀 있었다. 팔을 붙잡으며 여자가 입을 열었지만 그가 고개를 저었다.

다음에 올게.

그답지 않은 부드러운 말을 한 듯했고, 여자가 잡고 있는 손을 놓았다. 풀이 푹 죽은 여자를 품에 안은 그가 말없이 등을 쓸 어내렸다.

무현이 차에 오를 때까지 여자의 눈이 그를 좇았다. 그리고 그런 여자를 좇던 수안의 시선이 다시 잠이 든 듯 눈을 감고 있는 무현에게로 갔다. 그리고 가라앉은 눈으로 조용히 그를 바라보았다.

쉴 집이 있어도 무현이 결국 돌아온 곳은 사장실에 따로 마련되어 있는 숙소였다. 언제 그랬느냐는 듯 원래대로 돌아온 그가 입고 있던 코트를 벗었다.

평소였다면 이만 퇴근하겠다는 말과 함께 돌아갔을 것이다. 하지만 지금만큼은 가라앉는 눈으로 씻으려는 무현을 바라볼 뿐이었다.

"하고 싶은 말이라도 있는 건가?"

오는 내내 생각하고 또 고민했던 말이었다. 지금부터 자신이 하게 될 물음을 무현이 어떻게 받아들일지 두려웠다. 분명 그녀가 건들 수 있는 선 그 이상을 건드는 일이 될 것이라는 걸 의심치 않았다. 그럼에도 해야만 했다.

"회주께서는 왜 저에게 본인의 약점을 보여 주시는 겁니까??"

"보이면 안 되는 이유라도 있던가?"

평소였다면 그의 저런 대답에 먼저 흔들리고 물러났을 것이다. 하지만 석 달 동안 그녀도 무현에 대해 약간이나마 파악한 것이 있었다. 가볍게 들어오는 물음에 넘어가는 순간 그녀가 원하는 대답은 들을 수 없다.

"절 믿지 않으시니까요."

담담했던 무현의 눈썹이 꿈틀댔다. 역시나 예상한 것처럼 선을 넘어 버렸다. 표현의 방식만 다를 뿐, 우현이나 무현이나 자신의 생각한 틀을 벗어나는 행동을 절대 용서하지 않았다. 우현은 모르는 척 외면하면 되었지만 이상하게도 무현에게는 그게 되지 않았다. 사람을 들었다가 놓았다를 반복하는 그의 방식은 그녀에게는 버거웠다.

"절 부회주의 사람으로 보고 계시지 않습니까?"

차분히 묻는 수안을 무현이 조용히 바라보았다. 청운회 소속의 대부분은 책임과 힘을 넘겨주면 무현의 신뢰를 얻었다는 착각 속에 자신의 본모습을 드러냈다. 그에게 충성을 맹세하기도 했지만 대부분은 무현이 스스로 알려 주는 약점을 다른 이들에게 넘기고 기회를 잡으려 했다.

간단하지만 확실하게 사람을 시험할, 상대를 판단하는 그만의 방법이었다.

분명 그의 행동에 수안 또한 흔들렸다. 특히 그녀는 사람이라는 단어에 민감하게 반응했다.

"믿지 않는다라……."

전혀 생각하지 못했던 반응이다. 그의 시험을 알아차린 사람은 기껏해야 손 비서뿐이었다. 제 속에 수안은 멋대로 들어와 마음껏 헤집고 다니고 있었다.

'진짜 거슬려.'

머릿속에서는 수안이라는 존재가 위험하다는 신호를 보냈다. 하지만 외면하자니 그녀에게 자꾸 시선이 갔다.

"회주께서는 제가 오늘 일을 부회주께 말씀드리기를 바라십니까? 아니면 회장님께 보고하기를 원하십니까? 그것도 아니라면 조용히 닥치고 있기를 기대하시는 것입니까?"

몸을 사리며 말을 가렸던 그녀답지 않은 날카로운 질문이었다. 그녀의 도발적인 시선이 마음에 든다. 팔을 잡고 품으로 끌고 오면 어떤 기분이 들까? 분명 놓아 달라며 반항하겠지만 그래 봤자 사내의 완력에서 빠져나가는 건 어려운 일이다.

취기로 인한 충동인지, 아니면 남녀가 한 공간에 있어 느껴지는 본능인지 알 수 없었다.

"글쎄? 무슨 말을 하는 건지 모르겠군."

그의 대답에 수안이 자신의 입술을 깨물었다. 하얀 치아에 깨물리면서 붉어진 입술이 유난히 창백한 얼굴과 대비되었다. 그와의 대화에 화난 수안이 몰아쉬는 숨결. 붉게 달아오른 입술을 삼키고 입 밖으로 토해 내는 더운 숨을 전부 제 것으로 하고 싶다.

흐트러진 모습으로 가쁜 숨을 내쉬는 수안의 표정을 상상하는 것만으로 열기가 치밀었다.

"정녕 모르시겠다는 말씀이십니까?"

무현의 대답을 들은 수안의 몸에 힘이 쑥 빠졌다. 나름 단단히 마음먹고 시작한 일의 결과가 너무나도 허무하게 끝나 있었다. 지금 상태라면 그에게 무슨 질문을 해도 그는 흔들리지 않을 것이다.

무모하고, 경솔했던 것일지도 모른다. 잠깐의 상황에 빠져 해서는 안 되는 일을 저지른 것일 수도 있다. 그럼에도 약간의 소망이라고 할 건 있었다. 거짓 신뢰라는 것을 알면서도, 조금은 그녀를 인정해 주는 그에게 도구가 아닌 사람으로 인정을 받고 싶었고, 욕심이 났다.

"후우."

눈을 감은 수안이 감정을 추스르듯 긴 숨을 내쉬었다. 무현의 눈이 붉게 달아오른 입술에서 천천히 아래로 내려갔다. 입술을 깊게 묻으면 그녀의 맥이 생생하게 느껴질 것 같은 목덜미가 눈길을 끌었다. 가는 목덜미를 힘껏 빨아들이고 이를 세워 깨물어 버리고 싶었다.

아무 흔적도 없는 목덜미에 자신의 흔적을 새기고 싶다. 그의 눈이 수안을 새기듯 은밀하게 목덜미에서 쇄골로, 가쁜 숨을 내쉬는 가슴으로 내려갔다. 오랫동안 잊고 있었던 갈증이 그의 전신을 휘감았다.

"회주님께서 걱정하실 일은 일어나지 않을 것입니다."

무현이 자신을 어떤 눈으로 보고 있는지 모른 채, 수안은 힘겹게 말을 이었다.

부질없는 꿈, 쓸데없는 상상.

우현과 무현은 다르다고 생각했다. 하지만 그건 철저히 그녀만의 착각. 결국 둘은 똑같았다. 잠시나마 기대했던 자신이 바보였다.

"제가 실언했습니다. 나가 보겠습니다."

고개를 숙인 수안의 눈가가 촉촉하게 젖어 있었다. 힘없이 걸음을 옮긴 그녀가 문고리를 잡은 순간, 억센 손이 그녀의 팔을 잡아 돌려세웠다.

힘을 살짝만 줘도 부서질 듯 가는 손목의 부드러운 촉감, 따뜻한 온기.

유혹이어도 상관없다. 취기가 만든 충동이어도 괜찮다.

"그렇게 네 할 말만 하고 사라질 생각이었다면 이야기를 꺼내지도 말았어야지."

간신히 버티고 있던 이성은 완전히 무너졌다.

"이것, 흐읍!"

놀란 수안이 빠져나오려 했지만, 그보다도 먼저 그녀의 뒤통수를 붙잡은 무현이 그녀의 입술에 자신의 입술을 맞추었다.

#4.

　창으로 들어오는 햇빛에 잠들어 있던 무현의 미간이 꿈틀거렸다. 그는 믿을 수 없다는 눈으로 이 모습을 한참 동안 바라보았다. 아무리 길게 자더라도 무현은 아침 6시 전에는 일어났다. 전날 술을 마시기는 했어도 못 일어날 정도는 아니었다.

　"회주님."

　굵직하게 들리는 목소리에 무현이 눈을 좁히며 휴대폰을 확인했다. 8시였다. 무현의 눈이 옆자리를 향했다. 분명 잠들기 직전까지 있던 수안이 없었다.

　"6시에 한 번 더 들어왔습니다만 워낙 곤히 주무시는 터라 말씀드리지 못했습니다."

　무현이 미간을 찌푸리자 비서가 눈치를 살피며 낮은 목소리로 보고했다. 술에 취하기는 했지만, 정신을 잃을 정도로 마신 건 절대 아니었다. 하물며 어제는 술이 아닌, 다른 것에 더 취해 있었다.

"채 비서는?"

"새벽에 감기 기운이 있다며 병가를 신청했습니다. 안색이 좋지 않았던 터라 병원에 가 보라고 했습니다."

실망하며 몸을 돌리는 수안을 보는 순간, 깊숙이 숨겨 왔던 본심과 욕구가 그를 집어삼켰다. 누구에게도 보여 주지 않았던 마음속에 제멋대로 들어와 흔들어 놓고는 아무것도 모른다는 얼굴로 벗어나려는 그녀를 두고 볼 수 없었다.

부하로도 완전히 신뢰하지 못했던 수안이 그때만큼은 전부를 주고서라도 가지고 싶었다. 그렇게 충동적으로 시작된 키스는 외면해 왔던 갈증을 단번에 일깨웠다. 원하는 먹이를 잡은 맹수처럼 수안을 억지로 붙잡은 채 시작된 키스는 길게 이어졌다.

"오늘 일정."

무현의 말이 끝나자마자 김 비서가 들고 있던 것을 그에게 내밀었다. 일정표를 열자, 익숙한 글씨가 또박또박 쓰여 있었다.

"채 비서가 퇴근 전에 마무리해 놓고 갔습니다."

내내 침착했던 수안의 표정은 점점 농염해지는 키스에 산산이 무너져 내렸다. 제지하는 소리가 힘없이 흘러나왔지만 붉게 부어오른 입술에서 가쁘게 나오는 숨결과 그녀의 체향에 취할 대로 취한 그는 그녀에게 더더욱 밀착했다.

반항하다 지친 수안이 그에게 기댈 때까지 키스는 계속됐고, 힘없이 안긴 그녀를 침대에 눕힌 후에도 멈추지 않았다.

"그때가 몇 시였지?"

"5시쯤이었습니다."

힘이 빠진 수안이 침대에 완전히 쓰러진 후에나 약탈은 끝이 났다. 미칠 듯이 괴롭히던 갈증이 진정되었다고 생각했는데, 창백한 수안이 몸을 일으키는 순간 가라앉았던 열망이 다시 고개를 쳐들었다.

도망가려는 수안을 억지로 붙잡았다. 싫다는 여자를 억지로 안을 정도로 굶주리지는 않았다. 그저, 잠깐이나마 몸을 기댈 온기가 필요했다.

품에 가두듯이 수안을 안자, 불안한 그녀의 눈이 잠시 동안 그를 바라보았다. 흔들리는 동공에 떨리는 몸이 두려움에 질려 있었지만, 수안은 반항하는 대신 그가 잠들 때까지 얌전히 품에 안겨 있었다.

"차라리 안 보이니 거슬리진 않군."

"회주님?"

지난밤에 느꼈던 그녀의 감촉이 아직도 선명했다. 여자로 끌린 건지, 유능한 부하로 잡고 싶은 마음인지 알 수 없다. 다만 선을 긋고 실망하는 수안을 보며 든 생각은 하나였다.

우현도, 회장도, 그 누구도 자신에게서 수안을 데려갈 수 없다.

❖

"미친놈."

자신도 모르게 흘러나오는 욕에 수안이 이맛살을 찌푸렸다가

지난밤 일이 다시 떠올라 이를 갈았다.

선을 먼저 넘은 건 수안이었다. 미묘하게 신경을 건드는 그의 행동에 먼저 본모습을 보인 것도 그녀였다. 호의라고 착각했던 행동이 시험이라는 것을 깨달은 순간 잠시 외면했던 현실을 실감했다.

인내가 그 순간 완전히 무너졌다. 그렇게 당해 놓고는 또 당했느냐며 자신에게 조소를 지었던 순간 그가 그녀를 붙잡았다.

"망할 자식."

우현처럼 장난으로 그러는 것이었다면 그냥 안 좋은 기억 정도로 넘기고 말았을 것이다. 하지만 어제 보여 준 시선은 장난으로 치부하기에는 지나치게 위험했다. 맹수에게 잡힌 초식동물처럼 아무것도 할 수 없었다. 그가 먼저 멈추지 않았다면 그 끝이 어떻게 되었을지는 상상조차 하고 싶지 않았다.

"오셨습니까?"

수안을 발견한 중년 남자가 몸을 숙이자 그녀도 그를 향해 몸을 숙였다. 청운회 내에서 소위 비서라 불리는 이들은 앞의 남자에게 배우지 않은 이들이 없었다. 성훈의 수행비서이자 최측근인 김 비서를 보던 수안의 입가에 옅은 미소가 감돌았다.

"인사도 제대로 못 드리고 죄송합니다. 선생님."

선생님이라는 말에 부드러운 눈으로 수안을 보던 김 비서가 입꼬리를 올렸다. 그를 거쳐 간 이들 중 수안은 유난히 기억에 남는 아이였다. 사내들도 버티기 힘든 자리에서 오래 버틴 것도 한몫했지만, 그녀에게서는 오래전에 죽은 지인의 모습이 자꾸 겹쳐 보였다.

"채 비서나 저나 쉽게 비울 수 없는 자리에 있지요. 회주님의 경호는 하실 만합니까?"

김 비서의 물음에 수안의 눈 끝이 떨렸다.

해가 뜰 즈음에나 잠든 무현에게서 도망칠 수 있었다. 일찍 출근했다는 다른 비서의 물음에 몸이 아프다는 핑계로 병가를 내고 빠져나왔다. 그렇게 허둥지둥 집으로 가던 길, 본가에 들르라는 성훈의 명령을 받았다.

"그럭저럭…… 실은 잘 모르겠습니다."

앞의 남자는 어설픈 거짓말로 상황을 모면할 수 있는 사람이 아니었다. 적당히 얼버무리려 했던 수안이 결국 고개를 푹 숙였다. 청운회의 일밖에 모르는 줄 알았던 금욕적인 사내가 알고 보니 자신을 억누르고 있던 맹수였다.

조금 진한 화장으로 가리려 했지만, 거듭 물리고 빨린 입술의 부기는 화장으로도 가려지지 않았다.

"실은 많이 어렵습니다. 선생님."

솔직한 말에 김 비서가 예의 부드러운 미소로 그녀를 바라보았다. 우현의 곁에서도 담담했던 그녀의 표정이 지금만큼은 어두웠다. 마치 회장을 처음 모셨을 때의 누가 지었던 표정과 다시 겹쳐 보였다.

제 아버지를 똑 닮은 아이여서 그럴지도 몰랐다. 회장이 거둔 수많은 아이들 중에 수안은 특별했다.

"자세한 이야기는 회장님과 대화를 나눈 후에 하지요. 회장님께서 기다리십니다. 들어가시죠."

자신의 제자였음에도 김 비서는 수안에게 말을 놓지 않았다.

정중한 그에게 깊게 고개를 숙인 수안이 성훈이 있는 방 앞에 섰다.

무현이 왜 그랬는지 아무리 생각해도 이해할 수 없고, 솔직히 이해하고 싶지 않았다. 무엇보다 충격이었던 건, 그에게 잡혀서 아무것도 못한 자신이었다. 갑작스러운 키스에 발버둥 치기는 했지만, 어느 순간 그에게 맞추고 있는 자신을 깨달았다. 상상조차 하지 못한 일에 소스라치게 놀라 도망치려 했지만 이미 그의 품에 완전히 갇힌 후였다.

"회장님. 수안입니다."

우현과 무현은 똑같다는 생각을 하면서도, 우현을 대하듯 무현을 대할 수 없었다.

꼬리에 꼬리를 물던 상념을 접으며 수안이 성훈 앞에 몸을 숙였다.

쓰러진 후, 무현을 표면에 내세운 성훈은 자신을 철저히 숨겼다. 누구는 전신마비가 되었다고 했고, 누군 오른쪽이 완전히 마비되어 정신은 멀쩡하지만 운신을 하지 못한다고 했다.

절대적으로 필요한 경우를 제외하고 성훈은 타인은 물론, 식구들과의 만남조차 자제했다. 성훈의 상태를 어떻게든 알리는 유란이 수를 쓰려 했지만, 노력에도 불구하고 그의 상황을 정확히 알지는 못한 게 이런 이유였다.

그의 상황을 정확히 아는 사람은 수행비서인 김 비서와 아이러니하게도 수안이 전부였다.

"회장님."

소파에 편안하게 앉아 있던 성훈이 고개를 돌렸다. 수안을 보는 중년 남자에게서 우현의 이목구비가 보였지만, 분위기는 무현에 더 가까웠다.

그가 말없이 바라보자 수안이 다시 고개를 숙였다. 그녀를 보던 성훈이 턱으로 옆자리를 가리켰다. 고민하듯 성훈을 보던 수안이 차와 커피가 있는 다용도실로 걸음을 옮겼다. 잠시 후, 그녀가 가져온 차를 마시며 성훈이 편안한 숨을 내쉬었다.

"물어보지도 않고 내가 원하는 걸 바로바로 가져오는구나."

운신도 못 한다는 소문과는 달리 성훈은 발음도 똑바르고 움직임에도 별 차이가 없었다. 다만 달라진 것은 마비가 온 두 다리뿐이었다.

"좀 주무셔야 몸도 나아지십니다. 회장님."

수안의 말에 성훈의 입가에 희미한 미소가 감돌았다. 수안은 자신이 성훈이 거둔 수많은 자식 중 하나인 걸로 알고 있었다. 아들인 우현과 무현은 물론이고, 부인인 유란조차 알지 못하는 사실. 유일하게 수족처럼 부리는 김 비서만이 아는 사실 중 하나가 수안을 대하는 성훈의 행동이었다.

"이리 단둘인데 아직도 회장인 것이냐?"

한 달에 한 번, 때로는 일주일에 한 번, 성훈은 수안을 불렀다. 특별한 명령을 내리기 위함은 아니었고, 우현이나 무현에 관해 물어보기 위함도 아니었다. 성훈이 부르면 길게는 3시간 정도 그의 말동무가 되어 주었다. 말주변이 없기에 답을 제대로 하지도 못했건만 그럼에도 성훈은 그녀에게서 이런저런 답을 끌어내서라도 대화를 이어 가려 했다.

잠시 주저하던 수안이 성훈을 보며 입술을 움직였다.

"아…… 죄송합니다. 회장님."

"다른 놈들은 부르지 말라 해도 아버지, 아버지 넙죽넙죽 잘 부르는데 너도 그 고집 하나는 여전하구나."

대답 없이 고개를 숙이는 수안을 보던 성훈이 고개를 저었다.

그의 곁을 지키다가 변을 당한 이들의 자식을 거두는 일은 어렵지 않았다. 개중에는 청운회를 배신했다가 그에 따른 대가를 치른 이들도, 자발적인 충성으로 청운회에서 입지를 다져 가는 이들도 있었다.

그리고 수안처럼 원치 않으면서도 회장의 명령에 자리를 지키는 이들 또한 있었다.

"남들은 내게서 떨어질 이득을 생각하면서 몸을 숙였는데 네 아버지는 그러지 않았다. 무서운 게 없는 건지, 아니면 따로 생각이 있던 건지 쉽게 넘어가 줄 일이 아니다 싶으면 안 된다며 핏대부터 세웠어."

꼿꼿이 허리를 세워 앉은 수안이 성훈의 말을 경청했다. 회장의 측근 중 하나로 신뢰를 받았다는 아버지가 정확히 무슨 일을 하는지는 알지 못했다. 살아 계셨을 당시 수안의 나이 겨우 열 살, 그저 부모가 주는 사랑과 관심에 행복해하며 지낼 시기였다.

"매번 하는 이야기니 지루하겠구나."

대답 없이 자리를 지키는 수안을 보며 성훈이 입꼬리를 올렸다. 그의 말에 수안이 고개를 저었다.

"죄송합니다. 제가 말주변이라도 있었다면…… 회장님과 조금은 즐겁게 이야기를 나눌 수 있었을 텐데요."

부모를 그리 보내서인지 몰라도 대부분의 아이들이 아버지라는 호칭으로 그를 부를 때 그녀만큼은 성훈을 회장님으로 불렀다.

"잘 지내는 줄 알았는데 안색을 보니 그것도 아닌 것 같구나."

어떻게 말을 꺼내야 할지 고민하던 찰나, 성훈이 먼저 말을 꺼냈다. 그의 말에 고민하던 수안이 소리 없이 숨을 내쉬었다.

"회장님. 내리신 명령을 거두어 주셨으면 합니다."

"명령이라…… 너 정도면 충분히 할 수 있는 일 아니냐?"

"전 누군가의 스파이를 할 수 있는 능력도 없고, 하물며 모시던 회주를 무너뜨리고 그 자리에 부회주를 내세울 정도로 냉정하지 못합니다. 죄송합니다."

"명령 불복종이 어떤 결과를 가져오는지 알면서 그렇게 말하는 것이냐?"

부드러웠던 회장의 목소리가 딱딱하게 굳었다. 어느새 수안의 이마에 맺힌 땀이 얼굴을 타고 흘러내렸다. 당장에 죽는다 해도 어쩔 수 없는 상황이었지만 이젠 그녀도 한계였다.

말없이 기다리는 수안을 보던 성훈이 고개를 저었다.

"네 아버지도 그랬다. 물불을 가리지 않고 달려들 때는 언제고, 또 아니다 싶을 때는 안 된다며 고집을 피웠었지."

"회장님."

"덕분에 내 몇 번이나 목숨을 구했다."

"……."

"녀석과 비슷한 널 아낄 수밖에 없지."

"죄송합니다."

수안이 거듭 고개를 숙였다. 청운회 내에서는 절대 있을 수 없는 일이었다. 무현은 물론이고 우현조차 회장에게는 불복종의 말을 꺼내지 못했다.

수안 또한 성훈에게 이런 식의 항변을 한 적이 없다. 하지만 오는 내내 하고 또 했던 고민이었다. 무현이 우현처럼 자신을 그저 잠시 가지고 놀기 재미난 물건 정도로 대했다면 그녀 또한 그렇게 생각하며 넘어갔을 것이다.

"다른 녀석도 아니고 네가 그렇다 하면 억지로 시킬 수는 없지. 약점을 찾아오라는 명령은 거두마. 대신 무현이의 경호는 계속하거라."

명을 거둔다는 말에 안도했던 수안이 뒤이은 말에 눈이 커졌다. 수안의 변화를 보던 성훈이 희미하게 입꼬리를 올렸다. 말을 숨길 수는 있어도 표정을 숨길 수는 없다. 특히나 수안은 두 아들만큼이나, 때로는 아들보다도 더 신경 쓴 딸이었다.

"너야 누가 회주가 되어도 상관은 없는 상황 아니냐? 대신 확실히 회주가 정해지는 시점을 이용하려 하겠지."

성훈의 답에 수안이 입술을 깨물었다.

누구든 상대를 누르고 완전히 회주가 되는 순간, 수안은 그 불안한 상황을 이용하려 했다.

"말이 나온 김에 한번 대답해 봐라. 경호를 하기에 우현이와 무현이 중 누가 나은 것 같으냐?"

얼마 전에 들었던 질문과 비슷한 질문이 성훈에게서 나오자 수안이 눈을 좁혔다. 잠시 고민하듯 미간을 모은 수안이 조심스럽게 대답했다.

"솔직히 두 분 전부 불편합니다."

조심스러워하면서도 주저하지 않는 말에 성훈이 웃음을 터트렸다.

수안의 성격을 알기에 우현의 경호를 시켰고, 후에 무현에게 보냈다. 수안은 청운회를 나가고 싶어 했지만, 이미 그녀는 두 사람에게 깊숙이 관여되어 있었다. 어떻게든 몸을 빼고 싶겠지만, 우현은 물론이고 무현조차 수안의 존재를 신경 쓰기 시작했다. 그리되도록 만든 사람이 성훈이었다. 성훈은 수안을 청운회 밖으로 내보낼 생각이 없다. 그에게 있어서 수안은 아들보다도 더 편하게 이야기를 나눌 수 있는 아끼는 딸이었다.

"무슨 행동을 할지 알 수 없는 우현이보다는 틀에 박힌 무현이가 나을 거다."

성훈은 무현에 대해 잘못 알고 있다.

그저 재미난 물건처럼 수안을 대했던 우현이었다면 명령을 거두어 달라며 몸을 숙이지 않았을 것이다. 자신을 전부 보이는 듯해도 우현은 수안은 물론이고 누구에게도 본심을 보이지 않았다. 하지만 무현은 우현과는 반대였다.

자신을 완전히 숨기는 듯싶어도 실제로 그는 자신의 감정에 충실했다.

아직도 깨물리고 빨린 입술에 열기가 남아 있는 듯했다.

어제의 그는 조금씩 미끼를 던지며 그녀의 반응을 시험하던 무현이 아니었다. 수안이 반항하지 않았다면 아침에 어떤 모습으로 눈을 떴을지 알 수 없었다.

무현이 두려웠다. 좀 더 정확히 다른 눈으로 바라보는 그를 마주하는 게 무서워졌다.

"네가 준 차를 마셔서 그런지 좀 피곤하구나. 이만 나가 보거라."

소파에 몸을 맡기는 성훈을 보며 수안이 고개를 숙였다. 성훈은 이미 한 가지를 양보했다. 그런 그를 향해 무현의 경호 명령을 물려 달라는 말 따위 절대 할 수 없었다.

수안이 나가자 성훈이 눈을 떴다.

가라앉은 눈이 좀 전까지 수안이 있던 자리에 머물렀다.

눈에 보이지 않으니 거슬리지 않아 차라리 낫다고 생각했다.

그랬던 생각은 반나절이 지나자마자 산산이 부서졌다. 뺨을 간질이던 숨결이 아직도 생생했다. 이젠 거슬리는 수준을 넘어 어디론가 사라져 버리는 게 아닌가 초조하고 불안했다.

지극히 충동적이었다. 자신을 노려보며 화를 내는 수안에게 키스하고 싶었다. 적어도 그 순간만큼은 무현에게 수안은 갖고 싶은 여자였다. 그런 수안이 자신을 외면하고 몸을 돌리자, 지독히도 두려워졌다. 그대로 사라져 버릴 것 같아 불안해졌다.

소유욕과 두려움이 차가운 이성을 이기는 순간, 무현은 수안을 붙잡았다.

"언제 온 거니?"

멀지 않은 곳에서 들려오는 여인의 목소리에 무현이 고개를 돌렸다. 화사한 미소를 지으며 다가오는 유란을 무현이 가라앉은 눈으로 보았다.

"조금 전에 도착했습니다."

형식적인 인사에 유란의 눈썹이 꿈틀댔다. 노골적으로 불쾌한 기색을 드러내는 유란을 무현이 태연히 바라보았다.

그에게 접근해 오는 여자들의 목적은 두 가지였다. 무현의 약점을 알아내거나 무현의 힘으로 자신 또한 힘을 얻는 것뿐. 그리고 그 여자들은 대부분, 바로 앞에 있는 유란이 보냈다는 것이었다.

"회장님께 인사드리러 온 거니? 그럼 나에게도 왔어야지."

"바쁘실 것 같아서 찾아뵙지 않았습니다."

무현의 대답에 유란의 미간이 파르르 떨렸다. 그런 유란을 보는 순간, 아이러니하게도 수안의 눈과 겹쳐 보였다.

무슨 명령을 받고 자신에게 왔는지 뻔히 알고 있었건만, 수안은 그의 예상과는 다르게 움직였다. 무현의 약점을 찾으려 하지도 않았고, 보게 되더라도 절대 밖으로 드러내지 않았다.

무현은 제게 진심으로 충성해서 하는 행동이 아니라는 것을 알면서도, 때로는 혼란을 느꼈다. 그 정도로 그녀는 그에게 최선을 다했다. 처음으로 여자라는 존재가 궁금해졌다. 그저 스치는 호기심이라 생각했던 것이 수안이 무엇을 원하는지 알고 난 후부터 끊임없이 그의 신경을 자극했다.

"그러면 안 되지. 회주인 네가 어미인 날 이리 대하니 본가에서 내 위치가 엉망이 되어 가잖니. 이번 기회에 잘 생각해 보렴.

어려운 일을 일부러 전부 떠맡을 필요는 없잖아?"

유란의 손이 무현의 손을 꼭 붙잡았다. 부드러운 손과 미소를 짓고 있는 모습이 너무나도 다정해 보였지만, 정작 무현을 보는 유란의 눈에는 섬뜩한 살기가 감돌았다.

"이 엄마는 무현이 네가 너무나도 걱정돼서 그래. 험한 일이라도 당하면 어떡하니? 그러니 잘 생각해 보렴."

그럴듯한 말로 회주의 자리에서 내려오라는 협박을 하는 유란을 보던 무현이 소리 없이 한숨을 내쉬었다. 무현이 유란에게 약간이라도 틈을 보였다면 그녀는 주저 없이 그를 회주의 자리에서 끌어내렸거나 목숨을 노렸을 것이다.

"제 몸은 제가 지킵니다. 본가에서 어머니께 무례를 끼치는 이들은 손 비서에게 말씀하시죠. 그럼 처리해 드리겠습니다."

청운회에서 권력을 얻으려는 유란의 모습을 보면서 이곳을 떠나려는 수안이 떠올랐다. 지독히도 짜증나는 상황이 그나마 나아졌다.

"뭐?"

"본가에 신경 쓰시는 김에 형님에게 좀 더 관심을 주셨으면 합니다. 제 귀에도 제법 많은 이야기가 들려오더군요. 저까지 알 정도면 회장님께서도 아시지 않겠습니까?"

우현의 이야기를 꺼내자마자 유란의 얼굴이 분노로 붉게 달아올랐다. 거친 숨소리를 내는 유란을 보며 자신의 손을 감싸고 있는 손을 떼어 냈다. 그녀에게 속수무책으로 당하던 어린아이는 이제 없다.

"이만 회장님께 가 보겠습니다. 들어가시지요."

"출신 성분도 불분명한 주제에 감히! 감히 너 따위가!"

"보는 눈이 많습니다. 본가에서 대우를 받으시려면 어머니 처신부터 신경 쓰시지요. 이리 행동하시는데 어느 누가 몸을 숙여 존경을 표하겠습니까?"

무표정한 얼굴로 내뱉는 독설에 유란이 애써 지키고 있던 인자한 표정을 무너뜨렸다. 회장이 멋대로 데려온 수많은 아들 중 하나일 뿐, 존재 가치조차 없는 놈이 어쩌다 오른 회주의 자리에서 자신을 우롱하고 있었다.

무현을 도발하려 한 걸음이었건만, 어느새 그의 말에 농락당했다. 화를 참지 못한 유란이 결국 들고 있던 주스를 무현에게 뿌렸다.

촤악!

"……."

무현이 자신을 밀친 여자를 놀란 눈으로 바라보았다.

거슬리고, 불안하고, 그리고 초조한 기분이 한꺼번에 밀려왔다. 그의 생애에 단 한 번도 내내 느끼지 못했던 감정을 억지로 끌어낸 여자가 포도 주스를 대신 뒤집어쓴 채 무현이 있던 자리에 서 있었다. 포도 주스가 피처럼 얼굴과 옷에서 뚝뚝 떨어져 내렸다.

"너…… 너!"

화가 머리끝까지 난 유란이 수안을 향해 손가락질을 했지만, 정작 당사자는 덤덤한 표정으로 얼굴에서 떨어지는 주스를 닦아 내고 있을 뿐이었다.

"사모님."

"너! 네가 감히!"

"보는 눈이 많습니다. 참으시지요."

무슨 생각으로 뛰어들었던가.

성훈과의 독대가 끝난 후, 김 비서와 대화를 했다. 회장의 비서이기도 했지만, 수안에게는 선생이기도 했었던 그였기에 한 번 시작된 대화는 꼬리에 꼬리를 물고 이어졌다. 밖에서 들리는 유란의 고함만 아니었다면 대화는 계속되었을 것이다.

"저리 비켜!"

무현에게 다시 따지려는 유란을 수안이 붙잡으니, 그녀의 손에 묻어 있는 포도 주스가 고급스러운 옷에 묻었다. 유란의 눈에서 불이 일며 쏘아붙이려던 순간, 그녀가 먼저 입을 열었다.

"회장님께 인사드리고 오는 길입니다. 지금의 대화를 회장님께서 듣게 되신다면 사모님이나 회주님 모두에게 좋지 않습니다. 부회주님을 생각하셔야죠."

일촉즉발의 분위기가 수안의 입에서 나오는 우현이라는 이름에 단숨에 바뀌었다. 분노를 토해 내던 유란의 기세는 꺾였고, 담담하던 무현의 분위기는 싸늘해졌다.

제 뜻대로 되지 않아 분을 삭일 길이 없던 유란이 매서운 얼굴로 수안을 향해 손을 올렸다. 익숙한 상황이라 반사적으로 수안은 눈을 질끈 감았다.

"악!"

예상했던 통증 대신 작은 비명이 들렸다. 몸을 움츠렸던 수안이 감았던 눈을 떴다. 손찌검을 하려던 유란의 손이 무현에게 잡혀 있었다.

"아……."

"조용히 물러나시는 것도 청운회의 안주인으로서 하실 일입니다. 이만하시죠."

"너!"

다문 이 사이로 내뱉는 날카로운 목소리가 무현의 기에 눌려 점점 작아졌다. 싸늘하게 내려앉았던 그의 분위기는 어느새 숨소리조차 내지 못할 정도로 무섭게 바뀌어 있었다. 유란의 안색이 창백해졌다.

간신히 가라앉히려 했던 분위기가 다시 휘몰아쳤다. 주변을 살피는 수안의 눈에 김 비서가 보였다. 다급한 수안이 무현의 손을 붙잡았다.

"회주. 참으셔야 합니다."

"……."

"회주."

유란을 노려보던 눈이 그제야 그녀를 향했다. 그와 눈을 마주하자 몸의 힘이 전부 빠져나가는 기분이었다. 마치 맹수의 앞에 목을 드리운 초식동물처럼 아무것도 할 수 없었다. 우현과는 다르다는 것은 알고 있었지만, 이건 그녀가 감당할 수준이 아니었다.

적당한 선에서 몸을 굽히고 자비를 바랐던 우현과 그는 확실히 달랐다. 어설픈 다독임은 무현에게는 독일 뿐이었다.

"김 비서님이 보고 계십니다. 냉정히 생각하셔야 합니다."

수안을 노려보던 무현이 다시 유란에게 고개를 돌렸다. 무현의 살기에 이미 전의를 잃은 유란이 비틀대고 있었다. 잡고 있던 손목을 놓아주자 두려움에 질린 그녀가 무현에게서 몇 걸음 뒤로 물러났다.

"아!"

유란을 노려보던 것도 잠시, 무현의 팔이 수안을 붙잡았다. 뭐라 말을 꺼내기도 전에 무현이 수안을 잡고 걸어갔다.

둘이 완전히 사라진 후에나 유란이 자리에 주저앉았다. 덜덜 떨리는 손을 억지로 붙잡으며 유란이 무현과 수안이 사라진 방향을 노려보았다.

자신의 걸음도 꽤 빠르다고 생각했는데 무현의 걸음에 비하면 아무것도 아니었다. 손목을 붙잡힌 채로 거침없이 걸어가는 그에게 맞추다 보니 반은 달리다시피 해야 했다. 수안이 숨이 가빠도 그는 멈추지도, 속도를 줄이지도 않았다.

한참 후, 도착한 곳은 본가 안에 마련되어 있는 회주의 저택이었다.

"회주님."

저택의 관리인들이 일렬로 서 무현에게 고개를 숙였지만 그들이 보이지 않는 듯 수안을 욕실에 집어넣었다. 정신을 차리기도 전에 샤워기에서 물이 수안에게로 쏟아져 내렸다.

"회주!"

"씻고 나와."

대답하기도 전에 문이 닫혔다. 홀딱 젖은 채로 닫힌 문을 보던 수안이 헛웃음을 터트렸다. 유란이 들고 있는 주스를 무현에게 뿌리려는 상황을 본 순간, 생각보다도 몸이 먼저 움직였다.

우아하고 고상한 척해도 유란은 분노를 참지 않았다. 그나마 유리잔째로 던지지 않은 것이 다행이라면 다행이었다. 그래도 나름 그를 위해 움직였건만, 그 대가가 이런 냉대라니. 고맙다는 말까지는 기대하지도 않았지만, 다짜고짜 이런 식으로 샤워기 아래 던져 넣을 줄은 생각도 못 했다.

"기껏 도와줬더니만……."

살벌하게 노려보는 시선이 아직도 뇌리에 선명했다. 어느 상황에서 화가 난 건지 알 수 없었지만 적어도 그 순간만큼은 온몸이 굳어 버리는 기분이었다.

따뜻한 물에 온몸이 풀리며, 굳어 있던 머리가 천천히 돌기 시작하자 울컥 화가 치밀었다. 지난밤에는 못 잡아먹어서 안달이더니 오늘은 못 죽여서 안달 난 것처럼 그녀를 몰아세웠다.

"도대체 어느 장단에 맞추라는 것인가?"

어설프게 엮이는 것이 싫어 선을 그었을 뿐이었다. 나갈 날만 생각하며 버텼기에 문제를 일으킬 명령은 어떻게든 피하면서 살아남았다. 무현에게 죽을 수는 없었기에 회장이나 부회주가 내린 명령은 따르지 않겠다는 말까지 했다.

그런 그녀를 무현은 시험했다. 내내 물건으로 살아온 그녀를 사람 취급하는 척하며 한계로 몰아갔다. 우롱하지 말라며 처음으로 이를 세우자, 그는 멋대로 자신을 희롱하고 탐하기까지 했다. 치민 화가 가라앉지 않는다. 아무리 생각해도 자신이 무현에게 이런 식으로 억눌리고 휘둘릴 이유가 없었다.

"망할 자식."

샤워기의 물을 끈 수안이 욕실의 손잡이를 붙잡았다. 문을 열고 나가기 직전, 거울에 비친 자신의 모습이 보였다. 옷을 입은 채로 물에 젖어 있는 모습은 그녀가 봐도 엉망이었다. 기가 막혀 헛웃음이 터져 나왔다.

"하!"

물건인 자신에게 무슨 감정이 있고, 무슨 항의를 할 수 있단 말인가. 순간의 충동에 대가를 치르는 사람은 회주인 무현이 아니라 수많은 경호원 중 하나인 자신이었다.

눈물인지 물인지 알 수 없는 물기가 눈가에 맺혔다. 그저 청운회에서 나가고 싶을 뿐인데, 현실은 점점 바람과 멀어졌다.

문고리를 잡고 있던 수안의 손이 힘없이 떨어졌다.

"멍청한 짓 하지 말자."

암시를 주듯 자신을 향해 말을 되뇌었다. 감정을 추스르듯 길게 숨을 내쉰 수안이 거울에 비치는 자신의 모습을 바라보았다.

단정했던 자신은 어디에도 없었다. 거울 속엔 홀딱 젖은 채, 상처받은 눈으로 하소연을 토해 내는 멍청한 여자만이 있을 뿐이었다.

알아도 모르는 척, 모르는 건 더 모르는 척 살아야 한다. 자신을 다잡은 수안이 입고 있던 옷을 벗었다.

샤워를 끝낸 수안이 준비되어 있는 옷으로 갈아입고 나왔다. 아무도 없을 것이라 생각했던 방으로 들어온 수안이 의자에 앉아 있는 그를 보며 눈을 좁혔다. 종종 밖을 보며 생각하는 그의 습관 때문인지 방 한쪽이 커다란 창으로 되어 있었다. 어지간한 총은 뚫지도 못하는 방탄유리로 되었다지만 저렇게 안이 훤하게 보이게 인테리어를 해 놓은 것도 모자라 그 앞에서 태연히 앉아 있는 걸 보면 참 지무현답다는 생각이 들었다.

"제대로 씻고 나왔는지 확인이라도 하실 생각이셨습니까?"

테이블에 턱을 괸 채, 창밖을 보던 무현이 고개를 돌렸다. 화장기가 없는 얼굴은 언제나와 같았지만, 물방울이 떨어질까 하얀 수건으로 돌돌 말아 올린 머리는 차분했던 지금까지의 그녀와는 사뭇 달랐다.

"회장님은 뵙고 오셨습니까?"

"아니."

앉아 있던 무현이 자리에서 일어났다. 무현이 다가오자 수안이 반사적으로 뒤로 물러났다.

또 한 걸음 다가오자 두 걸음 뒤로 물러났다. 경계를 하며 뒷걸음질을 치는 모습이 약간은 부자연스러웠다.

무현의 눈이 수안의 왼쪽 발에 향했다.

"머리만 말린 후 내려가겠습니다. 먼저 회장님부터 뵙고 오십시오. 얼마 걸리지…… 회주님!"

갑자기 시야의 높이가 달라진 수안이 비명을 질렀다. 절뚝거리는 수안을 무현이 안아 올렸다.

"얌전히 있어."

수안이 발버둥 치자 머리카락을 감고 있던 수건이 흘러내렸다. 물기에 젖은 머리카락에서 나는 좋은 향이 코끝을 간질였다. 샴푸 향인지 그녀의 체향인지 알 수 없었지만, 진한 화장품 냄새보다는 한결 좋았다.

저 가는 목덜미에 코를 묻고 향을 맡고 싶은 것을 무현이 억지로 참아 냈다. 딱딱한 말투와는 달리 팔에 감기는 감촉이 좋았다. 지난밤, 그의 품에 있던 수안의 감촉이 다시 떠올랐지만 이번만큼은 이성이 욕구를 억눌렀다.

"회주!"

"너는 아프다는 말도 할 줄 모르나?"

내려 달라며 몸부림치는 수안을 의자에 앉힌 무현이 한쪽 무릎을 굽혔다. 그의 손길에 수안이 입술을 깨물었다. 어떻게 알았는지 그의 손이 퉁퉁 부어 있는 복사뼈 주변을 만지고 있었다. 따뜻한 물이 닿은 다음에나 발목을 접질렸다는 것을 알았다. 급한 대로 지압을 했지만, 부기와 통증은 쉽게 가라앉지 않았다.

"말씀드릴 만한 일도 아니었고, 걸을 만합니다."

"뭐, 감기로 병가를 낸 사람치고는 말짱하군."

무현의 말에 잊고 있던 지난밤의 일이 다시 머릿속을 채웠다. 샤워실 안에서 간신히 억눌렀던 감정이 불쑥 튀어나왔다. 조용히 넘어가 주면 참 좋을 텐데 굳이 말을 꺼내는 무현을 보며 수안이 눈을 좁혔다.

"아직 정신적 충격이 가시지 않았습니다."

수안의 발목에 가 있던 눈이 그녀를 향했다. 분위기는 차분했지만, 무현을 향한 그녀의 시선은 날카로웠다. 어지간한 일에는 반응조차 없던 그의 눈이 수안의 시선 하나에 흔들렸다.

잘못돼도 단단히 잘못됐다. 관심조차 없던 여자가 그의 신경을 건드는 것도 모자라 그를 제대로 흔들고 있었다.

"그럼 경찰에 신고해."

무현의 대답에 수안이 미간을 찌푸렸다. 무슨 의도냐는 듯이 쳐다보았지만, 정작 시선을 받은 무현은 방 밖에 대기 중인 가정부에게 몇 가지 지시를 내릴 뿐이었다.

"회주님을 신고하느니 경찰서를 차로 들이받는 게 낫겠습니다."

수안의 대답에 무현이 피식 실소를 지었다. 회주는 전혀 웃지 않는다고 들었건만, 수안이 본 무현은 저런 식으로 자주 웃었다. 비웃음으로 오해할 수 있어도 수안은 무현의 저런 실소가 그다지 싫진 않았다.

그사이, 차가운 물과 수건 몇 개가 방 안으로 들어왔다. 그러자 수안이 앉아 있던 자리에서 일어났다.

"혼자 할 수 있습니다. 회장님부터 만나고 오시는 게 좋겠습니다."

성훈에게 자꾸 보내려는 수안을 보며 무현이 눈을 찌푸렸다. 아직 그녀에 대한 감정을 완전히 정의 내리진 않았다. 고작 충동적인 감정에 한 행동 한 번에 전부를 걸 정도로 그는 무모하지 않았다. 하지만 수안에게 느끼고 있는 감정이 다른 사람을 보는 것과는 완전히 다르다는 건 인정했다.

"그러니 회주님께서는 회장님부터 뵈러 가시는…… 아얏!"

무현을 보던 수안이 다시 말을 하려는 순간, 그가 가지고 있던 수건 하나를 그녀의 얼굴에 뒤집어씌웠다. 하나부터 열까지 종잡을 수 없는 사내였다. 화가 났나 싶어 설득을 해 보려 했건만 다짜고짜 수건을 뒤집어씌웠다. 하필 큰 수건인지 잡아당겨도 얼굴에서 떨어지질 않았다.

회주고 뭐고 간에 간신히 참고 있던 화가 다시 확 치밀었다. 한 소리 해야겠다는 생각으로 씩씩거리는 순간, 그녀의 손 위에 무현의 손이 닿았다.

순간 열기가 머리끝까지 단번에 치달았다. 무서운 분위기를 가진 겉모습과는 달리 머리의 물기를 말리는 손길은 조심스러웠다.

"제가……."

"그냥 있어."

그의 손에 이끌려 다시 의자에 앉았다.

우현과 있을 때는 어떻게든 중심을 잡을 수 있었건만, 이 남자 앞에서는 그게 쉽지 않았다.

머리카락에 남아 있던 물기가 어느 정도 사라지자 수안이 얼굴을 가렸던 수건을 내렸다. 내리다 만 수건의 너머로 그의 눈이 보였다. 너무나도 차분하게 가라앉은 눈이다. 두근거렸던 심장에 경고음이 울렸다.

"시험은 끝난 게 아니었습니까?"

지난밤에 있었던 키스가 꿈이 아니라는 것처럼 수안의 입술은 유난히도 붉었다. 답을 기다리는 검은 눈이 지금 그에게 어떻게 보이는지 그녀가 안다면 이 방에서 도망치려 할 것이 분명했다.

수건을 잡고 있던 그의 손이 그녀의 입술을 훑었다. 그림을 그리듯 수안의 입술을 따라 그의 손끝이 움직였다. 긴장에 나오는 더운 숨이 손가락 끝을 간질였다.

"회주."

그녀의 목소리에 아슬아슬했던 이성이 원래대로 돌아왔다. 시선을 피하듯 몸을 숙인 무현이 차갑게 적신 다른 수건을 부은 발목에 갖다 댔다.

발목으로 그의 손이 내려오자 수안이 미간을 모았다. 낯설지만 모르는 감촉은 아니었다. 그녀가 다치든 아프든 우현은 신경조차 쓰지 않았다. 그런 우현과 다른 무현의 행동이 혼란스럽다.

"시험을 할 생각이었다면 어젯밤 어설프게 널 보내지 않았겠지."

내쉬던 숨이 멈추었다. 놀란 눈이 무현을 오랫동안 바라보았다. 발목에서 느껴지는 차가운 기운이 어느새 아무것도 아닌 게되었다.

감정을 알 수 없는 무현의 눈을 수안이 말없이 바라보았다. 수안과 시선을 마주하던 무현의 눈이 떨렸다. 시선을 마주하는게 싫은 것일까? 그게 아니라면…….

꼬리에 꼬리를 물고 이어지는 생각을 수안은 멈추었다.

"청운회를 나가기 어렵다면 어찌해야 하는가?"

그의 손이 수안의 뺨에 닿았다. 그의 손길에 자신도 모르게 수안이 숨을 삼켰다. 심장이 천천히 뛰기 시작했다. 갈증은 충분히 채웠다고 생각했건만 그녀와 함께하는 이 시간이 그에게는 또다시 인내의 시간이 되었다.

취기는 사라진 지 오래인데도 그녀의 모든 것이 그를 홀렸다.

붉게 부은 입술을 핏기가 고이도록 깨물고 삼키고 싶다. 뺨에서
느껴지는 열기도, 떨림이 느껴지는 더운 숨도 자신만 느끼고 싶
었다.

"너처럼 나가기 위해 몸을 사리든지…… 그게 아니라면."

"……."

"차라리 내가 있는 이곳을 가져 버리는 것도 나쁘지 않겠지."

어떻게 말해야 할까? 내려앉은 심장이 제멋대로 휘몰아쳤다.
그의 눈앞의 자신이 어떤 표정을 짓고 있을지 암담했다. 하지만
평소처럼 담담한 모습으로 자신을 가릴 수 없었다.

"도망가려는 너. 장악하려는 나. 방향은 다르지만 비슷하지
않나?"

수안은 청운회에서 도망가려 했고, 무현은 청운회를 가지려
했다.

방향만 달랐을 뿐, 결국 그녀나 그가 바라는 건 하나였다.

어느 때보다도 창백한 표정의 그녀를 보던 무현이 입꼬리를
올렸다. 이런 기분도 나쁘지 않다.

"형은 감정을 잘 숨기지. 난 아니야."

정의되지 않은 감정을 억지로 판단할 생각은 없다. 그저 지금
까지 했던 대로, 마음이 가는 대로 할 생각이었다.

"내 앞에서 다시는 형의 편 따위 들지 마."

입술에 닿았던 무현의 손가락이 떨어졌다. 대신 수안의 손 위
에 자신의 손을 감쌌다.

둘 사이에 놓인 정적이 무거웠다. 한번 격하게 뛰기 시작한
심장은 아무리 다독여도 가라앉지 않았다.

"제가 또 그런다면 어찌하시겠습니까?"

한쪽 무릎을 굽히고 앉아 있던 무현이 몸을 일으켰다. 간격을 두고 마주하던 그의 눈이 바로 앞까지 다가왔다. 거친 손가락이 붉게 달아오른 입술 선을 따라 다시 천천히 움직였다.

"하지 마세요."

평소 수안의 말투와는 분명 달랐다. 약간은 떨림이 느껴지는 목소리에 그의 눈이 부드럽게 휘었다.

"신고해."

억눌러 왔던 갈증이 한계까지 도달했다.

더운 숨을 내쉬는 입술 위에 사내의 입술이 닿았다. 그리고 곧 서로의 시선이 맞닿으며 격렬하게 얽히었다. 수안의 손이 무현에게 닿았다. 밀어낼 것이라 생각했던 손이 조심스럽게 어깨를 붙잡았다. 그러자 수안의 허리에 팔을 감으며 그가 그녀에게 밀착했다.

거침없이 걸음을 옮기던 우현이 그 자리에서 멈추었다. 가라앉은 눈은 건너편 저택의 2층 창에 고정되어 있었다.

"부회주. 무슨……."

"닥쳐."

우현의 말에 다가왔던 남자가 숨을 삼켰다. 얼굴이 붉게 달아오른 유란이 불쾌하다며 우현을 찾아왔다. 그녀의 투정 따위 듣고 싶지 않았지만, 무현이 수안을 데리고 사라졌다는 부분이 내내 거슬렸다.

"날 화나게 하지 말라고 했잖아."

언제 어느 곳에 있더라도 결국 수안이 있어야 할 곳은 우현의 옆이었다. 그런데 그녀가 무현의 곁에 있었다. 우현이 조금이라도 가까이 다가가면 경직되어 피하던 것과는 달리 다가오는 무현은 피하지도, 밀어내지도 않았다.

"부회주. 돌아가셔야…… 컥!"

우현에게 정강이를 맞은 남자가 땅바닥에 주저앉았다. 사내가 바닥을 구르든 말든 우현의 시선은 무현과 함께 있는 수안만을 보고 있었다. 입술이 떨어진 것도 잠시, 무현이 그녀에게 다시 다가갔다.

"이건 아니지."

겉으로 드러내기보다는 숨기는 데 더 능숙한 수안이었지만 그렇다고 자신을 완전히 가리지는 못했다. 가끔 불쑥불쑥 튀어나오는 본심만큼이나 사람의 마음을 거짓으로 대하는 그녀가 아니었다.

수안은 무현이 하는 대로 자신을 맡겼다. 두려워하면서 어떻게든 자신에게서 빠져나오려 할 때와는 다른 표정이었다.

"넌 내 거잖아."

지금까지 화가 나면 피가 뜨거워진다고 생각했다.

그런데 머리끝까지 화가 치미는데 이상할 정도로 피는 차갑게 느껴졌다. 고작 방패막이 회주로 자리를 지키고 있는 놈에게 수안을 빼앗길 생각은 없다.

"내가 지난번에 준비하라고 한 건 해 놓았나?"

우현의 물음에 절뚝거리며 일어난 남자가 몸을 숙였다.

"끝내 놓았습니다. 지시만 하시면 바로 처리할 수 있습니다."

키스를 끝낸 무현이 수안의 눈 옆에 입을 맞추었다. 얼마든지 거부할 수 있으면서도 수안은 무현이 하는 대로 얌전히 있었다.

"제대로 하는 게 좋을 거야. 다음에는 구둣발로 차이는 걸로는 안 끝날 테니까 말이지."

우현의 말에 남자의 얼굴이 창백해졌다.

이젠 유란이나 성훈의 생각은 더는 상관이 없었다. 자신의 것이라 철저히 믿었던 수안을 빼앗길 생각은 없다.

무현이 수안을 보았다.

수안이 무현을 보았다.

그리고 둘을 보며 우현이 비틀린 미소를 지었다.

#5.

출근한 수안이 사장실 안쪽 집 안으로 들어오는 순간 비릿한 피 냄새가 훅 끼쳤다. 안으로 들어오던 수안의 걸음이 멈추었다. 담담했던 그녀의 얼굴에 핏기가 사라졌다.

수안의 눈이 손으로 향했다. 진정하려 했지만 손의 떨림이 사라지지 않았다.

아버지가 죽었을 때 바닥을 적셨던 피와 총소리. 특히나 피는 트라우마 증상을 더 쉽게 발현시켰다.

"후우."

길게 숨을 내쉰 수안이 마음을 다잡았다. 손 비서가 자리를 비울 때마다 아침 보고는 수안이 해야 하는 일이었다.

"회주님."

안으로 들어오는 수안을 맞이한 사람은 무현이 아니라 피투성이의 남자였다. 훅 끼치는 비릿한 혈향에 멈칫한 것도 잠시, 수안의 손이 남자의 손목을 타고 올랐다.

"악!"

중심을 잃었다는 것을 자각하기도 전에 남자의 몸이 허공에 붕 떴다. 바닥에 곤두박질치기 직전, 다가온 손이 급소를 찔렀다. 남자를 제압한 수안이 눈앞에 보이는 참상에 숨을 삼켰다.

무현의 얼굴에 묻은 피가 한 방울 바닥에 툭 떨어졌다. 코를 완전히 마비시키는 혈향에 미간을 좁혔지만, 숨을 참는 것으로 버텨 냈다.

다섯 구의 시신은 알지 못했지만, 무현의 바로 앞에서 쓰러져 있는 사내는 수안도 아는 이였다.

저녁과 새벽에 무현을 지키는 조직원의 간부였다. 무현의 옷에는 피가 흥건했지만, 정작 몸에 난 상처는 하나도 없었다.

"치워."

무현의 명령에 수안이 품에 넣어 놓았던 휴대폰을 꺼냈다. 잠금을 풀고 버튼만 누르면 되는 일이건만, 손의 떨림이 멈추지 않았다. 떨림이 진정되지 않자 수안이 입술을 질끈 깨물었다.

"아!"

간신히 번호를 찾아 통화 버튼을 누르려는 순간 무현의 손이 휴대폰을 낚아챘다. 감정을 알 수 없는 서늘하고 날카로운 눈이 수안을 꿰뚫듯 노려보았다.

"치워."

통화를 마친 무현이 수안에게 휴대폰을 돌려주었다.

"피였나?"

고개를 숙이고 있던 수안이 눈을 들었다. 무현의 얼굴에 묻어 있는 붉은 피와 비릿한 피 냄새가 그녀를 흔들어 댔다. 괜찮다 며 몇 번이고 암시를 걸고 있었지만 쉽지 않았다.

"괜찮습니다."

무현에게 말하고 있었지만, 실제로는 자신에게 하는 말이었 다. 한번 형성된 트라우마는 좀처럼 사라지지 않았다. 총성만 들리지 않으면 완전히 굳어 버리지는 않지만, 그럼에도 한번 눈 에 들어온 핏자국은 좀처럼 눈에서 사라지지 않았다.

하지만 트라우마만큼이나 앞의 사내 또한 쉬운 이는 아니었 다. 자신을 추스르듯 길게 숨을 내쉰 수안이 힘겹게 입을 열었 다.

"치우겠습니다."

"얌전히 있어."

몸을 돌려 시체로 가는 수안을 무현이 붙잡았다. 수안을 붙잡 은 손에서 떨림이 느껴졌다. 괜찮다는 이야기를 꺼내기에 조금 은 진정된 줄 알았건만, 그게 아니었다.

무현을 보던 수안의 시선이 참상에서 떨어지지 않았다. 이마 에 맺힌 땀이 얼굴을 타고 흘러도, 미약하게 시작된 떨림이 점 점 심해져도 수안은 그 자리에서 굳은 듯이 서 있었다.

"회주님!"

문이 열리면서 방으로 들어온 사내들이 무현을 보며 고개를 숙였다. 동시에 트라우마에 자신을 놓은 수안의 몸이 휘청거렸 다. 무슨 일이 일어났는지 깨달았을 때는 이미 무현에게 안겨 욕실로 가고 있었다.

"회주!"

놓아 달라며 발버둥을 쳤지만 단단한 벽을 만난 것처럼 꿈쩍도 하지 않았다. 피 냄새와 참상을 가리듯 굉음을 내며 욕실 문이 쾅 하고 닫혔다. 머리끝까지 흔들어 대던 피 냄새와 속에서 치밀어 오르던 구역질이 달라진 배경과 함께 사라졌다.

차갑게 식은 그녀의 뺨에 낯선 감촉이 느껴졌다. 서늘하지만 다정한 감촉. 수안은 지독히도 두려운 과거에서 현실로 돌아왔다. 타일의 차가운 감촉보다도 뺨과 어깨에 닿아 있는 무현의 손길이 더 노골적으로 느껴졌기 때문이다.

"숨 쉬어."

"……."

"숨 쉬어도 돼."

마법처럼 무현의 말에 수안이 멈췄던 숨을 길게 내쉬었다. 욕실 벽과 그 사이에 갇힌 수안이 무현을 바라봤다. 숨을 쉬는 것을 확인이라도 하듯 그의 손이 입술을 어루만지고 맥을 느끼려는 것처럼 목을 감쌌다.

밀착된 그의 숨이 수안의 얼굴에 닿았다. 조금은 뜨거운 숨결을 느끼던 수안이 속마음을 가리듯 눈을 내리깔았다.

"죄송합니다. 정리하러 가겠습니다."

"그냥 있어."

수안이 빠져나가려 하자 무현이 잡고 있는 손에 힘을 주었다. 양손을 붙잡은 그 때문에 그녀는 조금도 움직일 수 없었다. 무현의 눈이 조심스럽고 천천히 수안의 상태를 살폈다.

그저 바라볼 뿐인데도 그녀의 전부를 내보이는 기분이었다.

"말씀드릴 게 있습니다."

화가 난 것 같기도, 우는 것 같아 보이기도 했다. 무현에게 잡힌 손이, 무현보다 작은 체구의 떨림이 좀처럼 가라앉지 않았다. 물기 어린 눈과 붉어진 입술을 보던 무현이 얼굴을 숙였다.

"절 흔들지 말아 주십시오."

가시 돋친 수안의 말에 키스하려던 무현이 움직임을 멈추었다.

그가 착각했다.

수안의 젖은 눈은 두려움 때문이 아니었다. 자존심에 상처 입은 사람만이 보이는 눈, 조금만 힘을 줘도 부러져 버릴 것처럼 가늘고 작은 여자임에도 지금만큼은 가볍게 대하지 못할 분위기가 느껴졌다.

가라앉았던 그의 심장이 어느새 흥분으로 천천히 뛰기 시작했다.

"전 회주님의 약점을 찾지도 않을 것이고, 회장님이나 부회주님께 회주님의 일을 보고할 일도 없을 것입니다. 회주님의 경호를 하는 내내 제가 불미스러운 일을 자초하지는 않을 것입니다."

아버지의 유언 하나로 지금까지 버텨 냈다. 쉽지는 않겠지만 나갈 수 있다는 확신이 조금씩 생기고 있었다. 그랬던 계획이 무현에게로 오면서 흔들리고 있었다.

지금까지 누구도 이런 식으로 다가온 사람은 없었다. 혼자서 참아 왔던 그녀에게 무현의 단단한 손은 낯설면서도 위안이 되었다. 그래서 더 위험했고, 화가 치밀었다.

"나한테 흔들린다는 건가?"

그의 대답에 수안은 답하지 않았다. 때로는 아니라며 몸을 사려도 결정적인 상황에서 그녀는 거짓을 말하지 않았다.

"네가 상대라면 나쁘지 않을 것 같다."

수완도 좋지 않고, 실속도 없는 여자.

억지로 모든 걸 다 책임지려 하면서도 절대 굽히지 않았다. 내내 그의 신경을 거슬리게 하던 여자는 어느새 그의 머릿속 깊숙이 자신을 각인시키고 있었다.

무현의 말에 수안이 눈을 질끈 감았다. 흔들지 말라는 말 따위 듣지 않았다는 것처럼 그는 또다시 그녀를 흔들었다. 무현이 나쁘다는 건 아니다. 도리어 차가운 겉모습 사이로 조금씩 보이는 본심에 흔들리는 것도 사실이었다.

그래서 싫다. 아무리 좋은 미사여구를 붙여도 결국 수안과 무현은 비정상적인 관계였다.

"회주님께서 도와주십시오."

수안의 뺨을 어루만지던 무현의 손길이 멈추었다.

그런 그를 조용히 응시하던 수안이 힘없이 입꼬리를 올렸다. 무현에게 처음으로 보여 준 미소는 아름답지도, 좋아 보이지도 않았다. 삶에 지칠 대로 지친 여자가 보이는 미소가 각인되듯 그의 눈에 새겨졌다.

"조용히 회주님을 모시다가 약속한 기간이 끝나면 사라지겠습니다. 더는 거슬리는 물음을 하지도, 어떠한 변명도 하지 않겠습니다. 그렇게 2년만 지내고……."

"형에게 가겠다는 건가?"

"나갈 수도…… 있지 않겠습니까?"

수안의 눈에 옅은 빛이 감도는 것과는 달리 무현의 눈은 심연처럼 어두웠다.

"부질없는 꿈을 꾸고 있었군."

무현의 말에 수안이 소리 없이 숨을 내쉬었다.

그녀의 본심을 들었던 모든 이들이 그렇게 생각했고 또한 그렇게 했던 말이었다.

그래서 이곳이 싫었다.

"회주……!"

말을 이으려던 수안이 무현을 보던 시선을 거두며 돌아섰다. 피에 묻은 옷이 바닥에 툭 떨어졌다.

나머지 옷도 벗어 내리는 소리가 조용한 욕실에 울렸다. 혈향을 맡았을 때와는 다른 어지러움에 수안이 숨을 삼켰다. 입은 옷을 모두 벗은 무현이 샤워부스의 문을 열었다.

복잡한 머릿속이 생각만큼 정리되지 않았다. 어떻게 말을 해야 그가 물러날 것인가?

"부질없어도 꿈은 꿀 수 있습니다. 그리고 그게 아니더라도 이미 회주님께는 여자가 있지 않습니까?"

"……여자?"

"그분에게도, 저에게도 이건 예의가 아닙니다. 그러니 이러지 마십시오."

수안이 말하는 여자가 누구인지 고민하던 무현이 고개를 저었다.

"그 아이는 내 여자가 아니야."

145

그럼 그때의 그 표정을 무엇이냐고 물어보려는 순간, 샤워부스 안에서 물소리가 들려왔다. 대화를 끊는 물소리를 들으며 수안이 고개를 저었다.

큰마음을 먹고 이야기했지만 변한 건 아무것도 없었다. 힘없이 고개를 숙인 수안이 욕실 밖으로 나가려는 순간이었다. 샤워부스에서 불쑥 나온 손이 그녀를 안으로 끌어들였다.

샤워기에서 쏟아지는 물에 온몸이 젖었지만 놓아 달라는 말조차 할 수 없었다. 그녀를 바라보는 시선에 숨이 막혔다. 매서운 물줄기가 그와 그녀 사이에 흐르고 있었지만, 흐르는 물로 그를 완전히 가릴 수 없었다.

"회……."

나오던 말은 제 입술을 덮는 그의 입술에 삼켜졌다. 밀착된 곳에서 그의 단단한 나신이 생생하게 느껴졌다.

열린 입술로 거침없이 들어온 혀가 그녀의 전부를 삼킬 것처럼 빨아들였다. 숨을 들이마시고 내쉴 틈도 없이 폭풍이 밀려왔다. 뺨을 감싸고 있던 손이 헝클어진 수안의 블라우스 단추를 풀었다.

거침없이 키스하던 무현의 입술이 블라우스 단추가 풀리면서 보이는 쇄골에 닿았다. 차가운 피부와는 달리 뜨거운 숨결에 수안이 숨을 삼켰다. 쇄골을 따라 가는 목에 입을 맞추던 무현이 수안과 시선을 맞추었다.

부스에 차오르는 뜨거운 김만큼이나 수안의 존재가 그를 흔들었다.

"난 형과는 달라."

무현의 대답에 수안의 눈동자가 파르르 떨렸다.

수안을 난감하게 만들고 싶지 않았지만, 점점 그녀 앞에서 자신을 자제하는 게 쉽지 않았다.

"여자가 필요하다면 지금으로서는 한 명만 있어도 충분할 것 같군."

더는 가쁘게 뛰는 심장을 무현에게 숨길 수 없었다.

이런 상황에서 그에게 거짓말을 해 봤자 통할 리가 없었다.

"놓아주세요."

무현과 마주할 자신이 없다.

비겁하다는 것을 알면서도 지금은 그에게서 피하고 싶은 마음뿐이었다.

"……놔주세요. 회주님."

수안과 마주 보던 무현이 잡고 있던 손목을 풀어 줬다. 수안이 문을 열고 나가는 소리를 끝으로 욕실은 물소리만이 가득 찼다.

바로 앞에 있으면서도 마음처럼 잡히지 않았다. 그가 싫다며 온몸으로 거부하지는 않았지만, 받아들인 것도 아니다.

조금 전까지 수안의 허리를 감쌌던 제 팔을 무현이 말없이 바라보았다. 팔에서 느껴졌던 감촉이 아직도 생생했다. 약간의 힘만 주면 얼마든지 품에 안을 수 있는 여자였지만, 그런 식으로 갖고 싶지 않았다.

일부분이 아닌 수안의 전부를 갖고 싶었다. 언제나 다른 곳을 보는 수안이 그만을 보고 그만을 생각하게 만들 수 있다면…….

상상한 것 이상으로 묘한 희열이 일었다.

지금까지 느껴 본 적 없던 욕심이 처음으로 그를 완전히 흔들어 놓았다.

❖

　　"그렇게 게을러서야 직원들이 뭘 보고 배우겠어?"

　　씻고 나온 무현을 맞이한 건 우현의 갑작스러운 방문이었다. 우현이 와 있다는 보고를 듣는 순간 무현이 제일 먼저 한 명령은 수안을 올라오지 못하게 하라는 것이었다.

　　"아침부터 무슨 일이야?"

　　우현이 기다린다는 보고에도 무현은 느긋이 준비를 끝낸 후에나 접견실로 들어왔다. 애초에 우현과 무현은 나눌 이야기가 없었다. 그럼에도 무현을 보러 왔다는 건 우현에게 목적이 있다는 것이었다.

　　"멍청한 놈들. 상처 하나 못 내고 실패했나 보네?"

　　새벽에 온 암살자에 대한 이야기는 한 마디도 안 했는데 우현은 이미 알고 있다는 듯이 말을 꺼냈다. 진심으로 아쉽다는 우현의 말을 넘기며 무현이 탁자에 놓인 커피를 마셨다.

　　"다음에는 좀 실력이 나은 놈들로 보내. 형은 보내면 그만이지만 이쪽은 치워야 하거든."

　　태연한 물음에 태연한 대답이 오고 갔다. 겉으로는 평온해 보이는 아침이었지만 둘 사이의 분위기는 섬뜩했다.

　　두 사람 사이에 우애는 애초부터 없었다. 우현은 방패막이로 들어온 주제에 성훈의 인정을 받은 세 살 아래인 무현을 증오했고, 무현은 어떻게든 자신을 죽이려는 우현을 경계했다.

"용건만 말하고 가."

그의 도발에도 반응이 없는 무현을 보며 우현이 빙긋 미소를 지으며 긴 다리를 꼬았다. 모델 화보 같은 매력적인 모습이었지만, 무현을 보는 우현의 시선에는 살기가 가득했다.

방패막이면 방패막이답게 적당히 버티다가 죽으면 될 텐데, 저 근본도 모르는 놈은 회주의 자리를 욕심내는 것으로도 모자라 수안까지 욕심내고 있었다.

"그룹 일로 해 줬으면 하는 게 있어서 말이야. 어머니가 알아서 한다기에 놔뒀는데 아무래도 그게 널 자극만 한 것 같단 말이지."

세 그룹 중 가장 자리를 못 잡던 주원을 무현이 맡으면서 점점 실적을 내기 시작했다. 굳이 자신이 해야 할 수고를 무현이 대신하고 있으니 그걸 마다할 이유는 없었다.

"주원은 성과가 필요하고, 신원은 자금이 필요한 상황이잖아. 이번 프로젝트의 투자는 주원에서 대는 걸로 하자고, 나머지는 신원에서 알아서 처리할게."

얼핏 부탁으로까지 느끼는 말투였지만, 그 안의 속셈은 그렇지 않았다.

유란을 상대하는 건 어렵지 않았지만 우현은 아니었다. 유란의 미모를 그대로 받은 매력적인 외모에 더없이 부드럽고 친절한 모습으로 상대를 대하는 우현의 본모습은 보이는 것과는 너무도 달랐다.

"투자는 주원에서 하고 대신 검찰 조사도 주원에서 받으라는 건가?"

무현의 물음에 우현의 눈썹이 희미하게 떨렸다. 물음에 대한 답을 하려는 순간, 무현이 먼저 선수를 쳤다.

"회사 공금으로 로비는 적당히 했어야지. 로비를 할 거면 제대로 하든가? 왜 신원의 문제를 주원으로 떠넘기려고 해?"

아무리 자금 때문에 흔들리는 신원이래도, 청운회의 자금을 관리하는 곳인 만큼 그 규모는 주원과 비교할 것이 아니었다. 신원에게 이득이 될 일이었다면 일부러 여기까지 와서 무현에게 명령하지 않았을 것이다.

선수를 친 대답에 우현이 불쾌한 듯 입꼬리를 살짝 올렸다. 어차피 눈치 좋은 무현이 모를 거라고는 생각하지 않았다. 다만 이렇게 노골적으로 거부할 거라곤 생각지 못했다.

'이젠 나에게 적의를 드러낼 힘이 있다는 건가?'

우현의 입가에 묘한 미소가 생겼다. 자신에게 맡기라더니 유란은 일을 형편없이 만들어 놓았다. 기껏 정신을 흩트려 놓을 겸 재미 삼아 사람까지 보냈건만 그마저도 별로 도움이 되지 않았다.

"네 다음 회주가 형에게 모르는 척 희생해 줘야지. 이번에는 실패했지만, 다음에는 성공할 수도 있잖아? 사람의 목숨이라는 게 생각보다도 쉽게 사라지는 거잖아."

태연히 죽이겠다는 우현의 말에 무현이 입꼬리를 올렸다.

"아직 회주는 나야."

무현의 도발에 우현의 눈썹이 파르르 떨렸다. 우현의 반응을 살피듯 차분히 바라보며 무현이 말을 마무리했다.

"난 아직 이 자리를 쉽게 내어 줄 생각이 없어."

회주가 되라는 성훈의 제안을 받아들인 이유는 간단했다. 나갈 수 없으면 제 것으로 만들면 그만이다. 그렇기에 수안과는 달리 그는 적극적으로 청운회 깊숙이 자신을 연관시켰다.

"더 할 말 없으면 이만 나가 줘. 일해야 돼."

대화를 마무리 지으려는 무현의 말에 우현이 우습다는 듯 다리를 반대 방향으로 바꿔 꼬았다. 대화를 시작한 사람도, 마무리를 지을 사람도 무현이 아니라 자신이었다. 그리고 오늘 이곳에 온 본론을 우현은 아직 꺼내지도 않았다.

"빌려줬던 물건만 돌려주면 오늘은 이만 일어나지."

"물건?"

무슨 소리냐는 듯이 물어보는 무현을 보던 우현이 피식 실소를 지었다.

역시 유란의 계획은 잘못되었다. 우현이 무현에게 준 것이라고는 수안밖에 없었다. 수안을 아낀다면 우현이 말을 꺼내마자 알아차렸어야 했다.

무현을 흔들기는커녕 관심조차 없어 보였다.

"수요일에 있을 모임에 데려갈 여자가 마음에 안 들어서 말이야."

그룹의 일까지 해 놓았으면 완벽했지만, 일이 무산되어도 상관없다.

오늘의 목적은 신원이나 새로운 프로젝트가 아니었다.

"수안이, 내가 데리고 갈게."

❖

모임에 올 인원 정리를 끝낸 수안이 손가락으로 미간을 눌렀다. 그가 시킨 일 중 이제 겨우 두 개를 끝냈는데 시간은 어느새 12시를 향해 가고 있었다.

마무리된 일을 옆으로 옮긴 수안이 오늘 해야 할 일을 적어놓았던 다이어리를 펼쳤다. 그때 수안이 자리에서 일어났다. 수안의 행동에 유 비서가 일어나며 곧 문이 열렸다. 그 사이로 우현이 고개를 내밀었다.

"지 사장님!"

앞서 나가려는 유 비서를 수안이 붙잡았다. 피곤함에 가라앉아 있던 수안의 눈에 경계의 빛이 생겼다. 수안의 행동에 유 비서가 제자리에서 멈추었다. 우현을 처음 본 신입 비서들은 호감 어린 시선으로 그를 보기 바빴다.

"부회주님."

자신을 향한 시선에 미소로 답한 우현이 수안을 보며 눈을 내렸다. 또렷한 눈매가 부드러운 곡선을 만드는 순간 수안의 심장이 철컹 주저앉았다.

"무현이도 너무하네. 왜 그렇게 말랐어?"

우현의 명령을 거부하고, 그가 보낸 차를 타지 않았음에도 그는 여전히 수안을 향해 미소 짓고 있었다. 앞으로 나서려는 유 비서를 막은 수안이 우현에게 다가갔다.

"회주님과 이야기는 끝내셨습니까?"

"나 무현이한테 쫓겨났어."

"네?"

너무나도 밝은 목소리에 유 비서의 표정이 묘하게 바뀌었다. 그건 우현의 외모에 빠져든 다른 비서들 또한 마찬가지였다. 단 한 사람, 오랫동안 우현의 경호를 했던 수안의 표정만 좀 전과 같았다.

"점심시간이지? 같이 밥 먹으러 가자."

무현에게 허락을 받아야 한다는 말을 꺼내려던 수안이 조용히 우현의 기색을 살폈다.

위험하다.

우현의 명령을 어긴 것이 벌써 두 번째였다. 일부러 비서실까지 찾아왔다면 이미 우현은 수안을 봐줄 만큼 봐줬다는 의미였다. 여기서 그를 거스르면 자신만이 아니라 이곳에 있는 전부가 위험할 수 있다. 선을 넘은 우현은 주변을 전혀 신경 쓰지 않았다.

"준비하겠습니다. 차에서 기다려 주시면……."

"같이 가."

수안을 보던 우현의 눈이 유 비서부터 주변에 있는 사람들까지 빠르게 훑어 내렸다. 모르는 사람의 시선에는 그저 잘생긴 남자가 주변을 보며 자신의 매력을 어필하는 것으로밖에 보이지 않겠지만 수안이 아는 저 눈은 먹잇감을 훑는 맹수의 것이었다.

"오랜만에 수안이랑 같이 걸어가 보려는데…… 싫어?"

어떻게 가지고 놀아야 더 재미있을지 생각하는 우현의 모습에 수안의 머릿속에 경고음이 울렸다.

애써 감추려 했던 두려움이 울컥 치밀었다. 수안의 얼굴에 핏기가 사라졌지만, 정작 그렇게 만든 당사자는 미소만을 짓고 있을 뿐이었다.

"준비하겠습니다."

"기다릴게."

경직되어 있던 우현의 눈이 다시 부드러워졌다. 유 비서에게 다가간 수안이 담담하게 말했다.

"잠시 나갔다 오겠습니다."

오랫동안 무현의 비서로 일하면서 생긴 촉이 수안을 보내면 안 된다고 경고를 보냈다. 수안에게 시선을 보냈지만, 괜찮다며 수안이 미소를 지었다.

"부회주님. 가시죠."

준비를 끝낸 수안이 몸을 숙이자 우현이 몸을 돌렸다. 즐거운지 낮은 콧노래를 부르며 앞장서는 우현을 수안이 뒤따랐다.

"이거 선물."

수안의 월급으로는 엄두도 못 낼 고급 레스토랑에서 주문을 끝낸 우현이 그녀 앞에 작은 상자를 내밀었다.

턱을 손으로 받친 채, 미소를 지은 우현이 어서 열어 보라는 듯 수안을 재촉했다. 솔직히 상자를 보고 싶은 생각이 들지 않았다. 단 한 번도 우현은 이런 식으로 무언가를 준 적이 없다. 지금 주는 선물도 다른 목적이 있어서 건네는 것일지도 모른다.

"부회주님."

주저하는 수안의 행동에 짜증이 난 우현이 수안을 붙잡아 상자를 억지로 열었다. 다이아몬드가 박힌 백금 팔찌가 빛에 반짝였다. 한눈에 봐도 고가일 게 당연할 물건에 놀란 수안이 손을 빼려 했지만 그보다도 먼저 우현이 손목에 팔찌를 채웠다.

"부회주!"

"예쁘네. 잘 어울릴 줄 알았어."

다급한 손이 팔찌를 빼려는 순간, 우현이 입꼬리를 올렸다.

"그 팔찌 빼면, 네 뒤에 있는 놈부터 처리할 거야."

팔찌를 빼려던 수안의 손이 멈추었다. 백금 팔찌는 가벼웠지만, 수갑을 찬 것처럼 무겁게 느껴졌다. 우현을 상대로 무모한 짓은 절대 할 수 없다.

"넌 그 고집 좀 접어야 해."

"제가 받을 만한 물건이 아닙니다. 부회주."

"어차피 넌 그런 걸 결정할 자격이 없어. 그걸 줄지 안 줄지는 내가 결정하는 거지."

"……."

"놈이 전부 버려 났어."

수안은 자신도 모르게 입술을 깨물려다가 참았다. 모든 걸 받아 줄 것처럼 우현은 수안을 보고 있었지만, 사실 우현은 지금 화가 날 대로 나 있었다.

고급 레스토랑이든 여기에 몇 명이 있든 중요하지 않다. 중요한 건 그의 행동 하나에 이곳이 어떻게 될지 알 수 없다는 것이었다.

"부회주님. 지난번의 일은……."

우현에게 먼저 말을 꺼내려던 수안이 품에서 느껴지는 진동
에 미간을 좁혔다. 잠시 고개를 숙인 수안이 진동을 울리는 휴
대폰을 꺼내 발신자를 확인했다.

[지무현]

당황하는 수안을 우현의 눈이 날카롭게 살폈다. 점심시간에
나와서 2시가 넘었으니 연락이 오는 것도 당연했다. 하물며 나
가지 말라는 명령까지 어긴 상황이었다. 당장 오라는 불호령이
떨어져도 수안은 달리 할 변명이 없었다.

"부회주님. 이만 가 보겠습니다."

"수안아. 앉아."

우현의 눈빛이 어느새 바뀌었다. 저런 모습의 우현은 두렵다.
하지만 이대로 이도 저도 아닌 삶을 계속 살 수는 없다.

'부질없는 꿈을 꾸고 있었군.'

이 순간 왜 그가 했던 말이 머릿속을 스치는지 알 수 없다. 하
지만 냉정한 대답의 의미를 모르지는 않았다.

단 한 번도 우현은 그런 말을 하지 않았다. 대신 우현은 수안
의 바람을 최대한 이용했다. 결정적인 순간마다 수안을 흔들어
댄 말은 이번 일이 끝나면 내보내 주겠다는 것이었다.

우현과는 다르게 무현은 부질없다고 했다. 마치 그녀의 꿈이

어떤 것인지 알고 있는 사람처럼 무현은 수안의 꿈을 부정하고 잘라 냈다.

"앉으라고 했어."

아니면 누구도 다가오지 않았던 그녀에게 거침없이 다가오는 무현 때문에 잘못된 판단을 하고 것일지도 모른다.

"제가 모시는 분은 회주입니다. 부회주."

"……."

"이건 아닙니다. 이만 가 보겠습니다."

"오늘 놈에게 널 돌려 달라고 했어. 그게 어려우면 이번 모임 에스코트에라도 쓸 수 있게 빌려 달라고 했지. 놈이 나한테 뭐라고 했을 것 같아?"

무현이라는 말에 수안의 눈이 커졌다. 테이블에 놓인 물 잔을 들어 입술을 축인 우현이 수안에게 다가왔다. 마치 무현이 그녀에게 어떤 존재인지 알아보듯 시험하는 눈이 오랫동안 그녀의 얼굴과 분위기를 지켜봤다.

가라앉았던 심장이 천천히 떨려 왔다.

"그런데 그놈이 참 이상한 대답을 하더라고."

"뭐라고 말씀하셨습니까?"

우현의 목적이 무엇인지 알면서도 물어볼 수밖에 없었다. 위험하다는 신호가 머릿속에서 계속 울렸지만 지금만큼은 무현이 무슨 대답을 했는지 듣고 싶었다.

"네가 원하는 대로, 네가 선택하는 대로 자기는 하겠다더군. 재미있지 않아? 그냥 네게 명령만 하면 끝날 일인데 말이야."

잔잔한 수면 위에 파문이 일었다. 우현의 앞에서 이러면 안 된다는 것을 알면서도 감정을 숨기기 어려웠다.

　어떻게 행동할지 알 수 없는 사람은 우현이 아니라 무현이다.

　"무현이에게 가고 싶어?"

　우현의 물음이 수안의 상념을 일깨웠다. 잠시 동안 든 생각에 수안이 짧게 숨을 토해 냈다. 점점 어찌 되어 가는지 알 수 없다. 자신은 나가고 싶어 하는 걸까? 아니면 무현의 곁에 있고 싶어 하는 것일까?

　이도 저도 아니라면…… 전부 놓고 싶은 것일까?

　주문한 요리를 들고 오려는 웨이터를 우현이 손으로 막았다.

　"그놈이 남자로 느껴져?"

　다정했던 눈길도, 부드러운 미소도 없었다. 자신이 물어 놓고도 불쾌해진 우현이 입안에 퍼지는 씁쓸함을 억눌렀다. 고작 몇 달, 8년을 제 곁을 지켜 온 물건이 고작 몇 달 만에 다른 곳을 보고 있었다.

　"아닙니다."

　지금 이 감정을 애정이라고 말하는 순간 그대로 결정이 나 버릴 것 같았다. 무현에게 흔들리는 건 맞지만 이 감정에 대한 확실한 답을 내리지 않았다.

　"부회주님. 이만 가 보겠습니다."

　일어나려는 수안을 우현이 붙잡았다. 어떤 일이 있어도 수안이 곁을 지킨 사람은 자신이었다. 그가 보여 주는 것만 보게 했고, 그가 허락하는 것만 하게 했다.

　자신의 물건이었으니까.

　그가 애정을 쏟았던 만큼 그녀의 세상은 자신이 중심이어야 했다.

"하나만 하고 가. 그럼 보내 줄게."

어느새 옆으로 다가온 우현이 수안의 뺨을 손으로 감쌌다. 오랜만에 닿는 수안의 촉감이 나쁘지 않았다. 그렇기에 더더욱 확인이 필요했다.

우현의 입술이 수안을 향해 다가왔다. 그녀가 도망가지 못하도록 붙잡은 어깨에 자신도 모르게 힘이 들어갔다.

"부회주님."

우현을 막은 수안이 고개를 저었다. 명백한 거부. 우현의 입꼬리가 불쾌하게 올라갔다.

"난 널 아끼지만 그것도 이젠 슬슬 한계 같아."

우현의 말에 수안의 얼굴이 창백해졌다. 어깨에서 미약한 떨림이 느껴졌다. 당장에라도 쓰러질 것처럼 무서워하면서도 수안은 우현의 시선을 참아 냈다. 어떻게든 우현의 분노를 받아 내는 그녀의 모습에 우현의 눈이 부드럽게 휘었다.

"나 그만 자극해. 수안아."

"……."

"예전에 같이 하던 놀이, 생각나? 재미있었잖아."

간신히 버티고 있던 이성이 '놀이'라는 단어에 완전히 무너졌다. 애써 진정하려 했지만 그것도 잠깐, 수안에게서 가쁜 숨이 터져 나왔다. 공포에 질려 사시나무 떨듯 떠는 그녀를 보며 우현이 만족스러운 미소를 지었다.

아직 수안은 그에게서 완전히 빠져나오지 못했다.

"그걸 내가 또 하게 만들지 마."

그녀의 입술 대신 뺨에 짧게 입을 맞춘 우현이 웃음을 터트리며 레스토랑 밖으로 나갔다.

우현이 완전히 사라진 후, 일어나기 위해 테이블을 짚었던 수안이 다시 자리에 주저앉았다.

지이잉.

다시 진동을 울리는 휴대폰에 수안이 입술을 깨물었다. 휴대폰을 잡으려던 수안이 제 의지와 관계없이 떠는 손을 보고 이맛살을 찌푸렸다.

우현이 말했던 놀이에 대한 기억과 우현의 웃음소리가 겹쳐 들렸다. 휴대폰을 받아야 한다는 생각을 하면서도 몸의 떨림은 가라앉지 않았다.

"후우."

이번 연락은 받아야 했다. 테이블 위에 놓여 있는 물을 수안이 억지로 들이켰다. 찬 기운이 몸 안을 돌자 그제야 수안의 입가에서 힘겨운 숨이 토해졌다.

"유 비서님. 죄송해요. 지금…… 돌아가요."

휴대폰 너머로 들려오는 유 비서의 목소리에 걱정이 묻어 나왔다. 청운회와는 전혀 연관 없는 그녀에게 쓸데없는 말 따위 할 수 없다. 아니 그 누구에게도 오늘의 만남을 이야기할 수는 없다.

"별일 없었어요."

한 발짝, 또 한 발짝 옮기는 걸음조차 떨고 있었다. 담담하려 했지만, 자신의 의지를 배반한 몸은 위태롭기 그지없었다. 질끈 눈을 감자 촉촉이 젖어 있던 눈에서 두둑 눈물이 떨어졌다.

"아무 일도 없었어요."

❖

"아빠!"

터져 나오는 아이의 비명 소리가 공터를 가득 채웠다. 그리고 그 앞에 피를 흘리며 쓰러진 남자가 고통스러운 신음을 삼키고 있었다. 그리고 그들의 앞에 무릎을 꿇은 수안이 묶여 있었다.

"잘못했습니다. 우현 님. 잘못……했어요."

속을 뒤집히는 피 냄새와 남자가 흘리는 피웅덩이만이 보일 뿐이었다.

군말 없이 명령에 복종하던 수안에게 어느 날 우현이 트라우마에 대해 물었다. 그리고 처음으로 말씀드릴 수 없다 반항했다.

"아이를…… 아이 아버지를 살려 주세요."

사시나무 떨듯이 온몸을 떨고 있으면서도 수안의 눈은 참상에서 떨어지지 않았다. 쓰러져 있는 아버지를 보다 못한 아이가 남자에게로 뛰어갔지만 얼마 가지 못해 다른 사내들에게 붙잡혔다.

아이가 내지르는 비명이 수안의 심장을 찔렀다. 아이에게서 그녀의 모습이 겹쳐 보였다.

"이제 겨우 시작인데 벌써 그렇게 무너지면 재미없잖아."

트라우마에 대해 수안이 이야기하지 않자 우현은 그녀가 겪었던 과거의 일을 하나씩 눈앞에서 다시 보여 줬다. 우현에게 들킬 위험도 있었지만 며칠은 무사히 넘어갔다.

그녀에게는 평생을 숨기고 싶었던 과거이자 상처였지만 우현에게는 그저 수수께끼의 답을 찾는 '놀이'였다.

"아빠!"

"아이 아버지가 죽어요……. 죽이지 마세요."

"청운회에 잘못을 저지른 놈이야. 죽여도 상관없어."

"아이가…… 아이가……."

온몸으로 떨고 있는 수안을 우현이 뒤에서 껴안았다. 땀에 젖기는 했지만, 거부감이 들 정도는 아니었다. 도리어 품에 쏙 안기는 감각이 다른 여자들보다 좋았다.

"저 아이는 네가 아니야."

"아버지가……."

"네 아버지는 이미 죽었잖아."

수안의 눈에 그렁그렁 맺혀 있던 눈물이 얼굴을 타고 흘러내렸다. 수안의 반응을 관찰하듯 우현의 시선이 그녀에게 고정되었다. 하얗고 가는 목에 우현이 입술을 묻었다.

입술로 느껴지는 수안의 맥이 평소보다도 빨랐다. 잠시 동안 뛰는 맥을 느끼던 우현이 이를 세워 하얀 목을 깨물었다. 살짝 힘으로 주고 이로 긁어내리자 붉은 핏방울이 목을 타고 흘러내렸다. 헝클어진 블라우스 안으로 들어간 손이 떨고 있는 작은 어깨를 감쌌다.

"수안아. 날 봐."

귓가에 속삭이고 있음에도 수안은 우현의 목소리가 들리지 않았다. 아이에게로 갈 생각인지 수안은 우현의 품에서 버둥거렸다. 수안이 자신을 보지 않자, 우현의 미간이 딱딱하게 굳었다.

완전히 정신을 놓아 버린 수안을 우현은 이해할 수 없었다. 이미 끝난 일을 왜 가리려고 아등바등하며 괴로워한단 말인가?

"수안아."

"괜찮아……. 괜찮아……."

"그냥 놀이야. 네가 알려 주지 않는 걸 내가 찾아내는 놀이일 뿐이라고."

"……살려…… 주세요."

답을 찾아냈다는 희열이 수안의 반응에 분노로 바뀌었다. 저런 반응을 기대한 것이 아니었다.

그저 자신에게 반항하는 수안에게 그가 누구인지 확실히 알려 줄 생각일 뿐이었다. 발버둥 치는 수안을 우현이 제 품으로 다시 끌어왔다. 당장에라도 쓰러질 것처럼 가쁜 호흡을 토해 내는 수안과 눈을 맞추던 우현이 나지막이 속삭였다.

"이젠 나한테 반항하지 마. 그럼 놀이는 그만할게."

블라우스가 풀리면서 보이는 쇄골에 우현이 자신도 모르게 입술을 묻었다. 입술을 통해 전해지는 떨림이 주는 느낌이 좋다. 목에 흐르는 땀을 혀로 할짝거리자 수안의 입에서 가쁜 숨이 터져 나왔다.

"얌전히 내 말만 들어. 그럼 이런 짓 안 할게."

우현의 속삭임에 수안이 반사적으로 고개를 끄덕였다. 아이의 아버지만 살릴 수 있다면 무슨 일이든지 할 수 있었다. 수안의 대답에 만족스러운 미소를 지은 우현이 남자와 아이를 둘러싸고 있는 사내들을 보며 명령했다.

"죽여."

아이와 아버지를 향해 쇠파이프를 든 사내들이 가까이 다가 갔다.

"아……."

퍽! 퍽! 퍽!

곧이어 일어나는 참상에 수안이 할 수 있는 일은 우현의 품에 안긴 채 발작을 일으키는 것밖에 없었다. 남자와 아이에게서 흐 르는 피가 수안의 앞까지 흘러왔다.

"아아악!"

사장실 앞에 선 수안이 숨을 삼켰다. 몇 번이고 자리에 서서 진정하려 했지만, 한번 떠올려 버린 기억은 사라지지 않았다. 걱정하는 유 비서에게 미소를 지으며 괜찮다고 거듭 말했지만, 실제로 걷는 것조차 쉽지 않았다.

"잘 다녀왔나?"

답이 없자 서류를 보고 있던 무현의 눈이 그녀에게로 향했다.

수안을 보던 무현이 손목에서 빛나는 팔찌에 눈을 좁혔다. 분 명 오늘 아침까지만 해도 없던 것이었다. 요란하대도 과언이 아 닐 정도로 화려한 디자인은 누가 줬는지 굳이 묻지 않아도 알 수 있었다.

"모임 명단."

가지고 있던 명단을 내밀던 수안이 제 손목에 채워진 팔찌를 발견하고는 눈을 질끈 감았다. 두려움을 억지로 참느라 팔찌를 차고 있는지도 모르고 있었다.

'내가 그걸 또 하게 만들지 마.'

눈앞이 하얗게 변했다. 생각하고 싶지 않은 비릿한 향에 속이 뒤집힐 듯 메스꺼웠다. 내내 팽팽하게 버텼던 긴장이 한계까지 치달았다.

무현에게 명단을 넘긴 수안이 등 뒤로 팔을 돌려 팔찌를 거칠게 빼냈다. 주머니에 대충 팔찌를 넣은 수안이 무현의 말을 조용히 기다렸다.

"따로 체크가 되어 있으신 분은 며칠 후에 답을 주기로 하셨습니다."

인원을 모두 확인한 무현이 수안에게 명단을 건네었다. 명단을 받아 드는 수안의 손을 보던 무현의 눈이 딱딱하게 굳었다. 좀 전까지 손목에 있던 팔찌가 보이지 않았다.

그리고…… 미세하게나마 수안이 떨고 있었다.

우현과 함께 웃으며 식사를 한 것치고 수안은 심하게 경직되어 있었다. 분명 그녀에게 붙인 이들의 보고로는 그녀와 함께하는 내내 우현은 즐겁게 웃고 있다고 했다. 짜증이 치밀었다. 당장 돌아오라며 연락했지만, 그녀는 그의 전화를 무시했다.

"다음 주 일정은?"

"이번에 진행되는 프로젝트의 중간보고와 청운회 원로들과의 오찬 시간이 겹쳤습니다. 프로젝트 보고 시간을 조정한 후에 최종 일정을 보고드리겠습니다."

담담한 척했지만, 분명 수안의 목소리에서 떨림이 느껴졌다.

수안에게 말했던 것처럼 그녀라면 여자로 대해도 상관없다고 생각한다. 하지만 다른 남자의 입맛을 맞추며 흔들리는 여자를 제 여자로 만들 생각 따위도 추호도 없었다.

"이만 나가 봐."

무현의 말에 수안이 말없이 몸을 돌렸다. 하지만 그것도 잠시, 수안의 걸음이 멈추었다.

"회주님께서는…….."

쓰러질 듯 위태롭게 들려오는 목소리가 불안했다.

"왜 회주님께서는 부회주님의 요구에 제 의견을 따르겠다고 하신 것입니까?"

말을 듣지 않는 수안을 어찌 다뤄야 하는지 우현은 너무나도 잘 알고 있었다.

놀이. 그 짧은 단어만으로도 수안은 애써 유지하던 평정을 잃었다. 예전이었다면 한계에 다다른 우현에게 몸을 숙이고, 그의 명령을 따랐을 것이다.

그런데 이젠 그럴 수 없었다. 확인을 하겠다며 다가오는 우현을 자신도 모르게 거부했다.

"회주님께서 명령하셨다면 전 따랐을 것입니다."

"부회주에게 돌아가고 싶나?"

대수롭지 않게 물어 놓고는 무현의 미간이 작게 찌푸려졌다.

부서질 듯 위태롭게 서 있던 수안의 얼굴에 그나마 존재하던 핏기가 사라졌다.

"가까이 와."

목에 남아 있는 가시처럼, 그녀의 존재가 그의 신경을 계속 건드렸다.

그의 자리가, 그리고 그가 회주로 버티고 있는 청운회가 언제나 그에게 상황을 의심하고 또 의심하도록 가르쳤다. 시선을 자꾸 끄는 수안을 의심하면서도, 수안이 보이지 않으면 미치도록 불안했다.

이율배반적인 감정.

하지만 그 감정의 답은 생각보다도 쉽게 나왔다.

"이리 와."

그가 손을 내밀면 여자든, 남자든 기다렸다는 듯이 손을 뻗었다. 그게 지금까지 봐 온 청운회의 사람들이 그랬다. 하지만…….

다가오던 수안이 멈추었다. 무현의 손을 잡고 의지하는 대신 그녀는 물었다.

"왜 그런 말씀을 하셨습니까?"

무현에게 답을 듣는다 한들 달라지는 것 또한 없었다. 자신의 신념처럼 살려고 해도 상황은 그걸 허락하지 않았다. 화가 날 대로 난 우현은 결국 자신의 말을 듣게 할 것이다. 그리고 우현의 명령을 따르는 수안을 무현은 살려 두지 않을 것이다. 결국 이런 식으로밖에 되지 않을 결론이었다.

그걸 알면서도 궁금했다. 왜 자신에게 선택을 맡겼는지 무현에게 직접 듣고 싶었다. 그녀의 물음에 우현은 비웃을지 몰라도 무현은 대답해 줄 것 같았다.

"누구 곁에 있을지 결정할 사람은 내가 아니라 당사자인 너니까."

"전 회주님의 소속입니다."

"내 소속이지만 내 소유는 아니지."

"……."

"사람이 사람을 물건처럼 넘기고 가져올 수는 없지."

처음부터 무현은 수안을 물건으로 대하지 않았다. 그것이 우현과 무현의 차이. 그 차이에 자신이 흔들리고 있었다.

정체를 알 수 없는 흥분과 앞으로 감당해야 할 두려움이 매섭게 부딪쳤다. 머리가 어지러웠다. 우현의 경호로 간 내내 살얼음판을 걷는 기분으로 살아왔다.

아슬아슬하게 버티던 수안이 비틀댔다. 하지만 쓰러지기 직전, 언제 다가왔는지 무현이 그녀를 붙잡았다.

"넌 사람이라는 단어에 반응해."

표정을 숨길 생각도, 부정할 정신도 남아 있지 않았다.

"당연한 일인데도 넌 특별하게 생각하지."

아무리 발버둥을 쳐도 자신은 청운회의 수많은 소모품 중에 하나일 뿐이었다.

그래서 나가고 싶었다. 언제라도 바뀔 수 있는 물건이 아닌 사람으로 대해 주는 곳에서 살고 싶었다.

"당신도 마음에 들지 않는 사람은 주저 없이 치워 버리잖아."

존대를 하던 수안의 말투가 바뀌었다. 평소의 그녀였다면 절대 있을 수 없는 행동이었다. 그러나 그녀의 갑작스러운 변화가 나쁘지 않았다. 도리어 숨겨 놓았던 본모습을 보여 주는 것 같아 묘한 쾌감마저 일었다.

"뭐, 그 사실을 부정할 수는 없지. 너와 내가 사는 세상이 다른 이들의 세상과는 다르지 않나."

그는 자신의 방식을 부정하지 않았다. 이제야 왜 그에게 이렇게까지 흔들리는지 알 수 있었다.

"당신이 회주로 자리를 잡으면 청운회가 달라질까?"

"그럴 리가."

무현의 대답에 수안의 표정이 어두워졌다. 이런 상황에서조차 놀리는 것인가? 역시나 그의 화법은 알 것 같으면서도 감을 잡을 수 없었다. 그의 말은 거기서 멈추지 않았다.

"사람이 하나 바뀐다고 세상이 바뀔 리가 없지. 다만 핏줄을 따지면서 물건 취급하는 건 불쾌하니까."

"……."

"가장 불쾌한 것 하나 정도는 바꿀 수 있겠지."

이러면 안 된다는 것을 알면서도 자신도 모르게 그에게 다가갔다. 수안의 손끝이 무현의 얼굴에 닿았다. 짧게 닿았던 손길을 느끼기도 전에 멀어지려는 손을 무현이 붙잡았다.

"아……."

창백하던 수안의 얼굴에 옅게나마 핏기가 돌았다. 눈에 보이는 떨림은 사라져 있었지만, 그녀는 여전히 위태롭고 불안해 보였다.

지칠 대로 지친 그녀를 감싸듯 무현이 자신의 품에 수안을 안았다. 어색하지만 익숙한 온기가 긴장한 그녀를 천천히 다독였다. 생소한 온기에 몸을 맡기고 있던 수안의 정신이 흐릿해졌다.

"채 비서?"

무너지는 수안을 무현이 안았다. 때마침 문을 열고 들어온 손 비서가 무현의 품에 무너진 수안을 보았다.

"사람을 부르겠습니다."

"그럴 필요 없어."

힘없이 안겨 드는 수안을 무현이 가라앉은 눈으로 바라보았다. 내내 팽팽히 당겨진 줄처럼 아슬아슬하게 버티고 있었으니 이러는 것도 무리는 아니었다.

"아주 급한 연락 말고는 모두 물려."

무현의 명령에 손 비서가 몸을 숙였다.

얼마 만에 느끼는 평온인지 기억조차 나지 않았다.

"……입니다."

몽롱한 정신 너머로 누군가의 목소리가 들려왔다. 일어나야 했지만 눈을 뜨고 싶지 않았다.

이불 속으로 수안이 파고들자, 낯선 손길이 그녀의 머리카락을 부드럽게 쓸어내렸다. 조심스럽지만 다정한 손길에 수안의 입꼬리가 옅게 올라갔다.

"수안은 잠시 자리를 비웠습니다."

입꼬리가 올라간 그대로 수안의 눈이 떠졌다. 포근하고 따뜻한 잠자리가 무현의 침대라는 것을 깨달으며 좀 전의 낮은 목소리가 그라는 것을 안 순간, 나른했던 몸에 힘이 들어갔다.

놀란 그녀가 몸을 일으키려 하자 무현이 일어나려는 그녀의 어깨를 눌렀다.

"회······."

조용히 하라는 듯 무현이 검지를 입에 갖다 대자 수안이 입을 다물었다. 침대에서 일어난 무현이 통화를 계속했다.

"급하게 나간 터라 휴대폰을 두고 갔습니다. 돌아오는 대로 연락드리라고 하겠습니다. 회장님."

'회장님'이란 단어에 수안의 반응은 조금 전보다도 빨랐다.

몸을 일으킨 수안이 침대에서 내려오자마자 비틀거렸다. 그런 그녀를 보던 무현이 통화를 마무리했다.

"그럼 모임에서 뵙겠습니다."

휴대폰을 끊자마자 수안이 무현에게 달려왔다. 그녀의 휴대폰을 건네는 대신 무현이 그녀를 안아 들었다.

"회주님!"

"그렇게 소리 안 질러도 다 들려."

수안을 침대에 눕힌 무현이 목 끝까지 이불을 덮었다. 그럼에도 수안이 다시 일어나려 하자 무현의 손이 그녀의 눈을 가렸다.

"눈 감아."

"회장님의 연락입니다! 받지 않으면······."

"침대에 묶어 버리기 전에 눈 감아."

무현의 말에 발버둥 치던 움직임이 멈추었다. 그녀가 움직임을 멈추자 그제야 눈 위를 덮었던 손을 내렸다. 얌전히 누워 있었지만 흔들리는 눈이 무현을 조용히 응시했다.

"지쳤을 때는 버티는 게 아니라 쉬는 거다."

"……."

"굳이 자신을 한계까지 몰아갈 필요는 없지 않나?"

"청운회에서 살아남으려면 어쩔 수 없지 않습니까?"

질문에 질문으로 답하는 그녀의 흐트러져 있는 앞머리를 무현의 손가락이 쓸었다.

"청운회 소속인 여자들이 가진 선택지는 몇 없지."

조직에서 여자는 자금을 벌어 오는 수단이 되거나 조직 내부를 관리하는 관리인이 되었다. 관리인으로 본가에 머물면 다행이었지만, 그것도 배경이 없으면 불가능했다. 결국 소속의 여자들이 가는 곳은 클럽이나 그 밖의 활동을 위한 일회용으로 쓰이기도 했다.

피와 총성의 트라우마가 있기는 했지만, 기본적인 능력은 사내들보다 뛰어난 그녀였으니 차선책으로 경호원으로 배치되었을 것이다. 조직의 다른 여자들보다는 나은 선택일 수 있었지만 한편으로는 그 선택 때문에 그녀는 잠깐의 틈도 없이 자신을 몰아세웠다.

"여자가 경호원이 되는 일도 쉽지 않았을 테고 말이지."

무현의 손가락이 수안의 머리카락을 지나 뺨에 닿았다. 무언가 말을 꺼내야 했건만 목에 딱딱한 무언가가 걸린 것처럼 소리가 나오지 않았다.

"조금이라도 흐트러진 모습을 보였다면 경호원에서 밀려났을 테니."

자신이 어떻게 살아왔는지 직접 보았던 것처럼 무현은 수안이 내내 감추고 있었던 과거를 아무렇지도 않게 추측했다. 가슴께에 덮여 있던 이불을 얼굴까지 끌어 올렸다. 지금 그를 어떤 모습으로 보고 있을지 그녀 자신도 알지 못했다.

"난 앞으로 5시간은 내리 잘 거야. 그런 날 넌 지키고 있을 테고 말이지."

"……."

"쉬어."

침대에서 일어나는 무현을 향해 자신도 모르게 수안이 손을 뻗었다. 일어나려는 무현이 수안에게 붙잡혔다.

"왜…… 왜 저에게 이렇게까지 해 주시는 것입니까?"

원래대로 돌아온 수안의 말투는 다시 딱딱해져 있었다. 이 여자가 마음을 열고 바라보는 남자는 무슨 기분일까? 지금 상황에서 우스운 일이었지만, 왠지 모르게 그 남자가 자신이었으면 하는 욕심이 생겼다.

"힘들어 죽겠다는 얼굴을 하고 있잖아?"

"아……."

무현을 붙잡고 있던 손이 힘없이 떨어졌다. 대신 무현의 손이 수안의 손목을 붙잡았다.

"넌 물건이 아니라 사람이라고 하지 않았나."

질끈 입술을 깨물었지만 눈앞이 흐려지는 건 어쩔 수 없었다.

무현의 앞에서 힘들다며 울음을 터트릴 수는 없다. 그녀의 자존심이 그것까지는 용납하지 않았다. 하지만 그녀를 무겁게 짓누르고 있던 책임을 무현은 아무렇지도 않게 치우고 있었다.

"5시간. 회장도, 회주도, 청운회도 다 잊고 자."

눈을 덮은 손가락 사이로 눈물이 마구 흘러내렸다. 소리 없는 오열이 잦아들자 토해 내듯 수안이 긴 숨을 거듭 내쉬었다. 지금까지 홀로 견디면서 억지로 참아 냈던 것을 버리듯 한참을 숨을 내쉬고 들이쉬기를 반복했다.

"지금은 채수안만의 시간으로 있어."

수안의 눈가에 맺혀 있는 눈물 자국을 손으로 닦아 낸 그가 침대에서 일어나 테이블로 자리를 옮겼다. 미리 가져다 놓은 서류를 펼친 그가 빠르게 업무에 집중했다. 그리고 그런 그를 수안이 말없이 바라보았다.

언제 잠이 들었는지 알 수 없었다. 5시간은 지난 것 같은데, 수안이 중간에 깰 때마다 다가온 그는 언제나 같은 말만 했다.

'아직 멀었어. 더 쉬어.'

우현은 물론이고, 성훈조차 단 한 번도 주지 않았던 휴식을 무현이 주었다. 아무 걱정도 하지 않고, 언제 올지 모르는 연락을 불안하게 기다리지도 않는, 편한 잠에 들었다. 그리고 어둠이 깊게 내려앉은 밤, 다시 잠에서 깬 수안의 눈에 들어온 건 침대헤드에 기대서 잠들어 있는 무현이었다.

겨우 하루였지만, 처음으로 모든 책임과 의무에서 벗어나 보았다.

'넌 물건이 아니라 사람이라고 하지 않았나.'

대수롭지 않게 꺼내는 그의 말이 그녀에게 어떤 의미로 다가
왔는지 절대 모를 것이다.

'당신이라면…….'

지금의 감정을 우현이나 성훈이 알면 어떤 반응을 보일지 생
각만으로도 끔찍했다.

하지만 상관없었다. 사람인 자신이 가질 수 있는 자신만의 감
정이었다. 그걸 누가 뭐라 할 수 없었다.

조심스럽게 손을 뻗었던 수안이 허공에서 잠시 주춤거렸다.
하지만 그것도 잠시, 무현에게로 다가간 작은 손이 크고 거친
손을 감쌌다.

청운회의 모임 당일, 조용했던 본가 앞에 차가 즐비해 있었
다. 본가 앞에 대기하던 이들이 차에 내리는 이들을 일일이 확
인하며 안으로 안내했다.

"회주."

수안이 문을 열자 무현이 밖으로 나왔다. 무현을 확인한 이들
이 그 앞에 몸을 숙였다. 그들의 인사를 받는 둥 마는 둥 무현이
본가로 거침없이 걸음을 옮겼다.

뒤를 따르던 수안이 무현의 등을 물끄러미 보았다.

이미 자신은 결정을 내렸다.

이후의 일이 어떻게 될지는 그녀 자신도 알 수 없었다. 이제 물건 취급을 당하고 싶지 않다.

상황을 바꿀 수 없다면…… 적어도 지금만큼은 사람이 되고 싶었다.

#6.

　본가에 마련된 장소의 분위기는 연회장 못지않았다. 청운회의 영향력은 재계는 물론이고, 정계에도 깊숙이 연관되어 있어서 이름만 들으면 알 만한 국회의원부터 내년에 있을 대선의 유력한 주자인 정치인의 모습도 곳곳에 보였다.

　"회주."

　입구에 서 있던 이의 목소리에 연회장 안에 있던 이들의 눈이 한곳으로 쏠렸다. 우현의 곁에 있던 이들의 시선조차 순식간에 안으로 들어온 무현에게로 향했다. 따끔거릴 정도로 시선을 한 몸에 받고 있으면서도 그는 무척이나 태연했고, 침착했다.

　휠체어에 탄 성훈의 앞까지 걸어간 무현이 그를 향해 고개를 숙였다. 그만하라는 듯 성훈이 손을 저었다.

　"회장님."

"그저 모임이라는 게 쓸데없이 거창하지. 준비하느라 애썼다."

성훈의 휠체어를 잡고 있던 유란의 얼굴이 구겨졌다. 좀 전에 인사 온 우현은 귀찮다며 보내 놓고는 무현에게는 칭찬까지 하고 있었다.

"네가 이 모임을 주관한 지 벌써 3년이 되었던가?"

"네. 회장님."

"슬슬 뭐가 터져도 터질 시기구나. 그것을 잘 수습해야 회주이겠지."

"조심하겠습니다."

날카로운 눈매나 위압적인 분위기는 여전했지만, 성훈을 대하는 무현의 행동은 깍듯했다.

수안은 무현과 대화 중인 성훈을 냉정한 눈으로 응시했다. 예민한 감각이 경종을 울렸다. 일어나지 않을 일에 관심을 가지는 성훈이 아니다.

"자, 그럼 이 늙은이는 이만 빠져야겠다."

"좀 더 계시는 편이 낫지 않겠습니까?"

"이런 잔인한 녀석 같으니. 지금 이 늙은이에게 저기 있는 하이에나들이 친아들 편을 들까, 양아들 편을 들까 저울질하는 모습을 지켜보라는 거냐? 쯧쯧쯧."

성훈의 말에 무현이 고개를 숙였다. 그런 무현을 보는 성훈의 입가에 미소가 감돌았다.

지금 자신의 행동이 우현과 유란을 도발하기 위함이라는 것을 무현은 알면서도 성훈의 말에 어떤 말도 하지 않았다. 하물며 무슨 일이 일어날 것이라는 암시를 줘도 그는 그대로였다.

둘의 도발 따위 막을 자신이 있다는 건가? 아니면 성훈이 알지 못하는 다른 계획이라도 있는 것일까?

때로는 자신보다도 더 무슨 생각을 하고 있는지 알 수 없는 아들이었다. 하지만 상관없다. 밀어주는 배경 하나도 없이 회주의 자리까지 오른 무현이었다. 저 정도의 배짱도 없는데 방패막이가 되라는 명령을 받았을 리가 없다.

"김 비서."

"회장님. 제가······."

직접 모시겠다는 유란을 보며 성훈이 고개를 저었다.

"당신은 우현이 곁에 있어요. 요즘 저 아이, 어디서 무슨 짓을 할지 모르니 당신이 지켜보는 게 낫겠지. 김 비서. 이만 나가자."

냉정한 말에 유란의 얼굴이 붉게 달아올랐다. 나가는 성훈과 수안의 시선이 마주쳤다. 그 순간, 경직된 수안을 향해 성훈의 눈이 부드럽게 변했다.

"회주님. 오랜만에 뵙습니다."

성훈이 나간 후, 눈치를 보던 사람 중에 한 사람이 무현에게로 다가왔다. 아직 회주와 부회주 간의 대립이 계속되고 있긴 했지만, 현재 회주는 무현이었다. 방패막이로 세웠다는 소문은 있지만, 그렇게 치부하기에는 무현을 대하는 성훈의 행동이 각별했다.

우현의 눈치를 보던 사람들이 하나둘 무현에게로 다가갔다.

'음?'

무현의 주변을 지키던 수안이 우현을 향해 고개를 돌렸다. 자신의 주변을 가득 채우던 사람들이 빠져나가고 있건만, 우현은 태연했다. 그녀가 아는 우현은 자신의 것을 단 하나도 놓치지 않으려 했다. 그리고 무현에게 몰리는 관심은 우현에게는 분명 불쾌한 일이었다.

　'부회주가 그대로 있다?'

　굳을 대로 굳은 유란과는 다르게 우현은 태연했다. 무현과 그 주변에 있는 이들을 하나씩 살피더니 우현이 미소를 지었다. 즐거울 때 짓는 웃음이 아닌 비아냥거리는 미소에 수안이 입술을 깨물었다. 식은땀이 등을 타고 흘러내렸다.

　분명 우현만이 아는 무언가가 있다. 자신도 모르게 수안이 힘껏 주먹을 쥐었다.

　'부회주가 가만히 있을 거라고는 생각하지 않았네. 사람을 풀어 최대한 감시하고 있지만, 아랫사람들과 자네의 눈이 다를 수 있겠지.'

　우현이 수상쩍다 이야기하며 따로 행동하고 싶다는 수안의 요청을 손 비서는 허락했다. 질릴 정도로 사전 조사를 하고 몇 번이나 리허설을 했던 모임이다. 사고를 일으키려 해도, 사전에 일어날 변수는 모두 막은 후였다.

　"일이 일어날 가능성……."

　'슬슬 뭔가 터져도 터질 시기구나. 그것을 잘 수습해야 회주이

겠지.'

내쉬던 숨을 멈추었다.

"하아."

멈추었던 숨을 길게 토해 내며 수안이 눈을 감았다.

차라리 아무것도 몰랐다면 얼마나 좋았을까. 알고 있어도 생각하지 못하는 바보였다면 조금은 여기서 살아가는 게 편하지 않았을까.

"회장님의 생각이셨습니까?"

미간을 찌푸리던 수안이 고개를 저었다. 조용히 연회장으로 들어온 수안이 우현의 주변을 빠르게 살폈다.

'없다.'

우현을 경호하는 이들은 제자리에 있었다. 하지만 우현은 큰 행사나 모임이 있을 때마다 사람들 사이에 자신이 따로 키운 경호원들을 배치했다. 말이 경호원이지 그들 대부분은 우현의 골치 아픈 일을 처리하는 해결사였다. 우현의 경호원들도 모르는 이들이었지만, 우현의 곁을 몇 년이나 지켰던 수안은 그들이 누구인지 어렴풋이 알고 있었다. 그런데 지금 그녀가 아는 것보다도 그들의 숫자가 너무나도 적었다.

'모임을 망칠 가장 좋은 방법…….'

이곳에서 칼이나 총을 들고 설쳐 봤자 곳곳에 깔려 있는 무현의 사람들에게 막힐 뿐이었다. 하물며 우현의 지시라는 걸 들키는 날에는 무현을 죽이기도 전에 이곳에 있는 사람들의 적의를 받을 뿐이었다.

가장 효과적이면서도 증거가 남지 않는 방법. 저격뿐이었다.

타깃은 누구든 상관없다. 회주가 주관한 모임에서 누군가가 저격당한다면 결국 무현에게는 치명적인 일이 될 터였다.

이곳에 있는 자를 타깃으로 저격하려면 음향실이나 조명실 외에는 없다. 그러나 이미 그곳은 무현의 사람들이 철저히 장악하고 있었다. 하지만 완벽하게 장악한 건 아니었다.

"회장님께서는 차남에게 하나를 주면, 또 장남에게 하나를 주셔야 하는 분이죠."

아직 성훈은 누구를 자신의 후계로 삼을지 정하지 않았다. 핏줄에 욕심이 생기기 시작했다는 소문도, 무현을 방패막이로 세웠다는 말도 성훈에게서 나왔다지만, 수안은 단 한 번도 그런 말을 그에게 직접 들은 적이 없었다.

'너만큼은 평범하게……'

아버지의 유언이 머릿속을 채웠다. 지친 그녀가 가장 마지막까지 잡고 있었던 바람, 내내 생각했던 불안이 억지로 그녀에게 현실을 일깨웠다.

"섣부른 생각일 수도 있어."

자신의 생각을 부정하려는 순간, 우현의 눈이 조명실로 향했다. 그의 시선을 따라 움직인 수안이 무거운 숨을 들이마셨다. 아니길 바랐건만 우현의 눈이 향한 곳은 수안이 생각한 곳과 똑같았다.

'나 그만 자극해. 수안아.'

사람들 앞에서 무현의 손을 들어 준 대신 우현에게도 하나를 주었을 것이다. 그리고 우현은 이번 일을 준비했을 것이다.

무현에게 흠집을 낼 수 있는 기회.

동시에 수안을 시험할 기회.

'이번 일을 모른 척한다면 살 수 있다.'

언제나 머릿속을 채우던 아버지의 유언대로 청운회를 나가 평범하게 살 수 있는 기회를 얻을 수 있을지도 모른다. 자신의 뜻을 따라 준 수안을 우현은 건들지 않을 것이다.

정신없는 머릿속에서 문득 떠오른 생각에 수안이 실소를 터 트렸다.

"지쳤어."

선택을 강요받는 삶에 한계가 몰아쳤다. 완벽한 답이 없는 상황 속에서 수안의 눈이 우현을, 그리고 무현을 바라보았다.

'넌 사람이라는 단어에 반응해.'

"사람으로 대우받았던 적이 없었으니까."

우현은 그녀를 물건으로 봤지만, 무현은 그녀를 사람으로 보았다.

'당연한 일인데도 넌 특별하게 생각하지.'

"나한테는 특별했어."

무현의 목소리에 수안이 자신도 모르게 답했다. 우현에게 당할 두려움과 앞으로의 일에 대한 걱정으로 떨리던 눈이 서서히 진정되었다.

"사람으로서 선택할 수 있다면……."

우현은 두렵고 꺼림칙했다. 피할 수 있다면 평생을 피하고 싶은 사람, 수안에게 우현은 그런 존재였다.

무현은…….

'지쳤을 때는 버티는 게 아니라 쉬는 거다.'

수안의 입가에 옅은 미소가 생겼다. 두렵다고 생각한 그가 내내 막혀 있던 수안의 숨통을 트여 줬다. 연애 감정이라니, 우스운 일이었지만 적어도 그걸 인정하고 받아들인 순간 살아 있다는 기분이 들었다.

'평범하게…….'

"이번 생은 어려울 것 같아요. 아버지."

그토록 하기 어려웠던 결심이 내내 붙잡고 있던 것을 놓자 너무나도 쉽게 되었다.

연회장을 빠르게 훑은 수안이 손 비서에게 빠르게 문자를 보냈다. 그리고 연회장 밖으로 뛰어갔다.

한 블록을 지날 때마다 만나는 이들이 수안을 향해 고개를 숙였다. 혹시나 확인할 생각으로 물어보면 아무 일도 없었다는 대답이 흘러나왔다. 차라리 한 번이라도 의심스러웠다는 보고를 들었다면 이렇게까지 불안하지 않았을 것이다.

땀에 젖은 머리카락을 넘긴 수안이 조명실 계단을 올라갔다.

'저에게 왜 이곳을 알려 주시는 것입니까?'

조명실을 가던 벽을 따라 수안의 손가락이 움직였다. 손끝에 닿은 이질적인 느낌에 수안이 힘껏 벽을 눌렀다. 곧 그냥 벽이라고 생각했던 곳에 틈이 생기면서 감춰져 있던 공간이 드러났다. 한 치 앞도 보이지 않는 계단을 수안이 내려가자, 동시에 복도 양쪽으로 밝은 불이 켜졌다.

"후우."

연회장에서 보이는 조명실과 실제 조명실은 크기가 달랐다.

보여 줄 것이 있으니 따라오라는 성훈의 명령으로 몇 년 전에 딱 한 번 봤던 곳이었다. 하지만 그 사실을 아는 사람은 성훈과 김 비서 외에 세 명. 그리고 수안이었다.

'한 번은 쓸 일이 생길 수도 있잖나. 그리고 김 비서가 없을 때 내가 네 도움을 받는 일이 생길 수도 있고 말이지.'

성훈이 만든 시크릿 룸에서는 연회장이 한눈에 보였다. 나이가 들면서 사람을 만나기 피곤해하는 그가 일부러 만든 곳이었

185

다. 조명실 옆에 붙어 있기는 했지만, 방음도 철저한 곳이기에 저격에 안성맞춤이었다.

굳게 닫혀 있는 문 앞에 선 수안이 숨을 들이마셨다.

문을 열면 성훈이 있기를. 그저 자신의 생각이 잘못되었기를…….

끼익…….

"채 비서님. 오셨습니까?"

그녀의 바람은 문이 열리면서 산산이 부서졌다. 룸에는 스나이퍼와 그를 보호하는 경호원들. 그리고 우현의 비서가 있었다.

사람들 앞에서 무현의 손을 들어 준 성훈은 우현에게 이곳의 존재를 알려 주었다. 성공한다면 자리를 잡아 가는 무현에게 치명적인 오점이 될 수 있다. 운이 좋아 무현을 죽이면 일은 더 쉬워진다. 실패를 하더라도 수안의 본심을 알 수 있으니 우현으로서는 손해가 아니었다.

"부회주님의 곁에 계셔야 할 분이 왜 이곳에 계십니까?"

"채 비서님께서 오시면 안내를 해 드리라는 명령을 받았습니다."

"…….""

"이곳의 존재를 숨기신 일은 부회주님께서도 너그럽게 넘어가시겠다고 말씀하셨습니다."

"회주님이 목표입니까?"

이 정도의 거리면 저격이 성공하느냐의 문제가 아니라 누가 타깃인지가 중요했다. 그리고 스나이퍼의 총구는 무현을 향해 있었다. 하지만 무현을 저격하는 일은 쉽지 않았다.

"본능적인 건지, 계산적인 건지 회주님은 저격하기 까다로우신 분이에요. 꼭 주변의 사람이나 물건을 자신의 엄폐물로 만드시는 분이니까요. 하지만 채 비서님께서도 이미 아시지 않습니까? 누굴 타깃으로 삼아도 상관없다는 것을 말이죠."

성훈은 무현과 우현을 동시에 시험했고, 우현은 수안을 시험했다.

"선택을 하란 말씀입니까?"

"선택이라 할 것이 있겠습니까? 채 비서는 시작부터 부회주님의 사람이지 않았습니까?"

우현의 비서를 보던 수안이 힘없이 미소를 지었다. 자신의 선택은 청운회 안에서는 아무런 의미도 없다. 힘들게 결심해도, 그보다도 더 압도적인 힘이 그녀를 짓눌렀다. 아무리 최선을 다해 살아 내도, 결국 청운회라는 손바닥 안에서 발버둥을 치고 있을 뿐이었다.

'차라리 내가 있는 이곳을 가져 버리는 것도 나쁘지 않겠지.'

모든 것에 지친 그녀가 자신을 놓으려는 순간, 또다시 무현의 목소리가 머릿속에서 울렸다. 뭔가 뭔지 모르는 상황이 올 때마다 여지없이 그의 목소리가 들렸다.

자신이 느꼈던 감정을 그도 느꼈던 것일까? 그래서 도망치는 대신 청운회를 장악하려 한 것일까?

이젠 자신도 뭐가 뭔지 모르겠다.

"채 비서님."

"차라리 전부 놓아 버리는 것도 나쁘지 않겠죠."

"선택은 신중하셔야 합니다. 부회주님이 어떤 분이신지 누구보다도 채 비서님이 가장 잘 알고 있지 않습니까?"

멈췄던 두통이 다시 시작되었다.

성훈. 우현. 무현.

그녀에게 선택은 언제나 가혹했다.

"선택이 어려울 때는 마음 가는 대로 하는 게 정답이겠죠."

수안의 분위기가 달라지자 비서가 손을 들었다. 그러자 방에서 대기하던 사내들이 수안의 앞을 가로막았다.

이번 선택이 생의 마지막 선택이라면, 사람으로 살아야겠다. 결과의 끝이 개죽음이어도 그것이 지금의 자신이 할 수 있는 최선의 선택이었다.

그녀의 일은 무현을 경호하는 것. 그 앞에 장애물을 사전에 없애는 것이 그녀가 할 일이었다.

인정한다. 사람으로, 때로는 여자로 대해 주는 그에게 마음의 무게가 더해졌다. 애초에 이곳에 올 때부터 답은 이미 정해져 있었다.

"그 사람에게 하나를 받았으니 나도 하나는 줘야겠죠."

비서가 답을 하기도 전에 그녀가 사라졌다. 그녀의 잔상을 깨닫기도 전에, 가장 앞에 있던 사내가 바닥을 굴렀다. 어차피 이런 좁은 곳에서 총을 쏠 멍청이는 없다.

"막아!"

비서의 명령을 기점으로 사내들이 수안을 향해 달려들었다. 정통으로 날아오는 주먹을 피한 수안이 팔꿈치로 사내의 얼굴

을 가격했다. 곧이어 달려오는 사내의 발을 건 수안이 무릎을
지지대 삼아 목에 올라탔다.

"컥!"

수안이 몸을 비틀자 사내가 바닥을 굴렀다. 숨을 고를 틈도
없이 다른 사내가 그녀를 향해 달려들었다.

몇 명이 달려들든, 수안의 목표는 오직 하나였다.

밀려드는 공격을 피한 수안이 스나이퍼를 향해 몸을 날렸다.

"그래도 마무리가 되어 가네?"

옆에서 들려오는 불쾌한 목소리에 무현의 미간이 꿈틀댔다.
그것도 잠시 담담한 얼굴로 고개를 돌린 무현이 우현을 향해 답
을 했다.

"긴 행사는 아니니까."

"네가 수완이 좋은 거지. 이번 행사도 무사히 끝나겠네."

지금은 우현을 상대할 때가 아니었다. 독자적으로 움직이고
싶다는 말을 남기고 사라진 수안이 보이지 않았다. 어쭙잖은 사
내들보다 깔끔한 실력을 가진 그녀이니 걱정되지는 않는다. 하
지만 너무 오랜 시간 그녀가 보이지 않았다.

"이런 때 일이 터지면 재미있을 것 같지 않아?"

우현의 말에 무현의 눈이 차가워졌다. 성훈과 우현이 무슨
수작질을 했든 상관없다. 언제나 그렇듯이 그들이 문제를 일으
키기 전에 막으면 그만이고, 설령 일이 터져도 처리하면 그만

이다.

회주로 있기 전부터 당연한 듯이 버텨 왔던 삶이다. 고작 그런 일이 하나 더 추가된다 한들 자신이 흔들릴 리가 없었다.

문제는 수안에게 붙여 놓았던 이들에게 그녀를 놓쳤다는 보고를 받은 후부터 느껴지는 초조와 불안이었다.

"더 큰일이 일어나기 전에 움직이는 게 좋지 않아?"

수안은 한없이 단단해 보여도 종종 버거운 숨을 깊게 몰아쉬고는 했다. 지칠 대로 지쳐 있으면서도 도와 달라는 말도, 힘들다며 주저앉지도 않았다. 그렇게 불안하게 버텨 내고 있으면서 어떻게든 자신을 지키려 했다.

"이제 내 사람 그만 흔들어."

무현을 도발하던 우현의 말문이 막혔다. 모임을 진행하는 사회자를 보던 무현이 우현에게로 눈을 돌렸다.

"회장님이 수안을 내게 보낸 이유는 모르겠지만, 어머니께서 그 의견에 동조한 이유는 알고 있어."

우현은 수안을 마음에 드는 물건으로 여겼다. 무현에게나 그 주변에 있던 이들에게 하듯이 우현은 수안 또한 그만의 방식으로 대했다.

"그래서 어머니가 원하는 대로 움직여 볼 생각이야."

무현의 말에 매력적인 얼굴을 돋보이게 하던 우현의 부드러운 입매가 딱딱하게 굳었다. 누구 앞에서 감히 그의 것을 자신의 것이라 말하고 있는가! 무현은 그럴 권리도, 자격도 없었다.

"어머니에게 그렇게 당한 네가 이번에는 어머니의 장단에 맞춰 보겠다고?"

"그 여자 마음에 들어."

분노로 떨리는 손을 감추듯 우현이 있는 힘껏 주먹을 쥐었다.

지금 저 근본도 없는 놈이 무슨 말을 지껄이고 있는 것일까? 몇 년을 제 곁에서 머무른 수안이었다. 고작 몇 달을 데리고 있던 놈이 떠들 말이 아니었다.

"네가 수안을 네 사람으로 생각해도, 그 아이가 싫어하면 아무 소용도 없어."

"흔들린다면?"

"뭐?"

"수안이 흔들리고 있다면?"

사람들의 웅성거림조차 어느새 들리지 않았다.

자신만만한 무현을 보던 우현의 눈에 살기가 맺혔다. 당장에라도 무현을 찢어 죽일 것처럼 노려보던 우현이 무대를 보았다.

무현이 연설을 할 순서가 다가오자 사회자가 둘을 향해 시선을 보냈다. 노려보던 우현의 입가에 비틀린 미소가 생겼다.

"이제 슬슬 네 차례인가 보네. 연설 실수하지 말고 제대로 해."

무현을 보던 우현이 조명실을 흘깃 보았다.

무현이 단상에 올라가고, 우현이 원하는 모습을 보기 위해 미소를 짓는 순간, 굳게 닫혀 있던 연회장의 문이 열렸다.

"??"

무현의 눈이 날카로워졌다면 우현의 눈은 커졌다. 줄에 묶인 사내들이 연회장 안으로 줄줄이 들어오고 있었다. 하물며 그중에는 우현의 비서 또한 포함되어 있었다. 묶인 이들을 보던 눈들이 우현을 향했다.

"망할 것이!"

잇새로 흘러나오는 폭언에 무현이 우현을 향해 눈을 돌렸다. 우현의 눈이 조명실을 노려보고 있었다. 한눈에 알아볼 정도로 떠는 몸은 분노로 가득 차 있었다.

"시작할 시간이 아니라 끝날 시간이겠지."

"너……."

"난 분명히 경고했어. 내 사람 건들지 마."

이를 바드득 간 우현이 연회장 밖으로 뛰쳐나갔다.

다행히 우려했던 일은 일어나지 않았다. 그런데 안도보다는 불안감이 더해졌다.

"회주님."

"알아서 마무리해."

우현의 무리를 끌고 오는 사람들 중 수안이 없었다. 예전의 그였다면 직접 모임을 마무리하는 것에 치중했을 것이다. 하지만 수안은 그에게 그저 경호원이 아니었다.

"회주님! 신중하셔야 합니다. 지금은 이 자리를 먼저 마무리를 짓는 것이 우선입니다."

손 비서의 조언에도 무현의 결심은 변하지 않았다. 넥타이를 풀어낸 그가 대기하던 다른 이에게 말했다.

"채 비서 찾아."

"네!"

"이곳을 이 잡듯 뒤져서라도 찾아내."

당장에라도 힘들다며 울음을 터트릴 것 같은 눈으로 괜찮다

했다. 지쳐 쓰러질 것처럼 위태로우면서도 무현의 대화에 귀를 기울이며 그녀만의 답을 했다.

이런 감정은 처음이었다. 아니 어쩌면 처음이자 마지막이 될지도 모른다.

그러니 놓칠 생각 따위 없었다.

연회장 밖으로 나가는 무현의 얼굴이 유난히 창백했다.

수안을 찾기 위해 움직이는 사람들로 연회장은 엉망이었다.

무현을 발견한 사내들이 고개를 숙였지만, 지금은 그들의 인사를 받을 때가 아니었다. 우현은 절대 수안을 용서하지 않을 것이다. 우현이 손을 쓰기 전에 수안부터 확보해야 했다. 그때 조명실을 노려보던 우현의 모습이 머릿속을 스쳐 갔다.

"회주님!"

무현이 조명실로 뛰어가자 그 뒤를 곁에 있던 이들이 따랐다. 하얗게 변한 머릿속에 떠오르는 건 청운회도, 회주의 자리도 아니었다. 터질 듯 심장이 뛰었지만, 그 어느 때보다도 정신은 차가웠다.

계단을 단숨에 오르고 코너를 지나자마자 사내의 고함과 물건이 깨지는 소리가 동시에 들려왔다.

"지우현!"

무현과 눈을 마주친 우현이 미소를 지었다. 그의 어깨에 수안이 힘없이 매달려 있었다. 그녀에게서 피가 뚝뚝 떨어지고 있었다. 귀가 얼얼할 정도로 시끄러운 이곳에서 그녀는 미동조차 없었다.

수안에게 가려는 무현을 앞에 사내들이 가로막았다.

"비켜!"

무현이 주먹을 휘두르자 정면에서 맞은 사내가 바닥을 굴렀다. 하지만 무현의 옆으로 다가온 사내가 팔을 붙잡았다. 무현에게 틈이 생기자 다른 사내들이 밀물처럼 그에게 달려들었다.

허리를 붙잡은 사내를 팔꿈치로 찍어 내린 무현이 팔을 붙잡은 사내를 밀어냈다. 간신히 몸을 붙잡은 사내들을 떼어 내면 다른 사내가 그를 붙잡았다.

"난 분명히 경고했어!"

"아. 그 같잖은 게 경고였나 보네?"

발버둥을 치는 무현을 보던 우현의 시선이 어깨에 둘러메고 있는 수안에게로 향했다. 수안의 이마에서 흐르는 피가 바닥으로 떨어졌다. 고작 주먹 몇 대에 정신을 잃을 것이면서 왜 자신에게 반항이라는 걸 했는지 알 수가 없었다.

"난 쓸 만한 물건은 쉽게 버리지 않아."

하지만 그의 명령을 듣지 않는 물건을 계속 참아 줄 인내는 없다.

"막아!"

비서의 고함에 우현의 시선이 다시 무현을 향했다. 고작 계집 하나가 뭐라고 하얗게 질린 채 자신에게 오려는 꼬락서니가 우스웠다. 발버둥을 쳐 봤자 결국 변하는 건 없다.

이제 다시 자신이 주도권을 잡고 판을 흔들 시간이었다.

"잘해 봐."

노려보는 무현을 향해 우현이 윙크를 날렸다.

무현의 눈에 핏발이 서는 걸 본 우현이 피식 실소를 지었다. 헝클어질 대로 헝클어진 무현을 보는 것도, 쥐새끼처럼 도망치던 수안이 다시 제 손에 들어온 것도 즐거웠다.

여유로운 미소를 지으며 우현이 몸을 돌렸다. 무현의 고함 소리가 우현은 진심으로 즐거운지 연신 웃음을 터트렸다.

❖

"컥!"

양팔을 묶인 채 매달려 있는 수안에게서 하얀 김이 터져 나왔다. 이마에서 얼굴을 타고 흐르는 피가 턱에서 맺혀 뚝뚝 떨어졌다.

"진짜 수안이 너답다."

소파에 다리는 꼰 채로 앉아 있는 우현이 손에 턱을 기댔다.

힘든 숨을 내쉬던 수안이 고개를 들었다. 앞이 잘 보이지 않는지 수안이 눈을 깜빡이며 고개를 저었다. 매달린 채로 린치를 당해도 신음을 삼킬 뿐, 비명 한 번 내지르지 않았다.

고통스럽고 힘들어할수록 우현을 자극할 뿐이라는 걸 수안은 알고 있었다.

소파에서 일어난 우현이 수안에게 다가갔다. 고개를 떨어뜨린 그녀의 턱을 붙잡은 우현이 여느 때보다도 부드러운 목소리로 수안에게 속삭였다.

"널 아주 힘들게 데리고 나왔는데 내가 원하는 모습을 좀 보여 주지그래?"

"……."

우현의 말에도 대답할 힘조차 없었다. 힘겨운 숨을 토해 내던 수안이 입술을 움직이는 순간 우현의 손이 그녀의 뺨을 후려쳤다. 수안의 고개가 완전히 돌아가자마자 다른 손이 반대편 뺨을 후려쳤다.

여유로운 미소를 지은 채, 우현의 손이 거듭 수안의 뺨을 후려쳤다. 터지고 찢어진 상처에서 튄 피가 우현의 뺨에 묻었지만 수안을 때리는 손은 그대로였다.

"콜록. 콜록."

"내가 무슨 짓을 해도 넌 참을 거야. 넌 여기에 있는 새끼들보다도 강하거든."

"……부회주."

"마지막 기회야. 넌 내가 무슨 말을 원하는지 알고 있잖아."

수안의 턱을 붙잡은 우현이 갈라진 입술을 엄지손가락으로 훑었다. 엉망이 된 얼굴을 보며 우현의 입꼬리가 올라갔다.

무현의 뒤에 숨어서 피하기만 하던 수안이 이제야 그를 제대로 보고 있었다. 어설픈 수작질만 하지 않았어도 이렇게까지 하지 않았을 터, 위태로운 숨소리가 거슬리기는 했지만 이제 거의 다 왔다.

"한마디 하면 돼. 그럼 전부 끝나."

여자를 유혹하는 것처럼 속삭이는 목소리에 애정이 가득 묻어 나왔다. 떠지지 않는 눈을 억지로 뜨며 수안이 우현을 보았다.

자신을 거스른 자에게 자비를 내리지 않는 우현이 처음으로 기회라는 것을 주었다. 한마디만 하면 이 상황에서 벗어날 수 있다. 자신의 사람으로 돌아온 수안을 우현은 받아 줄 것이다.

하지만 그 이후는?

결국 바뀌는 것은 아무것도 없다. 기대하는 우현을 보며 수안이 고개를 저었다.

"하아!"

매력적인 미소를 짓던 우현의 입가가 파르르 떨렸다. 믿을 수 없는 눈으로 다시 답을 요구했지만, 고개를 저은 수안은 답 대신 견디겠다는 듯 눈을 감았다.

"네가 날 배신해? 겨우 너 따위가?"

퍽!

화가 난 우현이 수안에게 발길질을 해 댔다. 우현의 발이 닿을 때마다 수안의 몸이 힘없이 흔들렸다.

"길러 준 은혜도 모르는 년 같으니."

우현에게서 독설이 터져 나왔다. 우현의 주먹과 발이 수안에게 가격할 때마다 수안이 굵은 피를 쏟아 냈다. 비명을 참았던 처음과는 달리 이젠 비명을 지를 힘조차 없었다. 샌드백을 때리는 것처럼 정신없이 수안을 때리던 우현이 분노에 가득 찬 숨을 내쉬었다.

"이래서 계집이나 사내나 여지를 주면 안 된다니까."

수안이 잔기침을 할 때마다 나오는 피가 옷 위에 떨어졌다. 고통스러워하는 수안을 보며 우현이 눈을 좁혔다. 그녀에게 치밀었던 배신감이 좀처럼 사라지지 않았다.

"넌…… 내가 화풀이를 다 하고 나면 풀어 줄 거라고 생각하는 거지? 그러니까 버티고 있는 거야."

"쿨럭."

"놀아야지."

가쁘게 내쉬던 숨이 멈추었다. 애써 외면하던 수안의 눈이 그제야 우현을 향했다.

"이제야 날 제대로 쳐다보네."

"부……부회……."

다급한 수안이 우현을 찾았지만, 그는 수안에게서 이미 몸을 돌린 뒤였다. 뒤에 서 있는 사내들을 향해 턱을 움직이자, 사내 셋이 자리를 비웠다.

놀이라는 말을 들었을 때부터 시작된 공포가 온몸을 잠식했지만, 간신히 참아 냈다. 하지만 그 인내는 아이의 절규와 살려 달라는 남자의 목소리에 완전히 끊겼다.

"아빠!"

아빠를 보며 아이가 크게 울음을 터트렸다. 또다시 시작됐다, 놀이가.

"부회주!"

쓰러질 것처럼 위태로웠던 수안은 없었다. 다급한 눈이 우현을 향했다. 드디어 원하는 모습을 보여 주는 수안을 보며 우현이 즐거운 미소를 지었다.

"안 됩니다! 부회주…… 이러시면 안 됩니다!"

"왜?"

"부회주!"

발버둥을 쳤지만 단단히 묶인 줄이 풀릴 리 없었다. 그사이,

수안에게 얼마 떨어지지 않은 곳에 아이를 세워 놓은 사내들이 남자를 무릎을 꿇게 했다.

"아빠!"

아이의 울음소리가 귓가에 울렸다. 발버둥 치면서 쓸린 피부에서 피가 흘렀지만, 수안의 움직임은 점점 격렬해졌다.

"청운회를 속이고 도망치려고 했던 놈이야. 겨우 조무래기 주제에 말이야."

"부회주! 제발!"

"우리 방식 알잖아."

"어린아이입니다! 쿨럭. 이러시면 안 됩니다."

"알아. 네 트라우마가 딱 저 나이에 생겼잖아."

"아……."

"놀이를 하자고 했잖아."

하얗게 질린 수안을 지켜보던 우현이 손을 들었다. 동시에 무릎을 꿇은 남자의 옆에 있던 사내들이 들고 있던 쇠파이프로 남자를 때리기 시작했다. 그리고 그 모습을 남자의 자식인 여자아이가 보게 했다.

"컥!"

"아빠아!"

남자의 몸에서 흐르는 피가 아이에게로 흘렀다. 남자가 쓰러지자 아이가 자지러지게 울음을 터트렸다. 두려움에 뛰기 시작한 심장박동 소리가 머릿속을 가득 채웠다.

"우리 아빠 아프게 하지 마요! 하지 마!"

분명 아이도, 저 남자도 자신과는 상관이 없다.

알고 있으면서도 한번 드리워진 그림자는 거둬지지 않았다.

"괜찮아."

두려움에 자신을 놓는 수안을 우현의 눈이 하나도 빠뜨리지 않고 지켜봤다.

어떤 고집도 저 모습만 보여 주면 끝이었다. 이미 지나간 일이었건만 수안의 눈은 이미 저 상황에 완전히 빠져들어 있었다.

"괜찮아…… 괜찮아. 수안아. 괜찮아……."

수안의 눈에 그렁그렁 맺혀 있던 눈물이 투둑, 떨어졌다. 몸의 고통은 어떻게든 버텨 내던 그녀가 고작 과거의 잔영 하나에 무너졌다. 이번 기회에 확실히 짓밟아 놓아야 할 터, 결국 그녀가 모셔야 할 주인은 자신이었다.

수안에게 다가간 우현이 그녀의 귀에 속삭였다.

"그냥 한마디만 하면 상황은 끝나."

"아……."

"돌아온다는 말만 하면 끝날 수 있어. 네가 꾸물대면 꾸물댈수록 아이 아버지가 위험해져."

우현의 목소리가 수안의 귓가를 맴돌았다. 수안의 눈이 눈물범벅의 아이에게로 향했다. 어떻게든 제 아버지에게로 가려 하지만, 붙잡고 있는 사내의 힘을 아이가 이겨 낼 리 없었다.

"컥!"

신음과 함께 남자가 다시 쓰러지자 아이의 비명이 창고에 울렸다. 울부짖는 아이에게서 어린 그녀가 겹쳐 보였다. 힘겹게 몸부림치는 남자에게서 죽기 직전의 아버지가 보였다. 흔들리는 눈이 아이의 아버지에서 우현에게로 옮겨 갔다.

예전에도 겪은 일이다. 그리고 그 일의 끝이 어떻게 되었는지 는 수안은 잘 알고 있었다.

"개자식!"

답을 기다리던 우현의 미간이 구겨졌다. 아이의 앞에서 아버지를 때리던 남자들조차 놀란 눈으로 수안을 바라보았다. 그 순간 짧은 틈을 만들어 낸 수안이 입술을 깨물었다.

"윽!"

줄에 손목이 묶여 쓸리면서 난 상처에서 피가 떨어졌지만 상관없었다. 그녀에게 허락된 처음이자 마지막 기회일지도 모른다. 옆을 지키고 있는 사내의 목에 다리를 건 수안이 손목을 묶은 밧줄을 깨물었다. 약간의 틈과 몸부림치는 사내의 반동을 이용하자 손이 빠져나왔다.

"하앗!"

린치를 당한 몸이 비명을 질렀지만 고통을 느낄 겨를이 없었다. 몸의 반동으로 남자를 쓰러뜨린 수안이 자신에게 달려오는 남자를 보며 몸을 돌려 우현을 향해 달렸다.

"감히!"

주저 없이 자신에게로 오는 수안을 보며 우현의 눈에 불이 일었다. 키우던 개에게 주인이 물릴 일은 없다던 우현의 자만은 수안이 쓰러뜨린 남자에게 뺏은 잭나이프에 손목이 베이면서 무너졌다.

우현이 비틀대는 사이, 그의 뒤로 옮겨 간 수안이 우현의 목에 잭나이프를 갖다 대며 외쳤다.

"물러나!"

사내들에게서 당황한 기색이 역력히 느껴졌다. 그러나 정작 목숨을 위협당하고 있는 우현은 태연하기만 했다.

"수안아. 멍청한 짓 그만해. 이런다고 달라질 건 없어."

우현의 회유에도 수안은 미동조차 없었다. 그녀의 눈이 아이의 부축을 받아 힘겹게 몸을 일으키는 남자에게로 향했다.

"당장 당신 딸 데리고 나가."

"수안아. 무모한 짓 그만하고 칼 내려놔."

"어차피 죽을 물건이 무슨 미련이 있겠습니까?"

수안의 말에 태연했던 우현의 눈이 꿈틀댔다. 자신의 각오를 보여 주듯 수안의 잭나이프가 우현의 목에 빨간 실선을 만들어 냈다.

"너……."

"뭘 꾸물대고 있는 거야! 당장 데리고 나가!"

그녀의 채근에 겨우 정신을 차린 남자가 아이를 안고 절뚝거리며 밖으로 나갔다. 그리고 둘의 모습을 수안의 눈이 좇았다.

그사이 수안에게 잡혀 있던 우현이 조심스럽게 품에 손을 넣었다.

탕!

팽팽하게 유지되던 긴장이 총성과 함께 힘없이 풀렸다. 허공에 한 발을 쏘았을 뿐이었지만, 수안에게는 이미 드리워진 트라우마가 한 번에 터지는 계기가 되었다.

수안이 비틀대는 순간을 노려 우현이 그녀의 팔을 붙잡으려 손을 뻗었다. 다가오는 그 손을 아슬아슬하게 피한 수안이 그를 향해 다시 움직였다.

항명의 대가는 죽음.

그걸 알면서도 몸에 밴 생존 본능이 그녀를 지배함과 동시에 빠르게 움직였다.

"아아악!"

우현의 피가 튀면서 비명 소리가 크게 울려 퍼졌다. 뺨을 부여잡고 쓰러지는 그를 피해 수안이 최대한 몸을 뒤로 뺐다.

"너…… 너!"

뺨에서 턱으로 길게 이어지는 상처를 붙잡은 우현이 수안을 보며 고함을 질렀다. 두려움에 몸이 굳을 대로 굳어 있었지만 주저할 상황이 아니었다.

"잡아!"

우현의 명령에 달려드는 사내들을 피하며 수안이 문을 향해 뛰었다. 곧 죽을 목숨이지만 그래도 살고 싶었다.

앞을 막아선 사내를 향해 수안이 달려들려는 순간, 닫혀 있던 문이 열리며 앞에 버티고 있던 사내들이 바닥을 굴렀다. 열린 문으로 들어온 무리들이 수안을 향해 달려온 우현의 부하들을 빠르게 제압했다.

"아……."

환한 불빛 너머로 보이는 모습에 수안의 눈에 물기가 차올랐다.

물건으로 취급했던 그녀를 사람이라 해 줬던 사람이 눈앞에 있었다.

힘겹게 몸을 일으킨 수안이 자신의 몰골에 실소를 지었다. 이래 가지고는 무슨 소리를 들어도 할 말이 없다. 제 몸을 지키지도 못했고, 회주가 직접 비서를 구하러 오는 엉망인 상황까지 만들었다.

"회주……."

죄송하다는 말이 목 끝까지 치밀었지만, 이상하게도 나오지 않았다.

이러면 안 된다는 것을 알고 있으면서도…….

경호원으로서도, 회주 소속의 수행비서로서도 형편없다는 소리를 들어도 어쩔 수 없지만…….

"죄……."

무현이 그녀를 구하러 와 주었다.

아무도 없었던 그녀의 삶에, 누군가가 처음으로 깊숙이 들어왔다.

"죄송……."

힘없이 이어지던 말은 더 이어지지 않았다. 어느새 다가온 무현이 그녀를 자신의 품으로 끌어안았다.

"너!"

그의 품에 안겨 안심한 것도 잠시, 등 뒤로 우현의 신음이 들려왔다. 고개를 돌린 수안의 눈에 들어온 건 우현을 겨누고 있는 무현의 총이었다. 언제나 냉정했던 무현에게서 처음으로 분노가 느껴졌다.

어쩌면 자신이 너무 지친 나머지 보고 싶은 모습만 보이는 것일지도 모른다. 무언가 말을 해야 할 것 같은데 도저히 입 밖으로 나오지 않았다.

수안이 비틀거리자 무현이 그녀를 붙잡는 사이 우현이 무현

에게 달려들었다. 바로 앞까지 다가온 우현을 무현이 총신으로
힘껏 내려쳤다.

"컥!"

언제나 차갑고 무겁게 가라앉아 있던 그의 눈에서 낯선 감정
이 보였다. 화가 난 것 같기도, 무서워하는 것 같기도 했다.

'그럴 리가…….'

지무현에게 무서운 게 있다니 그런 일은 있을 수 없다.

그가 보이는 감정이 무엇이든 상관없다. 일방적인 감정이어
도 상관없다.

자신이 보일 수 있는 가장 환한 미소를 지으며 수안이 무너졌
다. 몸이 차갑게 식는 것이 느껴졌지만 그마저도 괜찮았다.

따뜻한 무현의 품에서 수안이 자신을 완전히 놓았다.

"……채수안?"

처음 보는 환한 미소도 잠시, 그의 품에서 수안이 힘없이 무
너지자 걷잡을 수 없는 공포감이 밀려들었다.

그녀는 자신을 버티게 했던 아슬아슬한 끈이 끊어져 버린 것
처럼, 아무런 미련도 남지 않은 표정으로 그의 품에 얼굴을 묻
었다.

'머리에 먼지가 붙어 있어서…… 죄송합니다.'

무현은 그의 생애에 평생 이런 뜨거운 감정을 느끼는 일은 없
을 거라 생각했다. 그런 자신이 언제부터 그녀에게 빠져들었는
지는 모르겠다.

저를 시험한 걸 알고 실망하며 몸을 돌렸던 그 순간부터일 수도 있고, 젖은 머리카락을 한 채 아무것도 모른다는 얼굴로 자신을 바라보던 모습에 흔들렸는지도 모른다.

그게 아니라면…….

"넌 아직 원하는 걸 이루지 못했어."

그러니 모든 걸 정리한 듯한 저런 표정은 어울리지 않는다. 품에 안긴 수안의 뺨에 무현이 얼굴을 갖다 댔다. 무현의 귓가에 작은 숨이 끊어질 듯 약하게 간질였다.

"그런 편안한 얼굴로 전부 놓지 마."

그녀가 사라진 내내 그를 잠식한 불안과 초조가 공포가 되어 목을 졸랐다. 누군가의 죽음이 이런 식으로 두렵게 다가올 줄은 생각조차 하지 않았다.

"난 아직 너에게 받아야 할 게 있어."

안쓰럽다 못해 처절하게 살아가는 그녀에게 끌렸다. 언제나 청운회 밖을 보는 수안의 시선이 자신만을 향했으면 했다.

"손 비서."

"……."

"손 비서!"

"네, 네! 회주님!"

무현의 살기를 힘겹게 참고 있던 손 비서가 부름에 한달음에 다가왔다. 오랫동안 무현의 곁을 지켰지만 이런 분위기는 처음이었다. 손 비서가 다가오자 무현이 안고 있던 수안을 그에게 넘겼다.

"병원에 데리고 가."

"회주!"

"정리하고 가겠다."

정리라는 말에 손 비서가 몸을 떨었다. 청운회의 분열만큼은 막겠다며 내부의 일은 최대한 조심히 가라앉혔던 무현이었다.

그랬던 그가 '정리'라고 했다. 신중하자는 말이 목 끝까지 치밀었지만 차마 입 밖으로 꺼낼 수 없었다. 저 상황의 무현을 막을 사람은 아무도 없었다.

"살인만큼은 안 됩니다. 회주."

무현이 아무 말도 없자 손 비서가 조심스럽게 수안을 안아 들었다. 얼굴과 온몸에 생긴 상처가 심상치 않았다. 차가워진 몸에 끊어질 듯 불안한 숨이 더는 시간을 끌면 안 된다고 경고했다. 수안을 안아 든 손 비서가 급히 움직였다.

그의 모습이 완전히 사라질 때까지 지켜보던 무현이 몸을 돌렸다.

"너 따위가 감히……."

어느새 일어난 우현이 무현을 보며 이를 갈았다. 그의 뺨에서 턱으로 길게 이어진 상처에서 떨어지는 피가 바닥을 적셨다.

"누구 마음대로 그년을 데리고 가."

"난 분명히 경고했어."

수안의 잭나이프가 그은 것이 뺨이 아니라 목이어도 나쁘지 않았을 것이다.

살인만큼은 안 된다고 했지만 지금 기분 같아서는 어느 선까지 넘게 될지 무현 자신도 알 수 없었다.

"내 거라고 했어! 내 걸 내 마음대로 하겠다는데 네가 왜 멋대

207

로 끼어들어!"

"⋯⋯."

"그년이나 네놈이나 전부 마음에 안 들어."

비틀거리는 우현을 보던 무현이 뒤에 있는 사내에게 시선을 주자 그들이 창고의 문을 굳게 닫았다.

어쭙잖은 수안의 복수라도 해 볼 생각인가? 우현이 말도 안 된다는 듯이 웃음을 터트렸다.

"왜? 내분이라도 일으켜 보려고? 재미있긴 하겠지만 넌 좀 곤란하지 않겠어? 회장님께 보고도 해야 하잖아."

몸을 일으킨 우현이 옆에서 건네는 수건을 받아 뺨에 갖다 댔다. 무현이 아무리 그럴듯하게 행동한들 결국 우현의 방패막이일 뿐이다.

"난 당한 만큼 똑같이 갚아."

"진짜 회장님과 해보기라도 하겠다는 거야?"

우현의 입가에 이는 비웃음을 넘기며 무현이 입고 있던 코트를 벗었다. 이곳에서 그를 말릴 사람은 없다. 설령 말린다 한들 들어줄 생각도 없다. 엉망으로 만든 우현에게 수안은 아무것도 할 수 없었다. 하지만 자신은 아니었다.

"이곳에 없는 회장님과는 할 이야기가 없어. 하지만 내 경고를 무시한 너를 손봐 주는 건 어렵지 않지. 어쨌든 여긴 청운회의 안이 아니라 밖이니까."

무현의 진심에 우현이 손수건을 바닥에 버렸다. 청운회 밖이라면 어쩔 수 없는 불미스러운 사고가 생겨도 잘 넘길 수 있었다. 하물며 상대는 내내 이빨을 세우며 대립했던 방패막이, 이

참에 확실히 누가 우위인지 정하는 것도 나쁘지 않았다.

우현의 턱짓을 시작으로 양쪽에 있던 이들이 상대를 향해 뛰어들었다.

#7.

앞에 서 있는 남자를 보던 수안이 눈을 내렸다.

'꿈이다.'

그러지 않고서야 이미 죽은 아버지가 이렇게 눈앞에 서 있을 리가 없다.

"아버지."

그녀의 부름에 수안의 아버지, 정준이 미소를 지었다. 다행히 꿈속의 아버지는 피투성이가 아니었다. 정준에게로 다가가던 수안의 걸음이 중간에 멈추었다.

안타깝게도 그날 이후로 아버지에 대한 기억은 희미해졌다. 가장 선명한 기억은 돌아가시기 직전의 모습인데 그마저도 트라우마로 인해 제대로 떠올리는 것조차 겁이 났다. 정준이 청운회에서 어떻게 살았는지는 모른다. 그저 성훈의 명령만을 받으며 청운회 안에서도 은밀히 행동했다는 말만 들었을 뿐이다.

"지쳤어요. 아버지."

생전 악몽 속에서만 나타났던 정준이 보이는 걸 보니 꿈이 아니라 죽었는지도 모르겠다. 허상이라는 것을 알면서도 흔들리는 건 어쩔 수 없었다. 일정 거리를 둔 채, 정준을 보던 수안이 미소를 지었다.

"아버지의 유언대로는 하지 못했어요."

어떻게든 청운회를 나가려고 발버둥을 쳤지만, 결국 제자리였다. 게다가 마음이 가는 대로 하게 된 선택은 청운회를 나가기는커녕 우현을 적으로 돌리는 결과까지 되어 버렸다.

"이대로 내려놓는 것도 괜찮을 거 같아요."

지친 수안을 향해 정준이 손을 내밀었다.

이제 무엇이 어떻게 되든 상관없다. 그녀를 데리러 온 사람이 아버지라면 그것도 나쁘지 않을 듯싶었다. 정준에게 한 걸음 더 가까이 다가간 수안이 손을 뻗었다. 그의 손끝에 수안의 손가락이 닿는 순간이었다. 그때 누군가가 그녀의 허리를 팔로 감았다.

"아!"

미처 말을 꺼내기도 전에 끌려가듯 당겨졌다.

손끝에 닿았던 정준의 체온을 느껴 보기도 전에 그의 모습이 잔상처럼 사라졌다.

❖

눈을 뜨자마자 보이는 건 하얀 천장, 그리고 그녀의 옆에 앉아 있는 무현이었다.

정말로 오랜만에 보는 아버지와의 재회도 잠시 그녀의 허리를 잡아당긴 그를 수안의 복잡한 눈이 물끄러미 바라보았다.

"죽는 것도 마음대로 못 하네요."

무슨 소리냐는 듯 무현이 눈을 좁혔다. 그저 꿈일 뿐인데도 왠지 모르게 울컥 화가 치밀었다. 그에게 화를 낼 일은 아니었지만, 태연한 그를 보니 뭔가 억울한 기분도 들었다.

"무슨 소리지?"

"아버지가 같이 가자며 손을 내밀었거든요. 그런데 회주님이 잡아당기는 바람에 손도 못 잡아 보고 깼어요."

온몸이 아파서인지, 아니면 힘이 하나도 안 들어가서인지 존칭을 할 기운도 없었다. 수안의 말에 의자에 다시 몸을 맡긴 무현이 실소를 지었다.

"죽을 뻔한 걸 살려 줬는데 고마워해야 하는 것 아닌가?"

그의 물음에 천장으로 시선을 돌린 수안이 눈을 깜박였다. 그렇게 생각하니 그게 틀린 말은 아니었다.

"왠지 모르게 서운하긴 하네요."

수안의 대답에 무현이 피식 실소를 지었다.

전부 놓았다가 다시 살아난 것 때문인지, 평소와는 다른 편안한 복장 때문인지 알 수 없지만 언제나 느껴지던 위압감이 거의 느껴지지 않았다.

'미쳤네.'

평소에는 부담스럽게 느꼈을 실소조차 아무렇지도 않은 것을 보니 정신을 잃으면서 바닥에 머리라도 부딪친 게 분명했다. 깨어나자마자 드는 별의별 생각에 수안이 고개를 저었다. 일어나는 게 낫겠다는 생각을 한 수안이 몸을 움직였다.

"윽."

수안의 입에서 들릴 듯 말 듯 한 작은 신음이 터졌다. 깨어났으니 몸은 일으킬 수 있을 줄 알았는데 상체에 힘을 주는 순간 눈앞이 새하얗게 변했다. 전력을 다한 폭력을 받아 냈으니 몸이 성할 리가 없었다. 고통을 가라앉히기 위해 눈을 감았던 수안이 통증이 잠잠해지자 눈을 떴다.

"아!"

어느새 다가온 무현이 그녀를 향해 몸을 숙였다.

말을 꺼내기도 전에 무현의 손이 그녀의 목과 등을 감쌌다. 그의 손길에 수안의 심장박동이 점점 빨라졌다. 미열은 없다고 생각했건만, 이상하게도 얼굴에 열이 한꺼번에 확 치달았다.

"감사……합니다. 아…….."

무현에게 인사를 하던 수안이 병실의 모습에 저절로 입이 벌어졌다.

다칠 때마다 머물렀던 4인실이나 6인실이 아니었다. S병원의 VVIP병실. 회원권으로 예약을 한 사람만 이용할 수 있으며, 회원이 금액을 지불하면 한 층에 한 환자만 머물 수 있게 만들어진 곳이었다.

청운회 내에서는 회주의 가족들만 이용 가능한 곳이었으니 무현이 이용하는 것은 당연한 일이다. 다만 수안이 이곳에 머물게 될 줄은 생각조차 하지 못했다.

"이런 곳에 있어 보기도 하네요."

"그래 봤자 환자 병실이지."

그저 옷차림만의 변화는 아닌 듯 무현의 말투도 전과는 확실히 다른 기분이었다. 병실을 둘러보던 수안의 시선이 자신의 몸으로 향했다. 붕대가 온몸에 감겨 있었다. 몸이 원래대로 돌아오려면 시간이 걸리겠다는 생각을 하며 수안이 무현을 향해 시선을 돌렸다.

이제 보니 얼굴도 그렇고 티셔츠로 미처 가리지 못한 부분 군데군데 멍이 보였다. 자신의 상처를 봤을 때는 아무렇지도 않건만, 무현의 상처를 보니 이상하게도 울컥 화가 치밀었다.

"어쩌다가 다치셨어요?"

눈을 잔뜩 찌푸린 채, 상처를 보던 수안이 그제야 떠올린 듯 짧은 신음을 흘렸다. 마지막에 남은 기억이라면 알 수 없는 표정의 무현과 총구 앞에 선 우현이었다.

"혹시……."

"이젠 보고할 사람이 하나로 줄었으니 고민할 일은 없겠지. 안 그런가?"

무현의 말에 수안의 눈이 커졌다. 한참을 생각하듯 고민하던 수안이 무현의 기색을 보며 입을 열었다.

"혹시 부회주를……."

수안의 물음에 무현이 풉 하는 소리와 함께 실소를 터트렸다. 어이없다는 반응을 보던 수안이 화를 내는 대신 안도의 숨을 내쉬었다.

"죽이지 않으셨다면 다행이지만요."

"이 상황에서조차 부회주인가?"

"그게 아니라 저 때문에 일어난 일이니 혹여 문제라도 된다면……."

"조금만 늦었으면 죽었을지도 모른다고 하더군."

차분히 나오는 말에서 다시 분노가 느껴졌다. 그를 보던 수안이 자신도 모르게 입술을 깨물었다. 괜찮다는 말을 하는 게 맞았지만, 실제로는 그러지 않았다.

그가 오지 않았다면 수안은 죽었다.

"사흘을 내리 자기만 하더군."

"……회주."

"난 너 놓을 생각 따위 없다고 했어."

대수롭지 않게 나오는 말에 얼굴에 차올랐던 열기가 터질 듯이 뜨거워졌다. 애써 담담하려 했지만 뛰기 시작한 심장이 그녀의 의지와는 상관없이 제멋대로 날뛰었다.

차라리 우현이었다면 농담처럼 그러려니 넘어갔겠지만 그녀가 아는 무현은 농담으로 그런 말을 꺼내는 사람이 아니었다.

"이게 거슬리는 수준으로 만족할 생각 따위 없어."

그의 손이 수안의 손을 붙잡았다. 평소 서늘하게 느껴졌던 그의 손이 지금만큼은 무척이나 뜨겁게 다가왔다.

"손을 잡고 의지할 사람이 없으면 모르는 척 한번 잡아 보는 것도 나쁘지 않잖아?"

조용히 나오는 목소리가 꼭 악마의 꼬임처럼 달콤했다. 언제나 혼자서 참고, 인내하며 버텨 오던 그녀에게 그는 자신에게 오라며 손을 내밀고 있었다.

"제가 회주님이 싫다고 한다면 어떻게 하시겠어요?"

수안의 물음에 무현의 얼굴이 잠깐 굳은 것도 잠시, 차분한 시선이 조용히 그녀를 응시했다.

그의 품에서 쓰러진 것이 기점이 된 것이 분명하다.

무현의 눈이 싫지 않았다. 아니 욕심을 부릴 수 있다면 자신만 저런 눈으로 봐 주었으면 싶었다.

"너에게서 원하는 대답이 나올 때까지 설득하고 또 해야지. 어차피 놔줄 생각은 없거든."

"손아귀에 넣고 흔드시겠다는 건가요?"

"이미 손아귀에 움켜쥔 걸 설득하는 사람도 있던가?"

직접적으로 대화를 하다가도, 모르는 척 말을 돌리기도 했다. 휘말리지 말자며 자신을 다독여도 어느 순간 그의 대화에 휘말렸다. 담담한 얼굴로 사람의 마음을 들었다 놓기를 반복했다.

그녀의 답을 기다리듯 무현의 눈이 수안에게 고정되었다. 단 한 번도 이런 식의 고민은 한 적이 없다. 길지 않은 삶에 그녀가 했던 고민은 어떻게 청운회를 나가느냐와 살아남으려면 어떻게 움직이느냐가 전부였다.

주저하던 손이 천천히 위로 올라갔다. 단단하고 굵은 무현의 목에 나 있는 상처를 살짝 어루만진 손가락이 그의 뺨에 닿았다.

"차가워?"

그의 물음에 수안이 고개를 저었다.

"상처 때문에 열이 나서 그런지는 몰라도 시원해서 좋네요."

피하지 않는 그녀의 답에 무현이 입꼬리를 올렸다.

힘없이 품에 안겼던 수안의 모습이 머릿속에서 떠나질 않았다. 당장에라도 사라질 것처럼 아슬아슬했던 그녀는 병원에 오고 나서도 몇 번이나 고비를 넘겼다. 따뜻했지만, 힘없이 늘어져 있는 손을 붙잡고도 불안해 곁에서 떨어지질 않았다.

청운회에 있으면서 죽음에는 익숙해졌다고 생각했다. 그러나 그건 자신만의 철저한 착각이었다. 수안이 죽을지도 모른다는 생각이 드는 순간, 오만한 자존심은 산산이 부서졌다.

"미안."

"네?"

"참아 보려 했는데 안 되겠어."

핏기라고는 하나도 없는 메마른 입술이 그의 시선을 사로잡았다. 아직 그녀의 대답을 듣지는 못했지만, 참아 줄 여유가 더는 없었다.

그의 손이 수안의 입술을 어루만졌다. 이 사람이 보여 주는 관심도, 거침없이 다가오는 손길도 싫지 않다.

딱지가 앉은 입술에 열기를 품은 입술이 다가왔다. 한계까지 몰아붙였던 전과는 달리 아픈 그녀를 배려하듯 무현의 키스는 답답하리만큼 조심스러웠다.

수안이 고개를 뒤로 살짝 젖히자 열린 입술 안으로 그가 들어왔다. 자신의 존재를 새기려는 것처럼 작은 혀를 휘감고 섞이는 타액을 깊게 빨아들였다. 조용한 병실 안에서 이루어지는 키스에 서로의 숨이 거침없이 얽혔다.

"하아."

무현의 입술이 떨어지자마자 수안에게서 힘든 숨이 흘러나왔다. 치미는 열기를 억누르듯 그의 눈이 옅게 흔들렸다. 그렇게 무서웠던 그가 곁을 지켜 주는 것만으로도 안심이 되었다.

　모른 척 잡아도 된다면…… 그녀가 어쩔 수 없이 놓아도 다시 잡아 줄 수 있는 손이라면…….

　무현의 손 위에 수안이 자신의 손을 겹쳤다. 그녀의 작은 몸짓에 화답이라도 하듯 무현이 그 손을 힘껏 마주 잡았다.

❖

　"망할 자식."

　우현의 으르렁거리는 잇소리에 보고를 하던 비서가 고개를 푹 숙였다. 비서의 몰골도 그랬지만, 우현의 상태는 더 심각했다. 온몸을 붕대로 칭칭 감은 것도 모자라 한쪽 다리에는 깁스까지 하고 있었다. 최소 석 달, 길게는 반년은 누워 있어야 한다는 진단에 아무것도 못하고 있었다.

　"망할 것."

　수안이 낸 뺨의 상처가 욱신거렸다. 흉터가 남을 것이라고 했다. 매력적인 얼굴에 각인처럼 남아 버린 상처 때문에 짜증이 치밀었다. 사람을 방심하게 하는 다정한 미소도, 여유로웠던 태도도 완전히 사라져 있었다.

　'회주는 나야.'

　우현의 머리를 구두로 짓누르며 무현이 경멸 어린 목소리로 말했다. 언제나 한걸음 뒤에서 청운회가 주는 권리만 받아 챙기

219

던 방패막이가 그제야 제 이빨을 드러냈다.

으드득.

떠오르는 기억에 우현이 이를 갈았다.

"아버지는?"

"그게…… 당분간은 얌전히 있으라는 명령이 있으셨습니다."

비서의 보고에 우현이 불쾌한 미소를 지었다. 고개를 숙인 터라 우현의 표정을 확인하지 못한 비서가 말을 이었다.

"모임을 망치려 했던 일로 원로와 이사들의 불만이 상당합니다. 회주의 일을 사모님께서 공론화시키려 하셨지만, 원로들의 분노에 밀려 물러나신 것으로 알고 있습니다."

뺨의 상처만 아니었으면 무현을 충분히 제압했을 것이다. 끈질기게 뺨의 상처를 공격한 무현에 우현은 맥없이 당해 버렸다.

사흘 같던 3시간.

유란이 보낸 자들이 도착했을 때는 넝마가 된 우현이 정신을 완전히 놓은 뒤였다. 왈가왈부 떠들어 대지는 않았지만 이미 청운회 내부에서 우현이 무현에게 처참히 깨졌다는 소문이 퍼질 대로 퍼져 있었다.

"하나같이 쓸모없다니까."

긴 역사만큼이나 여러 의미가 있는 모임을 우현이 망치려 했다는 소문이 돌기 시작한 후부터 청운회 내부의 분위기는 무현에게 더 호의적으로 돌아갔다. 회장의 친아들을 양아들이 죽일 뻔했던 일이었건만, 이사진을 포함하여 성훈까지 우현을 탓할 뿐, 무현에게는 아무런 제재조차 가하지 않았다.

"빌어먹을."

마음 같아서는 당장에라도 무현을 죽이고 싶었지만, 이 영악한 방패막이는 우현도 모자라 그곳에 있던 제 부하까지 움직일 수 없게 만들었다. 최소한으로 잡아도 전체 전력의 삼분의 일이 일어나지도 못하고 있는 상황이었다.

'날 제대로 밟아 주겠다고 말하고 다녔다며? 그럼 제대로 해야지.'

"밟아야지. 반드시 밟아 줘야지."

우현의 눈에 감도는 살기가 섬뜩하다 못해 끔찍하게 빛났다. 이대로 그냥 넘어갈 수 없다. 반드시 갚아야 할 터, 절대 재기하지 못할 정도로 짓밟아야 했다.

"그놈은 죽여야 하고……."

우현의 말이 멈추었다. 핏줄이 도드라지도록 주먹을 쥐자 그의 눈에도 핏발이 섰다.

'놈이 망쳐 놨어.'

무현을 본 순간 수안이 지었던 미소가 머릿속에서 지워지지 않았다. 몇 년을 곁에 두었지만 단 한 번도 수안은 그렇게 미소를 지어 준 적도, 안심하면서 자신을 놓은 적도 없었다.

"고작 몇 달밖에 안 되었건만…… 아무튼 계집들이란……."

말을 하면서도 분노가 가라앉지 않는지 우현의 눈에 위험한 빛이 돌았다.

자신이 아니라 방패막이를 선택한 멍청한 계집.

평소였다면 그딴 계집 따위 주저 없이 버렸을 것이다.

"왜 하필 그놈이냔 말이다."

그딴 계집 미련 없이 방패막이에게 줘 버리겠다고 생각했다가도 자신도 모르게 수안을 다시 곱씹었다.

어떻게든 꺼내려 해도 절대 보여 주지 않던 모습을 무현에게만은 보였다. 고분고분하던 강아지 같던 수안이 무현을 만나면서 새로운 모습을 보였다.

"그 빌어먹을 놈 때문이야."

무현의 품에 안긴 수안의 마지막 모습이 좀처럼 사라지지 않았다.

간신히 억눌렀던 분노가 그를 다시 흔들어 댔다.

"부회주!"

모처럼의 생각을 방해하는 목소리에 우현의 표정이 구겨졌다. 노크도 없이 들어온 비서를 향해 눈을 찌푸렸지만, 다급히 들어온 비서는 TV의 리모컨을 잡고 전원을 누를 뿐이었다.

비서가 틀어 준 뉴스를 보던 우현의 눈이 천천히 커졌다.

여야당의 몇몇 국회의원들이 뇌물 수수 혐의로 검찰에 소환될 예정이라는 뉴스가 빠르게 흘러나오고 있었다. 개중에는 최근 4선 한 국회의원의 이름도 있었다. 정치인 몇이 비리를 저지르든 말든 우현과는 상관없는 일이었다. 다만 저기에 이름이 나오고 있는 이들이 우현이 공들여서 만들어 놓은 하수인이라는 것이 문제였다.

"망할……."

익명의 제보자가 준 증거를 시작으로 수사를 시작한다는 보도에 우현이 욕지거리를 내뱉었다.

놈이다. 그놈이 아니고서야 저들을 건들 미친놈은 없었다.

"젠장!"

"부회주! 부회주! 참으셔야 합니다!"

"죽일 테다!"

"어서 부회주님 말려!"

우현이 발버둥을 치자 곁에 있던 비서들이 그에게 달려들었다. 천장을 보며 고함을 지르는 우현의 이마에 실핏줄이 도드라졌다. 충혈된 눈으로 몸부림치는 우현에게서 저주의 말이 터져나왔다.

잠들어 있던 수안이 눈을 떴다.

치료를 받고 쉬고, 그러다가 졸리면 또 잠들었다.

스무 살 이후로 이렇게까지 쉬어 본 적은 없었다. 겨우 사흘이 지났을 뿐이었건만, 편안하기보다는 불안했다.

그녀의 시선이 불이 켜져 있는 다용도실로 향했다. 헝클어진 머리카락을 정돈한 수안이 빛이 보이는 곳으로 걸음을 옮겼다.

"일부러 오지 않으셔도 돼요."

정적을 깨는 그녀의 목소리에 서류에 시선을 두고 있던 무현이 고개를 돌렸다.

환자복을 입고 있으니 평소에도 작은 체구가 쓰러질 것처럼 위태로워 보였다. 회복이 빠르다는 의료진의 말이 있었지만, 무현의 눈에 그녀는 처음 병원에 왔을 때와 별반 차이가 없어 보였다.

"매일 저녁마다 오지 않으셔도 된다고요."

그나마 달라진 건 예전보다 부드러워진 말투뿐, 그마저도 둘 사이에 다른 사람이 있으면 원래의 말투로 돌아오기 일쑤였다. 첫날 손 비서와 함께 왔을 때, 수안의 말투가 원래대로 돌아오자 다음 날부터는 무현 혼자서 병실을 찾기 시작했다.

"내 마음이야."

간결한 대답에 수안이 입을 다물었다. 자기 마음이라고 그러니 또 그러지 말라고 말하기가 어려웠다. 낮에는 청운회에서 온 사람이 수안의 간호를 했지만, 저녁부터 새벽까지 곁을 지키는 사람은 언제나 무현이었다. 오지 말라 해도 그는 꾸준히 왔다.

사람의 마음이란 게 참으로 간사했다. 전에는 그가 곁에 있는 것만으로도 신경 쓰고 두려웠건만, 이제는 날이 어두워질 때마다 자신도 모르게 무현을 기다리고 있으니 말이다.

다시 서류로 눈을 돌리는 무현을 보던 수안이 의자에 앉아 무릎을 모았다.

바쁜 그를 귀찮게 하면 안 된다는 것을 알면서도, 지금은 그와 대화라는 걸 하고 싶어졌다.

"이젠 청운회에서 나가지는 못하겠네요."

무현의 눈이 다시 수안에게로 향했다. 그를 보던 수안이 힘없는 미소를 지었다.

"아직도 나갈 생각을 하고 있었던 건가?"

그녀의 말에 화를 내지도, 하지 말라며 말을 자르지도 않았다. 하고 싶은 말이 있으면 해 보라는 듯 기다리고 있을 뿐이었다.

"나가는 순간 부회주가 기다렸다는 듯이 절 묻어 버리겠죠."

매력적인 얼굴만큼이나 우현은 자기애가 유난히 강한 사람이었다. 얼마나 아물지는 알 수 없었지만, 뺨의 상처는 흉터로 남게 될 것이었다.

"내가 보내 준다고 했던가?"

청운회에서 보내지 않겠다는 대답이 지켜 준다는 말로 들리는 건 기분 탓일지도 모른다. 그래도 당연한 듯 나오는 대답에 어느새 생긴 불안은 완전히 사라졌다.

"제 휴대폰은 언제 주실 건데요?"

"나중에."

"TV도 못 보게 하시잖아요."

"안 봐도 돼."

누가 보면 치료를 받는 게 아니라 격리되어 있는 걸로 보일 수 있었다. 그 이후로 어찌 되었는지 알고 싶어도 전혀 알 수 없었다. 무현이 자리를 비울 때를 틈타 상황을 알아보려 했지만, 청운회에서 온 사람들은 물론 의사나 간호사도 입을 굳게 다물었다.

수안의 시선이 무현의 몸에 남아 있는 상처로 향했다. 의자에서 내려온 수안이 무현의 앞으로 다가갔다. 그녀가 가까이 오자 무현이 들고 있던 서류를 테이블에 내려놓았다. 잠시 고민하던 손이 조심스럽게 무현의 목에 나 있는 상처를 어루만졌다.

수안이 하는 대로 얌전히 몸을 맡기던 무현이 약간은 경직된 얼굴로 그녀에게 물었다.

"안 차가워?"

마치 자신의 서늘한 체온을 그녀가 느끼는 것을 부담스러워하는 것처럼 수안의 손이 자신의 몸에 닿을 때마다 언제나 같은 물음을 던졌다.

왜 그가 그런 질문을 하는지 알지 못했지만, 솔직히 조금은 차가운 그의 피부가 싫지 않았다.

괜찮다는 듯 고개를 끄덕이자 무현의 손이 그녀의 손을 붙잡았다.

"치료는 하셨나요?"

"아니."

날이 바짝 선 맹수 같은 사내가 지금만큼은 얌전한 강아지처럼 고분고분했다.

"부회주께서 이렇게 하신 건가요?"

"음…… 나보다는 그쪽이 더 심하긴 하지."

"네?"

수안의 손을 감싸고 있던 무현의 손이 그녀의 뺨을 향했다. 뺨을 감쌌던 손이 목에 남아 있는 멍으로, 쇄골에 생겨 있는 긁힌 상처로, 손목을 단단히 묶은 붕대로 향했다.

"똑같이……"

똑같다는 의미가 무엇인지 알게 된 수안이 멍하니 입을 벌렸다.

그 우현을 자신과 똑같이 만들었다면…….

자신도 모르게 수안이 입술을 깨물었다. 상황은 알 수 없었지만 청운회가 발칵 뒤집혔을 것이다. 무모했다는 말을 꺼내려 했던 수안의 말문이 막혀 버렸다. 결국 그가 움직인 이유는 자신 때문이었다.

"이제 널 건들 생각 따위 하지 못하겠지."

"……."

"당분간 움직이지도 못할 테고 말이야."

먼저 무현에게 다가갔던 손은 어느새 그의 손에 잡혀 있었다.

솔직히 어떻게 말을 꺼내야 할지 수안은 알 수 없었다. 부모님이 그렇게 죽은 이후로 내내 혼자였다. 죽을 것같이 힘들어도 의지할 사람도 없었고, 힘들다며 주저앉을 수조차도 없었다. 약점을 보이는 순간, 죽는 것은 자신이었기에 더욱 악착같이 자신을 숨겼다.

그런데 겨우 만난 지 몇 달밖에 안 된 사내가 그녀만의 세계에 거침없이 자신을 각인시켰다.

"뭐라고 말해야 할지 모르겠어요."

"다시는 내 앞에서 그놈 이야기 꺼내지 마."

자신의 체온이 차가운 것을 걱정하는 것만큼이나 수안이 우현에 대해 말하는 것조차도 싫어했다. 무현을 바라보던 수안이 알겠다는 듯 고개를 끄덕였다.

그녀의 대답을 들은 무현의 입가에 만족스러운 미소가 생겨났다. 의자에서 일어난 그가 수안을 안아 들었다.

"회, 회주!"

"대화는 여기까지."

긴 대화는 아니었지만, 확실히 몸이 가라앉는 느낌이 들었던 순간이었다. 내색하지 않았다고 생각했건만, 어떻게 알았는지 안은 수안을 침대로 데려갔다. 침대에 그녀를 눕힌 무현이 목까지 이불을 올려 주었다.

"쉬어."

간결한 말이었지만 거역하지 못할 힘이 느껴졌다. 일어나는 대신 무현이 이끄는 대로 이불을 덮고 눈을 감았다. 얌전히 말을 듣는 수안을 보던 무현이 침대 안의 그녀의 손을 붙잡았다.

감고 있던 눈을 뜬 수안이 무현을 응시했다.

그것도 잠시, 눈을 감은 수안이 무현의 손을 맞잡았다.

내내 붙잡고 있던 수안의 손에서 힘이 빠지자 무현이 조심스럽게 자신의 손을 뺐다.

수안은 모르는 듯했지만, 그녀는 잠든 내내 악몽이라도 꾸는 건지 간헐적으로 몸을 떨거나 울음을 터트렸다. 잠을 깨울 만큼 심하지는 않아도, 불안해하는 모습에 자신도 모르게 수안의 손을 붙잡아 주었다. 다행히 그 이후부터는 발작처럼 이어지던 행동이 진정되었다.

"후우."

조용히 숨을 내쉰 그의 눈이 잠든 수안에게로 향했다. 벼랑 끝으로 우현을 몰고 있는 터라 눈코 뜰 새 없이 바쁘게 지나갔다. 네 형을 죽일 생각이냐며 유란이 폭언을 쏟아 냈지만 무현은 눈 하나 깜박하지 않았다.

'쉽게 물러날 생각이었다면 이를 드러내지도 않았어.'

숙소로 돌아가서 쉬는 편이 나을 텐데 이상하게도 잠을 자려고 누우면 잠이 오지 않았다. 이상할 정도로 두려운 기분. 분명 수안은 괜찮았지만 불쑥불쑥 튀어나오는 두려움이 그를 흔들어

댔다.

뒤척이다가 결국 돌아오는 곳은 그녀의 병실. 잠자리는 불편해도 이곳에 있으면 한결 마음은 편했다.

'뭐라고 말해야 할지 모르겠어요.'

당황하는 시선조차 그를 시험하듯 매혹적이었다. 조금만 더 다가오면 좋으련만, 그의 적극적인 구애에도 수안은 조심스러웠다.

청운회에서 홀로 버티며 자신을 감추던 여자가 그래도 조금씩 제 모습을 드러내며 다가오기 시작했다. 점점 좁아지는 간격을 느끼며, 피하지 않는 그녀의 행동에 묘한 쾌감이 느껴졌다.

어떤 여자에게서도 느끼지 못했던 신선한 기분. 마음 같아서는 한입에 삼켜 버리고 싶었지만, 이제야 상황이 나아지는 여자를 상대로 그럴 수도 없었다.

머리카락을 어루만지던 손이 수안의 얼굴에 닿았다. 자신과는 다르게 따뜻한 체온에 입꼬리가 올라갔다.

"음?"

수안의 곁을 지키던 무현이 느껴지는 낌새에 눈을 좁혔다. 열리지 않는 문을 보며 이내 그가 옅은 숨을 내쉬며 자리에서 일어났다.

"회장님."

병실의 문을 연 무현이 와 있는 사내를 향해 깊게 몸을 숙였다.

휠체어를 탄 성훈이 안으로 들어오려 하자 무현이 그 앞을 막았다.

"이제 잠들었습니다."

"회주!"

무현의 돌발 행동에 휠체어를 밀던 성훈의 수행비서인 김 비서가 낮게 불렀다. 하지만 성훈을 막은 무현 또한 한 걸음도 물러나지 않았다. 결국 두 사람 사이에 있던 성훈이 손을 들어 저지했다.

"환자는 쉬어야지. 김 비서는 잠시 쉬고 있게. 다른 곳에서 대화를 하자고 한 녀석이 옮겨 줘야지."

성훈의 명령에 김 비서가 옆으로 물러났다.

김 비서가 있던 자리로 걸어온 무현이 휠체어 손잡이를 붙잡아 방향을 돌린 것과 동시에 무현의 시선이 병실 옆으로 향했다. 그리고 그 순간 아무도 없었던 복도에 어느새 장정들이 나타나 병실 앞을 둘러쌌다.

복도는 물론이고, 문 앞을 완전히 둘러싼 인원에 어지간한 일에도 담담한 김 비서가 혀를 내둘렀지만, 정작 휠체어에 탄 성훈은 여전히 미소 지은 채였다.

병실을 지나 나온 응접실로 들어간 무현이 성훈의 앞에 차를 만들어 올렸다. 무현이 올린 차를 마신 성훈이 고개를 저었다.

"이런 건 수안이가 잘하지. 내 부인조차 잘 모르는 걸 저 아이는 그때그때 잘 맞춰서 하거든. 그래도 저만하니 다행이구나."

"수안이 죽을 뻔했습니다."

무현의 말속에 들어 있는 적의에 성훈이 소리 없이 한숨을 내쉬었다. 무현과 여자에 관한 대화를 하는 건 처음이었다. 어떻게든 약점을 잡아 보려 유란이 여자를 보냈지만, 짧게 관심을 보이기만 할 뿐 무현은 시큰둥했다.

그랬던 그가 고작 몇 달을 곁에 둔 수안에게는 신경을 바짝 세우고 있었다. 성훈의 입장에서는 나쁘지 않은 조짐이었다.

"조명실에 따로 마련된 공간을 형이 혼자 알아냈을 리가 없습니다. 어머니도 마찬가지시고 말이지요. 회장님께서 알리셨어도 상관은 없었습니다. 하지만 수안을 그 사이에 세우실 필요는 없었습니다."

"이 늙은이를 몰아붙이는 것이냐?"

"두 분이 원하시는 대로 제 약점이 되었으니까요. 제 약점을 건드시려 했습니다."

"그건 내 못난 부인의 계획이지. 약점이라니…… 사람을 그리 대하면 안 된다."

무슨 의도인지 어떤 생각인지 알 수 없었다. 조금만 도발해도 제 속을 다 보이는 우현과는 달리 성훈은 무현보다도 자신의 생각을 밝히지 않았다. 무현이 말없이 기다리자 성훈이 목을 축이듯 따뜻한 차를 한 모금 마셨다.

"잘할 수 있다며 기회를 달라기에 판을 마련해 줬더니만 어리석게 행동했지. 못난 놈."

"……."

"말이 나온 김에 하나 물어보마. 청운회의 자금줄을 잡으려는 거냐?"

"무슨 말씀인지 모르겠습니다."

국회의원들이 비리가 터지면서 검찰은 신원을 조사하겠다는 발표를 했다. 한번 비리의 물꼬가 트이자 연관된 것들이 꼬리에 꼬리를 물고 터지기 시작했다. 신원의 상황에 유원과 청운회에서 수습을 하려 했지만 마무리가 되어 가는 시점에서 또 다른 일이 터져 버리니 그마저도 쉽지 않았다.

"신원을 무너뜨리고 싶은 것이냐?"

"그럴 리가 있겠습니까?"

"그럼 신원을 원하는 거냐?"

연이은 상황에 급락한 신원의 주식을 누군가가 은밀히 사 모으고 있었다. 누군지 알아 오는 것 따위 일도 아닌데, 이상하게도 그 쉬운 일조차 제대로 진행되지 않았다.

"신원을 살리고자 함입니다."

"동시에 우현이의 양팔을 자르고 말이지."

부정하지 않는다는 답 대신 무현이 입을 다물었다.

아슬아슬하게 유지되었던 관계가 수안이 둘의 사이에 끼어들게 되면서 한꺼번에 터졌다. 자리보전하고 있는 우현이 어떻게든 막아 보려 했지만 움직일 수도 없는 상황에서 막기란 쉽지 않았다. 무현을 이길 수 있다며 호언장담했던 일이 도리어 우현의 목을 조르는 결과가 되었다.

"수안이 아버지. 그러니까 정준에 대해 얼마나 알아냈냐? 너라면 의문사로 끝내지는 않았겠지."

"아직 말씀드릴 것이 없습니다."

"정준이 죽은 뒤에 받은 것이 있지 않느냐? 그것조차 내가 모를 것이라 생각한 것이냐?"

속마음을 꿰뚫어 보듯 성훈의 눈이 무현을 응시했다. 성훈의 시선을 받아 내던 무현이 어쩔 수 없다는 듯이 고개를 저었다.

"누군지 모르는 이가 보내온 물건은 하나 받았습니다. 하지만 그 물건이 어디에 써야 하는지는 최근에나 알게 되었습니다."

무현의 말을 듣고 있던 성훈이 한쪽 입꼬리를 올렸다. 답을 알려 줘도 제대로 해내지 못하는 우현과는 달리 무현은 묻지 않아도 답을 찾아냈다. 믿고 의지할 수 있는 아들이자 가장 고뇌하게 만드는 아들이기도 했다.

"수안의 아버지에게는 청운회를 감시하라는 명령을 내렸다. 정준이 녀석. 날카로운 독설에 융통성도 없었지만 그래도 일 처리 하나는 깔끔했다."

"……."

"그래서 다른 놈들 앞에 보이는 대신 내 사람으로 두었다. 내 주변을 감시하는 일을 맡게 했지."

친아들조차 믿지 않는 성훈이 정준을 이야기할 때는 눈빛이 달라졌다. 인자한 아버지가 아들을 떠올리는 것 같은 시선에 무현이 눈을 좁혔다. 저 시선에 말려서 가진 패를 드러내는 순간, 먹히는 건 무현이었다.

"내부의 비리를 찾았다는 연락을 끝으로 녀석이 그리되었다. 네가 가지고 있는 그게 실은 내가 받았어야 할 물건이었다."

말을 끝낸 성훈이 무현의 시선을 살피듯 눈을 빛냈다.

자신도 자신이지만 무현의 표정도 참으로 알 수 없었다. 던져도 되는 부분에서는 가감 없이 답하지만 아닌 부분에서는 그의 앞이라도 입을 다물었다.

"회장님께서 우려하실 내용이 그 안에 적혀 있다면 어찌하시 겠습니까?"

마치 네가 가족을 향해 이를 드러낼 수 있냐는 물음으로 들렸 다. 무현의 거침없는 물음에 허를 찔린 성훈의 눈이 떨렸다.

"아하하."

자신도 모르게 답을 찾던 성훈이 웃음을 터트렸다.

명령 한 번이면 회주의 자리에서 쫓겨날 수도, 최악에는 성훈 이 보낸 이들에게 죽을 수도 있는 상황이었음에도 무현은 차분 하고 대담했다. 자신에게조차 냉정한 무현을 수안은 어떻게 흔 들었을까? 궁금하기는 했지만 지금은 그 답이 중요한 때가 아니 었다.

"내가 모르는 편이 낫다는 말로 들리는구나."

"……."

무현의 반응에 성훈이 짧게 혀를 찼다. 신경을 거의 못 쓴 무 현은 저리도 만족스럽게 컸건만 자신의 아들은 왜 그따위로 컸 는지 생각만 해도 머리가 지끈거렸다.

"말해 줄 생각이 없는 것 같으니 마지막으로 한 가지만 더 물 어보마."

"말씀하시지요."

"그럼 가지고 있는 걸 영원히 묻을 생각이냐? 이후에 쓸 날을 벼르고 있음이냐?"

"아직 정하지 못했습니다. 과거의 일까지 꺼낼 정도로 절박하 지는 않습니다. 무엇보다도…… 아닙니다."

하던 말을 삼키자 성훈이 눈을 좁혔지만, 무현은 더는 말하고 싶지 않았다. 적어도 그때의 일을 꺼내면 상처받을 사람이 수안이라는 건 누구보다도 잘 알고 있기 때문이다.

우현은 물론이고 유란조차도 그때의 일로 죄책감이라는 것을 가질 사람들은 절대 아니었다. 도리어 배짱을 부리거나 회를 위해 어쩔 수 없이 한 일이라며 잡아뗄 인사가 그들이었다.

그러니 절박하지 않는 한 절대 꺼내지 않을 것이다.

"너에게 간 물건이니 내가 돌려받을 수는 없겠지. 알겠다."

"허락하신다면 저도 한 가지만 여쭤고 싶은 게 있습니다."

"내가 궁금했던 것의 답을 들었으니 이젠 네가 궁금한 것에 대한 답도 들어야겠지. 말해 봐라."

"수안의 아버지와 형이 연관이 되어 있다는 건 말씀드리지 않아도 회장님께서 더 잘 알고 계실 거로 생각하고 있습니다. 그걸 아시면서도 왜 수안을 형의 곁에 두셨습니까?"

무현의 앞에서 감정을 숨기듯 헛기침을 했지만, 내내 여유로웠던 성훈의 표정이 처음으로 무너졌다. 평소였다면 성훈의 저런 반응에 물러났을 텐데 이번에는 무현도 그냥 넘어갈 생각이 없었다.

힘없이 지었던 미소가, 조금만 힘을 줘도 부러져 버릴 것처럼 가는 손목이, 자존심에 불안하게 버티고 있던 작은 체구가 머릿속에 선명했다. 우현과 유란이 정준의 죽음에 관여되어 있다는 걸 알았다면 성훈이 가장 먼저 했었어야 할 일은 그녀를 둘에게서 떼어 놓는 것이었다.

하지만 성훈은 원흉인 우현의 곁에 수안을 붙였다. 마치 우현이 수안에게 관심을 가지기를 바랐던 것처럼 경호라는 이름으

235

로 그녀를 우현의 곁에 머물게 했다.

"늙은이의 욕심이었다."

"……."

"제 어미에게 휘둘려 욕심만 그득하던 놈이 그래도 수안이를 붙여 놓은 후부터는 제법 구색을 갖춰 가더구나. 언제든지 넘을 수 있는 선인데 그 아이가 말리면 넘지 않았지. 억지라는 건 알고 있다. 하지만 적어도 정준이 녀석의 핏줄은 내 아들에게 주고 싶었다."

무현의 분위기가 일순간에 완전히 바뀌었다.

"전부 놓으려고 했습니다."

"나아질 거로 생각했다."

"죽어도 상관없다는 얼굴로 사경을 헤맸습니다."

"실수였다."

"목숨 빚을 그렇게 갚는 사람은 없습니다."

자신의 일에도 눈 하나 깜박이지 않던 무현이 처음으로 타인의 일에 화를 내고 있었다.

수안이 있음으로 우현이 나아졌다면 무슨 일이 있었던 괜찮다는 것인가? 그러기에는 그녀가 가진 상처가 지독히도 깊었다. 그렇게 망가지고 부서진 다음에 자신에게로 왔다. 자신에게 온 이유가 있을 것이라며 의심하고 시험하는 동안 지친 수안은 버티는 대신 전부 놓았다.

죽는 것도 마음대로 못 한다며 수안이 지었던 미소가 아직도 눈에 선명했다.

"이젠 그녀를 부르실 때는 저에게 직접 말씀하십시오."

칼같이 잘라 내는 무현을 보며 성훈이 입꼬리를 올렸다.

오랜 시간이 지나는 동안 기회가 있었음에도 우현이 깨닫지 못한 것을 고작 몇 개월을 곁에 둔 무현은 행동으로 옮기고 있었다. 하물며 우현 못지않게 무현 또한 제 손에 든 것을 빼앗기거나 놓지 않았다. 이제 자신이 움직일 여지는 없다.

"네가 있는데도 그 아이가 잠들어 있다는 건 우현이 놈과는 다르게 너에게 의지하고 있다는 말이겠지. 애가 한없이 약해 보여도 수안이 그 아이, 자신을 쉽게 놓는 애는 아니니 말이다."

"당분간은 쉬게 할 생각입니다."

"이 나이가 되면 생각이 많아지지. 못난 놈, 제 행동으로 전부 잃은 것이니 손을 들어 줄 생각은 절대 없다. 신원이든 수안이든 네가 하고 싶은 대로 마음대로 해 봐라."

선뜻 허락을 해 주는 성훈의 행동에 주저한 것도 잠시, 무현이 고개를 숙였다. 무슨 의도로 허락을 했는지는 상관없다. 적어도 성훈의 허락을 받아 낸 이상, 누구도 수안에게 이래라저래라 명령할 사람은 없었다.

"슬슬 수안이를 보러 가야겠다. 김 비서."

성훈의 말이 끝나자마자 응접실 문이 열리며 김 비서가 안으로 들어왔다. 김 비서를 보면서 성훈이 무현에게 못 당하겠다는 듯 고개를 저었다.

"쉬라고 해도 꼭 주변에서 뱅글뱅글 맴도는 녀석이지. 너한테는 손 비서가 그렇겠구나."

"수안이 잠든 지 얼마 되지 않았습니다."

"이런 박정한 놈. 늙은이가 성치 못한 몸을 끌고 왔는데 끝까지 막을 거냐?"

"……."

"너나 우현이만큼 수안이도 내겐 남다른 의미를 가진 아이다. 우현이 그 망할 놈이 친아들만 아니었으면 네가 아니라 내 손에 죽었어!"

나이가 들었지만 한때는 청운회의 회주였던 자다. 그에게서 나오는 기운에 무현이 고개를 숙였다. 좀 전의 자신이 내비쳤던 기운과는 수준이 달랐다. 무현의 건방진 말에도 성훈이 넘어간 이유는 하나, 이번 일에 성훈의 잘못 또한 있기 때문이다.

휠체어를 움직이려는 김 비서를 막은 성훈이 무현을 보며 물었다.

"넌 아직도 네가 방패막이라고 생각 하느냐?"

성훈의 물음에 무현이 고개를 숙였다.

"회주의 자리가 확실히 정해진 건 아니라는 건 알고 있습니다."

무현다운 대답에 성훈이 미소를 지었다.

"알고 있으니 다행이구나. 이만 가 보마. 내 딸을 보러 가는데 커다란 짐 덩어리를 같이 데려갈 생각은 없으니 넌 이곳에 있어라."

"회장님!"

"길게 있을 생각 없다. 김 비서야. 가자."

따라오려는 무현을 막은 성훈이 사내들을 지나 병실로 들어갔다.

결정적인 순간에서 성훈을 이길 수 없다.

들어갈 생각으로 문고리를 붙잡았던 무현이 고개를 저었다.

지루한 병원에서도 시간은 빠르게 흘러갔다.

시간이 지나 어느새 3주가 넘어가고 있었다. 손가락 하나 제대로 움직이지 못했던 처음과는 달리 점점 몸이 나아지자 천천히 병실을 걸어 다니게 되었다.

이젠 퇴원하고 싶다 해도, 정작 허락을 해 줘야 할 무현은 들은 척도 하지 않았다.

"후우."

사람의 습관이라는 것이 생각보다도 무서웠다. 몸이 어느 정도 나아지자 휴대폰이 없어도 알람이 울리던 시간에 눈이 떠졌다. 헝클어진 머리를 끈으로 묶은 수안이 아직 불이 켜져 있는 응접실로 눈을 돌렸다. 침대에서 내려온 수안이 응접실 입구에서 멈추었다.

의자에 몸을 맡긴 채, 불편하게 잠들어 있는 그를 수안이 오랫동안 바라보았다.

'이제 회장님께 인사드리러 갈 때도 말하고 가.'

성훈이 왔다 갔다는 말에 왜 깨우지 않았느냐며 화를 내는 수안의 말을 무현은 간단하게 잘랐다. 그 순간 어떤 말도, 생각도 떠오르지 않았다.

온몸을 감고 있던 사슬이 하나씩 벗겨지는 기분, 분명 상황은 변한 것이 없었음에도 이상하게 마음은 홀가분해졌다.

'사슬 하나가 생기긴 했지만.'

그것도 벗겨 낼 수 없는 아주 두껍고 튼튼한 사슬이 그녀를 꽁꽁 묶고 있었다. 풀어낼 수도, 끊어 낼 수도 없는 사슬을 바라보며 수안이 소리 없이 미소를 지었다.

선택을 한 이상 이렇게 될 일이었다. 그녀의 짐을 짊어지려는 것처럼 대신 움직여 주는 무현이 마냥 불편하기보다는 의지가 되는 것도 사실이었다.

잠들어 있는 무현을 보던 수안이 침대로 다시 돌아갔다. 잠시 후, 다시 온 수안이 그의 몸 위에 가져온 담요를 덮어 주려 할 때였다.

"죄송해요. 깨우려 한 건 아니었는데…….."

담요가 몸에 닿기 전에 눈을 뜬 그와 시선을 마주쳤다. 자신의 몸에 올려 있는 담요와 수안을 번갈아 보던 무현이 미간을 꾹 눌렀다.

"침대 가서 주무세요."

잠이 깼다는 말을 하려던 무현이 가까이 다가온 수안을 물끄러미 쳐다보았다. 본인은 좀 답답해하는 것 같았지만, 푹 쉬게 하니 전보다는 생기가 돌았다. 퇴원을 하고 싶다고 했지만, 당장은 아니었다. 병원을 나오는 순간 청운회에 다시 연관이 될 터였다. 피할 수 없는 일이기는 했지만, 조금은 더 나아진 후에 돌아오게 하고 싶었다.

"재워 줘."

"네?"

이 인간이 무슨 소리를 하는 것인가? 수안은 미쳤냐는 소리가 목 끝까지 치밀었지만, 한 가닥의 이성으로 참아 냈다.

파르르 떨리는 입술을 애써 진정시키며 수안이 다시 물었다.

"무슨 말씀을……."

"너 때문에 깼잖아. 재워 줘."

생각지도 못한 책임론에 수안이 어이없어하는데도 정작 당사자인 그는 태연했다. 돈도 빌리지 않았는데 빚 독촉을 당한 기분. 목에 담이 오든, 어깨가 굳든, 담요건 뭐건 아무것도 가져다 주지 말았어야 했다.

긴장한 눈의 수안을 보던 무현이 그녀의 손목을 붙잡고는 보호자용 침대로 끌고 왔다.

"아!"

"졸려."

전혀 졸리지 않은 얼굴로 꺼내는 태연한 말에 기가 막혀 말이 나오지 않았다. 어영부영 침대에 누운 무현의 곁을 지키는 모양새가 되어 버렸다. 편안히 누운 무현이 기대하듯 수안을 뚫어져라 바라봤다. 그 눈빛에 실린 기대감에 수안이 마른침을 억지로 삼켰다.

"저기…… 회주. 그러니까……."

"안 재워 줄 건가?"

당혹스러워하는 걸 알면서도 모르는 척 다시 질문을 던졌다. 안 그래도 달아오른 얼굴이 터질 것처럼 빨개졌다. 어찌할 바를 모르는 수안을 보던 무현이 손에서 힘을 풀었다. 조금은 아쉬운

241

눈으로 수안을 보며 무현이 눈을 감았다.

"돌아가서 쉬어."

"으."

수작질이다.

저렇게 실망스러워하는 표정으로 힘없이 눈을 감아 버리다니. 미치고 팔짝 뛸 노릇이었다. 지무현의 저런 표정이라니, 있을 수 없는 일이다. 고단수도 저런 고단수가 없었다.

재워 달라니…… 그녀는 담요를 덮어 주려고 한 게 전부인데, 순식간에 피의자가 된 상황에 수안은 억울해 미칠 노릇이었다. 그렇다고 외면하자니 실망했던 모습이 머릿속에서 떠나질 않았다.

"아무래도 제가 제 무덤을 판 것 같아요."

손에 느껴지는 수안의 감촉에 무현이 빙긋 미소를 지었다. 장난기를 담은 무현의 얼굴을 보니 왠지 모르게 화가 치밀었다. 수안이 손을 빼려 하자 무현이 먼저 그녀를 자신에게로 잡아당겼다.

몸이 휘청거리며 그에게 안기고 말았다. 수안을 뒤에서 안은 무현이 허리와 어깨에 굵직한 팔을 휘감았다. 피부로 느껴지는 그의 근육이 단단했다. 조금은 낯선 기분, 하지만 밀어내고 싶진 않았다.

"회주."

뒷목에서 느껴지는 숨결에 수안의 몸이 딱딱하게 굳었다. 목덜미에 얼굴을 묻은 그의 체온이 고스란히 느껴졌다. 하지만 그보다도 수안의 신경을 사로잡은 건 무현이 쉬고 있는 숨이었다.

그녀가 본 몇 달 동안 무현은 단 한 번도 저런 숨을 쉬지 않았다.

"조금은 의외네요."

"뭐가?"

"당신도 숨을 쉬는군요."

"……나도 사람이니까."

"그러게요. 괜한 소리를 했네요."

"사람이 아닌 줄 알았나 보군."

"네? 아니요! 회주! 그게 아니라……."

그런 의미로 말한 것이 절대 아니었다. 무현에게 안겨 있다는 것도 잊은 수안이 다급히 몸을 돌렸다.

또 걸렸다.

재미있다는 미소로 수안을 보던 무현이 그녀의 품을 파고들었다. 쇄골에 얼굴을 묻는 그의 행동에 수안이 소리 없는 비명을 삼켰다.

바동대지도 못한 채, 쿵쾅대는 심장만이라도 어떻게든 진정시켜 보려 했지만 그마저도 쉽지 않았다. 울 것 같은 눈으로 고개를 내린 순간 짓궂은 시선으로 보는 무현과 눈을 마주쳤다.

"사람을 이렇게 놀리니 재미있으시죠?"

"응."

오늘따라 이 사람이 정말 왜 이럴까? 작정하고 자신을 흔들려는 것이 분명했다. 그에게 가진 애정만 아니었다면 멱살이라도 잡고 짤짤 흔들고 싶었다.

"넌 편하니까."

왈칵 치밀었던 화가 뒤이어 나오는 말에 눈 녹듯이 사라져 버렸다. 청운회의 회주로 있으면서 편하다는 건 믿는다는 말이었다.

잠시 후, 수안의 손이 무현의 뺨에 닿았다. 뺨에 닿은 손끝에서 느껴지는 떨림이 싫지 않았다.

"남자에게 이렇게 해 보긴 처음이에요."

"다행이네. 난 너하고 해야 할 게 많거든."

고개를 숙인 수안이 자신도 모르게 숨을 삼켰다. 능글거리던 시선은 온데간데없이 사라져 있었다. 예전에 술기운에 밤새도록 잡혀 있었을 때 보았던 그가 수안을 보고 있었다. 조금만 더 빌미를 주면 그대로 그녀를 삼켜 버릴 눈빛에 수안이 얼른 몸을 돌렸다.

밀착된 몸만큼이나 빠르게 감정이 엉켰다. 이런 상황에서는 어떻게 해야 할지 알 수 없었다.

한동안 말이 없던 수안이 이윽고 결심한 듯 입을 열었다.

"회주님이라면 괜찮을 것 같아요."

그녀가 연애 상대라면 나쁘지 않을 것이라고 했던 말에 대한 답처럼 말을 꺼내는 수안은 조심스러웠다. 그녀의 뒷목에 입술을 묻으며 무현이 눈을 감았다.

"대신 끝내야 한다면 확실히 이야기해 주세요."

눈을 뜬 무현이 몸을 일으켰다. 그의 품에 갇혀 있다시피 한 수안을 가라앉은 눈으로 응시했다.

"시작도 안 했는데 끝낼 생각부터 하는 건가?"

무현의 물음에 수안이 눈을 내렸다. 말없는 답을 들은 무현이 무거운 숨을 내쉬었다.

우현의 곁에서 여자들이 어찌 되는지 보았던 그녀였다. 성훈에게도 유란 말고도 여자가 있었으니 그녀가 이런 반응을 보이는 것도 무리는 아니었다. 수안의 행동이 이해가 가면서도, 불쾌한 건 어쩔 수 없었다.

"곁에 계속 둘 생각이라면 마음에 둔 여자가 아니라 유능한 부하로만 널 대해야겠지."

무현의 말에 수안이 입술을 깨물었다.

침대에 다시 누운 그가 수안을 품으로 이끌었다. 얌전히 품에 안기는 그녀를 다독이며 무현이 말을 이었다.

"유능한 부하는 많지만 마음으로 끌리는 여자는 너 하나뿐이니까. 화가 나도 아쉬운 내가 참아야겠지. 끝낼 생각으로 매달리는 사내는 없어."

"회주."

"졸립다."

눈을 감은 무현을 보며 수안이 말을 삼켰다. 잠시 후, 잠이 들었는지 무현의 숨이 평온해졌다. 잠든 그를 보던 수안이 눈을 감았다.

무현에게 기대면 그녀 또한 편했다. 현재의 그녀에게 그는 유일한 버팀목이자 그녀가 선택할 수 있는 최선이었다.

그의 말이 맞다. 끝낼 생각으로 시작하는 사람은 아무도 없었다.

잠들어 있는 그의 품으로 수안이 조심스럽게 파고들었다.

#8.

"채 비서님!"

경차에서 나는 클랙슨 소리와 함께 유 비서가 운전석에서 손을 흔들었다. 약속 장소에서 기다리던 수안이 유 비서의 차에 올랐다.

"제가 늦은 건 아니죠?"

유 비서가 묻자 수안이 웃으며 고개를 저었다.

입원한 지 한 달 하고도 보름이 지난 후에야 수안은 퇴원할 수 있었다.

오랜만에 집에 돌아오니 솔직히 말하면 어디서부터 손을 대야 할지 암담했다. 무현이 사람을 보내 주려 했지만, 수안은 거절했다. 청운회를 나와 자신의 힘만으로 구한 곳이었다. 다른 사람의 손은 되도록 빌리고 싶지 않았다.

대신 수안에게 무현은 더 쉬고 오라며 휴가를 주었다. 그렇게 엉망이었던 집을 정리하고 치우는 데 일주일이 지나갔다. 그러던 중, 하루 휴가를 받은 유 비서에게서 전에 이야기했던 매장에 가 보자는 메시지를 받았다.

"그런데 유 비서님은 휴가 쓰셔도 되나요?"

"아! 휴가 얻기 어려울까 봐 채 비서님 좀 팔았어요."

"네?"

"요즘 채 비서님 이야기가 나오면 사장님께서 좀 부드러워지시거든요. 그래서 채 비서님이 좋아하는 거 보러 갈 거라니까 잘 다녀오라던데요?"

"아……."

열이 올라 얼굴이 다 화끈거렸다. 대답을 기다리는 짓궂은 시선을 본 수안이 고개를 저었다.

"전에 피규어 가지고 대화한 걸 말씀드려서 그러실 수 있어요."

"흐으응."

정체를 알 수 없는 콧소리에 수안이 식은땀을 흘렸다. 애써 감정을 추스르며 수안이 유 비서의 시선을 피했다. 긴장할 일도 아니었건만, 괜히 심장이 뛰었다.

다행히 수안의 불편한 기색을 눈치챈 유 비서는 모르는 척 넘기는 듯싶었다.

"처음이라 그런지 떨리네요."

수안의 말에 유 비서의 입가에 즐거운 미소가 감돌았다. 하지만 그것도 잠시, 핸들을 붙잡은 유 비서가 긴장된 숨을 내쉬었다. 면허증이 나온 지 이제 한 달 됐다고 했었던가? 지난밤, 매장을 가는 김에 도로 연습 좀 도와 달라고 했었던 유 비서의 말이 떠올랐다.

아까까지의 장난기는 온데간데없이 사라지고, 지금은 전쟁을 나가는 장군의 표정으로 정면을 노려보고 있었다.

"시내로 들어가면 복잡할 텐데 괜찮으시겠어요?"

"하, 하, 할 수 있지 않을까요?"

"아니면 제가 할까요?"

식은땀을 흘릴 정도로 불안해하는 유 비서를 보던 수안이 말을 꺼냈다. 악마의 말처럼 달콤한 제안에 유 비서가 넘어가기 직전 정신을 차리고 격하게 고개를 저었다.

"아직 복잡한 곳은 가 보지 않았지만 할 수 있어요! 그러니 유혹하지 마세요!"

내비게이션에 주소를 넣으려 이것저것 눌러 보는 유 비서를 보며 수안이 미소를 지었다. 잠깐 나갔다 오는 건데 왠지 모르게 설레는 기분에 유 비서 대신 내비게이션에 주소를 넣어 주며 수안이 말을 이었다.

"운전은 자꾸 해야 익숙해지니까요. 너무 걱정하지 마세요."

수안의 말에 유 비서가 긴 한숨을 내쉬었다. 마음의 준비가 끝났는지 비상등을 끈 유 비서가 핸들을 잡았다.

"그럼 출발할게요."

정지 신호가 들어온 틈을 타 유 비서의 차가 다른 차들 사이로 조심스럽게 진입했다. 이를 지켜보던 수안이 핸드백에서 울리는 진동에 휴대폰을 확인했다.

[잘 놀고 와.]

참으로 그다운 문자였다. 핵심만 적힌 메시지는 딱딱하긴 해
도 나름 신경을 써 준 것이란 걸 알기에 미소가 새어 나왔다.

"중요한 메시지예요?"

신호에 걸려 차를 멈춘 유 비서가 휴대폰을 보며 미소를 짓는
수안을 보며 물었다. 황급히 휴대폰을 핸드백에 넣은 수안이 고
개를 저었다.

"아니에요. 신호 바뀌었어요. 출발하세요."

의심스러운 눈으로 보던 유 비서가 수안의 말에 서둘러 차를
출발시켰다. 유 비서의 눈치를 보던 수안이 핸드백에서 휴대폰
을 꺼냈다.

[잘 다녀올게요.]

아슬아슬했던 순간은 몇 번 있었지만 그래도 별 사고 없이 매
장에 도착했다.

"하아. 채 비서님은 운전을 어떻게 하는지 모르겠어요."

긴장 상태로 내내 운전을 했던 유 비서가 지쳐 숨을 길게 내
쉬었다. 길이 막혔던 터라 예상했던 시간보다 늦게 도착했다.
오는 길에 한 실수 몇 번에 주눅이 든 유 비서를 향해 수안이 억
지로 미소를 지었다.

"그 정도면 상당히 잘하신 거예요."

"죽을 것 같아요."

"저도 처음 운전할 때는 힘들었는걸요. 게다가 당시 부회주께서 지방으로 가신다고 하셔서……."

수안의 말문이 중간에서 멈추자 유 비서가 고개를 갸웃했다.

수안이 처음 면허를 받아 온 날, 차에 익숙해져야 한다며 우현은 머릿속에 떠오르는 곳을 막무가내로 말하고는 찾아가라고 했었다.

정한 시간 안에 도착하지 않으면 크게 화를 냈기에 울며 겨자 먹기로 하루 종일 차에서 내려오질 못했다. 우현은 재미있다며 웃었지만, 그다음 날 수안은 심한 몸살을 앓기까지 했다.

문득 떠오른 기억에 수안이 고개를 저었다. 더는 우현의 이야기는 떠올리고 싶지 않았다.

"아니에요. 와……."

유 비서와 매장으로 들어온 수안이 자신도 모르게 탄성을 냈다. 집 주변에 있는 매장은 가끔 다니긴 했지만 이 정도 규모의 매장은 처음이었다. 반짝반짝 눈을 빛내는 수안을 보던 유 비서가 백에 넣어 놓았던 휴대폰을 꺼냈다.

"채 비서님. 통화 좀 하고 올게요!"

유 비서가 사라지고, 수안이 다시 매장을 천천히 둘러보았다. 워낙 넓은 데다가 종류가 많아서인지 어디부터 봐야 할지 감이 잡히지 않았다. 게다가 생긴 지 얼마 되지 않아서인지 평일 오후인데도 사람들이 제법 있었다.

"음?"

자석에 이끌리듯 수안의 걸음이 각종 캐릭터가 모여 있는 피규어 앞으로 향했다. 딱히 선호하는 캐릭터가 있는 건 아니었지만 수안은 작은 피규어를 좋아했다. 전시되어 있는 피규어를 보던 그녀의 곁으로 유 비서가 통화를 마치고 돌아왔다.

"채 비서님. 뭘 보는데 그렇게 웃고 있어요?"

"이거…… 사장님 같아요."

"네?"

"왠지 사장님을 보는 것 같아요."

수안의 말에 유 비서가 피규어를 향해 눈을 돌렸다. 짙은 갈색의 무표정한 곰 피규어가 귀여웠지만, 무현이 떠오르지는 않았다.

"흐으음?"

유 비서의 눈초리에 피규어에서 눈을 떼지 못하던 수안이 그제야 시선을 느끼고 정신을 차렸다.

"왜, 왜요?"

모르는 척 수안이 유 비서에게 되물었다. 이제 시작했는데 제대로 해 보기도 전에 유 비서에게 다 들킨 기분이었다. 긴장하는 수안을 묘한 눈으로 보던 유 비서가 빙긋 미소를 지었다.

"물어보고 싶긴 하지만…… 채 비서님은 안 물어봤으면 싶죠?"

심장이 덜컥 내려앉았던 수안이 유 비서의 물음에 어색한 미소를 지었다. 숨긴다고 무현과의 관계가 달라지는 건 아니지만, 그래도 아직은 조심스러웠다.

"죄송해요. 유 비서님."

"그래도 대단하네요. 솔직히 저 곰을 보면서 사장님이랑 똑같다는 분은 채 비서님밖에 없을 거예요."

유 비서의 말에 수안이 겸연쩍은 미소를 지었다.

피규어가 전시되어 있는 곳을 지나 다른 곳으로 걸음을 옮겼지만, 자꾸 시선은 좀 전에 봤던 곰에게서 떨어지지 않았다. 그래서 유 비서가 다른 물건에 정신이 팔렸을 때 피규어를 계산한 수안이 자신의 핸드백에 몰래 집어넣었다. 더는 유 비서에게 들키고 싶지 않았다.

"여기서 가까운 매장 한 군데 더 알고 있는데 가 보지 않을래요?"

"이 주변에 또 있나요?"

"그럼요. 요즘 이런 곳이 인기가 있어서 많이 생기고 있거든요. 그곳까지 가 보고 맛있는 거 먹고 머리 하러 가면 되겠네요!"

"머리요?"

눈을 동그랗게 뜨는 수안을 보며 유 비서가 입꼬리를 올렸다.

워낙 조심스러워하기에 굳이 캐묻지는 않았지만, 상황만 봐도 대충 알았다. 청운회 일로 수안이 병원에 입원한 후부터 무현의 행동은 예전과 완전히 달라져 있었다.

수안에 관련된 부분에서는 직접 보고를 받는 것은 물론이고 추가로 지시까지 직접 했다. 직원의 일에는 무현이 직접 나서기보다는 손 비서가 처리하는 것이 기본이었지만 수안의 일은 모든 것에서 제외였다.

하물며 무현은 한 달 전에 미리 잡아 놓았던 약속까지 조정해 가며 저녁 시간을 비웠다. 행선지를 물어봐도 손 비서는 답하지 않았다. 하지만 비상 연락처로 남겨진 번호를 통해 그가 가는

253

곳을 짐작할 수 있었다. 분명 수안이 입원한 병원이었다.

"매번 생머리만 하고 다니실 거예요?"

"아, 이건…….."

"할인권이 이번 주까지예요! 인터넷 검색했더니 괜찮은 곳이라고 하더라고요. 같이 가요!"

조용한 자신과는 참으로 다른 사람이었다. 유 비서의 리드가 어색하면서도 싫진 않았다. 안 그래도 허리까지 내려온 머리카락이 번거로워서 좀 자를까 했는데……. 잠시 고민하던 수안이 고개를 끄덕였다. 별다른 약속이 있는 것도 아니었고, 오랜만의 외출에 조금은 흥분한 것도 사실이었다.

이번에는 혼자서 차를 가져오겠다며 유 비서가 주차장으로 향하고, 만나기로 한 장소에서 수안이 말없이 기다렸다. 지나가는 차를 보던 수안이 무언가를 느낀 듯 사람들 사이로 눈을 돌렸다.

"음?"

수안과 눈을 마주친 이가 황급히 고개를 돌렸다. 묘한 느낌에 수안이 다른 방향으로 고개를 돌렸다. 좀 전과 똑같은 반응. 그들의 행동에서 기시감이 들었다.

청운회에서 교육을 받은 이들에게서 나오는 공통적인 행동에 수안이 눈을 좁혔다. 그리고 그 순간, 핸드백에 넣어 놓았던 휴대폰이 울렸다.

휴대폰에 적힌 이름을 확인한 수안이 한숨을 내쉬었다.

"경호원이 경호를 받는 것도 좀 아닌 것 같은데요?"

– 들키면 안 된다고 당부했는데 벌써 들킨 거야?

전혀 안 미안한 목소리로 무현이 답을 했다. 무현이라면 그러고도 남을 사람이었지만 그래도 불편한 건 불편했다. 잘 놀고 오라고 하고선 이러면 잘 놀 수가 없지 않은가!

"아무 일도 없어요."

— 알아. 그래도 데리고 다녀.

"불편해요. 회주님."

— 그럼 내가 갈 거야.

"네?"

수안은 한숨이 나왔다. 무현은 말하면 그대로 하는 사람이다. 말은 저렇게 하고 있었지만 이미 오는 중일 수도 있다.

"아니에요. 회주! 다 데리고 다닐게요. 그럼요. 전혀 거슬리지 않아요!"

그가 오는 순간, 화기애애한 분위기고 뭐고 유 비서가 낸 하루의 휴가까지 엉망이 된다. 어차피 유 비서가 알아차리지는 못할 터, 차라리 자신이 감수하는 것이 몇 백 배는 나았다.

"오지 마세요."

— ……글쎄?

휴대폰 너머로 들려오는 목소리가 이렇게 무섭게 느껴지기는 또 처음이었다. 붙여 놓은 사람들을 보내라고 전화를 한 건데 결국 무현에게 말렸다. 아무튼 말수도 거의 없는 사람이 말발 하나는 열 사람 저리 가라였다.

"회주. 그러니까……."

— 우선은 놀고 있어.

우선이라는 단어가 마음에 걸렸지만 답을 해 줄 무현은 이미

255

전화를 끊은 후였다. 휴대폰을 내려놓은 수안이 빠르게 주변을 훑었다.

차가 두 대에 주변에 깔린 인원만 열. 여기에 올 때까지는 보지 못했던 이들이니 이곳에서 그녀를 기다린 듯싶었다.

"채 비서님. 어서 타세요."

저들의 존재를 알 리 없는 유 비서가 수안을 향해 미소를 지었다. 사내들을 보며 눈을 좁히고 있던 수안이 고개를 저었다. 들키지 말라는 명령을 내린 거라면 수안과 유 비서에게 가까이 다가오지는 않을 것이다.

그녀를 향한 시선을 무시하며 수안이 유 비서의 차에 올랐다.

매장을 둘러보고, 맛있다는 식당에 가서 식사를 하고 수다를 떨고 마지막으로 미용실 일정까지 끝낸 후에야 유 비서와의 데이트는 끝이 났다. 내내 운전을 하면서 자신감이 붙었는지 유 비서가 집까지 데려다주겠다고 했지만, 운전하느라 그녀도 힘들었을 거다.

그래서 유 비서가 수안을 집에 데려다주는 대신 수안이 운전해서 유 비서의 집으로 가기로 했다. 처음에는 괜찮다고 했지만, 역시나 피곤했는지 조수석에 기댄 유 비서의 얼굴이 지쳐 보였다.

"한참 가셔야 하는 거 아니에요?"

어느새 집에 도착한 유 비서가 수안을 보며 괜히 미안해하자 수안이 고개를 저었다.

"얼마 안 돼요. 추우니까 어서 들어가세요."

"그럼 다음 주에 봬요."

인사를 한 유 비서가 사라진 후, 수안이 몸을 돌렸다. 바람이 차가워 수안이 잘게 몸을 떨었다. 버스를 탈 생각으로 길을 걷던 수안이 자신이 걷는 속도와 같은 속도로 이동하는 차를 보았다. 수안이 걸음을 멈추자 같이 가던 차도 멈추었다. 곧 선팅이 짙게 된 창이 내려가면서 차에 타고 있는 사람을 확인할 수 있었다.

"진짜 오신 거예요?"

"추워."

무현의 말에 수안이 고개를 저었다. 모르는 척 수안이 차에 오르자마자 차창이 올라갔다. 몇 달을 곁에 있었지만, 그가 직접 운전대를 잡은 건 처음이었다.

"혼자 오신 거예요? 손 비서님은요?"

"뒤에 따라오고 있겠지."

"회주님께서 직접 운전하시는 건 처음 봐요."

"넌 누가 있으면 딱딱해지거든. 유 비서가 바꿔 보라고 한 건가?"

"네? 아…… 이거요."

어색한 미소를 지으며 수안이 한쪽 어깨로 모여 있는 머리카락을 손가락으로 쓸어내렸다. 긴 머리카락을 자르기만 했지 이번처럼 펌을 해 보기는 처음이었다. 언제나 생머리를 고수해 왔기에 구불구불한 머리가 자신도 어색하게 느껴졌다.

"조금 자르면서 해 보면 좋겠다고 그래서. 많이 어색한가요?"

"음."

257

그에게 이런 질문은 무리였을까? 대답이 없자 어색함을 지울 겸 핸드백에서 끈을 꺼낸 수안이 머리카락을 하나로 모았다.

"묶지 마."

"네?"

"내 앞에서는 그렇게 있어. 대신 본가에 갈 때는 꼭 묶고 있어."

동그란 눈으로 무현을 바라봤지만 정작 말을 꺼낸 당사자는 멈췄던 차를 출발시킬 뿐이었다. 놀라기는 했지만 싫지 않았다. 대수롭지 않게 던진 말에 뛰기 시작한 심장이 좀처럼 가라앉지 않았다.

"묶고 가지 않아도 보는 사람도 없는걸요."

"나만 보면 돼."

미끄러지듯 무현의 차가 다른 차 사이로 끼어들었다. 함께하자며 내민 손을 붙잡자마자 무현은 거침없이 수안에게 다가왔다. 언제나 혼자서 버텨 왔었건만, 자신도 모르는 사이에 그녀의 시선 안에 그가 항상 있었다.

"유 비서님께 회주님과의 관계를 들킨 것 같아요."

"운전은 불안해도 눈치는 빠르니까. 그리고 부정할 필요는 없지 않나?"

"그래도요."

운전을 하던 무현이 수안을 향해 눈을 돌렸다. 추위 때문인지 약간은 홍조를 띤 모습이 신선했다. 여자는 머리 스타일 하나만으로도 달라 보인다고 했던가? 모처럼 휴가를 받은 유 비서의 기대하셔도 된다는 말이 무슨 의도였는지 이제는 알 것 같았다.

달라진 모습이 나쁘지 않다. 아니 솔직히 말하자면 혼자만 본다면 좋을 거 같다.

저 모습을 우현이나 다른 놈들이 본다면…… 마음속 깊숙이 억눌러 왔던 감정 하나가 그를 흔들어 댔다.

"출근할 때도 머리는 묶고 와."

무현의 속도 모르고 수안은 어쩌면 바꾼 헤어스타일이 그는 마음에 안 드는 것일지도 모르겠다는 생각이 들었다. 무현이 저런 반응이니 왠지 모르게 서운하게 느껴졌다.

무심히 밖만 보는 수안을 보고 무현이 고개를 저었다. 그녀가 거슬리게 느껴졌을 때는 무시했을 반응이 지금은 도저히 그냥 넘겨지지 않았다. 그녀를 보던 무현이 결국 차를 갓길에 세웠다.

"일부러 데리러 왔는데 선물도 안 주나?"

"네?"

시무룩해 있던 수안이 무슨 소리냐는 듯 눈을 좁힌 순간, 안전벨트를 푼 그가 그녀에게 다가왔다.

"흡."

갑작스럽게 수안의 입술에 그의 입술이 닿았다. 숨을 쉬느라 열린 입술로 혀가 단숨에 침입해 왔다.

숨을 그에게 전부 빼앗기는 기분이었다. 도망가려 했지만, 뒤통수를 붙잡고 밀어붙이는 키스에 수안은 그가 리드하는 대로 휩쓸리고 말았다. 밤바람에 싸늘히 식었던 몸에 열이 올랐다. 무현의 어깨를 붙잡고 있던 수안의 손이 어느새 무현의 목을 어루만지고 뺨을 감쌌다.

"하아."

약탈당하듯 삼켜지던 입술에서 그의 입술이 떨어지자 그제야 수안에게서 가쁜 숨이 흘러나왔다.

"선물을 이런 거로 달라고 하시는 분이 어디 있어요?"

"예쁘네."

"……."

"그러니까 다른 놈들 앞에서는 머리 묶고 다녀."

무현에게서 나오는 말 한마디, 한마디가 상처받았던 마음을 어루만져 줬다. 예전에는 마주하는 것조차 부담스러웠던 시선이 지금은 그녀를 떨리게 했다.

"아무도 모르는 곳에 꼭꼭 숨겨 버리면 좋을 텐데."

"회주!"

"그럼 지금 모습을 다른 놈들이 볼까 걱정할 필요도 없고 말이지."

짧고 담담한 대화였지만 무현에게서 낯선 감정이 느껴졌다. 억지로 참으려는 것 같기도 했고, 불안해하는 것 같기도 했다.

"남자가 내민 손을 잡은 건 회주님이 처음이에요. 그리고…… 청운회 회주의 여자에게 수작질하는 간 큰 사람이 세상에 어디 있겠어요?"

평소의 그녀라면 절대 하지 않았을 대담한 대답에 무현이 실소를 흘렸다.

성훈이 둘의 관계를 허락했다는 이야기가 순식간에 청운회에 퍼졌다. 수안은 그렇다 쳐도, 그녀의 상대가 무현이라는 것에 사람들의 충격은 생각보다도 컸다. 거기까지는 수안도 아는 사실이었다.

다만 둘의 소식을 들은 우현이 주변을 완전히 뒤집어 놓는 바람에 진정제를 맞아야 했다는 것, 그리고 정신을 차린 그가 성훈을 향해 핏대를 세워 가며 화를 냈다는 사실을 수안은 전혀 모르고 있었다.

"집에 데려다줄게."

"혼자 가도 되는데 일부러 오신 거예요?"

"방금 전에도 말했지만 유 비서의 운전은 아직 불안하니까. 네 성격이라면 유 비서를 데려다주고도 남지."

그녀의 생활 방식이나 생각을 꿰뚫어 보는 것처럼 그는 수안을 너무 잘 알았다.

왠지 그의 손바닥 안에서 움직이는 기분이었지만, 일부러 시간을 내서 그녀에게 온 무현에게 뭐라고 싶진 않았다.

"집 주변에 마트가 하나 있어요. 거기 세워 주세요."

"왜?"

"집에 먹을 게 없거든요. 장 좀 보고 들어가야 해요."

"음."

소소한 대화는 끊이지 않고 계속 이어졌다. 회주인 그와 이런 식의 대화를 하는 날이 올 것이라고는 생각하지 않았지만 막상 해 보니 그리 나쁘지 않았다.

"같이 가."

"……네?"

잘못 들었나 싶어 수안이 무현에게 되물었다. 지금 청운회의 지무현이 자신과 마트를 가겠다고 하는 것인가? 역시 의심스러워 무현을 다시 바라봤지만 정작 그녀의 시선을 받는 그는 태연했다.

"그냥 간단한 거 사러 가는 건데요?"

"재미있겠네."

무현의 재미있다는 말이 왜 이리 무섭게 들리는지 알 수 없었다. 정말 재미있어 보이는 건지 아니면 그녀가 알지 못하는 수작질이 있는 것인지. 속을 꿰뚫듯 노려봐도 정작 시선을 받는 당사자에게서 아무것도 알아낼 수 없었다.

고민하는 대신 수안의 눈이 다시 창밖으로 향했다. 어차피 가지 말라 해도 들을 사람이 아니었다. 그리고 잠깐이나마 청운회는 잊고 그와 있어 보고 싶기도 했다.

"그럼 무거운 거나 좀 들어 주세요."

긍정적인 대답에 무현의 입꼬리가 희미하게 올라갔다. 차가 도로를 매끄럽게 빠져나갔다.

무현은 물건을 담는 그녀를 지켜보며 한 걸음 뒤에서 따라 걸었다. 워낙 깔끔하게 일을 하는 터라 물건도 꼼꼼히 고를 거라 생각했지만 예상과는 달리 가격이 더 싼 걸 놓치거나 이벤트 상품이라고 나온 걸 그냥 지나가기 일쑤였다.

물건을 사는 건 그녀였으니 간섭할 이유는 없었지만, 자꾸 눈에 들어오니 밑져야 본전이라는 생각으로 알려 주었다.

'감사해요.'

그 순간, 누군가가 그의 뒤통수를 후려친 기분이었다. 그녀의 미소를 본 적은 있지만 저렇게까지 편안한 표정은 처음이었다. 기대조차 없던 상황에서 생각 외의 소득을 얻은 느낌이다.

계산을 끝내고 대신 물건을 들어 주자 작은 손이 조심스럽게 그의 손을 감쌌다.

'따뜻한 차라도 드시고 가세요.'

마음 같아서는 좀 더 있고 싶었지만 하루 종일 유 비서와 같이 돌아다니느라 피곤했을 그녀를 괴롭힐 생각은 없었다. 쉬라며 거절을 한 후 돌아서는 순간 수안이 그를 붙잡았다.

애써 다잡았던 마음이 흔들렸다. 거듭 거절을 하려 했지만 그보다도 먼저 수안이 그를 집으로 끌었다.

"이거 드세요."

수안이 건네는 것을 무현이 받아 들었다. 남색 머그잔에는 김이 모락모락 나는 코코아가 가득 담겨 있었다. 짐을 주방에 내려놓자마자 부지런히 움직이는 것 같더니 이걸 타고 있었던 것 같았다.

"집에 있는 게 코코아뿐이네요. 혹시 단것 싫어하세요?"

"음."

가리는 게 있는 건 아니었지만 코코아가 나올 줄은 상상조차 하지 못했다. 코코아라니…… 열 살 때 한 번 청운회의 가정부가 타 줬던 걸 먹은 것이 전부였다. 오랜만이라 반갑다고 해야 하나? 그래도 따뜻한 걸 마시니 밤바람에 차게 식었던 몸이 조금은 따뜻해졌다.

냉장고에 음식만 넣어 놓고 오겠다며 주방으로 들어가는 수안을 보던 무현이 천천히 거실을 둘러보았다. 집은 심플하고 깔끔하면서도 곳곳에 그녀의 손길이 느껴졌다.

거실에 놓여 있는 소파를 어루만지던 무현이 TV 옆에 놓인 장식장으로 걸음을 옮겼다.

'취미라고 했던가?'

생각해 보면 내내 표정이 없던 수안에게서 처음 변화를 본 것도 유 비서가 가져온 피규어를 받았을 때였다. TV 선반부터 그 옆의 장식장까지 피규어와 미니어처가 한가득이었다.

그녀가 모아 놓은 것을 하나씩 보던 무현의 시선이 가장 앞에 있는 피규어를 향했다. 다들 웃고 있는 피규어 사이에 있는 무표정한 곰. 포장도 제대로 뜯은 건 아니었지만, 이상하게도 눈길이 갔다.

"죄송해요. 많이 기다리셨죠?"

"아니."

정리가 끝났는지 수안이 멋쩍은 미소를 지으며 주방에서 나왔다. 피규어를 보던 무현이 소파에 앉자 수안이 그 옆에 앉았다.

방 안의 분위기는 고요했지만 어색하지는 않았다. 언제나 혼자 머물던 집에 무현이 같이 있는 것만으로도 집 안에 온기가 돌았다.

"그런데 계속 있으셔도 돼요?"

"좀 전부터 손 비서의 연락이 오기는 하더군."

그 말에 소파에 편안히 몸을 맡긴 무현과는 달리 수안이 놀란 눈으로 그를 바라봤다.

"왜?"

"그럼 가 보셔야죠! 괜히 제가 잡아서…… 큰일이라도 있으면……."

"그럼 손 비서가 이미 저 문을 두드리고 있겠지."

"그래도!"

"나른하다. 움직이기 싫어."

들고 있던 잔을 내려놓은 무현이 수안의 다리를 베고 벌러덩 누웠다. 갑작스러운 상황에 수안이 소리 없는 비명을 삼켰다. 수안이 그러거나 말거나 무현은 눈을 감아 버렸다.

"회주!"

그러나 한번 감긴 무현의 눈은 떠지지 않았다. 모르쇠로 일관하는 무현을 보며 결국 수안이 고개를 저었다. 자신이 뭐라고 백날 이야기해도 결국 무현이 하지 않으면 어쩔 수 없다.

제 다리에 누워 있는 무현을 내려 보던 수안이 손을 뻗었다. 눈을 가리는 머리카락을 치우고, 냉기가 느껴지는 뺨을 어루만졌다. 어느 정도 정돈이 되자 수안이 무현의 얼굴을 어루만지던 손길을 떼려 했다.

"계속해."

"머리 정리 다 되었는데요."

"다 안 되었어."

떨어지지 않을 것처럼 무현이 수안의 허리에 팔을 둘렀다. 큰 키에 작은 소파가 불편할 법도 하건만, 싫은 내색조차 없었다. 말수도 적고, 분위기도 위압적인 그에게서 참으로 다양한 모습을 본다는 생각을 하며 수안이 그의 뺨을 감쌌다.

"후우."

수안에게 몸을 맡기고 있는 무현에게서 편안한 숨이 흘러나왔다. 아직 무현에 대해 아는 것보다 모르는 것이 더 많았지만 한 가지는 또렷이 알았다. 그가 저런 편안한 숨을 내쉬며 전부를 맡기는 사람은 자신뿐이었다.

"청운회 사람 중에 이곳에 들어온 사람은 회주님이 처음이에요."

눈을 뜬 무현이 수안을 바라보자 하얀 얼굴에 옅은 홍조가 일었다.

한번 시작된 감정은 자신조차 알지 못할 정도로 발전되었다. 생소하면서도 어색한 감정에 불안하기도 했지만, 한편으로는 설렜다.

"첫 손님이 된 기분이 어때요?"

아슬아슬하게 붙잡고 있던 인내심이 계속 시험당하는 기분이었다. 그녀의 몸에서 나는 달콤한 체향도, 속삭이듯 낮게 나오는 다정한 목소리도, 뺨에 느껴지는 부드러운 손가락도 그에게는 유혹이었다.

제 몸을 무기로 육탄공세를 하던 여자들에게조차 느끼지 못했던 갈증이 그저 바라보는 시선에 미친 듯이 그를 흔들었다.

"위험해."

"네?"

어느새 몸을 일으킨 그가 수안에게 다가왔다. 앉아 있던 자세가 어느새 소파에 반쯤은 눕혀져 있는 상황이 되어 있었다. 돌변한 상황에 뭐라고 말을 꺼내기도 전에 그의 입술이 쪽, 하고 입술에 닿았다가 떨어졌다.

"회주……."

"이름 불러 봐."

"제가 어떻게…… 흐읍."

그녀의 입술 위에 머물렀던 그가 얼굴을 숙였다. 그녀의 몸에 자신을 밀착하며 가는 목에 입술을 묻으니 맥박이 뛰는 게 생생하게 느껴졌다. 귓가에 그녀의 숨이 닿아 간지러웠다.

"하아."

"불러 봐."

그의 속삭임에 수안이 고개를 저었다. 헝클어진 블라우스 사이로 보이는 쇄골에 그가 입술을 맞추었다. 그의 혀가 골 사이를 핥자, 익숙지 않은 감각에 작은 여체가 움찔 몸을 떨었다. 서늘한 그와는 달리 수안은 녹아들 것처럼 따뜻하고 아늑했다.

"회주…… 흐읍."

"이름 부르면 멈출게."

멈출 수 있을까? 이름을 부르는 순간 그나마 잡고 있던 이성마저 사라질 것이다.

으스러지게 껴안고 그가 주는 쾌락에 신음을 터트리게 만들고 싶었다. 조심스럽고 조용한 그녀가 쾌락에 자신을 놓으면 어떤 모습일까? 상상만으로도 그는 미칠 것 같았다.

우현은 물론이고, 성훈도 더는 그녀를 흔들지 못하도록 자신만 바라보길 바랐다. 수안의 손목을 붙잡은 그가 머리 위로 팔을 올려 잡았다.

"이름 불러 줘."

붉은 입술을 달싹거리던 수안이 고개를 저었다. 단추가 풀린 옷 사이로 보이는 하얀 살결이 그를 흔들었다. 수안의 손에 깍지를 낀 그가 더운 숨을 토해 내는 입술에 깊게 키스했다.

아랫입술을 이를 세워 깨물자 붉은 입술이 더 붉게 부어올랐다. 혀가 그림을 그리듯 입술을 따라 움직였다.

"하아."

수안의 더운 숨이 얼굴을 간질이자 무현이 열린 입술을 거침없이 파고들었다. 야들한 혀를 잡아채서 깊게 빨자 달콤한 타액이 흘러 들어왔다.

몇 번이나 키스를 했었지만, 수안이 이렇게 적극적으로 무현을 받아들이는 건 처음이었다. 수안의 뺨을 감쌌던 손이 뒤통수를 당겼다. 따뜻한 체온만큼이나 뜨거운 입안이 녹아 버릴 것처럼 부드러웠다. 그의 혀가 그녀의 입안 구석구석에 각인을 하듯 흔적을 남겼다.

"흐웃."

힘든 숨을 내쉬자 거듭 키스를 퍼붓던 무현이 그제야 입술을 뗐다. 열기에 가득 찬 숨을 길게 토해 내던 수안이 무현을 보며 어색한 미소를 지었다.

깍지를 끼지 않은 손이 옷 안을 파고들었다. 얇은 슬립 위에서 오르내리는 가슴을 커다란 손이 감쌌다.

"하아."

힘겹게 내쉬는 숨이 달콤하다 못해 아득했다. 품에 가둔 여체를 느끼듯 그가 몸을 밀착했다. 무현의 손이 가슴을 애무할 때마다 얇은 슬립 너머로 단단해지는 유실이 느껴졌다. 그가 스칠 때마다 하얀 피부에 붉은 물이 들었다. 매끄러운 슬립 사이로 보이는 볼륨 있는 가슴에 무현이 입술을 갖다 댔다.

"흐웃."

붉게 젖어 든 입술에 그의 입술이 다시 닿았다. 동시에 슬립의 안으로 파고든 손이 브래지어를 젖히고 솟아오른 유실을 손가락으로 비틀었다. 동시에 가쁜 숨을 몰아쉬던 수안의 몸에서 힘이 빠졌다.

'아…….'

치미는 갈증을 해결하듯 수안에게 흔적을 남기던 무현이 가까스로 터져 나오려는 신음을 삼켰다.

수안은 그가 원하는 대로 받아들이려 했지만, 그녀의 몸은 아직 그를 받아들이기에는 온전하지 않았다. 창백한 얼굴에, 소파에 까무러치는 그녀를 보니, 미칠 듯이 치밀어 오르던 열기를 가라앉혀야만 했다.

"회……주."

온몸에 들끓는 열기를 참기 위해 무현이 미간을 찌푸렸다. 이미 선을 넘어 버린 상황에서 되돌리기는 힘들었지만, 애써 숨을 골랐다. 수안에게서 몸을 일으킨 무현이 풀어져 있던 블라우스의 단추를 다시 채워 주었다. 그런 그의 손을 수안이 붙잡았다.

"괜찮아요."

"……."

악마의 속삭임처럼 흘러나온 수안의 목소리가 그를 미치게 했다. 모른 척 안아 버릴까? 하지만 그 순간 그녀의 집이 눈에 들어왔다. 작정하고 시작하는 순간 그녀를 어디까지 몰게 될지 자신도 알 수 없었다. 자신의 영역이라면 그런 일 따위 신경 쓰지 않았을 것이다. 하지만 수안이 정성을 쏟은 곳을 그의 욕심만으로 엉망으로 만들 수 없다.

"회주."

"다음에 하자."

붉은 기가 돌 때까지 삼키고 어루만졌던 살결의 보드라운 감촉이 아직도 생생했다. 어떻게든 가라앉혀야 했지만 생각보다도 쉽지 않았다. 잇새로 무거운 숨을 내쉬며 몸을 일으키는 무현을 수안이 다시 붙잡았다.

"제가 무슨 실수라도 했나요?"

"아니."

"그런데 왜……?"

"아직 네 몸이 나은 게 아니니까."

"전 괜찮아요!"

"내가 안 괜찮아."

그저 몸이 이끄는 대로 품에 안을 여자였다면 멈추지 않았을 것이다. 잠깐의 욕구를 푸는 정도였다면 지금처럼 온몸에서 요동치는 갈증 따위 일방적으로 풀어 버리고 끝냈을 것이다. 그러나 그러기에는 이미 수안은 그에게 많은 의미로 자리 잡은 여자였다.

"참고 있으니까 오해하지 마."

주눅 든 수안의 눈 옆에 무현이 짧게 입술을 맞추었다.

시무룩한 그녀의 모습에 억눌렀던 욕망이 다시 스멀스멀 기어 나왔다. 모르는 척 안으며, 지금의 그녀라면 손만 내밀어도 잡을 것이라며 갈등하는 무현을 흔들어 댔다.

"가 볼게."

문이 열리고, 무현이 나갔다.

그가 왜 멈추었는지 알고 있다. 그녀 자신도 준비가 되어 있지 않다는 것 또한 알았다. 그래도 허전했다.

자신도 어쩌지 못할 정도로 지독한 허무감이 그녀를 오랫동안 휘감았다.

오찬 약속을 끝내고 돌아온 무현을 맞이한 건 산더미처럼 쌓여 있는 결재 서류와 비서들의 연이은 보고였다. 밀물처럼 들어오는 일들을 처리한 후, 무현이 책상에 놓여 있는 물 잔에 손을 뻗었다.

"음?"

낯설지도, 그렇다고 익숙한 물건도 아니었다. 처음이자 마지막으로 저걸 본 장소는 수안의 집이었다.

수많은 피규어 중의 하나였던 무표정한 곰.

유 비서와 나간 날 샀었는지 포장도 제대로 뜯지 않은 채로 놓여 있던 게 시선을 끌기는 했다. 미간을 좁힌 무현이 곰의 정수리에 손가락을 갖다 댔다.

"유 비서 들어오라고 해."

손 비서의 부름에 안으로 들어온 유 비서가 고개를 숙였다. 고개를 든 유 비서가 무현의 손가락이 가리키는 곳으로 눈을 돌렸다. 그리고…….

"푸흡! 죄, 죄송합니다. 사장님."

"저게 뭐지?"

입술을 질끈 깨무는 것으로 웃음을 참아 낸 유 비서가 숨을 골랐다. 함께 나들이를 갔던 이후로 부쩍 가까워진 수안은 유 비서의 생각보다도 귀여운 여자였다.

"오늘 채 비서님께서 잠시 들르셨습니다. 내일부터 출근하겠다면서 필요한 서류랑 미리 검토하실 서류를 가져가셨거든요. 사장님께 드릴 물건이 있다고 사장실에 들어가는 걸 봤는데…… 이걸 두고 가셨네요."

"……그래서?"

무현의 물음에 유 비서의 눈이 옆에 있는 손 비서와 무현을 번갈아 가며 보았다.

말해도 되는 건가? 그때의 상황을 말하면 괜히 이 무서운 사람들에게 수안만 봉변당하는 것이 아닌지 걱정되었다.

하지만 말하지 않을 수도 없는 일, 그리고 어쨌든 수안의 눈에 그렇게 보인 거니 뭐라 할 수도 없었다.

"그 곰 피규어가…… 사장님을 닮으셨답니다."

정적이 사무실 안에 흘렀다. 무슨 소리냐는 듯 무현이 눈을 좁힌 순간, 언제나 냉정함으로 자신을 유지하고 있던 손 비서가 몸을 돌렸다. 몸을 돌린 손 비서에게서 어떤 소리도 나지 않았지만 생각하지 않아도 반응은 뻔했다.

"닮았다고?"

눈을 좁히며 피규어를 노려보았지만, 저 동글동글한 얼굴에 선만 그어져 있는 곰이 자신과 어느 부분에서 닮았는지 감이 잡히지 않았다.

미간을 모은 무현을 보던 유 비서가 입술을 질끈 깨물었다. 웃으면 안 되는데 자꾸 웃음이 터져 나오려 했다. 한참을 주저하기에 안 산 줄 알았는데 저렇게 떡하니 무현의 책상에 올려놓았다.

"그래도 사장님을 닮았다며 상당히 좋아하시긴 했습니다. 좀처럼 그쪽에서 걸음을 못 떼셨거든요. 어떤 부분에서 닮았는지는 당사자에게 들어 보셔야겠지만…… 계속 보니 왜 그런 말을 했는지 알 것도 같습니다."

말을 끝낸 유 비서가 억지로 숨을 삼켰다. 이미 몸을 돌린 손 비서는 어깨까지 떨고 있었다. 둘의 반응을 보던 무현이 한숨을 내쉬었다.

"나가 봐."

무현의 허락이 떨어지자마자 웃음을 참고 있던 유 비서가 냉큼 사무실 밖으로 나갔다. 유 비서가 사라진 후, 간신히 웃음을 멈춘 손 비서가 무현을 보며 입을 열었다.

"부회주님께 어찌했는지는 모르겠습니다만 회주님께는 확실히 다른 감정을 가지고 있는 게 맞는 것 같습니다."

"음."

거리를 두고 자신을 숨기던 수안은 딱딱하다 못해 가까이 가기 어려웠다. 하지만 지금은 아니었다. 정말 생각지도 못한 행동을 이런 식으로 하기는 했지만 생각보다 나쁘지 않았다.

하지만 이 곰이 자신을 닮았다는 건 조금은 받아들이기 힘들었다. 둔하게 생긴 데다가 동글동글한 체형에 선 몇 개가 그어져 있는 게 전부였다.

"오늘 저녁에 스케줄이 있던가?"

"정해진 선약은 없습니다. 다만 2시간 전에 청운회의 염 이사님이 하실 말씀이 있다며 빠른 시일 내에 자리를 갖자는 연락은 왔습니다. 오늘 저녁으로 이야기가 오가고 있습니다."

"오늘은 안 돼."

"중요한 약속이라도 생기신 것입니까?"

무현의 눈이 곰에게서 떨어지지 않았다. 아무리 넓은 마음으로 봐도 닮지 않았다.

"당사자에게 물어보라고 했으니 물어보는 수밖에."

무현의 반응에 손 비서가 눈에 질끈 힘을 주었다. 저리 진지한 눈으로 저런 말을 하고 있는 이상, 무현은 수안을 보자마자 저 곰과 자신과의 공통점에 대해 진지하게 물어볼 것이다. 손 비서가 아는 지무현은 그러고도 남을 사람이었다.

여자는 물론이고 사람에게조차 별다른 관심을 주지 않던 사람이 연애를 하니 무섭도록 바뀌었다.

"아! 그리고 이건 부회주님에 대한 보고입니다."

웃음기를 거둔 손 비서가 들고 있던 보고서를 무현에게 내밀었다. 손 비서에게서 보고서를 받아 든 무현이 빠르게 읽어 내렸다.

"걷기는 하지만 완전히 회복하려면 한 달은 더 치료를 받아야 한다는 진단입니다. 그리고 회장님의 발표 이후로 집 밖으로 나오지 않는다고 합니다. 여자를 부르지도 않고 말이죠."

"여자를 부르지 않는다?"

"분명 움직이고는 있는데 그 윤곽이 확실히 잡히지는 않고 있습니다. 그 부분에 대해서는 사람을 더 붙여서라도 알아내겠습니다."

"형이 움직이지 않는다면 어머니가 움직이는 것일 수도 있지. 한쪽만 보지 말고 양쪽에서 같이 움직이는지 알아봐."

유란이 원하는 대로 수안을 자신의 약점으로 받아들였다. 그렇다 한들 유란이 원하는 대로 움직일 생각 따위 절대 없었다.

자신의 곁에서는 그런 지친 표정을 짓는 일이 절대 없도록 할 것이다.

무현의 눈이 그녀가 두고 간 곰에게 향했다.

회복이 빠른지 좀 더 쉬라는 말에도 수안은 돌아오겠다고 했다.

우현이 무슨 짓을 하든 이젠 수안과는 상관없어야 한다.

수안은 자신의 사람이었다. 지금 무현에게 그것 외에 중요한 건 아무것도 없었다.

퇴근을 하는 무현의 눈앞에 다른 수행비서와 대화를 하고 있는 수안이 있었다. 무표정한 얼굴로 상대방의 말을 듣던 수안이 굳은 얼굴로 고개를 저었다. 들고 있던 다이어리를 보는 수안의 표정이 경직되어 있었다.

"회주님."

나서려는 손 비서를 무현이 막았다. 무엇을 하고 있는지는 모르지만 깨알같이 적혀 있는 다이어리에 새로운 내용을 적어 갔다. 곤혹스러워하는 남자를 보던 수안이 휴대폰을 들고 어디론가 전화를 걸었다.

"출근은 내일부터라고 하지 않았나?"

"청운회 내부 일정을 잡느라 그런 것 같습니다. 채 비서가 없는 동안 서 비서가 일정을 조정했었는데 쉽지 않은 것 같았습니다."

"음."

"회장님과 부회주님의 곁에 계셔서 그런지는 몰라도 채 비서가 뒤탈이 안 생기도록 내부 일정을 깔끔하게 처리하더군요."

통화를 끊은 수안이 내용을 전달하자 생각대로 진행이 되었는지 남자의 얼굴에 화색이 돌았다.

업무 때문에 대화하는 거겠지만, 묘하게 거슬렸다. 할 일이 끝났으면 얌전히 사라지면 그만이건만, 서 비서라는 사내는 굳어 있는 수안을 향해 실없이 웃으며 계속 말을 걸고 있었다.

서 비서의 이야기를 듣던 수안이 기척을 느낀 듯 무현을 향해 고개를 돌렸다.

"회주님."

서 비서 앞에서는 딱딱했던 얼굴에 미소가 감돌자 불쾌했던 감정이 아주 조금, 그나마 아주 약간은 풀어졌다. 수안이 저런 미소를 보여 주는 사람은 자신뿐이다.

무현을 발견한 서 비서가 몸을 숙여 인사를 하고는 안으로 다급히 들어갔다.

수안은 괜찮았지만 그녀에게 관심을 보이는 서 비서에게 그런 자비를 내릴 생각은 없었다.

"손 비서."

"네. 회주님."

"서 비서와 수안이 일 연관시키지 마."

서늘한 어조로 나오는 칼 같은 명령인데도 왠지 모르게 실소가 흘러나왔다. 유란의 생각대로 진행이 된 건 아니지만, 어쨌든 무현에게 수안이 약점이 된 건 확실했다.

어쨌든 당분간 서 비서와 수안은 멀리 떨어뜨려 놓는 것이 나을 것 같다.

어느새 가까이 다가온 수안이 손 비서에게 살짝 고개를 숙였다. 인사를 끝낸 후, 무현을 향해 고개를 돌린 수안이 상기된 목소리로 물었다.

"제가 늦은 건 아니죠?"

"음."

"무슨 일이라도 생겼나요? 서둘러 오라고 하셨잖아요."

"코코아값은 해야지."

"네?"

"물어볼 것도 있고 말이지."

무현의 손이 수안의 손목을 붙잡았다. 앞서가는 둘을 보며 손 비서가 고개를 숙였다.

　무슨 일이냐고 물어도 무현은 대답도 없이 수안을 차에 태웠다. 시동을 켠 무현의 차가 움직이자 기다리고 있던 나머지 차가 동시에 움직였다.

　무현이 데리고 간 매장 앞에서 수안이 고개를 갸웃했다. 이곳은 우현을 따라다니며 몇 번이나 왔었던 주얼리 매장이었다.

　"제가 모르는 사이에 코코아가 엄청 비싸졌나 봐요?"

　"음."

　수안의 반응에 무현이 그녀의 손을 붙잡았다. 그녀의 성격상 건네주는 대로 받을 리도 없었고, 사 달라고 매달릴 성격도 아니었다. 부담 된다며 도망이나 가지 않으면 다행이었다.

　"회주."

　"오랜만에 오는 거라 긴장되네."

　전혀 긴장하지 않는 얼굴로 긴장된다고 하니 미칠 노릇이었다. 그렇다고 마냥 따라 들어가기에는 이 매장에서 거래하는 주얼리의 가격이 머릿속에서 맴돌았다.

　"오셨습니까? 회주님."

　미리 연락이 갔었던 것인지 무현을 향해 말끔하게 차려입은 남자가 고개를 숙였다. 그의 인사를 적당히 받은 무현이 말했다.

　"내가 말한 건 준비했나?"

　"모두 끝내 놓았습니다. 이쪽으로 오시죠."

　앞서가는 남자의 뒤를 쫓는 무현을 수안이 붙잡았다. 무현과 눈을 마주친 수안이 옅게 입꼬리를 올렸다. 마음을 완전히 연 수안은 종종 저리 사람의 혼을 흔드는 미소를 지어 보였다.

"이렇게까지 안 해 주셔도 돼요."

"형이 사 준 건 받았잖아. 그나저나 그 팔찌는 버렸어?"

"아니요."

무현의 걸음이 중간에서 멈추었다. 왜 가지고 있느냐는 시선에 수안이 당당히 말했다.

"그게 얼마나 비싼 건데요. 그런 걸 어디에 버려요."

"그 자식이 준 거야."

"팔찌는 죄가 없잖아요."

맞는 말인데도 거슬리는 건 또 어쩔 수 없었다. 하지만 다른 사람도 아니고 우현이 준 걸 수안이 가지고 있는 게 마음에 들지 않았다.

멈췄던 걸음을 다시 옮기는 무현의 정적이 신경이 쓰였는지 수안이 먼저 그의 손을 붙잡았다.

"그때 뺀 이후로 그냥 상자에 넣어 놓았어요. 그 이후로 한 번도 꺼내 본 적 없어요."

예전에는 괜찮았던 무현의 침묵이 이제는 신경이 쓰였다.

"회주님이 주신 건 꼭 하고 다닐게요."

수안의 말에 제멋대로 휘몰아치던 짜증이 조금은 진정되었다. 그녀가 저런 말을 하면서 신경을 써 주는 사람은 자신뿐이었다. 우현의 팔찌가 여전히 거슬리기는 했지만, 어차피 그의 선에서 적당히 없애 버리면 그만이었다. 걱정하는 수안을 달래듯 무현이 잡고 있는 손에 힘을 주었다.

"하지만 무엇을 사 주시든 코코아보다는 비싸네요."

"그래야 네가 도망 안 가겠지."

무현의 말에 수안이 눈을 좁혔다. 그녀의 모습을 보던 무현의 입꼬리가 희미하게 올라갔다. 그의 모습에 수안이 입가에 옅은 미소를 지었다.

"이쪽입니다. 회주님."

남자를 따라 걸어가던 수안이 앞에 놓인 것들에 작게 탄성을 질렀다. 목걸이들이었다. 시선을 빼앗길 정도로 아름다운. 직업 때문에 액세서리를 하고 다니지는 못할 뿐 싫어하는 건 절대 아니었다.

"예쁘네요."

"회주님께서 심플하면서도 메인이 돋보이는 상품을 원하셔서 저희 제품 중 최상의 것들로 선별했습니다. 어떠신지요?"

수안에게 보이던 부드러운 눈은 어디에도 없었다. 마주하는 것만으로도 주눅 들게 하는 서늘한 눈으로 목걸이를 보던 무현이 수안을 보며 말했다.

"주인이 될 사람 마음에 들어야겠지."

무현의 말에도 어떻게 대답해야 할지 생각조차 나지 않았다.

무척이나 예쁘고 마음에도 들었지만, 이곳의 제품들의 가격이 머릿속에서 맴돌았다. 차라리 우현처럼 화려한 걸 보여 줬다면 마음에 드는 게 없다며 거절이라도 했겠지만 솔직히 그녀의 취향을 미리 알아 온 것처럼 앞에 놓인 목걸이들은 하나같이 시선을 끌었다.

"진짜 코코아 한 잔 값이 비싸네요."

수안의 말에 무현이 피식 웃음을 터트렸다. 어차피 여기서 안 산다고 하면 다른 곳에 가서라도 사게 할 사람이 무현이었다. 여전히 가격이 마음에 들지 않았지만, 그가 주는 선물을 하나 받고 싶은 욕심도 있었다.

천천히, 그리고 신중하게 나열된 목걸이를 보던 수안의 눈이 한곳에서 멈추었다. 원형의 메인 다이아몬드 주변에 작은 다이아몬드들이 채워져 있는 목걸이였다.

"한번 해 보시겠습니까?"

남자의 권유에 수안의 눈동자가 흔들렸다. 그래도 되는 것일까? 그녀의 대답보다도 무현이 먼저 다가왔다. 목걸이를 받아 든 무현이 수안을 보자 얌전히 머리카락을 한쪽으로 모았다.

천천히 오르는 열기가 머릿속 깊숙이 밀려드는 기분, 거울로 보이는 목걸이보다도 그녀의 목에 목걸이를 걸어 주는 무현의 손길이 먼저 느껴졌다.

"어떠십니까?"

"아!"

"이걸로 하지."

그를 보느라 답을 할 시간을 놓친 사이, 무현이 매니저에게 답을 하고는 수안에게 눈을 돌렸다.

"왜? 별로야?"

"아니요. 마음에 들어요."

순간 무언가에 홀린 것처럼 그에게 눈을 뗄 수 없었다. 목 끝에 느껴졌던 그의 손길에 뛰기 시작한 심장이 좀처럼 가라앉지 않았다.

"그럼 포장해 드리겠습니다."

"아니요. 이대로 하고 갈게요."

그에게 했던 말을 지키려는 것처럼 수안이 곧바로 답을 했다.

"그럼 기본적인 처리만 곧바로 해 드리겠습니다."

매니저가 사라진 후, 무현을 보며 수안이 멋쩍은 미소를 지었다. 유난을 떨며 고맙다는 말을 하지 않아도 표정에서 전부 드러났다. 매니저 몰래 수안이 무현의 손을 조심스럽게 붙잡았다.

안타깝게도 조심스러운 수안과는 달리 무현은 지금의 감정을 천천히 시작하고 싶은 마음이 없었다. 미소를 짓는 그녀의 눈에 짧게 입술을 맞춘 그가 얼굴을 숙였다.

"회주님! 여기서……."

안 된다는 말은 입맞춤이 시작되며 삼켜졌다. 입안을 파고든 그가 언제나처럼 그녀에게 자신의 흔적을 남기었다. 마주하는 시선에서 느껴지는 그의 열기에 수안의 얼굴에 홍조가 일었다.

무현을 밀어내는 대신 수안이 그의 목에 팔을 감았다.

매장을 나오자마자 수안의 걸음이 멈추었다.

몸이 회복되면서 엉망이었던 감각 또한 점점 나아지면서 느껴지지 못했던 것까지 느낄 수 있게 되었다.

"회주님."

앞서가려는 무현을 수안이 붙잡았다. 수안의 눈이 주변의 차와 사람들에게로 향했다.

무현이 차를 직접 운전해도, 그의 주변에는 언제나 그를 경호하는 인원으로 최소 열다섯은 따라붙었다. 하지만 지금 그 이상

의 인원이 무현과 수안의 주변에 있었다. 하물며 몇몇은 낯이
익기까지 했다.

우현의 사람들. 수가 많은 건 아니었지만 분명 이곳을 주시하
고 있는 인원은 우현의 수족 같은 이들이었다.

"손 비서님을 모셔 오는 것이 좋겠습니다."

"걱정돼?"

"회주님!"

"지금 할 수 있는 일이라고는 나에 대한 보고뿐이겠지."

수안의 몸이 나아지면서 우현 또한 빠르게 회복되어 갔다. 상
처의 대부분은 나았지만, 다친 다리의 회복이 더뎌지고 있다고
했다. 우현이 다시 걷게 된다면, 그래서 자신을 찾아온다면…….

"아…….'"

무현의 손가락이 수안의 이마에 닿았다. 다른 사람보다는 조
금은 서늘한 감촉에 거듭 이어지던 상념이 멈추었다.

"괜찮아."

마치 그녀를 보고 있는 것처럼, 그녀가 무엇을 생각하는지 또
무엇을 걱정하는지 물어보지 않아도 아는 것처럼. 무현의 손을
잡을 때부터 각오했던 일이었다. 어차피 이제부터 감당해야 할
일이었다.

"괜찮아요."

무현의 말에 대답을 하듯 수안에게서 같은 말이 흘러나왔다.

자신이 처음으로 선택한 일이자 상대였다. 청운회를 나가려
했던 다짐조차 버린 채, 잡은 사람이었다.

"회주님께 저는 드릴 게 없네요."

"이미 줬잖아."

"네?"

"나와 전혀 안 닮은 곰 한 마리."

눈을 동그랗게 뜨고 있던 수안이 순간 웃음을 터트렸다. 그녀의 웃음소리에 무현의 눈이 커졌다. 옅게 미소를 짓기는 했어도 저렇게 환하게 웃는 모습은 또 처음이었다.

기분 좋은 소리에 심장이 뛴다.

"닮았어요!"

"적어도 그 곰보다 눈은 커."

수안에게서 기분 좋은 웃음소리가 연이어 들려왔다. 그 곰과 닮았다는 말에는 절대 동의할 수는 없지만, 그래도 그 곰 때문에 수안이 저리 웃고 있으니 좋았다.

"지금 모습, 형에게 보여 주고 싶은데 어때?"

웃음을 멈춘 수안을 보며 무현이 입꼬리를 올렸다.

청운회의 양자로 들어온 이래, 무현은 우현의 방패막이일 뿐이다. 아무리 몸부림을 치고 실적을 내도, 가장 마지막까지 떨쳐 낼 수 없는 존재가 회장의 친아들인 우현이었다.

약간은 심술일 수도, 비틀린 열등감일지도 모른다.

"부회주님은 관심조차 안 가지실 거예요."

우현에게 수안은 하라는 대로 하는 얌전한 인형이었을 뿐이다. 여자를 소모품으로 아는 우현에게 그녀의 존재가 특별한 영향을 줄 리가 없다.

"그럴까?"

무현의 표정에서 정체를 알 수 없는 장난기가 느껴졌다. 지무

현에게 장난기라고 말하니 이상했지만, 적어도 지금의 상황을
즐기는 것 같은 기분까지 들었다.

이런저런 생각을 하던 수안이 미소를 지었다. 무현이 무슨 생
각인지 알 수는 없었지만 자신이 할 수 있는 한 그에게 도움이
되고 싶었다.

붉어진 얼굴로 무현에게 다가간 수안이 그의 품에 조용히 안
겼다. 그의 몸에서 나는 향에 심장이 두근거렸지만, 피하는 대
신 무현에게 몸을 밀착했다.

수안의 손가락이 무현의 뺨에 닿았다. 잠시 부끄러워하던 수
안이 이윽고 결심한 듯 무현의 입술에 자신의 입술을 갖다 댔
다. 맞닿은 입술에서 따뜻한 기운이 훅 몰려왔다.

입술을 뗀 수안의 상기된 얼굴이 보기 좋았다. 그를 자신의
품으로 끌고 온 수안이 무현의 머리카락을 어루만졌다.

"부회주님께 무엇을 보여 주신다는 건지 모르겠지만……."

수안이 이끄는 대로 어깨에 얼굴을 묻은 무현이 눈을 감았다.
코를 묻고 숨을 들이마시니 달콤한 체향이 그를 흔들었다. 무현
을 안은 수안이 그의 귓가에 작게 속삭였다.

어깨에 얼굴을 묻었던 그가 놀란 눈으로 수안을 바라보았다.
터질 것처럼 빨갛게 달아오른 수안이 차로 몸을 돌렸다. 도망가
려는 수안의 손을 무현이 붙잡았다.

우현에게 보여 주려 했던 심술은 어느새 사라져 있었다.

부끄러워하는 수안을 품에 안은 무현이 안고 있는 팔에 힘을
주었다.

"후우."

물리치료를 받는 우현의 이마에서 땀이 흘러 얼굴을 타고 내렸다. 상처는 거의 다 나았지만 망할 다리가 문제였다. 꾸준히 물리치료를 받으면서 쉬면 나아질 것이라 했건만 두 달이 지나도 마음대로 걷기 어려웠다.

물리치료사가 하라는 대로 걸음을 옮기던 우현이 얼굴에서 느껴지는 통증에 미간을 찌푸렸다.

"젠장."

잊을 만하면 수안의 미소가 다시 생각났다.

지금까지 곁에서 놓지 않았던 여자들까지 피해 가며 지워 보려 했지만 그럴수록 무현을 보며 안심하는 그녀의 얼굴이 또렷이 생각날 뿐이었다.

'내 얼굴을 이렇게 만들어 놓고 그렇게 행동하면 안 되는 거잖아.'

다시 만나게 된다면 자신의 얼굴을 이렇게 만들어 놓은 것처럼 수안의 얼굴도 똑같이 만들어 주리라 이를 갈았다. 그랬던 결심이 성훈의 발표 하나에 산산조각 나 버렸다.

"도대체 언제쯤 제대로 걸을 수 있는 거지?"

우현의 물음에 물리치료사가 몸을 움찔거렸다.

"꾸준히 한 달은 치료받으셔야 제대로 걸으실 수 있습니다."

"하라는 대로 하고 있는데 왜 한 달이나 있어야 하는 거냐고!"

우현의 불평에 물리치료사가 고개를 숙이는 것으로 조용히 넘겼다.

어설픈 대답은 그의 분노를 자초할 뿐이었다. 무현에게 완전히 패배한 후로는 그의 얼굴에서 여유로운 행동도, 부드러운 미소도 사라졌다. 뒤틀릴 대로 뒤틀린 표정에 깃든 감정은 분노와 증오뿐, 방향을 잃은 감정이 향한 곳은 주변의 관리인들이었다.

"시간이 없단 말이다!"

신원의 사장으로 있었지만 직위는 더 이상 의미가 없었다. 사장인 그를 제외한 신원의 임원들은 이미 무현의 사람으로 채워진 뒤였다. 신원의 누구도 더는 우현에게 보고를 하지도 않았고 그의 지시를 들으러 오지도 않았다.

'이대로 당할 줄 알고.'

방패막이에게 전부 빼앗길 생각 따위 전혀 없다. 다리에서 느껴지는 고통을 참으며 우현이 물리치료사가 하는 대로 몸을 움직였다.

"부회주님."

노크와 함께 들어온 비서가 우현을 향해 몸을 숙였다. 그를 본 우현이 전부 나가라며 손짓했다.

모두를 내보낸 우현이 의자에 앉자 비서가 수건과 함께 가져온 봉투를 내밀었다. 수건으로 땀을 대충 닦은 우현이 봉투 안에 든 것을 꺼냈다.

"머리 바꿨네?"

"몸 상태가 좋아지면서 이쪽을 눈치챈 터라 혼자 있는 사진을 찍지는 못했습니다. 지금 보고 계신 건 며칠 전 사진입니다."

언제나 긴 머리카락을 하나로 묶고 다녔던 수안이 머리를 풀고 있었다. 고수해 왔던 생머리가 펌으로 인해 세련되게 바뀌어 있었다. 그리고 표정도 헤어스타일이 바뀐 것처럼 새로워 보였다. 게다가 이런 편안한 표정이라니.

"지금 몸 상태는?"

"오늘부터 출근한다는 말이 있는 것으로 봐서는 몸은 거의 나았다고 생각하시면 될 것 같습니다. 그리고 지금 보시는 건……."

보고를 하던 비서가 달라지는 분위기에 숨을 삼켰다. 우현의 반응이 저렇게 나올 것이라는 걸 알면서도 보고를 안 할 수 없었다. 하지만 수안을 우현만큼이나 곁에서 지켜봤던 그였다. 그에게도 수안의 저런 표정은 낯설었다.

"놈이랑 여길 갔었다고?"

"네."

"다른 년의 물건을 사러 갔겠지. 아니면 저가 쓸 걸 사러 갔든가?"

"알아본 바로 회주님께서 구매하신 건 채 비서의 목걸이였다고 합니다."

비서의 말을 듣던 우현이 숨을 삼켰다. 지독할 정도로 조용한 우현에게서 숨조차 내쉬기 어려운 압박이 느껴졌다.

핏줄이 터져 붉어진 눈이 무현과 나오는 수안에게로 향했다.

무현을 보는 수안의 표정이 낯설었다. 우현이 아는 수안은 저렇게 환하게 웃는 여자가 아니었다. 빨라진 손길이 사진을 계속해서 넘겼다. 간신히 가라앉힌 감정이 머리끝까지 치밀었다. 파르르 떨리는 입술에 믿을 수 없는 눈이 마지막 사진에서 멈췄다.

"망할……."

수안은 절대 남자에게 먼저 다가가지 않았다. 그의 곁에 오래 있었지만, 언제나 우현이 먼저 잡아끌어야 간신히 곁을 내주었던 여자였다. 그랬던 수안이 무현에게 먼저 손을 대고 있었다. 무슨 이야기를 했는지 세상을 전부 가진 것 같은 눈으로 무현이 그녀를 바라보고 있었다.

"역시 널 내보낸 게 잘못이었어."

얼굴에 남은 흉터가 아프다.

자신은 이렇게 아픈데 망할 방패막이는 자신의 것을 보며 웃고 있었다.

"본가를 나가겠다는 널 절대 막았어야 했는데."

트라우마를 말하지 않는 수안이 궁금했을 뿐이었다. 자신은 관심을 가지고 물어본 것인데 겁에 질린 수안은 그것만은 봐 달라며 몸을 숙여 대니 짜증이 났을 뿐이었다. 그래서 어떤 건지 궁금해서 그때의 상황을 똑같이 만들었을 뿐이다. 그리고 반쯤 정신을 놓은 것처럼 수안이 발작했고, 그걸 하필 성훈이 발견했다.

나가고 싶다는 수안의 말에 우현은 반대했지만, 성훈을 이길 수는 없었다.

"난 널 놔준 적이 없어."

무현이라니. 있을 수 없는 일이다. 무언가가 잘못되어도 단단히 잘못되었다. 몸의 고통만큼이나 숨을 쉬기 힘들었다. 별 볼 일 없는 물건이었던 그녀가 이제는 머릿속에서 사라지지 않았다.

"넌 내 거여야 해."

성훈이 주었고, 그가 소유했다. 그러니 수안의 미소도, 그녀도 전부 자신의 것이다.

저 자리에 있어야 할 사람은 무현이 아니라 자신이다.

"차 준비해."

"부회주님. 아직 움직이시면 안 됩니다."

"차 준비하라고!"

다시 시작된 광기에 비서가 밖의 사람을 불렀다. 전력으로 자신을 붙잡는 이들에게 욕설을 퍼부으며 우현이 광기를 터트렸다.

이러고 있을 때가 아니다.

손에 움켜쥐고 있던 모래처럼 그의 것이 하나씩 손안에서 빠져나가고 있었다.

"아아악!"

❖

눈 깜짝할 새에 시간은 흘러갔다.

연애는 연애였고, 일은 일이었다. 잠깐의 평화가 꿈이었던 것처럼 현실로 돌아오자 눈코 뜰 새 없이 바쁜 일상이 다시 시작되었다.

"오늘까지라고 하셨나요?"

무현이 머무는 곳의 가정부인 중년 부인에게 수안이 묻자, 그녀는 보기 좋은 미소를 지었다.

"네."

"2년이나 계셨는데 아쉽네요."

"그러게 말이에요. 그래도 아들이 같이 살자고 하니 또 거절할 수도 없잖아요."

중년 부인의 웃음에도 수안의 눈은 그대로였다. 수안은 차분하게 말을 이었다.

"월급과 퇴직금은 이미 계좌로 보내 드렸습니다. 그동안 고생하셨습니다."

"뭘 그렇게까지…… 나야말로 고마워요."

"그럼 주머니에 넣어 놓으신 USB는 주고 가세요."

"네?"

중년 부인이 무슨 소리냐는 듯 입꼬리를 올렸다. 미소를 짓던 부인이 손을 뻗는 순간 수안이 재빨리 움직였다. 몸을 빼서 공격을 피한 수안이 뒤로 가 한쪽 팔로 그녀의 목을 감쌌다. 목을 감싼 팔이 압박하는 사이, 다른 손으로 그녀의 뒤통수를 잡아챘다.

"컥!"

반항조차 제대로 하지 못한 채 중년 부인의 몸이 바닥에 늘어졌다. 그녀가 쓰러지는 것과 동시에 복도의 반대편에서 세 명의 사내들이 이쪽으로 달려왔다. 이미 부인을 제압할 때부터 사내의 기척을 느끼고 있던 수안이 먼저 움직였다.

가장 앞서 오는 사내의 다리를 건 수안이 쓰러진 사내를 지지대 삼아 두 번째로 오는 사내를 향해 몸을 날렸다. 단숨에 가까워진 거리에 사내가 당황하는 사이 수안의 팔꿈치가 사내의 뺨을 가격했다.

단숨에 사내 둘을 쓰러뜨린 가운데 남아 있는 사내가 허리춤에 숨겨 놓은 칼을 꺼냈다. 쓰러진 사내의 머리를 발로 찬 수안이 목으로 밀고 오는 칼을 아슬아슬하게 피했다.

수안이 공격을 피하자 중심을 잃은 사내가 몸을 휘청거렸다. 그 짧은 순간을 놓치지 않은 수안이 사내의 복부에 힘껏 주먹을 내질렀다.

"컥!"

배를 붙잡고 쓰러진 사내의 뺨에 수안이 주먹을 휘둘렀다. 비명조차 지르지 못한 채, 쓰러진 사내를 보며 수안이 힘든 한숨을 내쉬었다.

"채 비서님."

일이 끝나자마자 달려오는 이들에게 쓰러진 사내들의 정리를 부탁한 수안이 여인의 주머니에 있던 USB를 꺼냈다. 들고 있던 것을 주머니에 넣은 수안이 조용한 숨을 내쉬었다. 며칠 내내 큰일 없이 무난하게 지나갔나 싶더니 이상하게도 오늘은 느낌이 좋지 않았다.

지잉.

휴대폰을 꺼낸 수안이 눈을 좁혔다. 특별한 일이 없는 한, 청운회 소속인 그녀에게 회사 안내 데스크에서 직접 연락이 올 리 없다.

"채수안입니다."

– 채 비서님. 사장님을 찾아오신 분이 계신데 내려오셔야 할 것 같습니다.

"내려가겠습니다."

좋지 않은 느낌을 애써 외면하며 수안이 휴대폰을 주머니에 넣었다. 인사를 하는 이들을 지나쳐 수안이 얼른 엘리베이터에 올라타 버튼을 눌렀다.

아래층에 도착하자 문이 열리고 수안이 나왔다. 연락을 준 이들이 그녀를 향해 고개를 숙였다.

"무슨 일이……."

말을 맺기도 전에 애써 가라앉혔던 수안의 심장박동이 다시 급하게 뛰기 시작했다.

잊고 있었다. 아니 외면하고 있었다는 것이 더 정확했다.

무현이 몰래 숨기고 있었던 여자. 무슨 관계인지 알지 못했지만 적어도 무현에게 '그녀'의 존재는 특별했다.

"안녕하세요. 사장님 수행비서인 채수안이라고 합니다."

불안하게 주변을 보던 여자가 수안을 향해 몸을 돌렸다.

무현이 특별하게 여기는 여자라는 것을 알면서도 마주한 그녀에게 적의가 들지 않았다.

"아! 지난번에 본 분이네요. 안녕하세요."

수안을 보던 여자가 환한 미소를 지었다. 무현에게 보여 주었던 미소와 똑같은 미소가 여자에게 생겨났다.

무슨 관계일까? 혹 자신이 생각하고 있는 가장 최악의 관계는 아니기를 간절히 바랐다.

"실은 지무현 사장님을 뵈러 왔는데요."

"무슨 일로……."

말은 허공에서 멈추었다. 수안의 눈이 커지며 여자 너머에 있는 사람에게로 향했다.

"여기 있었네?"

마주한 이의 얼굴엔 흉측한 흉터가 길게 나 있었다. 자신도 모르게 수안이 여자를 자신의 뒤로 끌어왔다.

"부회주님."

가라앉아 있던 두려움이 그녀의 몸을 휘감았다. 진정하려 했지만 한번 시작된 떨림은 좀체 멈출 줄을 몰랐다.

"잘 지냈어?"

수안이 어떤 눈으로 보는지 상관없다는 듯 우현이 환한 미소를 지었다.

#9.

　오랜만에 보는 우현은 예전과 똑같았다. 여유로운 걸음걸이,
시선을 끄는 매력적인 미소와 부드러운 눈.
　뺨에 길게 늘여진 흉터.
　흉터를 보는 순간 같다고 생각했던 분위기는 순식간에 바뀌
었다.
　"부회주님."
　저 흉터를 만든 사람은 자신이다. 그리고 지금 그녀의 뒤에는
무현이 지키려는 여자가 있었다.
　어떻게 행동해야 하는가?
　고민은 짧았고, 결정은 빨랐다. 이 여자가 누구든 간에 무현
이 지키는 사람이라면 수안 또한 지켜야 했다.
　"저기…… 저분은……."

좀 전까지고 밝은 표정이었던 여자가 창백한 얼굴로 우현을 보고 있었다. 하지만 우현의 시선은 여자가 아닌 수안을 향해 있었다.

"모르는 척하고 계세요."

여자의 눈이 수안을 향했다. 괜찮다는 듯 입꼬리를 올린 수안이 휴대폰을 꺼내 빠르게 메시지를 남겼다. 우현이 이 여자를 아는지 모르는지 확신할 수 없지만, 수안은 최대한 여자를 숨겨야 했다. 그녀를 흔드는 공포를 애써 억누르며 수안이 주먹을 힘껏 쥐었다.

"잘 지냈어?"

심장박동이 빠르게 뛴다. 도망치고 싶었지만 그럴 수 없었다. 결국에는 마주해야 하는 상황, 잘 지나갈 수 있다. 그렇게만 생각했다.

"부회주님."

우현에게 어설픈 수작은 통하지 않는다. 우현을 향해 수안이 몸을 숙였다.

"좋아 보이네."

"……."

"손님이 있으시네? 누구야?"

"사장님을 찾아오신 분입니다. 그룹 비서님이 내려오셨어야 했는데 회의 중이셔서 제가 내려왔습니다."

일부러 '회주'가 아닌 '사장'이라 불렀다. 회사에 온 손님이라는 것을 강조하듯 인사를 끝낸 수안이 여자를 향해 미소를 지었다.

"곧 안내할 사람이 올 것입니다. 그때까지만 기다리세요."

수안의 말에 여자가 어색한 미소를 지었다. 여자에게 시선을 준 수안이 우현에게로 몸을 숙였다.

"잠시만 기다려 주십시오."

수안의 행동을 보던 우현이 입꼬리를 올렸다.

자신을 보자마자 수안이 어떻게 행동할지 궁금했었다. 겁에 질려 자리에서 주저앉을까? 그게 아니면 도망을 칠까? 하지만 역시 수안은 다른 여자들과는 달랐다. 두려워하면서도 피하기보다는 몸을 숙였다. 자신이 우현보다 아랫사람인 것을 잊지 않고 철저히 복종하는 행동을 보였다.

그녀의 낮은 자세에 치밀던 분노가 조금은 사그라졌다.

"바쁜 일 없으니까 편하게 해."

우현의 미소를 보며 수안이 마른침을 삼켰다. 다행히 우현은 여자에게 관심을 갖지 않았다. 유 비서가 그녀를 엘리베이터에 태워 올라가기만 하면 한시름 놓을 수 있을 것이다.

"아……."

엘리베이터가 열리고 나온 서 비서의 모습에 수안의 눈이 딱딱하게 굳었다. 서 비서는 그룹이 아니라 무현의 수행비서로 청운회에서 보낸 사람이었다. 수안이 어떻게 표정으로 보고 있는지 상관없다는 표정으로 서 비서가 말했다.

"회의가 길어지고 있어서 유 비서님이 자리를 비우기 어렵다고 하시네요. 제가 대신 내려왔습니다. 안내해 드리겠습니다."

수안에게 말을 전하고 서 비서가 우현을 향해 고개를 숙였다. 서 비서와 짧게 시선을 교환한 수안이 여자를 보며 괜찮다는 미소를 지었다. 그제야 여자가 조용히 서 비서와 함께 걸음을 옮겼다.

"따르겠습니다."

재미있다는 얼굴로 수안을 보던 우현이 느닷없이 손목을 붙잡았다. 갑작스러운 접촉에 당황한 수안이 몸을 뒤로 빼려 했지만, 그럴수록 잡고 있는 손에 힘을 주었다.

"부회주님!"

"가자."

놔 달라는 수안의 말을 넘기며 우현이 거침없이 걸음을 옮겼다.

본가로 끌려갈지도 모른다는 그녀의 걱정과는 다르게 우현이 수안을 데리고 간 곳은 회사 주변에 있는 카페였다.

수안과 우현이 앉자마자 창백하게 질린 직원이 두 잔의 커피를 가져와 내려놓고, 카페 직원과 우현의 뒤를 지키던 남자가 함께 사라졌다. 넓은 카페에 단둘이 있는 건 부담스러웠지만 어차피 그녀에게는 선택권이 없었다.

"움직이셔도 되는 것입니까?"

낮으면서도 조심스러운 목소리가 그녀다웠다.

참 알 수 없는 일이었다. 내내 그의 정신을 갉아먹던 통증이 지금만큼은 느껴지지 않았다. 진통제를 맞아도 나아지지 않던 통증이 수안과 함께 있는 것만으로도 가라앉는 기분이었다.

우현의 손가락이 뺨을 가리켰다.

"여기."

뺨에 닿았던 손가락이 이번에는 다리를 향했다.

"여기."

우현이 가리키는 다리와 뺨을 보던 수안이 떨리는 숨을 애써 삼켰다. 그런 수안을 보며 우현이 빙긋 미소를 지었다.

"진통제를 맞아도 아프네. 통증이 잘 사라지지는 않을 것 같아."

우현을 상대하는 건 무서웠지만 아직까지는 참을 수 있었다.

"죄송합니다. 부회주님."

"겨우 사과하는 거로 끝내려고?"

우현이 웃자 일그러지는 흉터가 섬뜩했다. 외모에 신경 쓰는 그에게 저 흉터는 치명적이다. 그리고 저 상처를 만든 사람은 다름 아닌 자신이었다. 살기 위해 그랬다는 핑계는 우현에게는 통하지 않았다.

수안이 주머니에 넣고 다니던 잭나이프를 꺼내어 우현에게 내밀었다. 그녀의 생각을 무현이 알면 기함할 일이었지만, 지금 그녀가 생각할 수 있는 최선이었다.

"똑같은 대가를 원하신다면 이 자리에서 하셔도 됩니다."

수안의 잭나이프를 만지던 우현이 재미있다는 시선으로 그녀를 바라보았다. 마주하는 눈에 저를 향한 두려움이 보이기는 했지만 거짓은 보이지 않았다. 나이프의 날카로운 면을 손가락으로 훑던 우현이 수안을 보며 입꼬리를 올렸다.

"내가 이걸로 목을 그을 수도 있는 거잖아?"

"죽일 생각이셨다면 절 보자마자 죽이셨겠죠. 얼굴에 흉터가 생기는 대신 살 수 있다면 그렇게라도 하고 싶습니다."

자신의 눈은 틀리지 않았다. 놀고 즐길 여자는 많았지만, 수안은 그런 이들과는 달랐다.

하루에도 몇 번씩 흉터에서 느껴지는 고통이 그를 미치게 했지만, 수안을 보는 순간 고통이 사라졌다. 이러니 더더욱 우현은 수안을 놔줄 수 없었다.

"미안해."

우현의 말에 수안이 눈을 꿈틀댔다. 그녀의 모습을 하나도 놓치지 않고 바라보던 우현이 그녀에게 나이프를 돌려주었다.

"그날은…… 내가 너한테 못할 짓을 한 것 같아."

자리에서 일어난 우현이 수안에게 다가갔다. 긴장하는 수안에게 부드러운 미소를 지은 우현이 그녀의 머리카락을 어루만졌다.

"네가 날 밀어내는 게 싫었어."

지금 이 순간 수안의 시선을 받는 건 자신뿐이었다. 온몸이 넝마가 되어 누워 있는 순간에도 생각난 건 수안의 저 눈이었다. 자신에게 처음 왔을 때부터 수안의 저 시선은 그만의 것이었다.

"네가 사라질까 봐 두려워."

"……."

"수안아. 네가 필요해."

우현에게 비록 선을 긋기는 했지만, 기본적으로 수안은 여리고 부탁에 약한 사람이었다. 강하게 끌고 가려 한 그의 계획은 실패했다. 도리어 그 일을 계기로 수안은 무현에게 마음이 기울었다.

실수는 한 번으로 그만, 수안을 데려오는 일은 우현에게 어려운 일이 아니었다.

"한 번만 네가 도와줘. 네가 원하는 걸 내가 이뤄 줄게."

두려움에 젖어 있던 눈이 차분히 가라앉았다. 우현은 원하는 걸 이루어 줄 수 없다는 것을 알면서도 혼란스러웠었다. 우현이 변하지 않았다는 것을 알면서도 필요하다며 속삭이는 말에 당황했다.

"제가 원하는 걸 해 주시겠다는 말씀이십니까?"

우현이 고개를 끄덕였다. 수안이 우현을 아는 것처럼, 그 또한 수안을 잘 알았다. 우현이 왜 저런 약한 모습으로 그녀에게 속삭이는지 알고 있다. 결국 수안을 무현에게서 데려올 생각으로 흔드는 것이었다.

"전에는 누가 회주가 되어도 상관없다고 생각했습니다. 나갈 수만 있다면 누가 회주가 되어도 연관이 없으니까요."

괜찮을 거라 생각한 건 착각이었다. 그리고 또다시 되돌아온 현실에 피로가 한꺼번에 밀려왔다. 우현이 나선 이상 무현 말고는 이 상황을 깨 줄 사람은 없다.

"회주님의 곁에 있을 수 있는 방법이 청운회에 남는 것뿐이라면 남아 보려 합니다."

지독한 정적이 둘 사이에 흘렀다. 심지어 수안을 보는 우현의 눈이 희미하게 떨고 있기까지 했다. 빠르게 뛰는 심장 소리 외에 아무것도 들리지 않았다. 노려보는 시선에도, 그녀는 평온했다.

힘들어하는 수안을 움직이게 했었던 마법의 말이 통하지 않게 된 순간이다.

"내가 필요하다고 했잖아."

"죄송합니다. 부회주님."

"내가! 내가 널 청운회 밖으로 내보내 준다고 말했잖아!"

지독한 상실감과 분노가 그를 집어삼켰다. 평생을 나가고 싶다는 생각만으로 버텼던 수안이 고작 방패막이 하나 때문에 변했다.

"저라도 괜찮다면."

여전히 트라우마에서 벗어나진 못했지만, 종종 그녀를 집어삼키는 공포에 아무것도 하지 못했지만…… 그럼에도 생에 딱한 번 욕심을 내고 싶었다.

"그 사람과 함께하는 삶을 욕심내고 싶습니다."

상실감과 분노를 넘어선 초조가 우현을 집어삼켰다. 무현에게 지다니 있을 수 없는 일이다. 수안이 지우현이 아니라 지무현을 선택하다니 용납할 수 없었다.

"그동안 감사했습니다. 이만 가 보겠습니다."

우현을 향해 몸을 숙인 수안이 몸을 돌렸다. 그때 우현의 목소리가 들려왔다.

"누구 맘대로……."

몸을 돌리자 다가온 우현이 수안의 손목을 붙잡았다. 힘껏 붙잡힌 손목이 아프다 못해 쓰렸다. 놔 달라고 하려던 수안이 우현의 표정에 말문이 막혔다. 상처를 받은 것 같기도 화가 난 것 같기도 했다. 수안은 단 한 번도 우현의 저런 표정을 본 적이 없다.

"잘못 생각하고 있는 거야. 방패막이라니, 그놈이 뭐라고……
그놈 따위가 뭐라고!"

"살고 싶습니다."

격하게 토해 내던 우현의 말이 허공에서 멈추었다.

"이젠 살고 싶습니다. 부회주님."

"……."

"회주님의 곁이라면 살아갈 수 있을 것 같습니다."

힘껏 붙잡고 있던 우현의 손에 힘이 빠졌다. 단 한 번도 우현
은 수안의 손을 먼저 놓은 적이 없었다. 우현에게서 손을 빼낸
수안이 고개를 저었다.

마치 넌 아니라는 것처럼, 이제는 보내 달라는 것처럼.

"누구 마음대로 나한테서 등을 돌려."

무언가 잘못되었다. 감히 채수안 주제에 자신을 거부하다니.

"부회주님."

"다시 자리를 잡으려면 시간이 걸리겠지. 하지만 괜찮아. 내
곁에 있다 보면 다시 정신을 차릴 테니까. 데려가."

우현의 말이 끝나자마자 굳게 닫혀 있던 문이 열렸다. 그리고
열린 문으로 들어오는 사내를 보는 수안의 눈이 커졌다.

"회주님."

무현의 등장에 안도한 것도 잠시, 그의 서늘한 표정에 수안이
숨을 삼켰다. 서늘하고 날카로운 시선에 자신도 모르게 수안의
몸에 힘이 들어갔다.

그녀를 노려보던 눈을 우현에게 돌린 그가 싸늘하게 내뱉었
다.

"저기서 대기하던 놈들을 살려 놓긴 했는데 본가까지 형을 데려갈 수 있을지는 모르겠군."

"너!"

"이번까지야. 다음엔 형을 어떻게 할지 나도 자신을 못 하겠어."

무현의 협박에 우현이 입을 열려 했지만 그보다도 그가 먼저 움직였다. 성큼성큼 수안에게 걸어온 무현이 그녀를 잡아챘다. 말을 꺼내기도 전에 무현의 손에 끌려 밖으로 나갔다.

잡혀 있는 손목이 유난히 아팠다. 얼마 전 본가에서도 이렇게 잡혀 있었지만, 그때와는 느낌이 달랐다. 내민 손을 마주 잡은 이후로 어떤 상황에서도 무현은 저런 차가운 눈으로 그녀를 본 적이 없었다.

"회주님!"

납치당하듯 차에 오르자마자 무현이 시동을 걸었다. 손 비서와 다른 이가 따라오기도 전에 출발한 차가 다른 차들 사이를 아슬아슬하게 빠져나갔다.

"이러시면…….."

"도착해서 이야기해."

정적이 무겁게 내려앉았다. 빠르게 도심을 빠져나간 차가 고속도로를 타고 이동했다. 무현과 수안의 휴대폰이 끊임없이 울렸지만 받지 않았다. 1시간이 지난 후에야 목적지에 도착했다. 피곤이 몰려온다.

"내려."

서늘한 말에 수안이 떨리는 숨을 길게 내쉬었다.

어디를 데리고 온 것인지는 모르지만 눈앞에 보이는 건 작은 정원이 딸린 2층 저택뿐이었다. 손 비서를 포함한 이들을 따돌리고 온 터라 주변에는 어떤 기척도 느껴지지 않았다

"아!"

나오자마자 무현이 수안의 손을 붙잡고 걸었다. 저택의 문을 연 무현이 수안을 그 안으로 밀어 넣었다.

"저 잘못한 거 없어요."

문이 닫히자마자 나오는 수안의 말에 무현이 미간을 꿈틀댔다. 결국 아슬아슬하게 억누르고 있던 분노가 한꺼번에 터졌다.

"한 번도 아니고 몇 번이나 널 죽이려 한 놈을 혼자 따라가고서는 잘못한 게 없어? 지나간 일이니 상관없다는 건가? 아니면 그때 안 죽었으니 괜찮다는 건가?"

"그런 거 아니에요!"

"내가 안 왔으면 너 그놈에게 끌려갔어! 왜? 끌려가서 무슨 짓을 당할지 기대라도 됐어?"

수안에게 속삭이는 우현의 모습이 머릿속에서 지워지지 않았다. 차라리 지난번처럼 무력으로 수안을 끌고 가려 했다면 이렇게까지 화가 치밀지 않았을 것이다.

일부러 약한 모습을 보여 수안을 흔들었다. 갖잖은 모습으로 수안을 현혹시켜 자신의 것으로 만들려 했다. 그가 조금이라도 늦게 도착했다면 어떻게 되었을까? 생각만으로도 눈앞이 깜깜해졌다.

"회주님!"

"왜? 기회잖아? 쓸모없는 방패막이가 아니라 회장의 친아들이니 청운회의 안주인이 될 수도 있고 말이지. 안 그런가?"

이제야 제 손을 잡고 웃기 시작한 여자가 흔적도 없이 사라질 뻔했다. 분명 제 품에 안겨, 함께하고 있는데 수안은 여전히 없어져 버릴 것처럼 불안했다. 온몸을 휘감은 분노가 그를 완전히 집어삼키는 기분이었다.

"하실 말씀 전부 하셨나요?"

수안의 반응에 무현의 눈썹이 꿈틀댔다.

같이 언성을 높일 줄 알았던 수안이 아무 말도 하지 않았다. 물끄러미 무현을 보던 수안의 눈에 물기가 서렸다.

"회주님의 그분을 지키려면 제가 부회주를 따라가는 수밖에 방법이 없었어요. 시간을 끌다 보면 회주님이 오실 테니까. 그때까지만 버티면 된다고 생각했어요."

"그렇게 미련스럽게 상대할 필요는 없었어!"

"그 아가씨에 대해 제가 아는 것이라고는 회주님이 아끼시고 보호하는 분이라는 것밖에 없죠. 그렇다면 그 상황에서 제가 할 수 있는 건 미련스러워 보일 수 있어도 그게 맞아요. 제 일은 회주님을 경호하고 회주님의 일을 보좌하는 것이니까요."

"……."

수안이 차분히 말을 꺼내니 무현의 기세가 조금은 꺾였다. 무현에게 화가 나지 않은 건 아니었다. 당장에라도 끝내자며 문을 박차고 나가고 싶은 충동이 일었지만 수안은 참아 냈다.

그의 말대로 무현이 오지 않았다면 지금 우현에게 무슨 일을 당했을지 알 수 없었다. 그의 걱정도 이해가 됐기에 대화를 하고자 했다.

"좀 더 시간을 끌어야 했는데 그게 잘되지 않았어요. 부회주님의 행동에 울컥한 나머지 속마음이 나왔으니까요."

"무슨 속마음?"

"회주님의 곁이라면 살아갈 수 있을 것 같다고 했어요."

언제 그랬느냐는 듯이 가라앉았던 심장이 그녀의 말 한마디에 다시 빠르게 뛰었다. 어찌할 바를 모르는 무현을 보며 수안이 힘없는 미소를 지었다.

"회주님께서는 절 얼마나 알고 계신지는 모르지만, 전 회주님에 대해 아는 게 그다지 없어요."

그래도 같이 있고 싶다. 누구도 믿을 수 없는 이곳에서 그래도 한 명 정도는 믿고 의지하고 싶은 사람이 생겼다는 사실에 감사했다.

"회주님과…… 아니, 당신과…… 함께."

애써 감정을 숨겨 왔는데, 결국 눈물이 터져 얼굴을 타고 흘러내렸다. 청운회에 들어오고 처음으로 생긴 욕심이었다. 그녀에게는 무현도, 그와 함께 있는 이 순간도 무척이나 소중했다.

"그런데도 부회주님께……."

힘겹게 꺼내던 말이 무현이 그녀를 품 안으로 끌어당기며 삼켜졌다. 말은 없었지만, 무현의 심장이 빠르게 뛰는 것으로 답은 충분했다. 말은 차분히 했지만 긴장을 했는지 품에 안겨 있는 수안의 몸에 떨림이 가라앉질 않았다. 떨림을 진정시키듯 무현이 다독이자 그제야 수안에게서 힘든 숨이 터져 나왔다.

"다시는 부회주님께 가라는 말, 하지 마세요."

"절대 안 해."

잠깐이었지만 그녀가 떠날지도 모른다는 불안이 반쯤 미치게 했다. 섣부르고 경솔했다. 이제야 잡은 그녀를 어리석게 놓칠 뻔했다.

시간이 흐른 후, 안정이 된 수안이 무현을 보며 미소를 지었다. 수안의 젖은 눈을 보던 무현이 눈 끝에 남아 있는 눈물을 혀로 핥았다.

"그런데 그 아가씨는 만나셨나요?"

"음. 우선 집으로 보냈어. 네 말대로 형의 눈에 안 띄게 하는 게 최선이니까."

"……."

"내 동생은 자신을 지킬 힘이 없거든."

품에 안겨 있던 수안이 무현의 말에 고개를 들었다. 쉽지 않은 이야기인지 말을 꺼내는 무현은 드물게 조심스러웠다.

"방패막이도 지켜야 할 게 있어."

자신은 불에 뛰어드는 나방처럼 무모하게 행동해도 그 외의 것에서는 철저히 선을 그었다. 약점을 보이는 순간 적은 기다렸다는 듯이 공격하거나 이용해서 원하는 것을 얻으려 했으니까.

"그래도 너한테 길은 하나 남겨 두려고 했어."

시작할 때부터 끝이 되면 말해 달라고 하는 수안에게 그는 자신의 전부를 보일 수 없었다. 다시 보내도 상관없을 것처럼, 그가 만들어 놓은 선 안으로는 절대 들어오지 못하게 했다.

"내 세상에 들어오면 죽어서도 나가지 못해."

그는 사회성이 좋은 사람도, 마음 편히 다른 사람을 받아들이는 성격도 아니었다.

그랬던 자신이 처음으로 욕심내고 소유하기를 원하는 존재가 수안이었다. 사라질 것처럼 불안하면서도 누구보다도 자신을 지켜 내는 그녀의 강함이 미치도록 가지고 싶었다.

"전⋯⋯."

"대답을 듣겠다는 게 아니야."

"⋯⋯."

"내 세상에 들어와."

수안의 눈이 무현에게로 향했다. 가라앉는 눈이 그녀만을 응시하고 있었다.

"이제 그만 내 곁으로 와."

지금이라도 싫다며 고개를 저으면 무현은 그녀가 원하는 대로 행동할 것이다.

'그건 싫어.'

무현이 수안을 원하는 것처럼, 그녀도 그를 원했다.

살고 싶다.

"지무현 씨."

수안의 말에 무현의 눈이 커졌다. 그것도 잠시, 무현의 눈이 부드럽게 휘었다.

그의 반응을 지켜보던 수안이 팔을 벌렸다. 무현의 곁에서 살고 싶어졌다.

"같이 있어요."

아직 열기가 돌아오지 않은 서늘한 입술에 그의 입술이 닿았다. 그녀를 전부 집어삼킬 것처럼 거친 키스에 반응하며 수안이 무현을 힘껏 안았다.

❖

"우현아! 그 몸으로 어딜 갔다 온 거야?"

절뚝거리며 들어오는 우현을 본 유란이 비명을 질렀다. 그녀의 비명을 한 귀로 흘려들으며 우현이 자리에 앉았다. 뒤이어 온 관리인이 그가 앉은 자리 옆에 얼음이 가득 담긴 냉수를 내려놓고 갔다.

"조심하라고 했잖아! 그렇게 무리하면 안 된다는 말 못 들었어!"

"……."

"좀 조용히 해요!"

"너…… 너!"

우현의 고함에 유란의 입을 다물었다. 지금은 그녀를 상대할 겨를이 없었다. 수안의 잔상이 사라지질 않는다. 별것도 아닌 계집이었건만 금이 간 심장에서 느껴지는 고통에 숨이 막혔다.

"왜? 어머니 마음대로 내가 안 움직이니까 화라도 내 보게요?"

"우현아. 그런 말이 아니잖아. 난……."

"자. 이제 어머니께서 원하시는 대로 방패막이의 약점이 내 수안이가 되었네. 그럼 이젠 어떻게 할 생각이에요. 계획이 없는 건 아닐 텐데요."

답을 요구하는 우현을 보며 유란이 숨을 삼켰다. 언제나 그녀가 하는 말에 싫은 내색 없이 따르던 아들의 기색이 바뀌었다. 입꼬리를 올리며 웃는 표정은 그대로였지만, 유란을 바라보는 시선은 평소와는 다르게 뒤틀리고 섬뜩했다.

"설마 계획도 없이 수안을 나에게서 데려간 건 아니겠죠?"

"아니야. 그럴 리가 있겠지. 절대 아니야."

우현의 곁에서 오랫동안 머무는 수안의 존재가 거슬리던 와중에 무현이 눈에 들어왔다. 눈엣가시 같은 존재인 수안을 내보낼 수도 있고, 기왕이면 무현의 눈에 들어 그의 약점이 되는 것도 괜찮을 듯싶었다.

그리고 우현의 말처럼 유란의 생각대로 되었다. 하지만 그 결과가 유란의 목적과는 완전히 반대로 되었다는 것이 문제라면 문제였다.

수안이 무현의 연인이 되었어도 손쓸 방법이 없었다. 성훈조차 둘의 사이를 인정한 상황에서 유란이 잘못 나서면 성훈에게 반기를 드는 것밖에 되지 않았다.

"시간이 좀 필요해. 그러니까 조금만 참자."

"그러고서 전부 놓치게 되겠지."

"우현아!"

그때 문이 열리며 서류더미를 든 사내들이 안으로 들어왔다. 산더미처럼 쌓이는 서류를 보던 유란이 이게 다 무엇이냐는 얼굴로 우현을 보았다. 사내들이 가져온 서류 중 하나를 꺼내 든 우현이 빠르게 내용을 훑어 내려갔다.

"그 방패막이 데리고 올 때 뭐 걸리는 거 없었어?"

"뭐?"

"약점이 없을 리가 없어."

이대로 유원까지 빼앗기면 방패막이로 세운 양자가 진짜 청운회의 회주가 될 것이 분명했다.

수안을 다시 가져올 방법, 추락한 명예와 힘을 다시 회복할 방법은 하나였다.

'회주님의 곁이라면 살아갈 수 있을 것 같습니다.'

수안의 목소리가 좀처럼 사라지지 않는다. 지친 얼굴로 우현에게 놓아 달라고 말했던 그녀는 무현을 발견하자마자 눈빛부터 달라졌다. 분명 시작은 자신이었다. 그런데 중간에 튀어나온 방패막이가 제 소유인 것처럼 수안을 집어삼키기 시작했다.

유란이 어떤 눈으로 보고 있는지 관심도 없는지 서류를 보던 우현이 옆에 있는 사내를 향해 손을 까닥댔다.

"부회주님."

"경기도 쪽으로 괜찮은 별장 좀 알아봐. 없으면 새로 지을 땅이라도 구해 놔."

"무슨 별장을 말하는 거니?"

유란의 물음에 대답 없이 우현이 입꼬리를 올렸다. 보고 있던 걸 옆으로 내려놓은 우현이 새로운 서류를 펼쳤다. 도와주기는커녕 앞을 막기만 하는 유란은 현재 상황에 아무 도움이 되지 않으니 말해 줄 필요가 없었다.

무현에게서 최대한 먼 곳에 수안을 데려다 놓을 것이다. 무현을 보던 눈을 자신만 보게 할 것이고, 무현의 품에 안겼던 그대

로 자신의 품에 안기게 할 것이다. 반드시 수안이 곁에 있게만
해 달라며 몸을 숙이도록 할 것이다. 예전처럼, 아니 예전보다
도 더 자신만을 바라보게 할 것이다. 숨 쉬는 것조차도 그의 허
락을 받아야만 할 수 있는 것처럼, 반드시 그렇게 만들어 놓을
것이다.

"어머니는 그냥 제가 하는 대로 얌전히 계세요."

"우현아!"

"지금까지 내내 나서서 제대로 된 일이 하나도 없잖아요. 다
잃고 나서 쓸데없는 히스테리나 부리지 말고 적당히 해요. 어머
니는 놈의 상대가 안 돼."

그의 독설에 유란이 숨을 삼켰다. 유란이 조용해지자 우현의
눈이 서류로 향했다.

"아! 청운회를 다 가져 버리면 그만이지."

어차피 세 개의 그룹도, 수안도, 눈엣가시 같은 무현도 모두
청운회에 소속되어 있다.

그럼 청운회를 가지면 전부를 얻을 수 있지 않은가.

서류를 빠르게 훑는 우현의 눈에 위험한 빛이 감돌았다.

맞붙은 입술이 좀처럼 떨어질 줄을 몰랐다. 서로가 내쉬는 숨
조차 소유할 기세로 서로의 입술에 밀착했다. 그의 손이 뒤통수
를 감싸자 수안의 팔이 무현을 안았다. 그녀의 얼굴이 창백해질
때까지 입안을 헤치고 엉키는 타액을 삼켰다. 부어오른 입술에

서 흘러나오는 달콤한 숨이 그의 입술을 간질였다.

"숨 쉬어."

"당신이…… 놔주지 않잖아요!"

창백한 수안이 가쁜 숨을 내쉬자 무현이 미소를 지었다.

작게 속삭이는 목소리도, 어깨를 붙잡고 있는 따뜻한 손도 전부 유혹이었다. 그의 손에 닿는 피부의 촉감이 녹아들듯 부드러웠다.

수안을 안아 든 무현이 침대 위에 그녀를 내려놓았다. 풀어헤쳐진 옷 사이로 보이는 가는 목과 곱게 파인 쇄골에 갈증을 채우듯 입술을 묻었다. 이를 세워 하얀 목을 긁어내리고, 부드럽게 파인 골을 까칠한 혀가 희롱했다.

자잘한 키스를 남기던 무현의 입술에 차가운 금속이 닿았다. 그가 사 준 목걸이였다. 무현의 눈이 부드럽게 휘었다.

"계속 하고 다니겠다 했잖아요."

어깨를 붙잡았던 손이 블라우스의 단추를 하나씩 풀었다. 동시에 무현의 목을 어루만지던 수안의 손이 무현의 넥타이를 풀었다.

"흐읏."

수안의 손길에 자극이 된 무현이 다급하게 입고 있는 블라우스와 재킷을 벗겨 냈다. 얇은 슬립 위로 보이는 가슴의 둔덕에 눈을 빼앗겼다. 갈구하던 존재가 주는 체향이 그를 미치게 했다.

뽀얀 가슴의 살결에 짧게 키스한 그가 슬립 위의 가슴을 부드럽게 움켜잡았다. 녹아들듯 부드러운 촉감에 단단해진 유실이 손가락 사이로 느껴졌다.

"간지러워요."

창백했던 얼굴에 언제 그랬느냐는 듯 홍조가 돌았다. 붉은 기운이 도는 뺨에 짧게 키스한 그가 매끈한 어깨에 얼굴을 묻었다. 그림을 그린 것처럼 매끈하고 하얀 어깨에 시선을 빼앗겼다. 자신도 모르게 이를 세워 깨물자 수안의 입에서 신음이 터져 나왔다.

수안의 표정이 상기될수록 무현의 손이 부지런해졌다.

얇은 슬립이 벗겨지고, 브래지어와 팬티가 침대 아래로 떨어졌다. 침대에 누운 수안이 팔과 손으로 몸을 가렸지만, 그런 행동은 양 손목을 머리 위로 잡아 올리는 그에 의해 무산되었다.

"그게……."

"뭐가?"

열기를 휘감은 입술이 가슴 위에 작게 피어 있는 유실을 머금었다. 그의 혀가 유륜을 따라 움직이다 단단해진 유실을 깨물었다. 작은 유실을 이를 세워 깨물었다가도 있는 힘껏 빨아 대며 입안에서 굴리기도 했다.

달콤한 과일의 맛을 음미하는 것처럼 수안의 가슴에서 무현이 떨어질 줄 몰랐다.

"흐읏. 그러니까……."

힘겹게 토해 내는 목소리에 둔덕을 깨물던 무현이 몸을 일으켰다. 열기에 가득 찬 시선을 마주하는 순간 수안이 자신도 모르게 숨을 삼켰다.

"아직 어둡지 않잖아요."

거침없이 다가오는 그가 싫은 건 절대 아니지만, 그래도 아직 그에게 아무것도 입지 않은 모습을 보여 주기에는 부끄러웠다. 무현에게 빠져나온 손이 몸을 가리려 했지만, 시도를 해 보기도 전에 다시 잡혔다.

"무현 씨. 흐읏."

한 손으로 수안의 두 손목을 붙잡은 무현이 다시 고개를 숙며 유실을 머금었다. 동시에 자유로운 손이 풍만한 가슴을 힘껏 쥐었다.

소리를 억누르려 수안이 입술을 깨물었지만, 곳곳에 피어오르는 그의 감촉이 점점 몸을 달아오르게 했다. 차오르는 열기에 자신도 모르게 정신이 몽롱해졌다. 누구도 허락하지 않았던 몸에 흔적을 남기는 그의 손길이 무척이나 뜨거웠다.

"소리 내도 돼."

"싫……어요."

무현의 애무에 몸이 달아오르면서도 남아 있는 이성이 그 이상으로 넘어가는 것을 거부했다. 자신의 입에서 나오는 신음이 어색하고 부끄러웠다. 잡고 있던 손목을 놓아주자 수안이 손으로 입을 틀어막았다.

"그렇단 말이지?"

그 순간 수안의 감각에 경고음이 울렸다. 길지 않은 시간이었지만, 수안이 보아 온 무현은 화를 내는 것보다 저런 때가 더 무서웠다. 마치 짓궂은 장난을 하기 전에 숨을 고르는 듯한 모습, 불안한 기분에 수안이 입을 열려는 순간 그가 먼저 움직였다.

수안의 귓가에 더운 숨을 혹 불자 솜털이 보스스 일었다. 허리를 틀어 피하려는 그녀를 굵직한 팔로 붙잡은 무현이 몸을 밀착했다. 귓불을 삼키고 이를 세워 살짝 깨물자 입을 막고 있는 수안이 눈을 질끈 감았다.

"참을 수 있으면 참아 봐."

그녀를 자신의 다리 사이에 붙잡은 무현이 입고 있는 옷을 벗었다. 어두워지려면 아직 몇 시간은 더 있어야 했다. 무현의 몸을 보던 수안이 애써 고개를 돌렸지만, 무현의 시선은 수안에게서 떨어지지 않았다.

그녀는 이미 허락했고, 이젠 무를 생각 따위 전혀 없었다.

갈망하고 갈구했던 존재가 그를 향해 자신을 전부 보이고 있었다. 그토록 기다린 순간을 짧게 보낼 생각 따위 전혀 없었다.

다가온 무현이 입을 막고 있는 수안의 손을 떼고는 입술을 포갰다. 그녀가 자신의 것이라는 확신이 들 때까지, 그를 계속 흔들어 댔던 열망이 그나마 잠들 때까지 수안을 맛보고 가질 생각이었다.

거듭된 키스에 수안의 입술이 붉게 부어올랐지만, 무현은 멈추지 않았다. 가쁜 숨을 내쉬기 직전까지 혀를 얽으며 타액을 빨아들인 그가 윗입술을 삼키고 이를 세워 깨물었다.

"그만……."

"참아."

그의 혀가 다시 여린 입안을 거침없이 헤쳤다. 고른 치열을 쓸어내리기도, 뭉클거리는 입안을 핥아 댔다. 가슴의 유실을 손가락으로 간질이던 그가 매끈한 허리를 지나 오므리고 있는 다리 사이로 손을 가져갔다.

작정하고 애무하는 손길에 정신이 혼미해졌다. 입술을 비집어 터져 나오는 신음을 삼키느라 숨조차 제대로 내쉴 수 없었다.

"아!"

허벅지 안쪽에서 느껴지는 손길에 놀란 수안이 몸을 비틀었다. 하지만 수안의 반항은 허리를 붙잡은 단단한 손에 저지되었다. 그녀가 몸을 뒤척이는 사이 허벅지 안쪽을 쓸어내리던 손이 다리 사이로 거침없이 파고들었다.

"하앗."

입술을 깨물며 억지로 소리를 삼켰던 수안에게서 짧은 비명이 터졌다. 누구도 들어오지 못했던 은밀한 곳으로 들어온 손이 마치 제 세상을 만난 것처럼 거침없이 움직였다. 수풀 사이의 클리토리스를 비틀자 수안이 안 된다며 고개를 저었다.

"무현 씨…… 하지…….."

"싫어."

바동거리는 수안을 붙잡은 그가 잇자국이 남아 있는 가슴에 다시 입술을 가져갔다. 단단히 솟은 유실을 깊게 빨아들인 그가 그녀의 가슴 사이에 얼굴을 묻었다. 은은했던 체향이 애무를 하고 혀로 각인을 남길수록 달콤한 향으로 변했다.

여성을 희롱하는 손가락에 쾌락의 흔적이 묻었다. 수안이 몸을 바동거렸지만 그녀의 의사와는 상관없이 다른 손가락이 안을 파고들었다.

"하웃."

처음으로 느끼는 낯선 감각에 수안의 몸에 힘이 들어갔다. 뜨겁고 여린 여성이 안으로 들어온 손가락을 힘껏 쥐었다.

"힘 빼."

그를 받아들이려 노력하고 있었지만, 그녀는 이 모든 행위가 처음인 듯 이 상황을 어떻게 해야 할지 혼란스러워했다. 그런 그녀가 미쳐도 좋을 만큼 좋았다. 제 품에 안겨 있음에도 여전히 무현은 수안을 더욱 원했다.

그녀의 세상에 자신밖에 없기를. 그녀가 당연히 찾는 첫 번째이자 마지막 사람이 자신이기를 욕심냈다.

"괜찮아."

무현을 보던 수안이 조금이나마 몸의 힘을 뺐다. 그와 동시에 깊숙하게 들어온 손가락이 여린 내벽을 긁어내렸다. 더는 신음을 삼켜야 한다는 생각은 들지 않았다. 수안의 손이 무현의 어깨를 붙잡았다. 여성을 휘젓는 손가락에 묻어 나오는 애액이 많을수록 그녀의 몸도 붉게 달아올랐다.

"하아."

예민한 여성에 그의 손가락이 파고들자, 수안이 입술을 깨물었다. 피가 배어날 정도로 세게 문 입술을 보던 무현이 그녀의 입술에 깊게 키스했다. 동시에 여성을 휘젓는 손가락이 여린 내벽을 부드럽게 애무했다. 휘젓는 손가락이 샘이 가득 찬 여성을 거듭 건들자 수안의 몸이 떨렸다.

"무현 씨. 하웃."

작은 경련과 함께 수안이 무현의 어깨를 이로 깨물었다. 손가락을 흠뻑 적신 애액을 무현의 혀가 할짝였다. 잠깐의 절정에 침대에 널브러진 수안을 바라보던 그의 눈썹이 부드럽게 휘었다.

좀 더 그녀를 맛보고 즐기고 싶었지만 그도 한계였다. 인내할
줄 모르는 분신이 어서 원하는 것을 달라며 그를 충동질하고 있
었다. 애액이 묻은 수풀로 가려진 그녀의 중심에 무현이 제 분
신을 가져갔다. 손가락과는 다른 감각에 그녀의 몸에 다시 힘이
들어갔다.

"힘을 빼야 덜 아파."

"하지만……."

가쁘게 숨을 내쉬어도 몸 안에 가득 찬 열기는 좀처럼 빠지지
않았다. 그의 말이 들리기는 했지만 대답할 기운조차 없었다.
그저 온몸에 차오른 열기가 조금이나마 가라앉으면 하는 바람
뿐이었다.

그녀의 가는 팔이 그의 목을 감았다. 더운 숨을 내쉰 수안이
몸에서 힘을 빼자 기다렸다는 듯이 그의 분신이 여성을 파고들
었다.

"하윽."

여성에 자신을 묻은 그에게서 나오는 만족스러운 신음과는
달리 수안의 신음은 지금까지 냈던 소리와는 달랐다. 충분히
준비하고 들어갔음에도 그녀의 여성은 너무나도 좁았다. 그녀
의 고통은 알았지만, 이대로 멈추고 싶지 않았다.

힘으로 여성을 더 파고들자 수안의 눈에 맺혀 있던 눈물이 얼
굴을 타고 흘렀다.

"아파요."

"처음이라 그래."

"아파……."

다리를 오므리려는 수안의 허벅지를 그가 붙잡았다. 불기둥으로 온몸을 찍어 누르는 것 같았지만, 아무리 몸을 바둥거려도 무현에게서 벗어날 수 없었다. 무현을 밀어 보기도, 아프다며 고개를 저어도 그는 꿈적도 하지 않았다.

"흐으윽."

분신을 자극하는 여성이 그의 이성을 흔들었다. 이대로 몸이 원하는 대로 움직이고 싶은 것을 간신히 남은 이성으로 억눌렀다. 흐르는 눈물을 혀로 할짝대던 그가 수안의 얼굴에 자잘한 키스를 퍼부었다.

경직된 몸을 풀어주듯 다정한 손이 딱딱하게 굳은 몸을 거듭 어루만졌다.

"숨을 천천히 내쉬어."

"하아."

힘들어 하면서도 그가 하라는 대로 따르는 수안이 누구보다도 아름다웠다. 참는 건 고통이었지만, 수안을 위해서라면 참을 수 있다.

"자제해 볼게."

그의 말에 수안이 힘겹게 고개를 끄덕였다. 깊게 묻었던 분신을 뺀 그가 다시 천천히 그녀의 여성에 제 것을 묻었다. 그가 내쉬는 뜨거운 숨이 그녀의 뺨을 간질였다. 허리를 움직이면서도 그녀의 입술과 몸을 끊임없이 애무했다.

"흐응. 하읏."

고통스러워하던 신음이 조금씩 바뀌었다. 단단한 어깨를 감싼 수안이 그의 움직임에 자신을 맞췄다. 살과 살이 부딪치는 소리와 서로에게서 나오는 신음이 엉켜들었다. 분신이 빠져나 갈 때마다 나아졌던 고통은 다시 치고 들어오는 불친절한 움직 임에 심해졌다.

"무……현 씨."

그녀의 입에서 나오는 이름에 온몸에 전율이 일었다. 아슬아 슬하게 버티고 있던 이성이 이름 하나에 완전히 무너졌다. 그의 눈에 수안만이 보였다. 끊임없이 괴롭히던 갈증이 그녀를 완전 히 소유하라며 그를 채근했다.

더 깊숙하게, 더욱 격렬하게.

둘에게 더 이상 남아 있는 이성은 없었다. 밀려들어 왔다가 빠져나가기를 반복하는 행동에 그녀의 몸이 힘없이 흔들렸다. 그에게 이런 모습을 보여 부끄럽다는 생각도, 처음 하는 섹스에 느끼던 혼란도 없었다.

허벅지를 붙잡았던 그의 손이 그녀의 엉덩이를 움켜잡았다. 그와 동시에 수안의 다리가 그의 허리를 휘감았다. 온전히 서로 에게 밀착된 순간, 서로의 존재 외에는 아무것도 느끼지 못하는 절정의 끝에서 그가 자신을 완전히 터트렸다.

"흐윽."

그의 이마에 맺혀 있던 땀이 수안의 얼굴에 떨어졌다. 그의 것을 완전히 받아들인 수안이 힘없이 무너져 내렸다. 침대에 지 쳐 쓰러진 수안의 입술에, 쇄골에, 가슴의 달콤한 유실에 그가 거듭 키스했다. 분신을 빼야 했지만, 그러기에는 그녀의 안이 너무나도 따뜻했다.

잠든 수안을 품으로 끌어온 그가 그녀의 정수리에 턱을 기댔다. 아직 여유가 있는 그였지만, 지쳐 잠든 그녀를 연이어 괴롭힐 수 없었다. 치미는 욕구를 억누르며 무현이 수안의 몸을 오랫동안 어루만졌다.

❖

"몇 살 때 찍은 사진이에요?"

"글쎄."

엎드려서 액자를 보는 수안의 등에 무현이 자잘한 키스를 퍼부었다. 그녀의 몸에 울긋불긋한 흔적이 관계가 거듭되었음을 보여 주는 것 같았다. 무현의 키스가 간지러운지 몸을 움츠리며 수안이 작게 웃음을 터트렸다.

"간지러워요."

"음."

수안의 작은 어깨에 턱을 기댄 그가 손에 가득 담기는 가슴을 감쌌다. 매끈한 어깨에 턱을 기댄 그가 수안의 시선을 따라 사진을 보았다. 얼마나 시간이 지났는지 알 수 없었다. 눈을 뜨면 옆에서 느껴지는 나긋한 여체에 자신도 모르게 품으로 끌어왔다.

몇 번을 품에 안아도, 한번 시작된 갈증은 쉽게 사라지지 않았다. 그렇게 따뜻한 이불 안에서 시간을 보내다 보니 어느새 저녁이었다.

그렇게 시간이 보내던 중, 수안의 눈에 장식장에 올려놓은 무현의 어렸을 적 사진이 들어 있는 액자가 띄었다.

"이때는 잘 웃었네요?"

"별로."

"지금보다는 표정이 훨씬 나아요."

수안의 말에 무현이 눈을 좁혔다. 어렸을 때 찍은 사진에 저리 관심이라니 이해할 수 없었다. 무현에게는 과거의 사진보다도 그의 품에 나신으로 안겨 있는 수안이 더 의미 있었다.

"이렇게 보니까 여동생이랑 무현 씨랑 닮았네요."

"그런가?"

"일부러 던진 건데 이야기 안 해 주실 건가요?"

몸을 돌린 수안이 미소를 지었다. 그녀에게 빠져도 단단히 빠져 버렸다. 솔직히 들려주고 싶은 이야기는 아니지만 수안이 궁금해하니 당할 재간이 없었다.

무현이 팔을 뻗자 수안이 품을 파고들었다.

"아버지가 죽고 나서 어머니와 여동생을 책임져야 할 때 회장님이 오셨어. 하나만 포기하면 어머니와 여동생을 책임져 준다고 했어."

"하나요?"

"나."

무현의 대답에 수안이 몸을 일으켰다.

"어머니의 몸이 좋지 않았거든. 당장 내야 할 병원비부터 여동생의 학비에…… 미성년자가 감당할 수 있는 금액이 아니었으니까. 그리고 회장님과는 예전부터 인사를 드리던 사이였으니 양자가 되는 것도 나쁘지 않다고 생각했지."

법적인 절차 따위 성훈에게는 문제가 되지 않았다. 아버지의 죽음으로 충격을 받은 어머니가 쓰러진 순간 그가 할 수 있는 선택은 하나뿐이었다. 무현이 선택을 하자마자 성훈은 필요한 모든 일을 마무리했다.

"회장님의 양자가 되던 그날 어머니는 돌아가셨지만 말이지."

자신 때문에 무현이 그리되었다며 자책하던 어머니는 다시는 일어나지 못했다. 후회해 봤자 이미 청운회에 들어온 후였다. 하물며 성훈이 거둔 수많은 양자와는 달리 무현은 성훈의 호적에 직접 들어간 유일한 양아들이기도 했다.

성훈과 피로 연결된 관계가 아니라는 것을 확인한 유란은 그제야 관심을 거두었지만, 바로 위의 형인 우현은 아니었다.

"어머니를 닮아서 내 동생은 몸이 좋지 않아. 난 청운회에 들어왔지만 내 동생은 아니니까. 나만 외면하면 내 동생은 괜찮을 줄 알았지."

후에 무현이 두각을 드러내자 위협을 느낀 유란이 그의 주변을 뒤지기 시작했다. 성훈이 책임지겠다고 한 건 생활에 대한 부분이었지 안전은 아니었다. 하물며 청운회라는 거대 조직의 수장인 성훈이 수많은 양자 중 하나인 무현의 사정만 봐줄 수 있을 리도 없었다.

"사모님은 내 동생을 내가 관심을 가진 여자 정도로 알았지."

피를 흘리며 의식을 잃은 동생을 보는 순간, 그가 처한 현실이 어떤 것인지 피부로 와닿았다. 우현에게 회주의 자리를 주고 적당히 청운회에서 물러나려 했던 그는 죽을 뻔한 동생이 살아나자 완전히 바뀌었다.

"나와 내 동생의 위협이 될 곳이라면, 그리고 나갈 수 없다면, 차라리 이곳의 주인이 되겠다고 생각했지."

차근차근 동생과 가족의 흔적부터 지우기 시작했다. 그렇게 하나씩 자신을 감추고 주인이 되기 위한 준비를 했다. 공격적으로 나서는 무현의 행동에 위협을 느낀 유란과 우현은 그제야 경계를 시작했고, 그때는 이미 무현도 기반이 잡힌 후였다.

"당신도 힘들었겠네요."

수안의 말에 무현이 눈을 좁혔다. 힘들었던가? 한 번도 생각해 본 적 없다. 혼자서 감수해야 할 삶이라 생각했기에 당연하게 받아들인 것뿐이었다. 그런데도 그녀의 말에 형언할 수 없는 복잡한 기분이 들었다.

"이리 와."

무현이 몸을 일으키자 수안이 옆으로 다가왔다. 무현의 단단한 가슴을 어루만지던 손가락이 길게 나 있는 흉터를 쓸어내렸다. 그림을 그리듯 가슴의 흉터에 가 있던 손가락이 다른 흉터를 향해 움직였다.

"간지러워."

단단한 복근을 어루만지던 수안이 손끝에 느껴지는 흉터에 눈을 좁혔다. 무현에게 몸을 기대고 있던 수안이 손에 느껴지는 흉터를 확인하려 했다.

뜨거운 것에 덴 것처럼, 좀 더 정확히는 달궈진 철에 살을 지진 것 같은 흉터였다. 흉터가 끔찍하거나 큰 건 아니지만 수안의 기억으로 이런 상처를 만들 사람은 청운회에 한 명뿐이었다.

"그만 만져."

"싫어요."

맞닿은 손바닥에서 심장이 뛰는 것이 생생하게 느껴졌다. 아무것도 안 입은 채, 이러고 있는 건 여전히 어색했지만, 피부로 느껴지는 무현의 체온은 좋았다. 서늘한 손과는 달리 몸에서는 열기가 일었다. 내내 다가오는 무현을 수안이 받아들이는 식이었지만 지금만큼은 그녀가 먼저 그에게 다가가고 싶었다.

무현의 다리에 앉은 수안이 가슴에 나 있는 흉터에 입술을 맞추었다. 생각지 못한 자극에 무현의 한쪽 눈썹이 꿈틀댔다. 어깨를 붙잡고 있던 손이 가슴과 복부를 지나 단단해진 분신을 감쌌다. 어색한 감촉에 손이 작게 떨렸던 것도 잠시 따뜻한 손이 단단한 불기둥을 감쌌다.

"약 올리는 건가?"

"글쎄요?"

대화의 주도권이 무현에게서 수안으로 넘어갔다. 조금은 당황하는 그를 보며 수안이 재미있다는 듯 작게 웃음을 터트렸다. 먼저 다가가면서 느꼈던 불안과 부끄러움은 잠시 잊기로 했다. 그를 약 올리듯 수안의 입술이 무현의 아랫입술을 짧게 삼켰다. 성이 날 대로 난 분신을 미끄러지듯 나긋한 손길이 애무했다.

날카로운 턱선을 따라 입을 맞추던 수안이 그의 목에 입술을 묻었다. 목울대가 울리는 느낌이 입술에 생생하게 느껴졌다.

"책임지지 못할 짓은 저지르는 거 아니야."

"어떻게 할 건데요?"

말이 끝나기도 전에 무현이 수안의 허리를 붙잡았다. 밀착된 몸에서 느껴지는 열기를 마음껏 느낄 새도 없이 여성 깊숙이 그가 들어왔다. 아랫배를 가득 채우는 그의 존재에 수안이 미간을 모았다.

"하웃."

그를 받아들이는 일이 쉽지는 않지만 무현이기에 참을 수 있었다. 거친 숨을 내쉬는 입술에 제 입술을 맞추며 수안이 그를 힘껏 껴안았다.

무현이 수안을 데리고 온 곳은 청운회에 들어오기 전까지 그가 살았던 집이었다. 무현은 생각나는 곳이 여기밖에 없었다 둘러댔지만, 이제는 그게 아니라는 걸 수안도 알고 있었다. 그의 세상에 들어온 수안에게 무현은 더는 숨기지도 피하지도 않았다.

"일주일에 세 번은 관리하는 사람들이 오니까."

오래된 집임에도 관리가 잘 되어 있다는 물음에 커피를 건네던 무현이 짧게 대답했다.

"여기 있어도 되는 거예요?"

나갈 준비를 하기에 회사로 돌아가는 건가 했지만, 그가 향한 곳은 저택에서 한참 떨어진 백화점이었다. 당분간 머물 사람처럼 두 사람 분량의 물건을 산 그는 다시 이곳으로 돌아왔다.

그녀의 물음에 답을 하는 대신 소파에 앉은 무현이 팔을 벌렸다. 커피를 든 수안이 옆으로 다가오자 그녀의 품에 무현이 얼굴을 묻었다. 무현에게서 편안한 숨이 흘러나오자 수안의 입가에 옅은 미소가 생겨났다.

"커피 들고 있어요. 너무 끌어당기지 마세요."

"떨어뜨리지 말고 잘 들고 있어."

말이 끝나기가 무섭게 수안을 잡아당긴 그가 자신의 다리 위에 그녀를 앉혔다. 뜨거운 커피 잔을 놓칠 뻔한 수안이 무현을 향해 눈을 흘겼다. 그녀가 들고 있던 잔을 테이블에 내려놓은 그가 수안을 품에 안았다.

힘을 주고 품에 안으니 수안이 그를 마주 안았다. 부드럽게 느껴지는 촉감도, 코끝을 간질이는 그녀만의 체향도 좋았다.

"무현 씨. 돌아가야죠."

"돌아가는 길 잊어버렸어."

"네?"

이건 또 무슨 소리인가? 수안이 미간을 좁혔지만 대답을 한 당사자는 태연했다. 차라리 차가 고장 났다고 말하는 쪽이 훨씬 더 믿음이 갔다. 뻔히 보이는 수작질에 마음을 단단히 먹은 수안이 단호한 시선으로 무현을 보았다.

"차 키 주세요. 저는 길 알아요."

"기억 안 나."

"지무현 씨!"

빠져나오려는 수안을 힘으로 붙잡은 무현이 하얀 목덜미에 입술을 묻었다. 답하기 싫어하는 그의 기색에 수안이 조용히 한숨을 내쉬었다. 작정하고 말을 돌리는 그를 상대로 돌아가야 한다는 말을 꺼낼 수 없었다.

"한 사흘 후에는 생각이 날지도 모르겠네."

수안이 기가 막힌다는 듯 실소를 터트렸다. 느긋한 건지 아니면 지금조차도 무슨 계획이 있는 것인지 정작 서둘러야 할 당사자는 너무나도 태연했다. 그가 하자는 대로 하겠다 한 이상 더는 고집을 피울 수 없었지만 왠지 이대로 물러나고 싶지 않았다.

"제가 차 키 찾으면요?"

무현이 마음을 먹지 않는 한 나갈 수 없다는 것을 알면서도 모르는 척 운을 띄웠다.

'해보자는 것인가?'

다른 이였다면 화가 날 도발조차 수안이 하니 무현에게 그저 귀여워 보였다.

"타이어 펑크라도 내야겠군. 아니면…….."

말을 흐린 무현의 입가에 정체를 알 수 없는 미소가 지어졌다. 불길한 기운이 그녀를 휘감았다. 분명 무현의 품에 안겨 있건만, 밖에 있는 것처럼 오한이 났다. 무현의 품에서 빠져나오려 움직이려던 그때, 그의 팔이 수안의 허리를 휘감았다.

"너와 같이 있었던 방에 예전에 얻었던 수갑을 놔두었는데 말이야."

"네?"

"애먼 타이어를 펑크 내는 것보다 훨씬 괜찮은 방법인데?"

"……음."

"침대에 묶어 놓으면 다른 놈에게 널 보여 주지 않아도 되고 말이지."

"……저기……."

"내가 안고 싶을 때 마음껏 안을 수도 있고 말이지."

장난이 장난으로 보이지 않는 건 지금 무현의 표정 때문일 것이다. 수안을 바라보는 눈에 깃든 열기가 뜨겁다 못해 따가웠다. 위험신호가 머릿속에서 울렸다.

"해 볼까?"

"지금…… 생각해 보니 며칠 이곳에 있는 것도 좋겠네요. 차키 없어도 되겠네요. 안 찾는다니까요! 전 무현 씨 차 키가 어떻게 생겼는지도 기억조차 나지 않는다구요!"

그녀의 반응에 무현이 참았던 웃음을 터트렸다. 재미있다는 무현과는 달리 입이 쭉 나온 수안은 그를 보며 눈을 흘겼다. 수안은 그의 품에서 빠져나오려 했지만 어림도 없었다. 허리를 감은 팔에 힘을 주며 무현이 수안의 품을 파고들었다.

그가 하는 대로 얌전히 품에 안겨 있던 수안의 시선에 액자가 길게 진열되어 있는 복도가 보였다.

"저기 가 보고 싶어요."

수안의 품에 얼굴을 묻고 있던 무현이 고개를 돌렸다. 예전 가족사진을 넣어 놓은 액자가 걸려 있는 곳을 보며 눈을 빛내는 수안에게 말했다.

"그냥 가족사진이야."

"어린 무현 씨가 있는 가족사진이죠."

그의 품에서 빠져나온 수안이 복도를 향해 걸어갔다. 그녀가 사라지자마자 느껴지는 냉기에 무현이 한숨을 내쉬었다. 무현이 어떤 표정인지 알 리 없는 수안이 액자 앞에 섰다.

"귀엽네."

막 걸음마를 시작한 무현의 사진을 보던 수안의 입가에 미소가 생겨났다.

자전거를 탄 꼬맹이가 환한 미소를 짓고 있었다. 그 옆의 사진에는 장난기가 가득 찬 무현과 울음을 터트리는 여자아이가 나란히 서 있었다. 시간의 흐름대로 액자를 걸어 놓은 듯 세 번째 액자는 조금 더 큰 모자를 쓴 초등학생이 어머니의 손을 붙잡고 서 있었다.

"어머니군요."

종종 보여 주는 미소가 누굴 닮았나 했더니 사진 속 여자와 똑같았다. 하지만 액자의 어디에도 아버지로 보이는 사람의 모습은 없었다.

"사진을 찍어 준 사람이 아버지니까."

어느새 다가온 무현이 뒤에서 수안을 안았다. 허리를 감싸는 그의 손에 자신의 손을 포갠 수안이 사진에 눈을 돌렸다.

"어머니를 닮았네요."

"내가 아는 사람들은 아버지를 더 닮았다고 하던데."

"웃는 모습이 어머니랑 똑같아요."

"흠."

그의 아버지는 가족의 사진을 찍는 것에서 행복을 느꼈지만, 안타깝게도 그런 데에서 평온을 느끼는 성격은 아니었다. 무현에게 중요한 건 앞으로의 일, 그리고 지금의 순간뿐이었다.

"아버지의 모습도 봤으면 좋았을 텐데요."

"안 봐도 돼."

"무현 씨 아버지잖아요. 보고 싶어요."

수안의 말에 무현이 한숨을 내쉬었다. 베갯머리송사도 아니었건만 수안이 저런 눈으로 보니 싫다고 할 수도 없었다. 단맛을 모를 때는 상관없던 삶이 한번 느끼고 나니 그 맛에 중독되어 버렸다. 그녀의 존재가 독은 아니었지만, 자신의 생각한 것 이상으로 빠져들고 있다는 건 사실이었다.

물론 위험한 일이었다. 하지만 불안하지는 않았다. 내내 홀로 버텨 온 방패막이. 그에게도 이젠 기댈 곳이 필요했다.

수안을 데리고 서재로 온 무현이 잠긴 문을 열었다.

"들어와."

무현이 열어 준 문 안으로 들어온 수안이 책상에 놓인 액자를 보았다. 사진을 보던 수안의 미간이 좁혀졌다. 무현을 잠시 보던 수안이 다시 액자에 시선을 돌렸다.

날카로운 인상에 또렷한 이목구비가 무현과 똑같았다. 하지만 그것 때문만은 아니었다.

"무현 씨 아버지예요?"

"음."

"이분…… 회장님의 서재에서 본 적 있어요."

평소에는 없었지만, 1년에 단 하루, 성훈의 금고에서 나오는 사진이었다. 그날만큼은 우현은 물론이고 유란조차 함부로 서재로 들어갈 수 없었다. 사진의 남자를 본 사람은 단 두 명, 김 비서와 수안뿐이었다.

수안에게 왜 무현의 아버지를 보여 줬는지는 알지 못했다. 수안이 아는 것이라고는 사진을 꺼낸 날의 성훈은 차마 누구냐고 묻지 못할 정도로 침통해한다는 것뿐이었다.

"회장님께서도 이분을 애통해하셨죠."

수안을 보던 무현의 눈이 부드럽게 휘었다. 성훈의 의도가 무엇인지 모르지만 우현에게 준 것처럼, 무현에게도 여지를 주었다. 수안에게 가까이 다가온 무현의 손가락이 그녀의 뺨에 닿았다.

"회주가 될 자격은 나한테도 있어."

"……."

"방패막이 회주가 아니라, '진짜' 회주가 될 자격 말이야."

자신의 세계로 들어온 수안을 보며 무현이 환한 미소를 지었다. 그리고 처음이자 마지막일지도 모르는 자신만의 여자에게 무현이 키스했다.

서재에 홀로 남은 성훈이 액자에 꽂혀 있는 사내의 사진을 오랫동안 바라보았다.

"이렇게 될 일이었나 봅니다."

주름진 손이 액자 속 사내를 몇 번이나 만지고 또 만졌다.

청운회의 주인에 오르는 과정에서 허무하게 잃은 목숨이 여럿이었다. 피로 만들어진 길에서 몇 번이고 죽을 고비를 넘겨 가며 그 자리를 쟁취했다.

"기왕이면 자식 놈의 세대에서는 내가 이기기를 바랐는데 말이오."

수안의 아버지까지 버려 가면서 지켜 낸 아들은 성훈에게 실망만 안겨 주었다. 그에 반해 방패막이로 내세운 무현은 언제나 성훈이 원하는 답을 가져왔다. 마치 제 아비처럼……. 무현을 걱정하는 일은 성훈에게는 의미 없는 행동이었다.

"그래도 한 가지는 나에게 주시지 그러셨소? 나한테 전부 빼앗긴 게 그리도 억울하시었소?"

우현과 무현이라는 선택지에서 수안이 선택한 사람은 무현이었다. 둘 다 그의 아들이었기에 하나씩 주고 싶었다. 이기적이고 냉정한 선택이었어도 성훈은 그렇게 하고 싶었다.

"무현이도 내 아들이오."

수안이 정준의 목숨 빚이라면, 무현은 사진의 사내에게 받은 빚이었다.

책임으로 받아들였지만, 그래도 아들이었다. 비록 자애롭고 든든한 아버지는 되지 못했어도 적어도 제 힘으로 스스로의 길을 개척하는 아들은 되었다.

"이제 나도 정리를 해야 할 시간이 온 것 같습니다."

늙고 지친 몸에 급속도로 피로가 몰려들었다. 무거운 숨을 내쉬던 성훈에게 낮은 목소리가 흘러나왔다.

"조금만 기다리시면 따라가겠습니다."

말을 끝낸 성훈이 눈을 감았다.

"형님."

#10.

　－ 이곳에서 커피 사 와.

　일에 관련된 것 외에는 절대 사소한 심부름은 시키지 않는 무
현이 수안에게 뜬금없이 커피를 사 오라고 했다. 조금은 황당한
심부름이었기에 무슨 일이냐고 물어보려 했지만, 그보다도 먼
저 무현이 마저 말을 이었다.

　－ 놀고 와.

　손 비서가 적어 준 주소로 간 수안의 눈에 보인 건 사람이 제
법 북적대는 카페였다. 주차를 하고 잠시 숨을 고른 후 카페 안
으로 들어갔다.

　"어서 오세요! 어머!"

　무현의 유일한 가족, 분명 그와는 생김도 분위기도 다른데 그
녀에게서 무현이 보였다. 긴장되고, 떨리기는 했지만 그럼에도

그녀가 편안하게 느껴졌다.

"다시 인사드리겠습니다. 채수안이라고 합니다."

"지해윤이라고 해요. 그게…… 우선 여기 앉으세요!"

안에 있는 누군가를 부른 해윤이 수안을 자리로 이끌었다. 수안이 자리에 앉자 잠시만 기다리라며 미소를 지은 해윤이 카운터 너머의 주방으로 쪼르르 달려갔다. 누군가와 대화를 하는 것인지 해윤의 목소리가 들려왔다. 기뻐하는 것 같기도, 당황한 것 같기도 했다.

해윤의 눈에 자신은 어떻게 보였을까? 조직에 소속된 여자이긴 했지만 해윤이 조금이라도 좋게 봐줬으면 하는 바람이었다. 잠시 후, 과하다 싶을 정도의 휘핑크림과 초코시럽이 가득 올라간 아이스 카페 모카가 그녀의 앞에 놓였다.

"단것 좋아하신다고 오빠에게 들었어요."

단것도, 휘핑크림이 올라간 카페 모카도 좋아하는 건 사실이었다. 그러나 앞에 보이는 건 크림의 양도 엄청나고, 시럽도 아낌없이 들어간, 그야말로 엄청난 크기의 카페 모카였다.

밥을 안 먹어도 배부를 것 같은 양에 수안이 눈을 좁혔다.

"지난번에는 죄송했어요. 오빠는 조금만 기다려 보라고 했는데 제가 궁금해서 멋대로 찾아갔어요. 많이 당황하셨죠?"

"조금 놀라기는 했지만 괜찮습니다."

"오빠에게 경솔했다고 정말로 많이 혼났어요. 죄송해요."

고개를 푹 숙인 해윤을 보던 수안이 미소를 지었다.

표정 변화도 없고, 말수도 적은 무현과는 다르게 먼저 말을 붙일 줄 아는 여자였다. 또한 얌전히 답을 기다리는 모습은 귀엽기까지 했다. 무현의 곁에 있다 보니 자신이 말을 엄청 많이 하는 사람처럼 생각됐는데, 해윤의 앞에 있으니 그렇지도 않았다.

"어떠세요? 너무 달다거나 맛이 이상한 거 아니시죠? 단 걸 좋아하신다고 들어서 이것저것 많이 넣었는데…… 다 만들고 보니까 너무 크게 만들어졌어요."

눈치를 보던 해윤이 풀이 푹 죽은 얼굴로 수안을 보았다. 이제야 왜 무현이 여동생 앞에서 표정이 그렇게 풀어지는지 알 것 같은 기분이었다.

해윤이 준 모카를 한 모금 마신 수안이 고개를 저었다.

"음?"

"왜, 왜요? 너무 달게 되었나요? 역시 시럽을 조금 줄였어야 했는데! 많이 이상한가요? 이상하면 편하게 말씀하세요! 금방 다시 만들 수 있어요!"

당황한 해윤을 보며 그게 아니라는 듯 수안이 고개를 저었다.

"회주님의 집에서 마신 커피랑 똑같아서요."

"와! 어떻게 아세요?"

"회주님께서 만들어 주셨거든요."

"오빠가요? 저한테는 커피는커녕 우유 한 잔도 안 주는데!"

입을 쭉 내밀면서 나오는 해윤의 불평에 수안의 눈이 부드럽게 휘었다. 무현은 잘 웃지 않았지만 해윤은 잘 웃었다. 저 미소를 지키기 위해 무현이 얼마나 힘들었을지 수안은 가늠조차 할 수 없었다.

"제가 몸이 좋지 않아서 직장을 다니는 건 좀 힘들거든요! 이

카페도 아는 언니와 해 보라며 오빠가 마련해 준 거예요. 해 주고 싶은 건 많은데 수안 씨…… 그냥 언니라고 할게요! 괜찮죠?"

밝은 얼굴로 부탁하는 해윤을 보며 수안이 고개를 끄덕였다.

"그렇게 하세요."

"언니도 말 놓으세요!"

그녀는 유 비서와는 달랐다. 전에 유 비서에게 리드를 맡겼다면, 오늘은 해윤이 분위기를 유도하면서 수안이 리드를 하도록 했다. 여동생도, 언니도 없었던 수안에게 해윤은 조금은 특별하게 다가왔다.

"그럴게."

"그럼요! 전 언니보다 여섯 살이나 어린걸요."

해윤이 고개를 돌리면서 목에 흉터가 보였다. 그를 본 수안의 미간이 작게 찌푸려졌다. 건강하지도 못한 사람인데 유란 때문에 죽을 뻔할 적도 있다. 흉터를 보니 일부러 거리를 두면서 동생을 지킨 무현의 마음을 조금은 알 것 같았다.

'내 아버지와 회장님은 피로 연결된 사이는 아니야. 하지만 형제이긴 했지.'

"오빠에게 해 줄 수 있는 것이라고는 집에다가 커피를 놔두고 가는 게 전부예요. 예전에 같이 살던 집에 커피랑 먹을 것을 두면 손 비서님이 가져다 드리거든요."

"조심해서 나쁠 건 없으니까. 회주님이…… 무현 씨의 성격이 신중하니까."

"그래도 제가 직접 회사로 찾아갈 수 있는데 말이죠. 오빠야
모르는 척하면 되잖아요!"

사람의 눈을 완전히 속일 수는 없다. 하물며 무현에게 해윤은
반드시 지켜야 할 동생이었다. 그런 그가 해윤을 자신의 회사로
부를 리가 없다.

*'아버지를 포함해서 남자 형제는 둘이었어. 할아버지의 아들이
었던 지성혁과……'*

"해윤이를 위해서 그러는 걸 거야."

"그래도 좀 아쉽기는 해요. 오빠가 하는 일이 어떤 건지는 알
고 있지만…… 이렇게 될 줄 알았다면 작은아버지께 간다는 오
빠를 말렸을 거예요. 물론 전 그때 너무 어렸지만요."

*'양아들이었던 정성훈. 나중에는 지성훈으로 바꾸셨지만 말이
야.'*

무현은 그 이상은 말하지 않았다. 다만 청운회를 장악한 이가
정씨가 아니라 지씨인 상황에서 무현이 말한 것이 정답이라면
상황은 완전히 뒤바뀌는 것이었다.

"그래도 오빠 입에서 여자 이름이 나온 건 처음이었어요! 얼
굴만 보여 달라고 졸랐는데 그건 안 된다며 딱 자르더라고요.
그래서 몰래 간 거였는데…… 그때는 제대로 이야기도 못 하고

좀 서운했거든요! 하물며 그분은 오빠가 절대 알은척하면 안 된다고 했거든요. 아주 위험하다고요."

발랄하게 말을 잇던 해윤이 고개를 푹 숙였다.

우현과 유란으로부터 지켜야 할 최우선인 존재, 무현에게 해윤이 그런 사람이라면 수안에게도 해윤은 똑같은 존재였다.

"무현 씨에게는 해윤이가 가장 소중하거든."

수안을 보던 해윤의 눈이 부드럽게 휘었다. 그리고 그녀의 손이 수안의 손을 조심스럽게 붙잡았다.

"작은아버지의 양자가 된 오빠는 많이 무서워졌지만, 그래도 오빠 덕분에 전 힘들지 않게 잘 지내왔어요. 오빠에게 좋은 사람이 생겨서 다행이에요. 처음 봤던 순간부터 전 언니가 좋았거든요."

"처음 봤던 순간?"

"그때 오빠와 함께 왔었잖아요. 단 한 번도 손 비서 외에 다른 사람이 절 보러 온 적은 없었거든요. 게다가 여자라니…… 궁금해서 꼬치꼬치 캐물었는데 정말로 아니라고 하더라고요."

거짓말을 했다며 해윤이 입을 내밀었지만 그것만큼은 사실이었다. 그때의 수안은 청운회를 나갈 생각만 했었고, 무현은 회주로서 자리 잡을 생각만 하고 있을 시기였다. 남녀로 만나 여기까지 오게 될 줄은 그때도 그렇고, 지금도 실감이 나지 않았다.

"제가 멋대로 생각하는 것이긴 하지만 오빠는 받는 데 익숙하지 않아요. 전 언니랑 오빠가 서로 주고받는 사이였으면 좋겠어요."

본인은 그 사실을 아는지 모르겠지만 적어도 무현의 동생답게 해윤도 사람의 마음을 흔들어 대는 데 일가견이 있었다. 해윤의 온기를 느끼며 수안이 미소를 지었다.

"노력할게."

"가끔 손님처럼 오시면 샷 추가해서 많이 드릴게요! 오빠랑 데이트하러 오셔도 되고요!"

넉살 좋게 나오는 말에 수안이 결국 웃음을 터트렸다.

"회장님."

엘리베이터에서 내린 수안이 성훈을 발견하고는 한걸음에 걸어왔다. 수안의 목소리를 들은 성훈의 입가에 미소가 감돌았다.

"내가 방해한 게 아닌지 모르겠구나."

"임원 회의가 지금 막 끝났습니다. 접견실로 모시겠습니다."

"딱딱한 무현이 놈을 보러 온 게 아니란다."

성훈의 말에 수안이 고개를 갸웃했다. 수안을 보는 성훈의 눈이 부드럽게 휘었다.

"회장님."

"무현이 놈에게는 내가 연락해 두었단다. 이 늙은이 말 상대 좀 해 주지 않으련?"

우현과 유란을 조사하는 정준을 막았다면 수안에게 참사는 없었을지도 모른다. 정준이 가져올 유란과 우현의 비밀이 두려웠다. 그 증거가 어떤 것이냐에 따라 성훈은 친아들과 부인을

343

버려야 할 상황이었다.

"따르겠습니다."

그가 위험하다는 것을 알면서도 멈추라고 할 수 없었다.

"이 주변에 공원을 만들었다지?"

"시에서 추진한 친환경 프로젝트를 주원그룹이 진행했는데 최근 마무리가 되었습니다. 가 보시겠습니까?"

"한번 보는 것도 나쁘지 않겠구나. 안내하렴."

휠체어를 붙잡은 수안이 천천히 걸음을 옮겼다.

정준이 죽은 후에나 자신이 무슨 짓을 한 건지 깨달았다. 하지만 이미 늦은 뒤였다. 비리에 대한 증거를 얻지도 못했고, 정준은 다시 살릴 수 없었다. 하물며 위협이 된 정준이 사라지자 유란과 우현은 제 세상을 만난 것처럼 청운회에서 입지를 넓히기 시작했다.

그 상황에서 남은 것은 결국 정준의 딸인 수안뿐이었다.

"그 딱딱한 놈이 제법 잘 만들어 놓았구나."

평일 오후치고는 공원을 걷는 사람의 수가 제법 되었다. 사람들에게서 조금 떨어진 곳으로 수안이 성훈을 안내했다.

"이곳 토지를 매입하는 데 꽤 많은 돈을 들였다지?"

"이곳 주민들과 협상하는 데 더 시간을 지체하기가 어려운 상황이었습니다. 다행히 이주 비용을 이쪽에서 부담하겠다 하니 합의가 가능해졌습니다. 그후 진행하신 것으로 알고 있습니다."

"조폭인 놈이 제 잇속 차리는 데 수를 써야지. 쯧쯧."

"주민은 조직이랑은 연관이 없으니 되도록 깔끔하게 처리하라고 지시하셨습니다. 그게…… 그렇게 잘못된 건 아니라고 생각합니다. 회장님."

수안의 대답에 성훈이 눈을 동그랗게 떴다. 그를 보던 수안이 휠체어를 멈추고는 고개를 숙였다. 그런 수안을 보며 성훈이 크게 웃음을 터트렸다.

"죄송합니다. 회장님."

"연애질한다고 이젠 나보다도 놈이 먼저인 것이냐?"

"그게 아니라…… 죄송합니다. 회장님."

당황한 수안의 얼굴이 붉게 달아올랐다. 얼마 전까지만 해도 자신을 숨기기만 했던 수안인데 이제 제 목소리를 내게 됐다. 수안의 낯선 반응에 처음으로 성훈은 안도감을 느꼈다.

"저기 벤치가 있구나. 저쪽에서 좀 쉬었다 가는 게 좋겠구나."

성훈의 명령에 수안이 휠체어를 다시 움직였다. 성훈이 말한 자리에 도착한 수안이 바퀴를 고정하고는 조용히 자리를 지켰다.

"눈치 없기는…… 여기에 오자고 할 때는 너를 앉히려고 한 것이 아니겠느냐? 설마 이 늙은이보고 휠체어에서 벤치로 옮겨 앉으라는 거냐?"

"저는 서 있어도 괜찮습니다."

"수안아. 고집 그만 부려라. 늙은이 목도 아프구나."

성훈의 말에 고민하던 수안이 반대편에 앉았다. 부드러운 눈으로 성훈이 수안을 물끄러미 바라보았다.

"이 나이가 되니 별생각이 다 나는구나."

"회장님은 아직 정정하신걸요."

수안의 대답에 성훈이 껄껄 웃음을 터트렸다. 어설프게 입바른 말을 해 대는 것들과는 달랐다. 다만 그런 말을 전혀 안 할 것 같은 수안이 또 저런 말을 해 주니 기분이 괜찮았다.

수안의 손을 성훈의 주름진 손이 붙잡았다.

"녀석이 그래도 잘해 주나 보구나……. 좋으니?"

성훈의 물음에 수안이 조심스럽게 고개를 끄덕였다.

어떻게든 나가려 했던 수안이 청운회에 남기로 마음을 굳혔다. 흔들리지 않을 것 같았던 그녀의 결심을 움직인 사람은 우현도, 자신도 아닌 무현이었다.

결국 이렇게 될 일이었다.

"미안하다."

성훈의 말에 수안이 고개를 갸웃했다. 수안을 청운회로 부르지 않고 찾아온 것도 처음이었지만, 왠지 모르게 오늘의 성훈은 조금 다르게 느껴졌다.

"회장님. 혹 제가 알아야 하는데 말씀 못 하시는 일이라도 있으신 것입니까?"

영문을 모르는 수안이 성훈을 보며 조심스럽게 물었다. 성훈이 알고 있는 단 한 가지도 수안에게 말할 수 있는 건 없었다. 진실을 알게 된 수안이 자신을 어떤 눈으로 바라볼지 겁이 났다.

'내 욕심으로 네 아비를 사지로 몰았다.'

목 끝까지 치미는 말을 성훈이 억지로 삼켰다.

이 또한 이기적인 욕심임에도 성훈에게는 가장 마지막까지 지키고 싶은 비밀이었다.

"수안아."

"말씀하십시오. 회장님."

"아버지라 불러 보지 않으련?"

성훈을 보던 수안의 행동이 멈추었다. 평소의 성훈과는 달랐다. 형언할 수 없는 묘한 기분이 그녀를 휘감았다.

고민하던 수안이 입을 열었다. 당장에라도 아버지라고 부를 것 같았던 그녀의 행동은 결국 고개를 저으면서 멈추었다.

"죄송합니다. 회장님. 다음에요…… 다음에는 꼭 그렇게 불러 드리겠습니다."

성훈이 그렇게 간곡히 부탁하는데도 도저히 아버지라는 호칭이 나오지 않았다. 마음처럼 되지 않는 일에 수안이 고개를 푹숙였다.

그런 수안을 보던 성훈이 아쉽다는 듯 눈을 내렸다.

'이런 식으로 복수라도 하는 것이냐?'

정준을 버리려고 했던 것은 아니었다. 자신도 믿을 수 있는 사람이었으니 지키고 싶은 것 또한 진심이었다.

"수안아."

성훈의 부름에 수안이 그를 바라보았다. 잡고 있는 수안의 손을 두드리며 성훈이 눈을 맞추었다.

"무현이나 너나 마침 혼기이니, 이번 일이 끝나는 대로 결혼 준비를 하는 것이 어떻겠느냐."

"회장님. 그게 아직은……"

"준비일 뿐이잖니? 또 모르는 일이지. 내가 준비를 하기도 전에 너희들이 사고를 칠 수도 있고 말이지."

"회, 회장님!"

당황한 수안이 자신도 모르게 목소리를 높였다. 터질 듯 얼굴이 빨개진 수안을 보던 성훈이 크게 웃음을 터트렸다.

"오늘 날이 참 좋구나."

이런저런 이야기를 하며 시간을 보낸 성훈이 수안을 다시 회사로 돌려보냈다. 무언가를 느낀 것인지, 아니면 그저 단순한 기분 탓인지 몇 번이고 돌아보는 수안에게 성훈은 이만 들어가라며 손짓했다.

"김 비서."

수안이 완전히 사라진 후에나 성훈이 김 비서를 찾았다. 휠체어를 붙잡은 김 비서를 보던 성훈이 빙긋 웃었다.

"본가로 모실까요?"

"그 전에 한 군데만 더 들르자."

"어디로 모실까요?"

김 비서의 물음에 성훈이 긴 숨을 내쉬었다. 수안에게 말했던 대로 일을 처리하기에는 날이 참 좋았다. 수안이나 무현이 정리할 일이 아니었다. 결국 나서야 할 사람은 청운회에서 자신뿐이었다.

"내가 저지른 일이니 내가 해결을 해야지."

우현에 대한 보고서를 보는 무현이 손가락으로 미간을 눌렀다. 그동안 경기도 쪽에 별장을 짓고 있는 것 외에는 특별한 내용이 없었다. 하지만 곧 꼬리를 물고 나오는 손 비서의 보고에 그의 눈이 좁아졌다.

"내 주변을 뒤지고 다닌다?"

"물건인지 사람인지는 아직 알지 못했지만, 확실히 회주님의 주변에서 무언가를 찾고 있었습니다. 찾는 것이 무엇인지는 아직 알아내지는 못했습니다만 조만간 알아내서 보고 올리겠습니다."

손 비서의 보고를 듣는 무현의 눈이 짙어졌다. 우현이 찾는 것이 사람이라면 해윤일 것이고, 물건이라면 결국 하나였다.

수안의 아버지가 죽기 전에 자신에게 남기고 갔었던 것.

"수안에게 들키면 안 되는 물건이겠지."

"회주님?"

하지만 무엇인지 알면서도 이해가 가지 않았다. 정준이 남긴 것은 우현의 입장에서는 드러내서는 안 되는 물건이었다. 지금 그걸 가져가서 무엇을 하겠다는 건가?

"흠……."

경기도의 별장이 누굴 위한 것인지는 뻔했다. 우현의 내부에서 수안의 존재가 변했다. 단순히 곁에서 데리고 놀았던 장난감 정도로 치부하던 수안을 여자로 보기 시작한 것이다.

사사건건 그녀 곁을 맴도는 우현을 제거하는 건 사실 어려운 일이 아니었다. 그를 잡기 위한 패로 정준이 준 것을 바로 터트리면 되니까. 하지만 수안을 위해서 그때의 일을 덮고 있는 것뿐이었다.

"부회주가 뭘 찾는지 알아낼 필요는 없다. 대신 주변 경계를 강화해."

"그렇게 하겠습니다."

"회장님께서는 부회주의 행동을 알고 계신 건가?"

"그게, 조금은 미묘합니다."

미묘하다는 말에 보고서에 가 있던 무현의 시선이 손 비서에게로 향했다. 그의 시선을 받아 낸 손 비서가 보고를 계속했다.

"마치 일부러 알려 주시려는 것처럼 움직이셨습니다. 며칠 전의 경우도 채 비서를 만난 후, 청운회 변호사와 몇몇 원로를 만나고 본가에 돌아가셨습니다. 문제는 회장님이 만나신 원로들 전부가 며칠 전에 부회주와 함께 자리를 한 이들이라는 것입니다."

손 비서의 보고에 무현이 눈을 날카롭게 떴다.

전체적인 움직임을 보면 현재 성훈은 무현보다는 우현에게 유리하게 움직이고 있다는 것이었다.

"우선은 이쪽에 호의적인 원로들부터 단속에 들어가야겠군."

"회장님이 만나신 원로들은 부회주 쪽에 손을 더 들어 주고 있는 상황입니다. 어찌 되었든 부회주님은 회장님의 친아들이니까요."

핏줄이라는 건 언제나 무현의 발목을 붙잡았다. 하지만 고작 그런 것 따위로 무너질 생각은 없다. 우현이 어떻게 행동을 하든, 성훈의 의도가 무엇이든 간에 결론은 회주가 될 사람은 자신이었다.

"그리고 유원에 하던 작업은 어제로 확실히 마무리했습니다. 이번 달 안으로 터질 것입니다."

"음."

무현이 몸을 숙이고 들어갈 사람은 성훈뿐, 우현과 유란은 아니었다.

그리고 주원과 신원이 자신의 손에 들어온 이상, 하나 남은 유원을 우현에게 맡길 생각 따위 없었다.

"터트리는 대로 원로들과 약속 잡아."

"그럼 준비하겠습니다."

말을 끝낸 손 비서가 방을 나갔다. 아무도 없는 사무실 안에서 의자에 몸을 맡긴 무현이 품에 넣어 놓았던 것을 꺼내었다.

작고 낡은 USB.

자신의 컴퓨터에 USB를 꽂은 무현이 안에 담긴 파일을 열었다. 재생되는 영상은 흐릿했지만 찍힌 사람은 분명 열일곱인 우현과 유란이었다. 그리고 둘의 앞, 줄에 묶인 중년 남자와 가족으로 보이는 이들이 무릎을 꿇고 앉아 있었다.

― 지금까지 개 노릇을 했으면 끝까지 했어야지! 감히 날 배신하려 해?

노이즈가 끼긴 했지만 목소리의 주인이 유란이라는 걸 어렵지 않게 알 수 있었다. 묶여 있는 중년 남자와 그 옆에 있는 중년 여자의 뺨을 유란이 있는 힘껏 후려쳤다.

― 어디에 넣어! 말 안 해?

유란의 말에도 무릎을 꿇은 남자는 요지부동이었다.

정준이 남긴 자료를 봤을 때 영상 속의 남자는 청운회의 자금을 관리하는 회계사였다. 수안의 아버지가 죽기 전 청운회의 자금을 횡령했다는 혐의를 받았던 주범이었다. 조사가 시작되자마자 가족들과 자살했다고 알려져 있었지만, 실상은 달랐다.

— 사모님께서 무엇을 말씀하시는 건지 저는 잘 모르겠습니······.

탕!

중년 사내의 뺨에 피가 후드득 튀었다. 무슨 일인지 알아차리기도 전에 사내의 옆에 있던 여자가 피를 흘리며 쓰러졌다.

— 아아악!

발작하듯 고함을 지르는 중년 남자를 옆에 있던 사내들이 제압했다. 끔찍한 시체를 보던 유란이 총알이 날아온 방향을 향해 몸을 돌렸다.

— 지우현! 너!

— 그렇게 말해서 들을 놈이었으면 감히 청운회 자금을 빼돌리는 짓거리도 안 했겠죠. 그리고······.

자리에서 일어난 우현이 떨고 있는 사내의 앞으로 걸어갔다. 충혈된 눈으로 우현을 노려보는 중년 남자를 향해 빙긋 미소를 지었다.

— 우리의 명령대로 빼돌린 자금을 혼자서 꿀꺽 삼키려고 하지도 않았을 테고 말이죠.

우현의 총구가 이번에는 남자의 뒤에 있는 남자의 아이들을 향해 겨눠졌다. 중년 남자의 눈빛이 그 순간 완전히 바뀌었다.

— 사, 살려 주십시오! 어디에 있는지 전부, 전부 말하겠습니다. 제발······ 제발 제 자식만큼은!

탕!

우현의 총구에 불이 튀는 것과 동시에 아이의 다리에서 피가 흘렀다. 아이의 비명과 동시에 중년 남자가 우현의 앞에 머리를 박았다.

 — 응접실 두 번째 책장에 있는 스위치를 누르면 금고가 나옵니다! 비밀번호는 제 생일로 해 놓았습니다! 제발 아이만은 살려 주십시오! 아이…….

탕!

원하는 걸 들은 우현이 주저 없이 중년 남자를 향해 총을 쐈다. 고통에 비명을 지르던 아이도, 남아 있는 아이들조차도 그 순간 완전히 말문을 잃었다. 정신을 차린 유란이 우현에게서 총을 빼앗았다.

 — 너 정말 조심 좀 하라고 했잖아!

 — 수업 들으러 가야 하는데 언제까지 지지부진하게 붙잡고 있을 거야? 그리고 내가 애초에 저놈에게 일 맡기지 말라고 했잖아!

유란에게 언성을 높이던 우현이 옆에 서 있는 사내를 향해 총을 휘둘렀다. 짜증을 부리던 우현의 눈이 순간 영상과 마주했다.

 — 쥐새끼가 있었네?

말이 끝나는 것과 동시에 찍고 있던 영상이 흔들렸다.

 — 잡아!

사내가 내쉬는 가쁜 숨과 뒤에서 들려오는 다른 이들의 고함 소리가 얽혀 들었다. 넘어지고 굴러서인지 이리저리 흔들리는 엉망인 영상 속에 사내 얼굴이 보였다. 무현이 그 얼굴을 조용히 응시했다.

성훈의 최측근이자 수안의 아버지.

영상을 찍은 장본인이자 수안의 아버지, 채정준.

"죄의 대가는 받아야지."

수안과의 미래.

청운회를 떠나는 대신 그의 곁에 남겠다는 그녀에게 불안 따위 남겨 둘 생각은 없었다. 그녀에게 두려움의 대상은 청운회나 성훈이 아닌, 우현이었다.

성훈에게는 죄송한 일이었지만 무현은 정준을 죽인 우현과 함께 갈 생각 따위 전혀 없었다.

뉴스에서는 유원의 내부 고발자가 밝힌 성 추문과 내부 비리가 연일 보도되고 있었다.

"이제 퇴근하시나요?"

비서실로 들어온 서 비서가 수안을 보며 물었다. 유 비서만큼 친하지는 않았지만 최근 부딪치는 일이 많아서 그런지 종종 서 비서는 수안에게 말을 걸었다.

"네."

"벌써 9시네요. 어서 들어가세요."

서 비서의 말에 고개를 끄덕인 수안이 가방을 들었다. 비서실을 나와 잠시 고민하던 그녀가 사장실로 걸음을 옮겼다. 수안이 무현의 곁에 있겠다고 마음먹은 후부터 그는 거침없이 우현을 압박해 갔다. 눈코 뜰 새 없이 바쁜 무현을 방해하고 싶진 않았지만 그래도 간다는 말 정도는 해야 할 것 같았다.

"퇴근하겠습니다. 회주님."

업무를 처리하던 무현이 수안을 향해 고개를 들었다. 피곤에 절은 얼굴을 본 수안의 표정이 어두워졌다. 하지만 그것도 잠시, 단단히 마음먹은 수안이 무현을 보며 미소를 지었다.

"오늘 당직은 서 비서입니다. 필요한 서류는 그쪽으로 보내 놓았습니다."

"난 퇴근도 못 했는데 먼저 간다고?"

"어차피 퇴근하셔도 이곳에서 쉬시잖아요. 전 여기서 30분은 운전해야 집에 도착한단 말입니다."

유원의 일을 처리하느라 내내 야근이었다. 지금 가도 10시가 넘겠지만 그래도 오늘만은 씻고 푹 잘 생각이었다.

"여기서 자고 가."

"싫은데요."

주저라고는 1g도 없는 대답에 무현이 인상을 썼다. 손에 들려 있던 서류가 책상에 놓이며 그가 자리에서 일어나 다가왔다. 가까워지는 무현을 보며 수안이 전투 의지를 다잡았다.

사실 말이 쉬고 가라는 것이지, 무현의 숙소에 들어갔다가는 언제까지 잠도 못 자고 시달릴지 안 봐도 뻔했다.

"왜?"

어느새 다가온 그가 자연스럽게 수안의 허리에 팔을 감았다. 허리에 감긴 팔을 떼어 내려는 순간 그의 입술이 귓불을 삼켰다.

차갑기는 뭐가 차갑단 말인가. 언제부터인가 그에게 닿는 모든 부분이 불에 닿는 것처럼 뜨겁게 느껴졌다.

허리를 감싼 팔을 떼어 내려던 수안의 손이 도리어 그에게 잡혔다. 등 뒤로 손을 잡힌 수안이 무현을 쳐다봤지만 정작 당사자를 싱글벙글 웃고 있을 뿐이었다.

"제대로 된 이유를 말해. 그럼 보내 줄게."

귓불을 삼킨 입술이 얼굴선을 따라 목으로 내려왔다. 목에 깊숙이 묻는 입술의 촉감에 자신도 모르게 숨을 들이마셨다. 낯설지 않은 감각이 온몸에 퍼져 나갔다. 입 밖으로 나오려는 신음을 입술을 깨물며 참았다.

"유 비서님이 얼마나 일찍 회사에 오는지 아시잖아요."

"먼저 왔다고 해."

"회주님이랑 있으면 일찍 일어나는 것 자체가 힘들다는 거 아시죠?"

수안이 흘겨보듯 무현을 바라보았다. 하지만 정작 목선을 타고 쇄골에 입술을 맞추는 그는 눈썹조차 꿈틀대지 않았다. 그가 내뿜는 더운 숨이 쇄골을 간질였다. 더운 손길을 따라 익숙한 열기가 그녀의 몸을 장악했다.

"다음 이유."

"지금…… 말했잖아요!"

"이유 같지 않아. 다른 이유를 말해 봐."

블라우스의 단추가 툭 풀어졌다. 쇄골에서 가슴골로 내려가는 무현을 수안이 붙잡았다. 무현의 눈이 마주친 수안이 짧게 신음을 삼켰다.

"내일 아침에 일찍 출근해야 하잖아요……. 하아. 무리하기…… 싫어요."

가슴에서 느껴지는 더운 입술에 수안이 눈을 질끈 감았다. 그의 입술이 닿았던 곳에서 생기는 열기에 생각이 흐려지려 하는 걸 억지로 다잡듯 수안이 입술을 깨물었다.

"하아."

"자고 가."

"싫어……요."

가슴에 얼굴을 묻고 짧게 키스하던 무현이 수안과 시선을 맞추었다. 그의 눈을 보던 수안이 마른침을 삼켰다. 차분하고 냉정했던 눈빛이 완전히 바뀌어 있었다. 악마의 유혹처럼 달콤한 미소로 그녀의 온몸 곳곳에 자신의 흔적을 남겼다.

"자제할게."

"……거짓말!"

"음?"

"지난번에도…… 그래 놓고는……."

수안의 항변은 채 끝나기도 전에 묻혀 버렸다. 내려 달라며 바동거렸지만 그녀를 안아 든 팔은 꿈쩍도 하지 않았다.

"오늘은 일찍 잘 거라고요!"

무현의 입술이 떨어지자마자 수안이 다급하게 말했다. 그녀가 무슨 이야기를 하든 말든 수안의 목에 무현이 입술을 묻었다. 목덜미에 닿아 있는 입술을 통해 그녀의 맥이 생생히 느껴졌다. 함께하면 할수록 수안에게서는 달콤한 향이 흘렀다. 몇 번이나 숨을 들이켜도 질리기는커녕 점점 더 갈증이 치밀었다.

"회주님! 손 비서입니다."

노크 소리와 함께 손 비서의 목소리가 들려왔다.

"퇴근해!"

무현의 말에 수안이 항변하듯 눈을 치켜떴다. 멀쩡히 퇴근한다는 자신을 잡아 놓고는 정작 손 비서는 가라니 이건 차별이었다.

"그럼 내일 뵙겠습니다!"

"하윽."

손 비서와 대화가 끝나자마자 무현이 수안을 책상 위에 앉혔다. 몸부림치던 수안이 산처럼 쌓여 있던 서류를 손으로 건드렸다.

이제야 그녀의 눈에 책상을 가득 채운 서류가 들어왔다. 여기서 잘못 버둥거리면 서류고 뭐고 엉망이 될 터였다. 하물며 그 난장판을 치우는 사람은 무현이 아니라 비서들이었다.

"지무현 씨!"

"왜?"

"이유 다 말했잖아요!"

"마지막 이유 제대로 말 안 했는데?"

이 인간이 정말!

목 끝까지 치밀어 오르는 육두문자를 참으며 수안이 입술을 깨물었다. 그사이 부지런한 무현의 손이 블라우스의 단추를 풀고 브래지어 후크를 풀었다. 브래지어가 흘러내리면서 보이는 가슴을 팔로 가리기도 전에 그의 입술이 먼저 닿았다. 유실을 이로 살짝 깨물자 수안의 입에서 작은 신음이 터져 나왔다.

"지난번에도 자제하신다 하고서는 안 하셨잖아요! 온몸이 다 아프다고요."

"그래?"

"저기 여보세요. 마지막 이유 말했…… 흐읏!"

허벅지 안쪽의 여린 살에 그의 손이 닿았다. 유실을 삼키던
그가 가슴골에 얼굴을 묻었다.

"도망가려면 도망가."

허벅지를 어루만지던 손이 그녀의 다리를 감싸고 있는 스타
킹을 뜯었다. 애무의 증거로 젖은 속옷 너머로 단단하게 부푼
분신이 느껴졌다.

"여기서 하면…… 서류가…….."

"내가 치우는 게 아니니까."

이걸 치우는 게 비서들 포함 자신이라는 게 문제였다. 그리고
그 비서들이 한마음 한뜻으로 노려볼 사람이 자신이라는 건 더
문제였다.

피가 마르는 기분을 아는지 모르는지 거듭 가슴에 잇자국을
남기던 그가 몸을 아래로 숙였다. 젖은 팬티 위로 느껴지는 혀
의 감촉에 수안이 비명을 삼켰다.

수안이 몸을 뒤척이자 그녀의 손에 밀린 서류 하나가 바닥에
떨어졌다.

"차라리 침대로…… 가요."

힘이 빠지려는 것을 억지로 참으며 수안이 힘겹게 입을 열었
다. 어느새 팬티를 젖히고 그의 혀가 젖은 여성을 녹이듯 애무
하고 있었다. 오므리려는 허벅지를 무현의 손이 잡아 간단히 제
압했다.

"안 들려."

이대로 계속할 생각인 듯 그의 혀가 여성의 더 깊은 곳에 닿

앗다. 혀가 주는 황홀한 감촉에 수안이 고개를 뒤로 젖혔다. 책상에 쓰러질 걸 간신히 버티며 저지했지만. 이 제멋대로인 사내는 들은 척도 하지 않는다.

"하웃. 제발…… 말 좀 들어요!"

조금씩 차오르던 열기가 한계까지 치달았다. 그의 혀가 주는 온기와 감각에 눈앞이 하얗게 변해 갔다. 아슬아슬하게 붙잡힌 이성이 어떻게든 버텨 내라고 했지만 한계였다.

여린 내벽을 희롱하던 그의 입술이 클리토리스를 빨아들이는 순간 수안이 입술을 깨물었다.

"흐윽."

애써 삼키던 신음이 입 밖으로 터진 순간 절정의 증거가 여성에 흘러내렸다. 힘이 빠진 수안을 어느새 몸을 일으킨 무현이 안아 들었다. 짙어진 살 내음만큼이나 붉게 달아오른 그녀의 모습에 시선을 빼앗겼다.

"당신…… 정말……."

힘이 빠진 수안이 노려봤지만 정작 당사자는 연신 미소였다.

"자러 가자."

수안이 즐겼으니 이제는 자신 차례였다. 지친 수안을 안아 든 무현이 도어록의 번호를 누르고는 다급히 안으로 들어갔다.

일반인과는 확실히 다른 삶이었지만, 적어도 무현과 함께라면 이런 것도 괜찮다고 생각했다. 실로 오랜만에 느껴 보는 편안함. 그 끝이 어떻게 될지는 알 수 없었지만 그래도 지금의 평화가 조금이라도 오래갔으면 하는 바람뿐이었다.

❖

수안의 팔꿈치에 턱을 맞은 사내가 바닥을 굴렀다. 다시 일어 나려는 노력도 잠시, 그녀의 발이 머리를 힘껏 찼다.

"켁!"

짧은 비명과 함께 사내가 기절을 하자 그제야 힘든 숨을 내쉬 며 수안이 몸을 일으켰다. 그녀는 앞에 쓰러진 사내를 보며 고 개를 저었다. 우현이 조용히 있을 리가 없다고 생각은 했지만 이번의 움직임은 확실히 복잡했다.

내부인을 매수하거나 킬러를 보냈던 과거와는 달리 지금은 중구난방으로 회사 안을 들쑤시고 있었다. 하필 무현이 주원에 서 새롭게 진행하는 프로젝트 관련으로 자리를 비운 사이에 일 어난 일이었다.

"좋지 않아."

무엇을 찾는지는 모르지만 일부러 시선을 분산하려는 것처럼 움직였다. 대부분의 직원들은 퇴근했기에 인명피해는 없었지 만, 일이 커지기 전에 수습하는 것이 우선이었다.

그녀에게 달려오는 다른 사내를 가볍게 제압한 수안이 열려 있는 사장실을 보았다.

"채 비서님!"

쓰러진 사내들 사이에서 서 비서가 손을 풀었다.

"유 비서님은요?"

"당연히 안전한 곳으로 모셨죠. 채 비서님은 퇴근하신다더니 다시 오셨네요."

"느낌이 좋지 않아서요."

몸을 일으키는 사내의 복부를 다시 발로 힘껏 찬 수안이 가방을 든 서 비서를 보았다.

"그래도 회주님의 여동생에 대한 건 잘 넘어갔네요. 그 사실을 부회주께서 아셨으면 진짜 피곤했을 텐데 말이에요."

짧게 툴툴댄 서 비서가 품에 넣어 놓았던 휴대폰을 꺼내 메시지를 확인했다.

"음. 정리되었다고 연락 왔네요. 채 비서님께는 아직인가요?"

"글쎄요. 확인부터 해야겠네요."

서 비서를 보던 수안이 주머니에 넣어 놓은 휴대폰을 꺼냈다. 하지만 메시지를 확인하는 대신 조용히 테이블 위에 올려놓았다.

"정리는 우리의 몫이 아니니까 어서 퇴근하세요. 채 비서님."

"어떻게 아셨죠?"

불길한 예감은 언제나 들어맞는다.

"네?"

서 비서를 지나친 수안이 사장실의 문을 잠갔다.

"회주님의 여동생이요. 어떻게 알고 계신 거죠?"

"그야 지난번에 유 비서님 대신 제가 모시고 올라갔었잖아요. 그때 들은 거죠."

"그럴 리가요. 유 비서님은 그분을 동생으로 알고 계시지 않아요. 회주님의 사업 파트너 정도로 알고 계시죠."

"⋯⋯."

"그분이 누군지 아는 건 손 비서님과 저밖에 없어요."

"……아는 사이들끼리 조용히 넘어가는 거 어때요?"

말과는 달리 표정을 바꾼 서 비서가 곧 수안을 향해 달려들었다. 목으로 들어오는 손을 쳐 낸 수안이 무릎을 지지대 삼아 서 비서의 어깨로 올랐다. 몸의 반동으로 서 비서를 쓰러뜨리려 하자 그가 수안의 다리를 붙잡은 채로 벽에 부딪혔다.

"윽!"

등에 느껴지는 고통에 눈앞이 깜깜해졌지만, 서 비서를 붙잡은 손은 풀지 않았다. 여기서 서 비서를 놓치면 자신이 더 위험했다. 여자인 수안이 이길 최선의 방법은 기습뿐, 하물며 서 비서는 청운회에서 자신과 똑같은 교육을 받은 이였다. 여러 번 벽에 부딪혔지만 그럴수록 수안은 서 비서의 목을 더 강하게 눌렀다.

수안을 떼어 내기 위해 서 비서가 힘껏 다리를 쳐 댔지만 이를 악물며 고통을 참아 냈다.

수안을 밀어내며 발버둥 치던 서 비서의 몸에서 힘이 점점 빠져나갔다. 창백한 서 비서가 의식을 잃고 쓰러진 후에나 수안이 감았던 다리를 풀었다.

"콜록. 콜록."

입가와 이마에 흐르는 피를 닦아 낸 수안이 비틀거리며 자리에서 일어났다. 어느새 사장실로 온 이들이 잠겨 있는 문을 두드렸다. 다리와 등에서 느껴지는 통증에 수안의 몸이 휘청거렸다.

"기다려요!"

서 비서가 무슨 서류를 가져가려 했는지는 몰라도 우선 기밀인 만큼 수안이 먼저 손을 써야 했다. 비틀거리며 몸을 추스른 수안이 바닥에 떨어진 USB와 출력물을 집어 들었다.

숨을 고르며 서류를 집어 든 수안의 숨이 멈추었다.

펄럭, 펄럭.

"채 비서님!"

문밖에서 부르는 소리가 이명처럼 울렸다. 답을 해야 하는데 목소리가 나오지 않았다.

유란에 대한 조사가, 그리고 그 옆에 따라오는 지우현이라는 글자가 거슬렸다.

청운회 안에서, 때로는 밖에서 이루어진 비리에 대한 증거와 부연 설명이 깔끔하게 정리된 파일에 빼곡히 적혀 있었다.

다급히 서류를 넘기던 수안의 손이 멈추었다.

「살고 싶다.」

둘의 비리를 찾으면서 느낀 죽음에 대한 두려움이 노트의 맨 마지막에 적혀 있었다.

"아……."

떨리는 숨이 허공에서 흩어졌다. 그날의 일이 어제 일어났던 것처럼 생생했다.

"채 비서님!"

굳게 닫혀 있던 문이 열리고, 사내들이 안으로 들어왔다.

아무것도 느껴지지도, 들리지도, 보이지도 않았다.

무언가가 몸을 흔든다고 생각했지만 그뿐이었다.

눈앞을 메우던 눈물이 바닥에 떨어졌다.

"이쪽입니다. 부회주님."

차에서 내린 우현이 쪽방촌을 둘러보며 미간을 찌푸렸다. 자신의 아버지지만 지독히도 머리가 좋은 늙은이였다. 하도 꽁꽁 숨겨 놨기에 청운회의 혜택을 누리며 사는 줄 알고 있었건만, 실상은 청운회와는 전혀 상관없는 곳에 숨어서 숨만 간신히 쉬고 있었다.

"너희들은 여기 있어."

어깨에 묻은 먼지를 손으로 툭툭 턴 우현이 방문을 열었다. 열자마자 보이는 노인의 모습과 지독한 악취에 우현의 얼굴이 완전히 구겨졌다.

"콜록. 콜록. 네놈이⋯⋯."

"지무현. 청운회 회장님의 양자다."

당장에라도 숨을 넘어갈 것 같던 노인이 무현이라는 말에 낄낄 웃음을 터트렸다. 노인이 터트리는 웃음이 거슬렸지만 우현은 간신히 화를 참았다.

자신이 가지고 있는 궁금증을 풀어줄 노인이었다. 언제 죽을지 모르는 노인이었지만 적어도 성훈이 알려 주지 않는 걸 알려줄 유일한 사람이었다.

"제 몫도 못 챙긴 아들이⋯⋯ 콜록콜록. 무엇이 궁금해서 여지까지 왔나?"

"궁금해서. 회장님이 숨기는 게 뭔지 궁금해서…… 알려 줄수 있나?"

수안도, 청운회도 전부 자신의 것이었다. 그걸 두 눈 멀쩡히 무현에게 내줄 수 없다. 그것을 알기 위해서라면 그 기분 나쁜 방패막이 행세쯤이야 아무것도 아니었다.

"콜록콜록……. 내가 나서는 건 조금 뒤라고…… 들은 것 같은데…… 콜록. 하긴…… 지금도 많이 늦었지……. 킬킬."

"……무엇이 늦었다는 거지?"

우현의 물음에 노인이 답도 없이 웃음만을 터트렸다. 당장에라도 목을 조르고 싶은 걸 억누르며 우현이 답을 기다렸다.

"지성훈. 그놈은 다 빼앗아 놓고는 이제 와서 성인군자인 척하는 건가?"

"무슨 말이지?"

"네 아버지가 지씨 가문의 친자고, 그 회장 놈이 양자라는 거다. 콜록콜록. 멍청한 놈. 굴러들어온 돌이 박힌 돌을 빼냈던 거지……. 킬킬킬."

"……."

"콜록콜록. 놈은 실은 지성훈이 아니라 정성훈이지. 출신 성분도 모르는 놈이…… 큭큭큭."

노인의 웃음소리에 우현의 신음이 섞여 들었다.

언제나 우현보다는 무현이 먼저였다. 자신의 실수는 조금도 용납하지 않는 성훈이 무현이 하는 일에는 두말없이 지지를 해 줬다. 하물며 방패막이라는 허울 좋은 핑계로 무현을 회주로 올린 사람 또한 성훈이었다.

방패막이치고 과한 곳에 올렸다고 생각했건만 전부 이유가 있었다.

주먹을 쥔 우현의 손에 핏줄이 도드라졌다. 그래도 아버지라고 몸을 숙이고 있었건만, 그는 우현을 농락했다.

"지씨 성도, 가문의 재산도, 콜록콜록! 청운회도 전부 놈이 가졌지. 네 아버지는 아무것도 못 하고 다 빼앗기고 버림받았어. 콜록콜록."

"……."

"그래도…… 콜록콜록. 지성훈 그놈이 마음을 잡았나 보더군. 네 존재를 알리는 데 나보고 도와 달라고 했지. 차기 회주가…… 콜록. 되겠군."

결국 정성훈이 지씨의 양자로 들어가서 지성훈이 되고 그곳의 재산과 힘을 물려받았다. 그렇게 전부 빼앗아 놓고는 이제 와서 그 빚을 갚겠다며 방패막이에게 전부를 넘기려 하고 있었다.

"애새끼들 소꿉놀이도 아니고 장난해?"

비틀린 미소가 우현의 입가에 생겼다. 온몸에 똥물을 뒤집어쓴 더러운 기분이 좀처럼 가시질 않았다.

"궁금한 걸 알려 줬으니까 나도 그 보답을 해야지."

"콜록콜록."

"내 이름은 지무현이 아니라 지우현이야. 아! 당신의 말에 따르면 정우현이겠네."

노인의 눈이 커진 순간 우현의 손이 그의 코와 입을 막았다. 발버둥 치는 노인이 우현의 옷을 붙잡았다. 조금 후 손이 툭 떨어졌다. 밖으로 나온 우현이 대기하던 사내들에게 짧게 명령했다.

"흔적 안 남게 제대로 치워."

말을 끝낸 우현이 손을 내밀자 비서가 준비하고 있던 손수건을 내밀었다. 손수건으로 손을 닦는 우현의 눈에는 초점이 없었다.

이 불쾌한 기분을 풀 곳이 필요했다. 적당한 여자를 찾아볼까? 하지만 곧 우현이 고개를 저었다.

'수안에게 가 볼까?'

시간이 흐를수록 그녀가 더 자주 떠올랐다. 수안도 화장을 하기는 했지만 다른 여자들과는 달리 그녀의 화장 냄새는 거슬리지 않았다. 다른 여자들에 비하면 애교는 없었지만 어리광 부리듯 매달리면 수안은 말없이 우현을 받아 주었다.

그를 밀어내도 상관없다. 밀어내려 한다면 억지로 붙잡아 버리면 그만이었다.

"수안의 집으로 출발해."

"부회주님. 그게……."

차마 말을 잇지 못하는 비서의 행동에 우현이 눈을 좁혔다.

"뭐지?"

우현의 물음에 비서가 고개를 숙였다. 불쾌한 기분이 든다.

"어서 말 안 해?"

"서 비서와 본사로 보냈던 이들과의 연락이 끊겼습니다."

불안한 기분이 훅 밀려온다. 애써 불안한 미소를 가라앉히며 우현이 입꼬리를 올렸다.

"서류는? 설마 그걸 수안이 본 건 아니겠지?"

우현의 물음에 비서가 고개를 숙였다.

비서의 반응에 우현의 심장이 천천히 뛰기 시작했다.

"회주님께서 남은 일정을 모두 취소하고 돌아오시는 이유가 채 비서 때문이라고 들었습니다."

"……아하하."

우현의 웃음이 허공에서 흩어졌다. 그의 손아귀에 있던 수안이 점점 멀어졌다.

"젠장."

트라우마를 이용하기는 했지만 그래도 조금이라도 잘해 볼 생각이었다. 무현과 함께 있었더라도, 설령 생각하기 싫은 그 이상의 관계였어도 상관없었다.

수안은 수안이니까.

그랬던 바람이 한순간에 박살이 났다.

"제기랄!"

침대에 앉아 있는 수안은 차분하다 못해 고요했다. 하지만 수안이 가장 불안한 상황이라는 걸 무현은 잘 알고 있었다.

정준이 남긴 정보와 그와 연관된 서류를 본 이후로 이곳에 틀어박힌 채 나오지 않고 있다 했다. 상처를 치료하러 수행비서들과 주치의들의 방문도 수안은 철저히 거부했다.

"수안아."

허공을 헤매던 수안의 눈이 그제야 무현에게로 향했다. 그나마 자신에게는 반응하는 수안을 보며 무현이 안도의 숨을 내쉬었다. 피딱지가 앉은 뺨에 그의 손이 닿았다. 얼마 전의 수안이었다면 자신의 손을 감싸며 미소를 지어 줬을 것이다.

그랬던 그녀의 뺨이 지금만큼은 무현의 낮은 체온보다 더 차갑게 느껴졌다.

"상처부터 치료하자."

"언제부터 알고 있었어요?"

"이걸 받은 건 옛날에, 이게 뭘 의미하는 건지는 최근에."

수안이 알게 된 이상 속일 생각도, 감출 생각도 없다. 그녀가 평생 몰랐으면 했건만 그 작은 바람조차 쉽게 이뤄지지 않았다.

"알았다면 알려 줄 수도 있었잖아요."

수안에게는 몸의 상처보다 마음의 상처가 더 심했다. 그런 그녀였기에 더더욱 묻을 수밖에 없었다.

"네가 지금처럼 될 것 같아서."

수안의 눈에 물기가 차올랐다. 소리 내어 울지도 못하고 참는 수안을 무현이 품에 꼭 안았다. 그의 품에 얼굴을 묻은 수안이 낮게 말했다.

"내 아버지를 부회주가 죽였네요."

"……."

"날 죽일 수도 있었고요."

"……."

"그런 사람을 난 8년이나 지켰네요. 그 인간이 하는 모든 짓거리를 다 받아 주면서 말이죠."

눈가에 그렁그렁하던 눈물이 결국 볼을 타고 흘러내렸다. 수안의 눈은 무현을 향해 있었지만, 정작 그녀가 보고 있는 건 그가 아니었다.

괜찮다며 자신을 추스르고 싶었지만, 그날의 기억이 끊임없이 반복되고 있었다.

"회장님은 알고 계셨죠?"

"수안아."

"아는데도 날 부회주 옆으로 보낸 거네요?"

"상처 치료부터 하자."

"내가 뭘 그렇게 잘못했어요?"

수안의 몸에서 느껴지던 떨림이 강해졌다. 수안의 상태가 이상해진 걸 느낀 무현이 작은 어깨를 붙잡았다.

"내가 뭘 그렇게 잘못했어? 내가 뭘! 내 부모가 뭘?"

"수안아."

"왜! 왜!"

발버둥 치는 수안을 무현이 꽉 껴안았다.

무현의 옷을 잡아당기며 내지르는 절규가 처절했다. 한번 시작된 발작은 쉽게 가라앉지 않았다. 몸부림을 치는 수안의 손톱에 무현의 목에 생채기가 생겨났지만, 그는 팔을 풀지 않았다. 그렇게 제풀에 지쳐 정신을 놓을 때까지 무현은 수안을 꼭 안고 있었다.

#11.

　잠들어 있던 무현이 눈을 떴다. 눈을 뜨자 보이는 모습에 날카로운 눈매가 부드럽게 휘었다.

　"깼어?"

　그의 물음에 수안이 고개를 끄덕였다. 대답 없이 고개를 끄덕이는 그녀를 보며 무현이 시선을 내렸다.

　수안은 깨어나고 이틀 동안 아무것도 먹지 않고 잠을 자지도 않았다. 그런 그녀에게 억지로 음식을 권하는 대신 무현은 조용히 기다렸다. 다행히 사흘째 되던 날부터 수안은 천천히 자신을 추스르기 시작했다.

　그렇게 일주일, 전보다는 나아지기는 했지만, 수안은 무현을 향해 미소를 짓지도, 말을 걸지도 않았다.

　수안의 손이 무현의 머리카락을 조심스럽게 쓸었다. 잠을 깨

웠느냐는 의미가 담긴 시선에 무현이 고개를 저었다. 수안을 제
옆으로 끌어온 그가 허리에 팔을 감았다.

"계속해."

무현의 말에 수안의 손이 그의 얼굴을 어루만졌다. 주치의에
게 수안의 상태를 물어보니, 마음의 문제라고 했다. 충격에 입
을 다문 그녀에게 그가 해 줄 수 있는 건 아무것도 없었다.

"이리 와."

그를 보던 수안이 얌전히 품 안으로 안겨 왔다. 정준에게 서
류를 받은 일부터 왜 성훈이 우현에게 그녀를 보냈는지 무현은
수안에게 전부 이야기해 주었다.

비록 말문을 닫은 상황이라 해도 그녀는 그의 말에 귀를 기울
었다.

"이러니까 내가 말이 엄청 많은 사람 같군."

무현의 품에 얼굴을 묻었던 수안이 고개를 들었다. 미간을 작
게 찌푸리며 무현이 그녀를 바라보았다. 그녀가 입을 열기를 기
다리고는 있었지만 피가 마르는 기분인 것은 어쩔 수 없었다.

마치 전부를 놓고 죽으려고 했었던 것처럼, 지금의 수안은 불
안했다. 어떻게든 하고 싶어도 그가 할 수 있는 일은 없었다.

"이만 자자."

"미안."

속삭이듯 나오는 작은 목소리에 무현이 고개를 숙였다. 그의
품에 얼굴을 묻은 수안에게서 짧은 말이 다시 나왔다.

"미안해요."

갈라지고 메마른 목소리였지만 이것만으로 충분했다. 그녀의

등을 천천히 토닥이며 무현이 수안의 정수리에 턱을 기댔다.

"무리해서 말하지 않아도 돼."

"……."

사실 무현이 가장 걱정했던 건 수안이 자신까지 밀어낼지도 모른다는 두려움이었다. 하지만 다행히 수안은 무현을 밀어내는 대신 그의 곁에서 상처를 추스르려 했다.

무현이 아는 수안이라면 괜찮을 것이다. 그 믿음 하나로 무현은 지금의 상황을 참아 내고 있었다.

"그래도 좀 자야 해. 눈 감아."

아이를 재우듯 무현이 수안을 천천히 다독였다.

내내 혼자였을 때는 느끼지 못했던 여러 감정이 한꺼번에 몰아쳤다. 혼자서 버티라고 했으면 어떻게 되었을까? 그런 생각이 잠시 들었지만 수안은 조용히 접었다. 무현은 수안에게 더는 거짓을 말하지 않는다. 그녀를 보는 그의 눈에서, 상황을 말해 주는 차분한 목소리에서 숨기려는 기색은 없었다.

그를 믿는다.

무현의 품에 파고들며 수안이 눈을 감았다. 잠이 오지는 않지만, 자신 때문에 무현까지 잠들지 못하는 건 싫다.

한참의 시간이 흐른 후, 등을 어루만지던 손길이 멈추자 눈을 뜬 수안이 말없이 잠든 그를 바라보았다.

"회주님 오셨습니다."

침대에 누워 있던 성훈이 무현이 왔다는 말에 몸을 일으켰다. 가까이 오려는 김 비서를 만류한 성훈이 무현에게 들어오라 재촉했다. 연신 긴장의 숨을 내쉬던 성훈의 안색이 무현을 보는 순간 어둡게 변했다.

"수안이는…… 내가 물어볼 만한 이야기가 아니구나."

"잘 버텨 내고 있습니다."

"못난 자식 같으니라고…… 능력이 없으면 가만히라도 있든가! 왜 쓸데없이 움직여서 그 아이에게 그걸 보게 해! 멍청한 놈!"

성훈의 분노가 누구를 향한 건지 알기에 진정하실 때까지 무현이 조용히 기다렸다. 바드득 이를 갈던 성훈이 무거운 한숨을 쉬며 말했다.

"누구 탓을 하겠나. 전부 내 잘못인 것을…… 이 일을 어찌 해결해야 한단 말이냐!"

"당분간은 어려우실 것 같습니다."

평생을 갈지도 모른다는 말을 무현이 애써 삼켰다.

부모가 죽은 것도 모자라 그때의 기억이 지금까지도 트라우마로 남아 있는 수안이었다. 하물며 거의 8년을 부모를 죽인 원수를 보호하며 허무하게 보냈다. 수안이 강하지 않았다면 한꺼번에 밀려오는 충격에 자신을 완전히 놓았을 것이다.

"유원까지 정리하는 데 얼마나 걸릴 것 같으냐?"

"완전히 처리하는 것까지 석 달 정도 생각하고 있습니다."

"그룹을 정리하면 청운회의 내부 정리도 쉽겠지."

무현에게 여지를 주면 우현에게도 여지를 주는 식으로 시험을 해 왔지만 지금처럼 단언을 하기는 처음이었다. 무현의 눈이 침대의 성훈을 응시했다.

성훈이 미간을 손가락으로 눌렀다. 몸 상태가 조금이라도 괜찮았다면 당장에라도 수안을 보러 갔을 것이다. 성훈이 가장 먼저 해야 할 일은 수안의 앞에 몸을 숙이는 일이었다.

"자격도 없는 놈이 우두머리가 된다면 결과는 파국뿐이다. 그걸 되돌리고자 하는 노력도 저지를 때와는 다르게 몇 배나 힘이 든다."

"……."

성훈의 오랜 연륜이 현재의 흐름을 정확히 읽어 냈다. 자신이 회주의 자리에 올랐던 때처럼 청운회의 흐름이 우현이 아니라 무현에게 가고 있었다. 성훈은 이로써 완전히 결심했다.

무현이라면 안심하며 맡길 수 있다. 신뢰하는 아들이었고, 자격이 있는 아들이었다.

"내부는 내가 직접 정리해 주마."

"무슨 말씀이십니까?"

"너에게 짐이 될 전부를 내가 안고 가겠단 말이다. 대신 한 가지만 약속해 다오."

"……저에게 거부할 권리가 있습니까?"

무현의 물음에 성훈이 미간을 찌푸렸다. 하지만 무현도 이번만큼은 하라는 대로 하고 싶지 않았다.

성훈의 제안이라는 건 결국 가족인 우현과 유란의 목숨이었다. 점점 노쇠해 가는 성훈이 우현을 제어할 수 있을까? 무현의 답은 아니다였다.

377

"내 친아들까지 죽일 생각인 것이냐?"

"수안이 가장 무서워하는 사람은 회장님도, 저도 아닙니다. 미쳐 날뛰는 형님이시죠."

수안의 이름이 나오자 성훈이 눈을 감았다. 무현의 반응에 무어라 답할 말이 떠오르지 않았다. 사람을 시켜 우현을 저택 안에 억눌러 왔지만 그마저도 쉽지 않다는 것을 성훈이 알고 있었다.

그럼에도 가족이라는 족쇄가 그를 붙잡았다. 제멋대로 날뛰는 두 사람을 붙잡을 사람은 결국 자신뿐이었다.

"목숨만 살려 준다면 그 후처리는 네 마음대로 해라."

성훈의 말에 무현이 조용히 고개를 끄덕였다

우선은 성훈과의 거래는 이 정도의 선에서 마무리 짓는 것이 나았다. 힘든 숨을 거듭 내쉬는 성훈을 물끄러미 보던 무현이 조심스럽게 말을 꺼냈다.

"회장님의 방식이 저와는 다르긴 해도 무조건 틀렸다고는 생각하지 않습니다."

무현이 성훈에게 이런 말을 꺼내는 건 처음이었다. 무현은 속마음을 겉으로 내비치는 성격이 아니었다. 그나마 곁을 내어 주고 본심을 보여 준 건 수안뿐이었다.

하지만 이상하게도 오늘따라 성훈의 모습이 자꾸 눈에 밟혔다.

"선택을 해야 하는 상황에서 그나마 최선이라고 생각한 방법을 택하기는 했지만 그게 전부 정답은 아니더군요. 분명 이해하지 못할 부분도 있습니다만 때로는 그럴 수밖에 없었다고 생각하는 것도 있습니다."

무현의 말에 성훈이 실소를 터트렸다. 애교라고는 전혀 없는 덩치 커다란 놈이 하는 위로가 징그럽게도 어색했다. 하지만 그렇기에 내내 짊어지고 있던 무거운 짐 하나가 사라지는 기분이기도 했다.

나이를 먹어 가면서 점점 제 아버지를 빼닮아 가고 있었다.

"내가 그래도 아들 하나는 잘 키웠구나."

"……."

"김 비서를 통해 몇 가지를 보낼 테니 그룹부터 정리해라. 그사이에 내부는 내가 알아서 하겠다. 마무리되는 대로 취임식부터 해라."

"그렇게 하겠습니다."

"네 아버지는……"

거침없이 말을 잇던 성훈의 말이 멈추었다. 그러곤 말을 잇는 대신 성훈이 고개를 저었다.

"아니다. 좀 쉬어야겠다. 나가 봐라."

고개를 숙인 무현이 몸을 돌렸다. 문이 열리기 직전 힘없는 목소리가 등 뒤에서 흘러나왔다.

"수안이…… 그 아이. 좀 네가 잘 다독여 줘라."

무현이 고개를 숙여 인사를 한 후, 밖으로 나갔다. 무현이 가고 빈자리를 보던 성훈이 무거운 한숨을 길게 내쉬었다.

따뜻한 김이 올라오는 욕조에 몸을 담근 채, 수안이 눈을 감고 있었다. 그녀는 미동조차 없었다. 그녀의 머리카락에 맺힌 물방울이 욕조를 채운 물에 똑똑 떨어졌다.

그렇게 한참을 있던 수안이 느껴지는 기척에 고개를 들었다.

"그렇게 있으면 쓰러져."

무현의 손이 수안의 뺨에 닿았다. 그의 손길을 얌전히 받아들이던 수안이 조용히 숨을 내쉬었다. 무현과 시선을 마주하던 수안의 눈에 금세 물기가 차올랐다.

"부회주가…… 사모님이…… 그리고 회장님이 미운데도 난 할 수 있는 게 없어요."

수안의 울음이 섞인 목소리에 무현의 눈이 무겁게 가라앉았다. 수안의 말을 자르는 대신 무현이 조용히 다음 말을 기다렸다. 그의 손을 감쌌던 그녀의 손에 힘이 들어갔다. 누구에게도 털어놓을 없는 속마음이었지만 그에게만큼은 말할 수 있었다.

"죽일 수 있다면…… 죽여도 된다면 죽이고 싶어요."

"사람을 죽여 본 적도 없잖아."

무현의 말에 수안이 입술을 깨물었다.

그녀의 삶을 전부 알지는 못하지만, 적을 정리하는 그녀의 방식을 보며 알게 된 것이 있었다. 살이 찢어지고, 피멍이 들어도 수안은 제압만 할 뿐, 상대를 죽이진 않았다.

"네가 정한 선을 넘어야 할 정도로 그놈은 그만한 가치가 있는 인간이 아니야."

무현의 말에 수안이 눈을 질끈 감았다.

부정하고 싶어도 부정할 수 없었다. 우현을 죽이지 못한다는 것을 알고 있으면서도 하루에도 몇 번씩 충동이 치밀었다. 그럴 때마다 그녀를 붙잡은 사람은 돌아가신 아버지도, 어머니도 아니었다.

"당신이 없었다면 부회주를 죽이려 했을 거예요."

"날 만난 걸 후회해?"

"······아니요. 다행이라고 생각해요. 당신 덕분에 바닥까지 가진 않았으니까요."

아버지의 유언 외에 그녀를 버티게 해 줬던 건 없었다. 그랬던 삶에 무현이 다가왔다. 악착같이 붙잡고 있던 모든 것을 놓고 우현과 끝을 내려 하다가도 무현이 떠오르는 순간 그럴 수 없었다.

"당신이 없었다면······ 난 못 버텼어요."

꼬리에 꼬리를 물고 이어지는 상념 속에서 익숙한 한기가 그녀의 얼굴에 느껴졌다. 굳은 미간을 펴고, 감고 있는 눈을 어루만지고 뺨을 감쌌던 손이 입술을 쓸었다.

"너와의 관계에서 난 약자야."

그가 생각하는 범주에서 수안은 언제나 벗어나 있었다. 그녀의 행동 하나에 하루의 기분이 바뀌었고, 그녀의 말 한마디에 의지와는 상관없이 휘둘리고 고민했다. 그의 삶에 거슬리듯 다가왔던 존재는 어느새 그의 안에 큰 자리를 차지하고 있었다.

"내가 있잖아."

무현의 말에 수안이 무슨 소리냐는 듯이 눈을 좁혔다. 하지만 그의 말은 거기서 끝난 것이 아니었다.

"날 이용해."

수안의 눈에 고여 있던 물기가 결국 볼을 타고 흘러내렸다.

그녀를 위해 저렇게 말해 줄 수 있는 사람이 누가 있겠는가? 목숨을 걸어야 할 일임에도 그는 정말로 아무렇지도 않게 자신을 내던지고 있었다. 하물며 그녀를 보는 그의 시선에서는 거짓이라고는 전혀 없었다.

"그럴 수 없어요."

수안이 해 달라고 한다면 그는 지금까지 쌓아 놓은 모든 것을 버려서라도 우현을 죽이려 할 것이다. 그래서 싫다. 무현의 희생 위에 이루어진 복수 따위 그녀에게는 아무런 가치도 없었다.

수안이 고개를 저었지만, 아직 무현의 말이 끝난 건 아니었다.

"대신 내가 원하는 걸 줘."

바로 엉켜드는 혀에 대답은 나오지 못했다. 그가 주는 열기에 수안이 그의 목에 팔을 감았다. 넥타이를 푼 그가 입고 있던 와이셔츠를 찢듯이 벗었다. 무현이 욕조 안으로 들어오자 가득 차 있던 물이 밖으로 넘쳤다.

"나 다 씻었어요."

"난 씻어야 해."

나가려는 수안의 팔을 잡은 무현이 자신에게로 그녀를 당겼다. 뜨거운 물보다 더 뜨겁게 느껴지는 그의 체온에 수안이 몸을 떨었다. 가는 목에 얼굴을 묻고 입술을 누르자 그녀의 맥이 생생하게 느껴졌다.

가는 허리에 팔을 감은 그가 자신의 몸에 수안을 밀착시켰다. 무현의 몸에 올라탄 자세로 눈을 마주하던 수안의 눈썹이 부드럽게 휘었다.

처연한 미소. 상처받은 여자가 힘없이 지어 보이는 표정이 무현을 묵직하게 눌렀다.

열흘 만에 보는 수안의 미소였지만, 다행이라는 생각은 들지 않았다.

지금 그가 할 수 있는 일은 그녀의 곁에 자신이 있다는 것을 확인시켜 주는 것뿐, 수안의 눈가에 무현이 입술을 맞추었다.

손에 한가득 잡히는 가슴은 부드러우면서도 탄력이 있었다. 수안이 내쉬는 더운 숨이 귓가를 간질였다. 그의 입술이 수안의 입술을 다시 삼켰다. 따듯하면서도 매끈한 입술을 살짝 깨물자 수안이 몸을 작게 움찔거렸다.

"하아."

깨물린 입술을 놓아주자 가쁜 숨이 다시 흘러나왔다. 끝을 알 수 없을 정도로 치닫던 절망이 상대의 체온에 천천히 사그라졌다. 그의 품에 안겨 있으면 자신을 괴롭히던 끔찍한 생각에서 빠져나오는 기분이었다.

"흐읍."

그녀의 잇새로 흘러나오는 신음이 그의 갈증을 툭 건드렸다. 수안이 자신을 닮은 순간부터 그를 괴롭혔던 초조가 어느새 지독한 갈증으로 바뀌어 있었다. 그녀가 내쉬는 숨을 모두 삼키려는 듯 무현이 깊게 키스했다.

평소보다도 거친 키스에 수안이 신음을 삼켰다. 조금은 천천히 했으면 해서 몸을 빼려 했지만, 그런 시도를 해 보기도 전에 수안의 어깨를 팔로 붙잡은 무현이 그녀의 몸을 당겨 자신에게 붙였다.

"조금…… 천천히……."

"안 들려."

따뜻한 욕조 안에서 긴장이 풀려서인지 그의 손길에 유난히 예민하게 반응했다. 이마에 송골송골 맺힌 땀에 무현이 입술을 가져갔다. 가슴 위의 유실은 자극을 받을 때마다 점점 단단해졌다.

"하아."

홍조를 띤 얼굴에 나오는 나른한 신음 소리에 무현의 눈썹이 파르르 떨렸다. 수안의 저런 모습을 볼 수 있는 사람은 오직 자신뿐이다.

"자제 안 해."

속삭이는 목소리에 수안이 그를 바라보았다. 지독히 강렬하게 느껴지는 눈빛 외에는 평소의 그와 똑같았다.

"하지 마요."

세상에서 단 한 사람.

누구에게도 보여 주지 않았던 속마음 깊숙이 들어온 사람.

그가 어떤 사람이고, 얼마나 위험한 사람인지는 더는 생각하고 싶지 않았다. 무현이 보는 곳을 자신도 바라보고 싶었다. 그가 함께할 수만 있다면 그곳이 어디든 이제는 상관없다.

"자제하지 마."

마지막 속삭임을 끝으로 아슬아슬하게 버티고 있던 그가 무너졌다. 묵직하게 들어오는 그의 분신에 수안이 미간을 좁혔다. 언제나 시작은 통증이었다. 익숙하면서도 낯선 감각에 수안이 몸을 떨었다.

"흐읏."

그녀의 몸을 단단히 붙잡은 그가 강하게 허리를 퉁겼다. 깊숙이 들어오는 통증을 느끼기도 전에 빠져나가는 움직임이 그 어느 때보다도 격했다. 아릿한 하복부의 고통이 쾌락으로 바뀌는데는 그리 오랜 시간이 걸리지 않았다.

간질이듯 작게 시작된 열락은 어느새 그녀를 완전히 집어삼켰다. 그의 목을 손으로 감싸고 열기를 토해 내는 입술을 삼켰다. 까칠한 턱에 입술을 맞추고 그의 가슴에 입술을 맞추었다.

그녀의 심장이 뛰듯이 그의 심장도 뛰었다.

그녀가 느끼는 그대로 그가 느꼈다.

욕조의 물은 식었지만, 두 사람을 감싸는 열기는 점점 더 뜨거워졌다.

"흐윽."

가슴의 유실을 그가 깨물자 수안이 고개를 뒤로 젖혔다. 그가 새기는 흔적들이 각인처럼 수안의 몸에 붉게 새겨졌다. 간지럽게 시작되었던 애무는 어느새 격한 흥분이 되고, 그는 그녀의 몸에 붉은 흔적을 남기며 허리 짓을 했다. 빠른 전진과 후퇴 속에서 서로가 내쉬는 호흡만이 가쁘게 들려왔다.

수안의 허리를 감싼 무현의 손에 힘이 들어갔다. 끝이 나지 않을 것 같은 격한 움직임의 절정에서 그가 자신을 터트렸다.

"하앗."

아랫배를 채우는 이질감에 수안이 몸을 떨었다. 몸을 기댄 채, 가쁜 숨을 내쉬는 수안에게 무현이 짧은 키스를 퍼부었다.

무현이 하는 대로 몸을 맡기던 수안이 그를 보며 미소를 지었다. 날카로운 얼굴선을 작은 손이 어루만지고, 그 뒤를 따뜻한 입술이 따라갔다. 그가 하듯이 무현의 굵은 목에 수안이 입술을 묻었다.

그의 맥이 입술로 느껴졌다. 이를 세워 목을 긁으니 붉은 상흔이 생겼다.

"조금은 쉬게 해 줄 생각이었는데……."

말이 끝나기도 전에 아직 여성에 남아 있었던 분신에 힘이 들어갔다. 수안을 안은 무현이 욕조에서 빠져나왔다. 욕실 벽에서 느껴지는 차가운 기운에 몸을 떤 것도 잠시, 수안을 붙잡은 무현이 다시 허리를 퉁기기 시작했다.

"흐윽."

온몸을 가득 채우는 감각에 수안이 입술을 깨물었다. 그녀를 태울 듯이 뜨겁게 다가오는 그가 너무나도 좋았다. 몇 번이고 키스한 입술에 다시 입을 맞추며 수안이 무현을 마주 껴안았다.

격하게 뛰는 심장을 느끼며 그녀가 그에게 다시 집중했다.

화장을 끝낸 유란이 외출 준비를 하고는 밖으로 나왔다.

그녀가 나오자 1층에서 대기하던 관리인이 어두운 얼굴로 고개를 숙였다.

"사모님."

"잠시 나갔다 올게요."

"그게 좀 어려울 것 같습니다."

무슨 소리냐는 얼굴로 유란이 문을 열었다. 문 앞에 대기하던 사내들이 그녀를 보자마자 몸을 숙였다.

"뭐야?"

"사모님. 당분간은 외출은 어려울 것 같습니다. 방으로 돌아가시지요."

"무슨 소리야?"

우현을 회주로 만들려면 오늘 모임에는 반드시 나가야 했다. 갑작스럽게 일어난 일에 유란이 고집을 부렸지만 그마저도 사내들의 행동에 무산되었다.

"내가 누군지 알아? 이러고도 네놈들이 무사할 줄 알아?"

"회장님의 명령이십니다."

사내들의 말에 유란의 몸이 부르르 떨렸다.

아직은 때가 아니었다. 아직 성훈의 몸이 나아지지 않았건만, 무엇이 그리 조급한지 벌써 움직이고 있었다.

성훈을 만나러 간다고 해도 막아서는 그들을 이길 수 없었다. 다시 방으로 돌아가라는 정중한 압박에 유란이 입술을 깨물었다.

"그 방패막이를 회주로 맞이할 생각인 것입니까?"

유란을 막는 행동이라면 성훈의 결론은 하나뿐이었다. 우현이 멀쩡히 있는 상황에서 성훈이 무리수를 두었다. 지금 자신에게 이렇게 행동했다면 우현에게는 묻지 않아도 뻔했다.

방으로 돌아온 유란이 묘한 느낌에 TV의 전원을 켰다. TV에서 나오는 아버지의 모습에 유란의 눈이 커졌다.

"이렇게 나오시겠다는 겁니까?"

시호파의 총수가 검거되었다는 속보가 뉴스에서 나오고 있었다.

성훈이 움직였다.

❖

유란이 저택에 감금된 것과는 달리 우현은 성훈의 방 앞에서 김 비서와 마주하고 있었다.

"말씀드려 주시죠."

우현은 여유로워 보였지만, 김 비서는 딱딱하게 굳어 있었다. 잠시 성훈이 쉬는 방을 보며 고민하던 그가 우현을 향해 몸을 숙였다.

"현재 회장님께서는 주무시고 계십니다. 내일 다시 오시는 편이 좋을 것 같습니다. 부회주님."

"내일이라…… 내가 저택에 연금이 된 이후를 말하는 거죠?"

좀처럼 반응이 없는 김 비서의 얼굴이 창백해진 순간 우현의 팔이 먼저 움직였다. 우현이 김 비서의 복부로 주먹을 내지르자 짧은 신음과 함께 그가 바닥을 굴렀다. 동시에 우현의 뒤로 나타난 사내들이 김 비서의 팔을 잡고는 그를 억지로 일으켜 세웠다.

김 비서를 위아래로 훑어보며 우현이 불쾌한 듯 입꼬리를 올렸다.

"그러게 회장님 좀 잘 모시지 그러셨습니까?"

"이러시는 게 회장님께 아무 도움…… 컥!"

말대답을 하는 김 비서의 턱을 향해 우현이 다시 주먹을 휘둘렀다. 반듯한 모습으로 여지 하나 주지 않던 그가 우현의 주먹에 속수무책으로 당했다. 김 비서의 입에서 흐르는 피가 우현의 뺨과 옷에 후드득 떨어졌지만, 그의 행동은 점점 더 격해졌다.

연이은 폭력에 김 비서의 몸이 축 늘어졌다. 그제야 우현이 손을 멈추었다.

김 비서의 머리카락을 붙잡고 들어 올린 우현이 빙긋 미소를 지었다. 매력적인 미소와는 달리 뺨에 길게 난 흉터가 섬뜩했다.

"김 비서님도 늙으니까 답이 없군요."

"회장님은…… 부회주님의 아버……."

"알고 있으니까 이제 쉬세요. 퇴물은 필요 없으니까."

김 비서의 뺨을 손바닥으로 툭툭 친 우현이 사내들을 향해 눈짓했다. 질질 끌려가는 김 비서를 보던 그가 곧 닫혀 있던 문을 열었다. 밖의 소란을 들은 것인지 어느새 침대에서 휠체어로 몸을 옮긴 성훈이 우현을 보며 긴 한숨을 내쉬고 있었다.

"자식을 보자마자 한숨이라니…… 진짜 상처받으려고 하네요."

"왜 여기에 있는 거냐?"

"왜긴요. 아버지와 대화를 하려고 왔지요."

안으로 들어온 우현이 문을 잠갔다. 뺨에 묻은 김 비서의 피를 손수건으로 닦아 내며 우현이 성훈에게 다가왔다. 그리고 그런 그를 성훈이 외면했다.

"할 이야기는 없다. 돌아가서 얌전히 기다려."

"언제까지 말입니까?"

"……."

"그 망할 방패막이가 회주의 자리에 확실히 오른 후에나 부르실 겁니까?"

"우현아!"

"아니면 그 방패막이랑 수안이 결혼하는 날 자리나 채우라고 부를 생각이셨습니까?"

"지우현!"

"지우현이 정우현이 될 마당에 내가 지금 상황을 가릴 처지냐고!"

성훈을 향해 고함을 지르는 우현의 눈에 핏발이 섰다.

처음부터 다 자신의 것이었다. 청운회도, 그 안에 소속되어 있는 수안도 처음부터 우현의 것이었다. 그걸 전부 빼앗기기 직전인데도 회장이라는 이름으로, 또한 아버지라는 압력으로 자신을 억누르려 했다.

하지만 그리 쉽게 모든 걸 줄 수 없다. 자신은 바보가 아니다.

"알고…… 있었느냐?"

"……."

"놈을 죽인 게…… 아니다. 차라리 잘되었다."

"잘……되었다고요?"

"자격이 있는 이에게 자리를 물려주는 것이 마땅하다. 그게 억울했다면 기회가 왔을 때 잘했어야지!"

성훈을 노려보던 우현이 피식 실소를 지었다. 우현의 행동에 성훈이 눈을 좁혔지만 지금 그에게 성훈은 두려움의 대상도, 떠받들어야 할 아버지도 아니었다.

그의 내면에 아슬아슬하게 유지하고 있던 무언가가 전부 무너져 내리고 있었다. 예전이었다면 곁에 있던 수안이 우현을 붙잡았을 테지만, 지금 우현을 막아 줄 사람은 없었다.

"당신이 빼앗아 놓고 나보고 되돌려 주라는 겁니까? 미안하면 적당히 보상만 해 주면 될 것이지 전부를 주려고 합니까? 그래 놓고 지금 내 아버지라고 지껄이고 있는 거야!"

우현의 말에 성훈의 몸이 파르르 떨었다. 떨리는 손으로 테이블의 잔을 든 성훈이 벌컥벌컥 남아 있는 물을 들이켰다.

우현을 먼저 제압한 후에 꺼냈어야 할 이야기였다. 수안에 대한 처리가 끝나고, 유란을 연금시키는 것으로 일이 순조롭게 흘러가고 있다고 생각했건만, 일이 틀어지고 있었다.

하지만 여기서 물러날 수 없다. 무현에게 모든 짐은 자신이 짊어지고 가겠다는 약속을 했다.

"빼앗은 게 아니다."

성훈의 말에 우현이 무슨 소리냐는 듯 눈을 좁혔다. 하지만 성훈의 눈은 더 이상 우현을 보고 있지 않았다.

"내 주제에 어찌 형님에게서 청운회를 빼앗을 수 있단 말인가!"

"또 무슨 소리를 하려고……."

"형님의 희생이었다. 출신 성분도 모르는 나를 양부모님들은 불쌍히 여기어 거두시기는 했지만 한편으로는 제 친아들을 위협하는 양아들을 걱정한 것도 사실이었다. 힘을 얻은 내가 형님의 목을 조를 거라 걱정했던 것이지. 실제로 난 그저…… 거두어 주신 은혜가 고마워서 열심히 했을 뿐이었는데 말이다."

내내 느꼈던 불쾌한 기분이 우현의 목을 다시 조르기 시작했다. 성훈의 말에서 거짓은 느껴지지 않았다. 그렇기에 지금의 대화가 더 불편했다.

당장에라도 멈추라고 할 것인가? 하지만 쓸데없는 호기심이 더 들어 보라며 우현을 유혹했다.

"내 진심을 알아준 사람은 형님뿐이었다. 그리고 그런 날 가장 많이 지원해 준 이도 형님이었다. 청운회의 기틀과 전체적인 그림을 만들어 준 사람 또한 형님이었다. 그렇게 전부를 만들어 주시고는 형님은 물러나셨다. 제 기반을 나에게 물려주면 양부모님이라도 어쩌지 못할 것이라는 생각 때문이었지."

"……."

양부모는 격렬하게 반대했지만, 이미 마음을 굳힌 무현의 아버지는 성훈에게 자신의 것을 전부 물려준 후였다.

양부모는 성훈을 저주했고, 그의 형은 연기처럼 사라졌다. 자신이 만든 모든 것을 놓았으면서도 그는 너무나도 편안해했다.

"그 말을 지금 나보고 믿으라는 겁니까?"

"믿든 안 믿든 상관없다. 친아들과 양아들을 시험한 이유는 하나뿐이었다. 형님의 희생 아래 만들어진 곳이다. 그런 청운회의 후계를 단순한 정으로 정할 수는 없었다."

성훈의 말에 우현의 한쪽 입꼬리가 올라갔다. 차라리 빼앗았다는 말이 훨씬 더 듣기 좋을 뻔했다. 성훈의 입에서 나온 진실은 우현에게 아무런 도움도 되지 않았다.

은혜를 입었으니 갚아야 할 차례라는 건가? 성훈의 입장에서는 은혜를 갚는 것이겠지만 우현에게는 쓸데없는 오지랖이었고, 피해일 뿐이었다.

"혹 그놈도 그걸 알고 있습니까?"

"몰랐다. 하지만 결국은 알아냈더구나."

"……."

"주어진 권리를 누릴 줄만 알던 너와는 달리 그 똑똑한 녀석은 전부 알아냈다."

　우현과 무현에게 모두 여자를 주었고 동시에 시험도 했다. 방패막이로 세워 놓고 회주로서 시험을 했던 무현은 모든 진실을 알아차리고는 성훈에게 물음을 던졌다. 그리고 청운회는 전부 네 것이라며 기회를 준 우현은 이제야 성훈에게 진실을 말하라는 억박만 지르고 있었다.

"하나만 알려 줘도 전부를 알아낸 무현이는 사실을 알면서도 방패막이로 살았다."

　한 번쯤은 억울하다며 화를 내거나 이를 드러내도 됐을 텐데 무현은 조용히 자신의 자리를 지켰다.

"다음 회주는 네가 아니라 무현이다."

　강제로 떠맡은 책임을 피하지 않았지만, 대신 무현은 철저히 자신의 선 안에 홀로 있었다. 주기적으로 여자를 바꾸는 우현과는 달리 무현은 성훈이 붙여 주는 여자까지도 거부했다. 다른 누군가와 함께할 수 없다고 생각한 것인지, 아니면 우현과는 다르게 사람을 믿을 수 없었던 것인지 알 수 없었다.

　그래서 수안을 우현에게서 무현에게로 보냈다. 우현과 함께 있을 때는 모든 것을 놓았던 수안이 무현을 만나면서 달라졌다. 그건 철저히 선을 긋고 타인을 대하던 무현도 마찬가지였다.

"그러니 얌전히 받아들여라."

"그따위 말에 내가 속아 넘어갈 줄 알고?"

"네가 제대로 했다면 청운회는 너에게 갔을 것이다."

"그게 바로 궤변이죠. 처음부터 줄 생각이 아니었는데 이쪽에서 먼저 선수를 치니까 당황해서 얼버무리려는 것이 아닙니까!"

"수안이 지금 누구와 같이 있더냐?"

성훈의 말에 우현의 말문이 처음으로 막혔다.

당황하는 우현을 보며 성훈이 한숨을 내쉬었다. 몸이 끝없이 가라앉는 기분이었지만 우현을 설득해서 돌려보내는 것이 우선이었다.

"수안이를 생각했다면 네가 아니라 청운회 밖으로 내보냈어야 했다. 그럼에도 내 욕심 하나로 그 아이를 너한테 보냈다. 네가 정준을 죽였을지도 모른다는 생각을 가지고 있었음에도 너한테 도움이 되기에 수안이를 보냈단 말이다."

"……."

"이만…… 콜록콜록. 가 봐라."

마른기침을 하며 성훈이 손을 휘저었다.

성훈의 변화를 유심히 보던 우현이 무겁게 눈을 감았다가 떴다.

이미 시작된 일이다. 호기심에 성훈의 이야기를 전부 들었지만 솔직히 들을 가치조차 없었다. 시험이라는 그럴듯한 말로 진실을 가린 것뿐이었다.

"적당히 합의를 봤으면 그 물을 마시지 말라 말씀을 드렸을 텐데."

기침을 토해 내던 성훈이 놀란 눈으로 우현을 보았다.

"결국 놈에게 전부 줄 생각이었다는 말이잖아. 그래 놓고 시험이라고 어쭙잖게 꾸며 댄 것뿐이고 말이지."

"⋯⋯컥!"

"아. 이제 당신을 회장이나 아버지로 모시는 것도 피곤하네."

처음부터 네 것이라는 말 따위 해서는 안 되는 것이었다. 아버지라는 거창한 이름으로 성훈은 우현에게 칼을 꽂았다. 천천히 부서지고 있던 무언가가 완전히 무너져 내린 순간 우현은 철저히 혼자였다.

"당신이 잘못한 거야."

"쿨럭⋯⋯ 너."

"나도 당신처럼 수족처럼 쓰고 버릴 사람은 많아. 그리고 당신의 사람이었다가 나에게 몸을 숙인 이들도 꽤 되고 말이지."

휠체어에서 무너지는 성훈을 우현이 힘껏 안았다.

"당신 아들에게 다 포기하라는 건, 죽으라는 거야."

"컥⋯⋯ 컥!"

우현의 말이 귓가에 울렸지만 더는 목소리가 나오지 않았다. 떨고 있던 성훈의 몸이 천천히 무너져 내렸다. 쓰러진 성훈의 입가에서 흐르는 피가 바닥을 적셨다.

"놈은 그저 방패막이일 뿐이야."

성훈을 보던 우현이 자신의 손을 보았다.

사람을 죽여도 아무렇지 않았던 그의 손이 지금만큼은 사시

나무 떨듯 파르르 떨고 있었다. 가쁜 숨을 내쉬며 우현이 성훈
을 향해 절규했다.

"난 잘못한 게 없어."

청운회의 전부가 그의 것이라는 말을 들으며 자랐다.

그랬던 삶을 하루아침에 바꾸라니 있을 수 없는 일이다.

자신은 잘못한 것이 없다. 그러니 늙은이의 변덕에 놀아날 생
각 따위 없다.

"나는 잘못한 게 없다고⋯⋯."

우현의 독백이 방 안에 조용히 울렸다.

다듬었던 머리카락이 어느새 다시 길어 등의 절반을 덮고 있
었다. 자신을 닫았던 수안을 일으켜 세운 건 성훈이 쓰러졌다는
소식과 유언장에 따라 회주에 오르겠다는 우현의 선포였다.

출근 복장으로 갈아입은 수안이 머리끈으로 긴 머리를 하나
로 묶었다.

"후우."

거울을 보며 수안이 긴 숨을 내쉬었다.

김 비서를 발견한 무현의 사람들이 서둘러 성훈에게 달려갔
을 때는 이미 그는 위독한 상태였다. 성훈이 아직 죽지 않았다
는 걸 알게 된 유란이 사람을 보내 막았지만, 가까스로 청운회
밖으로 성훈을 빼낼 수 있었다.

"무리할 필요 없다고 했잖아."

거울로 보이는 무현의 모습에 수안이 몸을 돌렸다.

걱정하는 그를 보며 수안이 눈을 내리깔았다. 아직 시간이 필요하다. 정리되지 않은 생각이 꼬리에 꼬리를 물고 수안을 괴롭혔다.

'미안하구나.'

성훈이 우현에 의해 위독하다는 말을 듣는 순간 뿌린 대로 거두었다는 통쾌함보다도 묵직한 것이 심장에 내려앉는 기분이었다.

차라리 수많은 다른 양자들처럼 대했다면 이런 기분 따위 들지 않았을 것이다. 쉽지 않은 삶이었지만 그래도 그녀가 가장 버거울 때 손을 내밀어 주었던 유일한 사람이 성훈이었다.

아직 그를 용서할 수는 없다. 어쩌면 평생 동안 그를 원망하며 살지도 모른다.

"괜찮아요."

성훈이 쓰러졌다면 다음 순서는 무현이었다.

충격에 자신을 놓고 쉬는 건 멈춰야 할 때, 이젠 무현에게 의지하기보다는 다시 추스려야 할 시간이었다.

무현에게 다가온 수안이 그를 품에 안았다. 수안이 이끄는 대로 몸을 맡긴 무현이 작은 어깨에 얼굴을 묻었다. 품에 안은 넓은 등을 수안이 천천히 두드렸다.

"나한테는 당신밖에 없어."

몸을 일으킨 무현의 눈이 커졌다.

그의 세상에 들어올 때부터 답은 정해져 있었을지도 모른다.

"그러니까 당신이 다치는 일은 없을 거야."

그와 함께하는 미래. 그 과정이 쉽지 않아도 상관없다.

언제나 참으며 살아온 그녀에게 조금 더 인내하는 건 어려운 일이 아니었다.

"같이 있어."

대답 대신 수안이 무현의 품을 파고들었다.

#12.

　신음을 삼키며 바닥을 구르는 사내들을 수안이 차분하게 바라보았다.

　"이렇게 하셔도 소용없다는 말씀은 전에도 드렸습니다."

　성훈이 의식불명이라는 것 외에 바뀐 것은 없건만 이미 우현은 회주처럼 행동하고 있었다. 무현에게 모든 권리와 책임을 내려놓고 물러나라는 명령을 한 것도 모자라 수안에게는 회주의 명령이니 돌아오라며 사람을 보내기까지 했다.

　"또한 몇 번이고 말씀드렸지만 제가 현재 모시고 있는 회주는 본가의 그분이 아닙니다."

　수안을 걱정한 무현 또한 그녀에게 사람을 붙이기는 했지만 그녀 또한 제 몸을 지킬 줄 알았다. 그리고 단순히 회주의 명령이라는 이유로 우현에게 돌아갈 생각 따위 이젠 조금도 없다.

"본가의 그 사람을 회주로 모실 생각 따위 없습니다."

예전의 수안이었다면 몸을 사리고, 자신의 생각을 절대 밖으로 내뱉지 않았을 것이다. 하지만 이젠 그러고 싶지 않다.

엘리베이터를 타고 사장실의 앞에서 수안이 짧게 숨을 골랐다. 노크를 하고 들어간 수안이 책상 앞에 앉아 있는 무현과 옆에 서 있는 손 비서를 향해 고개를 숙였다.

"손 비서는 나가 있어."

나가는 손 비서의 표정이 어둡다고 생각했다.

하지만 그건 수안을 바라보는 무현의 얼굴도 비슷했다.

손 비서가 나가자마자 무현이 수안을 향해 손을 뻗었다. 무현의 손을 붙잡은 수안이 자신의 품으로 그를 끌었다. 수안의 품에 얼굴을 묻은 무현에게서 낮은 숨이 흘러나왔다.

지금까지 했었던 그의 노력을 비웃기라도 하듯 본가를 점령한 우현의 기세는 하루가 다르게 강해졌다.

무현의 손을 들어 준 이들은 굳건했지만, 문제는 중립적인 입장에 있던 이들이었다. 팽팽하게 이어지던 균형은 무현이 유원을 장악하기 전에 우현이 내부를 장악함으로써 흔들리기 시작했다.

그리고 도착한 취임식 초대장, 무현도 모르는 사이에 정해진 날짜는 사흘 후였다.

"해윤이의 거처를 다른 곳으로 옮겨야 할 것 같아."

무현의 말에 수안이 눈을 감았다.

벌써 세 번째, 해윤의 존재를 알게 된 우현은 어떻게든 그녀를 데려오려고 수를 쓰고 있었다. 다행히 무현이 먼저 움직였기

400

에 끔찍한 일은 일어나지 않았지만 아슬아슬한 상황이 계속되고 있는 것 또한 사실이었다.

"내일모레가 취임식이라고 했죠?"

우현은 미쳤지만 바보는 아니었다.

시간을 끌면 끌수록 기반이 약한 자신이 불리하다는 걸 아는 그는 빠르게 취임식을 준비하고 있었다. 성훈이 왜 쓰러졌는지 누가 그랬는지는 중요하지 않았다. 중요한 건 친아들인 우현이 양아들인 무현을 밀어내고 회주가 될 생각이라는 것이었다.

"가실 건가요?"

"가야지."

"같이……."

"해윤이 좀 부탁할게."

수안의 눈이 무현을 응시했다. 그녀가 왜 그러는지 알고 있었지만 그는 더 이상 아무 말도 하지 않았다. 무현을 보던 수안이 한참 후, 고개를 저었다.

"싫어요."

"수안아."

"어설픈 말로 돌리지 마세요. 날 떼어 놓으려는 거잖아요!"

말도 안 되는 취임식이어도 무현은 가야 했다.

청운회의 모든 이들이 모여 있는 곳에서 자신의 회주 자리를 지켜야 했다. 아직 진행되지도 않은 취임식이지만 어떻게 흘러갈지 고민하지 않아도 알 수 있다.

"해윤이는 제 몸을 못 지켜."

"당신은요?"

그녀의 물음에 무현의 말문이 막혔다.

그런 무현을 보며 수안이 입술을 깨물었다. 해윤을 지켜 달라는 부탁이었지만, 실제로는 수안을 지키려는 꼼수일 뿐이었다.

"안 죽어."

"사람 일은 모르는 거예요."

"수안아."

"사람은 너무나도 쉽게 죽어요. 그게 당신이 되지 말라는 법은 없어요."

혼자 버티고 참았던 과거는 더는 없었다. 청운회에 들어온 이래, 오랫동안 그려 왔던 염원을 접어서라도 함께하고 싶은 사람이었다.

무현의 의도는 알았지만 수안은 절대 그렇게 할 수 없었다. 무현 또한 사람이었다. 그것도 수안에게는 누구도 바꿀 수 없는 하나뿐인 연인이었다.

"같이 있겠다고 했잖아요."

"모르는 척 들어주면 안 될까?"

말문이 막힌 수안의 눈에 물기가 차오르는 것을 보며 무현이 목 안에서 넘어오는 쓴물을 억지로 삼켰다.

자신의 행동이 수안의 약점을 건드리는 것이라는 걸 알면서도 무현은 하지 않을 수 없었다. 청운회에 들어온 후 무현은 단 한 번도 누구에게 부탁을 한 적이 없었다. 명령을 하거나 명령을 따르는 것, 그에게는 그게 전부였다.

그렇기에 처음으로 수안에게 부탁을 했다. 그리고 무현을 아는 수안은 그의 부탁을 거절하지 못할 것이다.

"믿을 사람이 너밖에 없어."

"지금 당신 말이 얼마나 잔인한지 모를 거예요."

하지만 무현은 수안을 우현의 취임식에 데려갈 생각 따위 전혀 없었다. 수안은 무현의 경호원이다. 무현이 다치기 전에 위험한 사람은 다름 아닌 그녀였다. 이제 그녀가 다치는 모습은 보고 싶지 않다.

"해윤이 좀 부탁해."

싫다며 고집을 부려도 무현은 수안을 보낼 것이다. 그가 왜 그러는지 알기에 더는 고집을 부릴 수도 없었다. 무현에게 해윤이 중요한 존재라는 것도 알고 있다. 그래서 혼자 위험을 감수하려는 그가 밉고 안타까웠다.

힘겨운 숨을 토해 내던 수안이 말없이 고개를 끄덕였다. 그녀의 대답에 무현이 안도했다. 그의 반응을 보던 수안이 가지고 온 서류봉투를 그에게 내밀었다.

"이게 뭐지?"

"선생님…… 아니 김 비서님께서 주고 가신 거예요. 회장님이 변을 당하신 날, 제게 건네주라고 하셨대요."

"이게 뭔데?"

"아직 안 봤어요. 보면…… 흔들릴 것 같아서 안 봤어요."

병원에 입원한 성훈을 수안은 외면했다.

무현을 만나기 전까지 수안이 유일하게 신뢰했던 사람이지만, 이제 더는 성훈에게 마음을 열 수 없었다. 그리고 지금은 성훈에게 어떤 여지도 주고 싶지 않았다.

"당신에게 도움이 될 것 같아서 가져왔어요."

"먼저 보고 주는 게 낫지 않을까?"

"나중에…… 모든 일이 끝나고 나중에 볼게요."

힘없는 미소에 무현의 눈이 부드럽게 휘었다. 말없이 그녀의 품에 얼굴을 묻으니 따뜻한 손이 뺨을 감쌌다.

다음 날, 해윤이 있는 곳으로 출발하기 전 수안은 무현을 만났다. 내키지 않아 하는 그녀를 달래듯 무현이 수안에게 미소를 보였다. 가고 싶지 않다는 말이 목 끝까지 치밀었지만, 그의 진심을 알기에 더는 뭐라 할 수 없었다.

수안이 완전히 사라진 후, 무현의 얼굴에 있던 부드러운 표정이 완전히 사라졌다.

취임식 날, 우현은 살아오지 못할 것이다. 이제 그가 청운회에서 신경 써야 할 사람은 아무도 없었다.

무현의 눈에 차갑다 못해 서늘한 빛이 감돌았다.

준비된 차량에 무현이 오르자 다른 차들에 경호하는 인원이 올랐다. 취임식 당일, 청운회의 본가로 움직이는 인원의 얼굴에는 긴장감마저 감돌았다.

"본가에 모든 준비를 끝내 놓았습니다."

손 비서의 보고를 듣는 무현의 표정이 서늘했다. 취임식을 하기에는 더없이 좋은 날이었다. 비록 취임사를 마치기도 전에 우현은 제압될 것이지만 모든 일의 끝맺음을 하기에는 나쁘지 않았다.

우현과 유란은 살리겠다는 약속을 했으니 목숨은 살릴 것이다. 하지만 그 외의 처리는 성훈과 했던 약속대로 진행되진 않을 것이다. 우현과 유란도 살아 있는 내내 수안은 물론이고 다른 사람들과도 만나지 못하게 만들 것이다.

"부회주를 처리하는 걸 우선적으로 진행하겠습니다. 사모님께서 앞으로 머무실 별장의 수리도 마무리되어 갑니다. 사흘 정도 연금 후에 그쪽으로 모시겠습니다."

경호를 받으며 가던 차가 사거리에서 신호를 받고는 멈추었다. 손 비서의 연이은 보고를 받으며 무현이 창문으로 시선을 돌렸다.

"그리고."

"멈춰!"

손 비서를 붙잡은 무현이 몸을 돌리는 순간 질주하는 차가 무현이 탄 차를 그대로 박았다.

쾅!

굉음과 함께 엉킨 차가 사거리에서 엉켰다. 세 바퀴나 구른 후에야 멈춘 차에서는 하얀 연기가 흘러나왔다. 충돌의 충격으로 속이 뒤집히고 머리가 흔들렸지만, 숨을 삼키는 것으로 간신히 참아 냈다. 덜컹거리는 문을 발로 찬 무현이 비틀거리며 차에서 빠져나왔다.

무현의 이마에서 흐르는 피가 바닥에 투둑 떨어졌다. 힘겹게 몸을 일으키는 무현의 주변으로 검은 세단이 완전히 둘러쌌다. 주위를 완전히 둘러싼 차에서 나온 사내들이 무현을 완전히 포위했다.

그리고 그들의 뒤, 깔끔한 정장을 입은 우현이 빙긋 미소를 지었다.

"그 목숨 줄 하나는 정말 질기구나."

이마의 피를 닦아 낸 무현이 우현과 그 주변에 있는 사내들을 바라보았다. 우현의 성격대로라면 분명 취임식에서 일을 꾸밀 것으로 생각했다.

반드시 죽여야 할 존재라는 것인가. 충돌이 생긴다면 취임식에서 일어날 것이라 생각했건만 허를 찔렸다. 현재 싸울 수 있는 모든 인원을 끌어모아도 우현이 데리고 온 인원의 절반도 되지 않았다.

"급하긴 급했나 보네. 이렇게 선수를 치는 걸 보면 말이야."

무현의 도발에 우현의 눈이 파르르 떨리나 싶더니 이내 입꼬리를 올렸다. 여기서 무현이 빠져나갈 방법은 없다. 어차피 죽게 될 놈이니 조금 대화를 한다고 달라질 일도 없다.

"내가 어떻게 준비한 취임식인데 빈손으로 시작할 수는 없잖아."

사람들을 헤치고 앞으로 나선 우현이 무현을 보며 한쪽 눈을 찡긋했다. 예전에는 여유롭고 부드러웠던 표정이었다면, 지금은 알 수 없는 두려움과 불쾌감이 드는 미소였다.

"지금까지 제 주제도 모르고 까불던 방패막이의 시체를 사람들에게 보여 주고 시작하는 취임사가 훨씬 더 강렬할 것 같아서 말이지."

"그게 그렇게 쉬웠다면 형은 벌써 하고도 남았겠지."

거추장스러운 넥타이를 푼 무현이 입고 있던 양복 재킷을 벗었다. 포위된 상황에서도 태연한 그를 보며 우현의 눈에 살기가 맺혔다.

무릎을 꿇고 빌어야 하는 상황에서도 저 방패막이는 참으로 제멋대로였다. 당장에라도 목에 총알을 박아 버리고 싶었지만, 그렇게 쉽게 죽일 수는 없다.

"네 시체를 보는 수안의 얼굴이 어떨지 기대가 된단 말이지."

수안이라는 말에 무현의 눈썹이 움찔 떨렸다.

그 모습에 통쾌하기보다는 더 화가 치밀었다. 예전이나 지금이나 수안은 자신의 사람이었다. 고작 몇 달을 같이 지내 놓고는 자신의 것처럼 행동하다니 구역질이 치밀었다.

우연히 떠오른 생각이었지만 나쁘지 않다. 수안의 생각을 확실히 접게 할 방법으로는 최선이었다.

"누가 바닥을 구를지는 붙어 봐야 알겠지."

흔들렸던 표정을 원래대로 돌린 무현이 차갑게 대꾸했다. 일촉즉발의 상황에서도 무현이 평정을 잃지 않자 무현을 경호하는 사내들 또한 침착함을 되찾았다. 분명 수적으로도 힘으로도 우현이 우위였건만, 무현과 그를 경호하는 이들에게서 불안감은 보이지 않았다.

"죽여."

이곳은 물론이고, 더는 청운회에서 무현이 설 자리는 없다. 가장 고통스럽고 잔인하게 죽일 것이다. 그리고 그런 무현의 시체를 수안에게 똑똑히 보여 줄 것이다.

우현의 명령에 기다리던 사내들이 무현을 향해 달려들었다.

❖

잭나이프를 든 채 달려오는 사내를 보던 무현이 몸을 움직였다. 목을 향해 들어오는 잭나이프를 슬쩍 피한 무현이 사내의 목을 움켜잡았다.

"컥!"

목이 잡힌 사내가 몸부림을 쳤지만, 정작 목을 움켜쥔 무현은 자신에게 달려드는 다른 사내들을 향해 잡고 있던 이를 집어 던졌다. 서로 엉키면서 길이 생기자 무현이 우현을 향해 걸음을 옮겼다.

그를 죽이려는 사내들은 신경조차 쓰지 않았다. 무현이 노리는 건 딱 한 사람, 이 상황을 정리할 수 있는 사람 또한 하나였다.

"막아!"

우현을 향해 거침없이 걸어가는 무현을 보며 누군가가 고함을 쳤다. 비서를 피해 다가온 사내가 우현을 향해 주먹을 휘둘렀다. 사내의 주먹을 피한 무현이 팔꿈치로 남자를 가격했다. 무현의 경호원을 뚫고 그를 죽이기 위해 사내들이 달려왔지만, 여지없이 무현의 주먹에 바닥을 구르거나 내동댕이쳐졌다.

"헤에."

자신을 막던 사내의 복부에 주먹을 찔러 넣은 우현이 가까이 오는 무현을 향해 입꼬리를 올렸다. 이제야 저 빌어먹을 방패막이와 마주하게 되었다.

걸어오는 싸움이라면 피하지 않는다.

그때 우현의 시선이 어느 한 곳에 잠시 머물다가 사라졌다.

시선을 원래대로 돌리자마자 무현이 우현을 향해 주먹을 휘둘렀다.

"큭!"

무현의 주먹을 막아 낸 우현이 입술을 깨물었다. 방패막이 주제에 들어오는 공격이 제법 사나웠다. 무현을 밀어낸 우현이 그의 목을 향해 손을 뻗었다. 공격을 막으려 무현이 움직인 순간 우현의 손이 목이 아니라 복부로 방향을 바꾸었다.

"윽!"

온몸을 울리는 고통에 무현의 눈이 커졌다. 무현이 몇 걸음 뒤로 물러나자 기세가 오른 우현이 그와의 거리를 단숨에 줄였다. 거침없이 다가오는 우현의 팔꿈치를 향해 무현이 주먹을 휘둘렀다. 비틀거리는 우현의 정강이를 걷어찬 무현이 연이어 어깨를 향해 손을 뻗었다.

다가오는 손목을 붙잡은 우현이 무현의 뒤로 이동했다. 무현의 목을 팔로 휘감은 우현이 힘껏 조였다.

"큭!"

목을 조르는 우현의 팔을 무현이 붙잡았다. 창백한 무현이 뒤에 있는 우현을 향해 팔꿈치를 찍었다. 연이은 가격에 우현이 목을 감았던 팔을 풀자 몸을 돌린 무현이 다시 주먹을 휘둘렀다.

주먹에 맞은 우현이 몸을 비틀거리자 기세를 잡은 무현이 다시 거리를 좁혔다. 하지만 우현에게 가려는 그의 앞으로 우현의 수행비서가 막아섰다.

"비켜!"

순식간에 우현을 막는 이들을 보며 무현이 으르렁댔다. 어떻게든 우현을 무현에게서 지키려는 사내들과 그들을 붙잡으려는 무현의 인원으로 주변은 아수라장이었다.

그리고 그들의 틈, 유난히 체구가 작은 사내가 치열하게 싸우고 있는 사내들 속에서 천천히 무현과의 거리를 좁혔다. 원하는 거리까지 오게 되자 사내가 품에 숨겼던 가는 잭나이프를 꺼내서 휘둘렀다.

"회주님!"

가까스로 공격을 피한 무현의 목에서 피가 솟구쳤다. 목에서 흐르는 피를 손으로 막은 무현이 사내를 발로 찼다.

본능적으로 피하지 않았다면 치명적인 상처를 입었을 것이었다. 무현이 휘청거리자 틈을 발견한 사내들이 무현을 향해 달려들었다. 수적으로도 불리했던 상황에서 무현이 다치자 흐름이 우현을 향해 옮겨 갔다.

"죽여!"

누군가의 외침을 기점으로 무현을 향해 모든 사내들이 달려들었다. 당장 앞으로 달려든 사내를 무현이 제압했지만, 또 다른 이가 무현의 팔을 붙잡았다.

"회주!"

일촉즉발의 상황에서 손 비서가 무현을 향해 달려왔다. 양팔이 잡힌 무현이 빠져나오려 몸부림치는 것과 동시에 정면의 사내가 손에 든 잭나이프를 무현을 향해 앞으로 찔러 넣었다.

"윽!"

사내와 무현의 작은 틈을 끼어든 여자가 사내의 손목을 쳐 내자 사내가 몸을 휘청거렸다. 그 짧은 틈을 이용해 여자의 팔꿈치가 사내의 얼굴을 쳤다.

무현도, 무현이 죽기만을 기다렸던 우현 모두의 눈이 커졌다. 그와 동시에 장벽처럼 길게 둘러싸여 있던 세단을 넘은 이들이 우현을 향해 달려들었다.

"너⋯⋯."

무현을 노리던 사내 셋을 순식간에 제압한 수안이 그를 보며 담담히 말했다.

"같이 있겠다고 했잖아요."

미간을 모은 무현을 향해 당당히 말을 꺼낸 수안이 가까이 다가오는 사내를 향해 몸을 재빠르게 움직였다. 압도적으로 우현이 유리했던 상황이 수안과 그녀가 데리고 온 인원으로 인해 완전히 바뀌었다.

"아아악!"

자신의 계획이 완전히 무너진 우현이 고함을 질렀다. 그의 고함에 수안의 눈빛이 달라졌다.

무슨 계획이 있었던 것도, 생각이 있었던 것도 아니었다. 그저 해윤의 곁에서 같이 이동하던 와중에 문득 들었던 생각이 전부였다.

우현에게 해윤은 아무 가치도 없지만, 무현은 반드시 죽여야 할 눈엣가시였다. 8년을 지켜본 우현이라면 자신의 취임식에서 피를 보느니 그 전에 무현을 죽이는 것을 택할 사람이었다.

"나중에 이야기하자."

밀려드는 적을 보던 무현이 이를 갈았다. 무현의 분노는 무서웠지만 이곳에 온 걸 수안은 후회하지 않았다.

"네가 어떻게! 왜!"

피를 토해 내듯 고함을 치는 우현을 보며 수안이 눈을 내리깔았다. 수안이 숨을 몰아 내쉬었다. 일방적인 우위로 이어지던 우현의 분위기가 점점 무현에게로 바뀌고 있었다.

그녀에게 달려드는 사내들을 제압하며 우현과의 거리를 좁혔다. 무기를 휘두르는 사내를 맨손으로 제압하는 일이 쉽지 않았지만 날렵한 움직임과 정확한 공격으로 달려드는 이들을 쓰러뜨렸다.

처음이자 마지막일지도 모르는 기회, 결과가 어찌 될지는 생각하지 않았다.

거침없이 다가오는 수안을 향해 건방지다는 듯 입꼬리를 올렸다. 고작 몇 명 더 데리고 왔다고 상황이 달라지지는 않는다. 우현의 손가락이 수안을 향하자 가까이에 있던 사내들이 그녀를 향해 달려들었다.

"컥!"

밀려드는 사내에 수안이 위험해지려는 순간 무현이 그녀의 앞을 막았다. 무현의 등장에 당황한 사내들이 잠시 움찔하던 찰나, 그의 손이 수안과 가장 가까운 사내들을 향해 휘둘러졌다.

움직여 보기도 전에 무현에게 쓰러지자 다가오던 사내들이 멈추었다. 그들을 보던 무현이 수안을 보았다.

"가."

고개를 끄덕인 수안이 무현을 지나쳐 우현에게 달려갔다. 바로 앞까지 수안이 다가오자 우현의 경호원들이 장벽처럼 둘러쌌다. 모두가 수안이 알고 있는 사람들, 허점이라고는 전혀 없어 보이는 경호원들 사이에서 수안이 타깃을 찾았다.

"큭!"

철옹성처럼 우현의 주변에서 사내들을 막아 내던 경호원 중 하나가 배를 붙잡고는 쓰러졌다. 동시에 바로 옆에 있는 사내의 다리를 몸을 숙인 수안이 걸었다.

찰나에 생긴 틈, 쓰러진 사내를 지지대 삼아 수안이 우현을 향해 몸을 날렸다. 무기 없이 달려드는 수안을 보며 웃었던 것도 잠시, 햇빛에 반사되는 밝은 빛에 우현의 시야가 흐려졌다.

"악!"

목을 붙잡은 우현이 몇 걸음 뒤로 물러났다. 무현과 똑같은 부분에서 흐르는 피가 옷을 적셨다. 바닥에 착지한 수안이 잡고 있던 잭나이프의 방향을 바꾸었다. 그리고 수안이 우현을 향해 잭나이프를 휘둘렀다.

"쳇!"

피가 배도록 입술을 깨문 우현이 몸을 비틀었다. 아슬아슬하게 피하는 우현을 수안이 노려봤다. 사람을 죽여 본 적은 없었지만, 우현을 죽임으로써 무현에게 새 길이 열린다면 수안은 얼마든지 할 수 있었다.

"비켜!"

비틀거리는 우현을 지키려 경호원이 앞을 막았다. 그들을 향해 고함을 지르며 수안이 잭나이프를 휘둘렀다. 귀를 얼얼하게 하는 난전 속에서도 수안의 눈에 보이는 건 우현뿐이었다. 경호원을 제친 수안이 자신을 향해 공격하는 우현의 손목을 다시 잭나이프로 베었다. 손목에서 피가 터짐과 동시에 우현이 수안의 어깨를 온몸으로 쳤다.

"윽!"

잭나이프를 놓친 수안이 몸을 휘청거리자 눈에 핏발이 선 그가 그녀의 목을 붙잡았다.

"네가!"

목을 움켜잡은 우현의 손을 붙잡으며 수안이 발버둥을 쳤지만, 남자인 우현의 손아귀에서 빠져나올 수 없었다. 하얗게 질려 가던 수안이 좀 전에 자신이 만든 상처에 손톱을 박았다.

"아악!"

우현의 손아귀에서 빠져나온 수안이 몸을 뒤로 빼려 했지만, 그의 손이 먼저 수안의 어깨를 움켜잡았다. 상처받은 눈이 수안을 노려봤지만, 그의 시선에 수안은 휘둘리지 않았다.

실망이 절망으로 바뀌고 절망이 분노로 바뀌는 순간 우현의 잭나이프가 목을 향해 찔러 왔다.

"죽어!"

바로 앞까지 온 잭나이프를 피할 방법이 없던 수안이 눈을 감았다.

마지막까지 몸을 숙이지 않는 수안을 보는 우현의 눈에 핏발이 섰다. 자신이 가질 수 없다면 무현도 가질 수 없다.

수안의 목에 나이프가 박히기 직전이었다.

둘 사이를 난입한 손이 잭나이프의 방향을 바꾸었다.

"아아악!"

우현의 비명에 수안이 고개를 돌렸다. 허리를 감싸는 팔의 감촉을 느끼기도 전에 수안이 우현에게서 완전히 빠져나왔다. 바뀐 상황에 수안이 정신을 차리기도 전에 무현이 자신의 뒤에 그녀를 숨겼다.

"지무현!"

찔린 팔을 부여잡고 고함을 지르며 우현이 달려들었지만, 무현이 휘두르는 주먹에 그는 어찌지도 못하고 힘없이 바닥을 굴렀다.

"끝났어."

"망할!"

바닥에서 몸을 일으킨 우현이 다시 무현에게 달려들었다가 얼마 가지 못하고 다시 바닥을 굴렀다.

"뭐 하고 있어?"

우현의 이마에서 터진 피가 얼굴을 타고 흘러내렸다. 주변을 보지도 않은 채, 우현이 소리를 질렀다.

"저놈을 죽여!"

이대로 질 수 없다. 회주의 자리가 바로 코앞에 있었다. 고작 실패 한 번으로 다 놓칠 수 없었다.

"어서 죽여! 죽이라고!"

우현의 고함이 공터에 허망하게 울려 퍼졌지만 이미 무현의 조직원들에게 완전히 제압된 이들이 그의 말을 들을 리가 없었다.

우현이 졌다.

모든 이들이 그렇게 생각했지만, 정작 받아들여야 할 당사자의 눈에는 아무것도 보이지 않았다. 가장 가까이에 있는 이를 잡아서 내던지며 우현이 고함을 질렀다.

"너희들 다 죽고 싶어! 어서 죽이…… 킥!"

"이제 그만해!"

힘이 들어간 주먹이 복부를 가격하자 우현이 허리를 숙였다. 몸을 숙인 우현의 복부에 무현의 발이 다시 박히자 비명조차 지를 틈도 없이 우현이 쓰러졌다. 고통스럽게 몸을 비트는 우현을 보던 무현이 차갑게 대꾸했다.

"끌고 가."

숨을 몰아쉬며 무현이 몸을 돌렸다. 뒤에서 우현이 고함을 질렀지만, 이미 무현의 관심에서는 완전히 벗어나 있었다. 기침을 토해 내며 몸을 일으키는 수안을 보며 무현의 미간이 딱딱하게 굳었다. 이제야 몸이 좀 회복되었건만 또다시 수안의 몸에 상처가 생겼다. 그녀부터 치료해야겠다는 생각을 하며 무현이 손을 내밀 순간 수안이 그를 향해 달려왔다.

위기에 익숙한 촉이 경고음을 울렸다.

탕!

무현이 몸을 움직이기도 전에 소리가 터져 나왔다.

처음에는 그저 데리고 놀기 좋은 장난감이었다.

약간의 놀림에도 어쩔 줄 몰라 하면서도 잘못된 걸 말릴 때는 무모하리만큼 대담했기에 호기심에 곁에 둔 것도 사실이었다.

"아?"

수안의 몸에서 나오는 붉은 피가 단숨에 옷을 적셨다. 잠시
비틀대던 수안이 고함을 지르는 무현의 품에 힘없이 안겨 들었
다.

수안도, 청운회도, 그가 가졌던 그 어떤 것도 무현에게 줄 수
없다.

이제 시작이었다. 청운회 회주로서의 미래가 바로 앞에까지
와 있었다. 고작 이런 말도 안 되는 결과로 다 잃을 수는 없었
다.

그 순간 품에서 낯선 감촉이 느껴졌다. 무현에게 연달아 린치
를 당하느라 꺼내지 못했던 마지막 보루를 꺼내 든 우현이 무현
을 향해 방아쇠를 당겼다.

"……아니야."

무현이 갖게 할 바에야 차라리 죽이는 게 낫다.

분명 조금 전까지 했었던 생각이었다.

"왜……."

정확히 무현을 겨누고 쏘았는데.

그렇다면 무현이 맞아야 하는 것이 아닌가? 왜 저기에 수안
이 쓰러져 있는 거지?

"이건…… 아니야."

우현에게 달려든 사람들이 손에 든 총을 **빼앗았다**. 그들에게
끌려가면서도 우현의 눈은 바닥에 힘없이 늘어져 있는 수안을
향해 있었다.

"아아악!"

우현의 절규가 공터를 가득 채웠다.

정신이 멍하다는 기분이 이런 것이라면 무현은 다시는 경험하고 싶지 않았다.

수안이 왜 지금 여기에서 자신의 앞을 막고 있는 것일까? 하지만 물음에 대한 답을 찾기도 전에 쓰러지는 수안을 향해 무현이 팔을 뻗었다.

"……왜?"

무현의 물음에 수안이 입꼬리를 올렸다. 그것도 잠시, 거친 기침과 함께 수안의 입가에 붉게 피가 흘러내렸다.

"이럴 것 같아서…… 쿨럭."

"손 비서!"

정적은 오래가지 않았다. 피를 토한 수안이 힘겨운 숨을 뱉어내자 무현이 상처를 손으로 눌렀다. 있는 힘껏 누르고 있어도 수안의 몸에서 피가 계속 나와 무현의 손가락 사이로 흘렀다. 손에 느껴지는 수안의 피가 뜨거운 것과는 달리 그녀의 몸은 너무나도 차가웠다.

"총소리에도…… 몸이 움직……였어."

무현의 눈을 바라보며 수안이 웃으며 말했다.

이상했다. 우현이 품에서 권총을 꺼내 든 순간 트라우마로 생긴 공포보다도 무현이 죽지도 모른다는 두려움이 더 컸다. 평생 그녀를 괴롭히던 과거의 상처도 지금만큼은 장애가 되지 않았다.

"그래서…… 다행이라고…… 생각……해."

총에 맞기는 했지만, 이상할 정도로 마음은 홀가분했다. 아무것도 하지 못했던 과거와는 달리 이번에는 제때에 바라는 일을 이루었다.

무현이 살았으니까.

"이 꼴이 되어 놓고 뭐가 다행이야!"

잇새로 나오는 말에 분노가 묻어 있었지만 수안을 보는 무현의 얼굴은 창백했다. 상처를 누르고 있는 무현의 손이 떨리고 있었지만, 정작 당사자는 그는 모르고 있는 듯했다.

"안…… 죽어."

"너 그게 지금 말이라고……."

"안 죽을…… 거야."

죽고 싶지 않아.

무현이라면 함께할 자신이 생겼다. 이 끔찍한 곳에서도 살아야 할 이유가 생겼다.

피가 묻은 수안의 손이 무현의 뺨을 감쌌다. 내내 따듯했었던 무현의 뺨이 차가웠다. 예전에 봤었던 낯선 표정 하나가 그에게서 다시 보이고 있었다.

"겁내지…… 마."

그때는 알지 못했던 그의 감정이 이제는 보는 것만으로도 알 수 있었다. 창백한 얼굴로 겁에 질린 무현을 향해 수안이 미소를 지었다.

"나…… 안 죽어."

묵직한 것이 몸을 누르듯 수안의 몸에서 힘이 빠져나갔다. 창백한 무현을 더 다독여 주고 싶었지만, 힘이 빠지기 시작한 몸이 머리와는 다르게 움직였다.

"괜찮으니까……… 걱정하지…… 마요."

억지로 버텨 내던 눈꺼풀이 무겁게 내려앉았다. 무현의 목소리가 들리는 것 같았지만 더는 말할 힘이 없었다. 매섭게 부는 바람에 순응하는 나무처럼 몸이 이끄는 대로 수안이 정신을 놓았다.

❖

수술실의 불이 켜지고 얼마나 지났는지 모르겠다.

"회주님."

그 어느 때보다도 차분하고 가라앉아 있는 그를 보며 손 비서가 걱정스러운 얼굴을 했다. 무현의 차분함이 실제로는 터지기 직전의 폭탄과 같다는 것을 누구보다도 손 비서가 잘 알고 있었다.

"회주님."

손 비서의 거듭된 부름에 무현이 그제야 고개를 돌렸다. 목의 상처는 급한 대로 치료했지만, 입고 있는 옷이나 손은 여전히 수안과 그의 피로 엉망이었다.

"피부터 씻어 내고 옷을 갈아입으시는 편이 좋겠습니다. 여기는 제가 있겠습니다."

손 비서의 말에 무현이 자신의 손을 쳐다보았다. 누구의 피인지도 모를 피가 손에 잔뜩 묻어 있었다. 손에서 이미 말라 버렸는데도 피 냄새가 진동하는 것 같았다.

"목의 상처도 다시 치료받으셔야 합니다."

손 비서의 조심스러운 말이 계속 들려왔지만 대답할 정신이 없었다. 무현의 손이 임시방편으로 치료받은 목으로 향했다. 목의 상처는 생각조차 못 하고 있었다. 초점을 잃은 눈이 다시 수술실로 향했다.

"회주님."

몇 번을 불러도 무현에게서 반응이 없자 손 비서가 결국 조용히 물러났다.

벌써 3시간째, 간호사와 의사가 몇 번을 들어갔다 나오기를 반복했지만 어떤 상황인지 말해 주는 사람은 아무도 없었다. 죽지 않는다며 미소 지었던 수안의 목소리가 머릿속에서 몇 번이고 반복되었다. 그러니 괜찮을 것이다.

굳게 닫혀 있던 수술실의 문이 열리며 나온 간호사가 다급히 무현을 향해 다가왔다. 피딱지가 앉아 있던 손에 힘이 들어갔다.

무겁게 내려앉은 눈이 힘겹게 떠졌다. 눈을 뜨자마자 보이는 것에 수안의 눈 끝이 부드럽게 휘었다.

"아버지."

수안의 목소리에 정준이 미소를 지었다. 정준의 손이 수안의 머리를 부드럽게 쓸었다.

"잘 지냈어요."

수안의 대답에 정준이 그건 아니라는 대답을 하는 것처럼 고개를 저었다.

"진짠데……."

치열하게 살아왔지만 또 생각해 보면 그다지 나쁜 삶은 아니었다. 반듯하게 살아온 건 아니었어도 잘못을 저지르진 않았다. 철저히 혼자서 버텨 낼 줄 알았던 그녀의 삶에 무현이 들어왔고. 그의 손을 잡으니 또 살아갈 욕심이 생겼다.

"그래서 지금은 못 가요."

지금 그녀가 손을 잡아야 할 사람은 죽은 정준이 아니라 살아 있는 무현이다. 겁에 질린 무현을 향해 괜찮다고 말했다. 그러니 수안은 돌아가야 했다.

"죄송해요."

정준의 손이 수안의 머리를 다시 쓰다듬었다.

언제 다시 느낄지 알 수 없는 손길을 느끼며 수안이 눈을 감았다. 따뜻한 손의 온기가 점점 사라지고 앞에 서 있던 정준이 사르르 사라지자 수안의 눈가에 물기가 서렸다.

과거는 이제 그만. 이젠 누군가를 위해서가 아니라 자신을 위해 살아야 할 시간이었다.

수안이 감았던 눈을 떴다.

#13.

눈을 뜨니 익숙한 천장, 그리고 손 비서가 보였다.

"깨어나셨습니까?"

뻑뻑한 눈을 몇 번 감았다가 떴지만 별 차이는 없었다. 무엇보다도 힘들게 깨어난 자신을 처음 맞이한 게 무현이 아니라 손 비서라는 것에 기분이 조금은 복잡해졌다.

"얼마 만에…… 깬 건가요?"

"보름 정도 되셨군요."

보름 만에 일어난 사람을 대하는 손 비서의 행동은 평소와 똑같았다. 워낙 죽거나 다치는 사람이 많은 곳이기에 저런 반응은 이해가 되었지만 한편으로는 병실에 보이지 않는 무현이 걱정되기도 했다.

수안의 반응을 보던 손 비서가 먼저 말을 꺼냈다.

"회주님께서는 현재 본가에 계십니다. 부회주님의 뒤처리로 정신이 없을 때니까요."

"아……."

"회주님의 명령으로 제가 자리를 지키고 있었습니다. 상황은 잘 마무리되었으니 안심하십시오."

그의 말에 수안이 안도의 숨을 내쉬었다. 정확한 상황은 무현에게 듣겠지만 그래도 큰일 없이 일이 잘 마무리된 듯싶었다. 다행이라는 생각을 하던 수안이 문득 깨달은 사실에 눈을 좁혔다.

"근데 손 비서님. 왜 갑자기 존대를 하세요? 좀 어색하네요."

"이제는 상황이 달라지셨으니까요."

"아…… 네."

무슨 상황인지 알 수 없었지만 그렇다고 물어보자니 손 비서의 안색이 무척이나 피곤해 보였다. 전처럼 대해 달라는 말이 목 끝까지 올라왔지만, 오늘따라 손 비서는 평소보다 더 단호했다.

그녀가 잠들어 있던 보름 사이에 무슨 일이 있었던 것일까? 뒤처리를 하기 위함이라는 것을 알면서도 무현이 보이지 않자 불안해졌다. 마지막으로 봤었던 무현은 목에 큰 상처를 입고 피를 흘리고 있었다.

"저기…… 회주님의 상처는……."

"제가 먼저 부탁 좀 드려도 되겠습니까?"

말을 자르고 들어오는 손 비서의 부탁에 자신도 모르게 수안이 고개를 끄덕였다. 존대를 하고 있었지만 솔직히 손 비서의 분위기에 수안이 먼저 뭐라 말을 꺼낼 수 있는 상황이 아니었다.

"진심으로 부탁드리니, 다시는 다치지 마십시오."

"네?"

"그게 절 도와주시는 일입니다."

참으로 묘한 부탁이지만 손 비서의 말투가 워낙 완강해서 다시 물어볼 엄두가 나지 않았다. 청운회의 관리인이 간병인으로 오고, 다른 수행비서 셋이 온 다음에나 손 비서는 이만 가 보겠다며 자리에서 일어났다.

몸이 좋지 않은 그녀를 위해서인지 아니면 무현의 명령 때문인지 상황을 물어보는 수안의 물음에도 누구도 속 시원히 답을 해 주지 않았다. 무현이 오면 물어보려는 생각으로 수안이 호기심을 억지로 억눌렀다.

하지만 하루가 흐르고, 이틀이 지나고 계속해서 시간이 흘러가도, 기다리던 무현은 오지 않았다.

조심해야 하지만 그래도 급한 상황은 지나갔다는 진단이 내려지자마자 온 사람은 무현이 아니라 해윤이었다.

"언니…… 흐어엉."

병실에 들어오기 전부터 커다란 눈에 그렁그렁 눈물이 맺혀 있던 해윤은 수안을 보자마자 울음을 터트렸다. 침대에 기대고 있던 수안이 울지 말라며 해윤을 다독였는데도 한번 터진 눈물은 좀처럼 멈추지 않았다.

한참의 시간이 흐른 후, 아직도 눈물이 그렁그렁한 해윤이 수안의 상처를 보며 울먹였다.

"흉터 남겠어요."

"살았으니 다행이지."

총상을 다행이라고 하기는 어려웠지만, 다행히 장기에 총알이 관통하지는 않았다고 했다. 출혈이 심해 수술하는 데 어려움이 있었지만, 몇 달 푹 쉬면서 치료하면 상처는 금방 아물 것이라고 했다.

"오빠한테 엄청 혼났어요. 왜 언니를 보냈느냐고 얼마나 혼났는지…… 그렇게 오빠가 화를 낸 건 처음이었어요."

"내가 멋대로 간다고 한 건데 왜 해윤이를 혼내? 해윤이 잘못이 아닌걸."

젖은 해윤의 눈이 수안을 향하자 안심시키듯 미소를 지었다. 당분간은 침대 신세라 해도 총에 맞고 이 정도면 다행이라는 생각뿐이었다.

"그렇게 무서운 오빠는 정말로 처음이었어요. 정말로 말도 제대로 못 걸 정도였다고요."

"해윤이가 고생 많이 했네."

"그래도 언니가 깨어나서 다행이에요. 정말 처음에는 언니 잘못되는 줄 알고 엄청 무서웠다고요. 아마 저 밖에 있었던 덩치 큰 남자들도 같은 생각이었을걸요."

"왜?"

우현과 유란이 정리되었음에도 걱정이 되었는지 수안이 있는 병실의 주변은 청운회에서 보낸 인력으로 완전히 포위되어 있었다. 이제는 괜찮으니 절반은 청운회로 돌려보냈으면 좋겠다는데 손 비서는 그냥 모르는 척 받아들이시라는 말만 할 뿐이었다.

어차피 병실 밖은커녕 침대에서도 내려올 수도 없었다. 그런 상황에서 병실 입구를 철통같이 막는 사내들이라니, 조금은 인력 낭비라는 생각이 들었다.

"언니가 일어나지 않는 내내 오빠가 얼마나 무서웠는데요. 조금이라도 잘못하면 그 자리에서 난리였다고요. 손 비서님이 나서도 정말로 눈 하나 깜짝도 안 했다니까요."

무현에게 혼났던 게 다시 떠올랐는지 또 눈물을 그렁그렁 매단 채 해윤이 몸을 떨었다.

움직이지 못하는 수안 대신 대기하던 관리인이 해윤에게 휴지를 내밀었다. 펑펑 울 때는 언제고 또 화사한 미소로 감사하다는 말을 꺼낸 해윤을 보니 수안은 웃음이 났다.

"이제 괜찮아질 거야."

"그런데 오빠는 왔다 갔어요?"

해윤의 물음에 수안이 난감한 듯 눈을 내렸다.

자는 사이에 왔을까 싶어 간호사나 다른 이들에게 물어봤지만 그녀가 원하는 대답은 들을 수 없었다. 우현의 뒤처리로 바쁘다는 건 알고 있었지만 솔직히 하루하루가 지날수록 커지는 불안만큼이나 서운한 감정도 늘어 갔다. 그녀가 깨어났다는 연락을 분명 받았을 텐데도 아직까지 무현은 오지 않았다.

"언니가 안정되었다는 말을 들을 때까지 오빠는 잠깐도 자리

427

를 안 비웠는걸요? 그 이후에나 청운회에 일이 생겨서 나간 거고요. 혹시 언니가 자는 사이에 왔다 간 거 아니에요?"

해윤의 말에 수안이 고개를 저었다. 잠잘 시간이 나지 않을 정도로 바빠서 그런 걸 거라고 해윤은 말했지만, 솔직히 무현이 왜 안 오는지 수안은 알고 있었다.

"화가 많이 났을 거야."

"오빠가요? 그건 아닐 거예요. 오빠는 언니라면 전부 접고 들어가는걸요."

해윤의 말에 수안이 말없이 입꼬리를 올렸지만 억지로 지었던 미소는 얼마 가지 않아 사라졌다.

수안을 다치게 하지 않으려 해윤과 같이 있으라는 부탁까지 했었던 그였다. 무현을 지켰기에 후회는 하지 않지만 무현의 입장에서 수안의 행동은 그게 아닐 것이었다.

곧 병실에 머물던 해윤이 돌아가고, 수안이 휴대폰의 홈버튼을 눌렀다. 그는 연락을 하지도, 그녀의 메시지를 확인하지도 않았다.

"어렵네."

차라리 몸이라도 괜찮았다면 직접 보러 갔을 텐데 지금은 솔직히 간병인 없이 제 몸을 건사하는 것조차 힘들었다. 하물며 보름 만에 깨어났으니 무현이 화를 내도 어쩔 수 없다고 생각했다. 겉으로 감정을 터트리는 사람이 아니라는 것을 알면서도 초조해지는 건 어쩔 수 없었다.

피로가 한꺼번에 밀려오자 간병인이 가까이 다가왔다. 해윤과 대화하느라 올렸던 침대를 내리자 눈꺼풀이 무겁게 내려앉았다.

무거운 생각은 애써 외면하며 수안이 잠을 청했다.

❖

"병원에 안 가실 겁니까?"

답 없는 물음을 한 것도 벌써 세 번째, 무현의 반응을 보던 손 비서가 한숨을 내쉬었다.

차라리 얼굴 보고 싸운 거라면 달래 보기라도 하겠건만, 유난히 말이 없고 생각은 더 알 수 없는 무현은 수안이 깨어났다는 말에도 병원에 가 보지 않고 있었다.

솔직히 시간을 내기 어려울 정도로 바쁘다는 건 인정한다. 수안의 상태가 안정이 되자마자 무현이 시작한 일은 청운회 내의 유란과 우현의 세력을 도려내는 것이었다.

둘과 아무런 관계가 없다며 억지로 우겨도, 목숨만 살려 달라며 몸을 숙여도 무현에게는 통하지 않았다. 손 비서의 최근 소원이 아무런 방해 없이 하루만 쉬어 보는 것이 되어 버렸을 정도로 청운회 안은 혼란이었다.

하지만 그 문제는 그 문제고 연애는 또 그게 아니었다.

"몸 아플 때가 가장 서럽고 서운한 시기입니다. 그때 제대로 안 하면 평생 미움을 받을 수도 있고, 최악은 아예 안 본다고 할 수도 있단 말입니다."

"소유란의 처리는 얼마나 진행되었지?"

회주의 수행비서 일도 힘든데 이제는 연애 조언자까지 하고

429

있었다. 자신의 눈물겨운 조언은 들은 척도 않고 유란에 대해 물어보는 무현을 보며 손 비서가 다시 긴 한숨을 내쉬었다.

오지 말라고 한 곳에 일부러 와서 총까지 맞은 수안에게 화가 난 건 그렇다고 해도 적어도 병원에 가서 얼굴은 한번 보여 줬으면 하는 바람이었다.

"회주님. 그러다가 채 비서 도망갑니다."

"소유란 처리는?"

더 차가워진 목소리에 손 비서가 몸을 떨었다. 이대로 더 밀어붙이면 사랑의 큐피드가 되기 전에 다른 비서들에게 질질 끌려갈 판, 손 비서가 고개를 저었다.

"조치는 모두 취해 놓았습니다. 교도소 내에서 시호파랑 접촉하려는 움직임이 있었습니다만 지금 시호파가 그쪽에 손을 댈 상황은 아니니까요. 이번 주 안으로 마무리될 것 같습니다."

청운회의 법도로 얼마든지 처분이 가능했지만, 무현은 유란과 우현을 경찰에 넘겼다. 지금까지 지은 죄만 따지더라도 유란은 충분한 형량을 선고받을 것이다.

"음."

하지만 유란과 우현을 처리한들 수안의 아버지가 살아오는 것도, 그녀에게 짙게 드리워진 트라우마가 사라지는 건 절대 아니었다. 그래도 치열하게 살아온 그녀에게 작은 보상은 될 것이다.

"시호파의 새로운 총수를 만나 봐야겠군."

새 총수라는 말에 손 비서의 이마에 땀이 송골송골 맺혔다.

성훈에 의해 시호파의 총수가 구속되고 형제간의 싸움에서 이긴 사람은 장남이었다. 하지만 얼마 가지 않아 서열싸움에서 완전히 물러났던 차남이 다시 세력을 모아 장남을 밀어내고 새 총수로 앉았다. 재기할 수 없을 거라 예상했던 차남이 어떻게 다시 힘을 얻고 총수의 자리에 오르게 되었는지 아는 사람은 실제로 무현뿐이었다.

"혹시라도 남아 있는 재산이 없는지 확실히 찾아봐. 찾는 대로 전부 청운회로 회수해."

교도소에서의 생활은 청운회와는 확실히 다를 것이다. 끈 없어진 중년 여인이야 작은 조치만 취해 놓고 그 뒤는 지켜보기만 하면 될 뿐이었다.

형을 마치고 나올 유란에게 손을 내미는 이들은 아무도 없을 것이다. 무현의 힘으로 총수에 자리에 오른 차남은 자신이 총수에 있는 한 유란에게 손을 내밀 일은 없다며 그의 앞에 머리를 숙이기까지 했다.

가장 경멸하던 밑바닥의 삶을 유란은 평생 누리게 될 것이다.

"차 대기시켜."

"병원으로 가실 겁니까?"

"지금 우선순위가 병원이었나?"

손 비서의 물음에 무현 또한 물음으로 답했다. 가라앉는 눈을 보던 손 비서가 소리 없는 한숨을 내쉬었다. 우현만 끝나면 전부 정리될 줄 알았건만 어째 느는 건 한숨뿐이었다.

풀이 죽은 수안의 모습이 눈에 걸렸지만 그가 할 수 있는 최선은 여기까지였다. 결국 둘이 해결할 문제, 자신이 할 수 있는 최선은 상황을 지켜보는 것이 전부였다.

"서울 교도소로 모시겠습니다."

손 비서의 말에 들으며 무현이 나갈 채비를 했다.

❖

[안 올 건가요?]

대기화면에 뜬 수안의 메시지를 확인한 무현의 눈이 어두웠다. 하지만 곧 시선을 원래대로 돌린 그가 품에 휴대폰을 넣었다.

차가 멈추고, 사내가 열어 준 문으로 무현이 차에서 내렸다. 안내를 받으며 면회실로 들어선 무현이 다리를 꼬고 앉아 기다렸다. 잠깐의 시간이 흐른 후, 면회실로 들어온 사람은 상처투성이의 우현이었다.

"이 개자식!"

"앉아."

반대편에 앉아 있는 무현을 보며 우현이 이를 갈았다. 하지만 이곳에서 무현을 건들 방법은 없었다. 우현이 충혈된 눈으로 반대편에 앉았다. 무현의 눈이 천천히 우현의 전신을 살폈다.

누구와 싸웠는지 우현의 몸엔 군데군데 멍과 상처가 있었다. 특히나 목이 졸렸는지 붉게 나 있는 손자국이 제법 볼만했다.

"죽이면 안 된다고 해 놓았더니만 말은 제법 잘 듣네."

혼잣말처럼 나오는 무현의 말에 우현의 눈에 광기가 스몄다. 겉으로는 법대로 처리하는 것으로 보였지만 실제로 무현은 청운회의 모든 힘을 행사하고 있었다.

독방으로 갈 줄 알았던 우현을 기다리고 있었던 건 다인실에 수감된 청운회의 사주를 받은 이들이었다. 조금이라도 쉬려고 하면 기다렸다는 듯이 시비가 들어왔다. 우현의 실력이 아무리 좋아도 다수로 달려드는 이들을 상대하는 건 한계가 있었다.

"이대로 전부 가졌다고 생각하지 마."

으르렁거리는 말을 담담히 듣던 무현이 피식 실소를 터트렸다. 무현의 반응에 우현의 눈에 살기가 생겼다. 몇 년이든 몇 십년이든 상관없다. 여기서 어떻게든 버텨 내서 나가기만 하면 무현은 끝이다.

"여기서 내가 무너질 거라고 생각……."

"남 위에서 힘을 행사하길 좋아하는 사람의 공통점이 뭔지 않아?"

"……."

"남을 죽이는 건 쉽게 생각하지만 자신이 죽는 건 무서워한다는 거야."

무현의 말에 우현의 눈이 파르르 떨렸다. 그런 우현을 살피듯 무현의 시선이 우현을 노려봤다.

"그래서 살린 거야. 넌 죽는 걸 무서워하거든."

"무슨 개소리를 하는 거야!"

아닌 척했지만 우현의 눈동자가 흔들리고 있었다. 그리고 그 미세한 변화를 무현은 놓치지 않았다. 수안이 얼굴에 흉터를 만든 후부터 우현의 성격은 신경질적이고 충동적으로 변해 갔다. 자신이 휘두르는 폭력이 방향을 바꿔 그를 공격하는 순간 그나마 남아 있던 우현의 이성은 완전히 사라졌다.

"겁쟁이 주제에 관심은 받고 싶어 하지. 그러면서 다치는 건 질색하고 말이야."

"내가 너인 줄 알아? 무슨 말도 안 되는 소리로 사람을 흔들려고 해."

무현을 향해 으르렁대고 있었지만 우현의 손은 미세하게 떨고 있었다. 청운회라는 방패가 사라진 우현을 지켜 줄 수 있는 건 아무것도 없다.

"이제보니 널 너무 약하게 대했네. 다시 잘 이야기해야겠어."

"너…… 너!"

"버텨. 네 말대로 악착같이 버티고 버텨 내."

자리에서 일어난 무현이 우현을 향해 한 걸음 다가갔다. 앉아 있는 우현을 내려다보며 무현이 눈을 좁혔다.

쉽게 죽게 두는 건 우현에게는 너무나도 편안한 결말이었다.

"절대 긴장 풀지 마. 단순히 재미로 시작된 린치가 그 이상으로 가지 말라는 법은 없으니까."

"너!"

"날 죽이려면 어떻게든 살아야지. 그래야 그렇게 잃었던 걸 다시 되찾을 시도라도 해 보지 않겠어? 물론 그 전에 네가 먼저 죽을 것 같지만 말이야."

무현의 말을 듣던 우현의 눈에 처음으로 공포가 스며들었다. 제 상황도 모르고 날뛰던 놈이 이제야 현실을 자각했는지 아니면 단순히 무현을 속이기 위해 저러는 것인지 알지 못했다.

솔직히 우현이 무슨 짓을 하든 무현은 관심조차 없었다.

유란을 밑바닥에서 철저히 고통받으며 살게 한 것처럼 우현 또한 철저히 죽음이라는 공포와 끊이지 않는 폭력 속에서 살게 할 것이다. 차라리 죽는 게 나을 삶이 되었을지라도 죽는 걸 무서워하는 우현이니 살기 위해서라도 악착같이 발악하며 버텨 낼 것이다. 그렇게 우현에게 남아 있는 자존심을, 제 몸을 지킬 힘을, 건강한 신체와 머리를 하나씩 망가뜨리고 빼앗을 것이다.

"청운회의 법대로 널 죽이려는 원로들을 막은 내 노력이 헛되지 않게 정신 단단히 차려."

우현이 악을 쓰며 버텨 내는 사이, 무현은 청운회 내의 우현과 유란의 흔적을 단 하나도 남기지 않고 삼킬 것이다.

"부디 내가 청운회를 완전히 집어삼키기 전에 나오길 바라지. 아! 그건 좀 무리군. 몇 년이 걸리든 넌 여기서 결국 시체로 나오게 될 테니까."

"지, 지무현!"

"내가 할 이야기는 끝났으니 이만 가 보지. 그럼 날 보며 말했던 그대로 잘 버텨 내도록 해."

"야!"

"평생 죽음의 공포 속에서 잘 살아 봐."

우현의 상황을 봤으니 무현의 용건은 끝났다. 한번 이어진 악연이 쉽게 끊어질 리가 없지만 적어도 이젠 우현의 목숨 줄을 쥐고 있는 건 자신이었다. 그는 모든 걸 다 잃고 무기력해지기 직전에 목숨을 거둘 것이다. 그 전까지는 우현은 죽고 싶어도 죽지 못할 것이다.

"……안은 어때?"

돌아선 그에게 들려온 작은 목소리는 무현의 걸음을 그 자리에서 멈추게 했다. 우현에게서는 절대 듣고 싶지 않은 이름에 무현이 몸을 돌렸다.

　"수안이는 괜찮아?"

　목 끝까지 치밀어 오르는 불쾌함에 무현의 눈이 차가워졌다. 차라리 우현이 적당히 가지고 놀았던 여자들의 안부를 물어보는 것처럼 행동했다면 이렇게까지 기분이 더럽지 않았을 것이다.

　수안을 물어보는 우현에게는 같잖은 허세도, 독기도 없었다. 저 눈을 보고 나니 우현이 가진 감정이 거짓이라고는 죽어도 말할 수 없게 됐다.

　"그래도…… 그 정도는 말해 줄 수 있잖아?"

　사랑하는 방식은 비뚤어졌지만 우현이 수안에 대한 감정은 진짜였다. 그래서 더 화가 치밀었다.

　"죽었어."

　"뭐?"

　얼마 못 가 수안이 살아 있다는 걸 알게 되겠지만 지금만큼은 그 여지를 주고 싶지 않았다.

　"아니잖아."

　"……."

　"아니잖아!"

　당장에라도 튀어 나가려는 우현을 대기하던 교도관이 붙잡았다. 하지만 그들의 방해에도 우현의 눈은 무현에게 향했다.

　"거짓말하지 마!"

발작을 일으키듯 우현이 두 사람 사이를 가로막은 유리창에 매달렸다. 본인은 모르고 있는 건지 아니면 외면하는 것인지 우현의 눈에 물기가 차올랐다. 오열하는 우현을 무현이 차가운 눈으로 노려보았다. 그런 우현을 보던 무현이 다시 몸을 돌렸다.

"네가 죽였어."

"아니야…… 아니야! 아아악!"

우현을 진정시키려는 교도관과 우현이 내지르는 절규가 방을 가득 채웠다. 그런 그를 외면하며 무현이 면회실의 문을 닫았다.

밖으로 나오자마자 무현이 휴대폰의 홈버튼을 눌렀다.

[화 많이 났나요?]

수안이 정신을 못 차리자 하루에도 몇 번씩 치밀어 오는 끔찍한 생각에 아무것도 할 수 없었다.

죽지 않는다고 했지만 수안의 몸은 내내 차가웠다. 그녀는 자신을 지켜서 다행이라고 했지만, 자신은 그녀를 이렇게 만들고 청운회를 장악해서 다행이라는 말을 도저히 할 수 없었다. 하지 않던 부탁까지 해 가면서 보낸 수안은 결국, 그가 맞았어야 할 총알을 대신 맞았다.

그녀가 안정되었다는 말을 듣자마자 결국 참아 왔던 화가 터졌다.

[잠깐이라도 올 수 없나요?]

다친 그녀에게 폭언을 할지도 모른다는 생각에 자리를 피한 것이 시작이었다.

그러던 중, 우현과 유란이 사라진 빈자리를 노리고 움직이는 이들이 하나둘 생겨났다. 회주로 청운회를 장악한 무현에게 손을 내미는 이들도 있었지만 새로운 기회를 노리고 다른 생각을 하는 이들이 저들끼리 손을 잡고 움직이려 했다.

청운회를 장악한 회주의 약점. 무현과 다른 생각을 가진 이들이 노리는 사람이 수안이라는 것을 깨달은 순간 언제나처럼 무현은 자신의 생각대로 밀어붙였다.

"회주님."

"사무실로 돌아가자."

아직 청운회가 정리되지 않았다. 적어도 수안이 몸을 회복하고 나왔을 때 더는 그녀를 위협할 건 아무것도 없다는 걸 확실히 보여야 했다. 그러기 위한 인내일 뿐이다. 비록 그녀에게 못할 짓이었지만 무현은 더는 수안이 다치는걸 보고 싶지 않았다.

차의 시트에 몸을 맡기며 무현이 눈을 감았다.

"한 달이나 지났는데 안 왔다고요?"

유 비서의 물음에 수안이 고개를 끄덕였다. 수안의 대답에 유 비서가 입을 쩍 벌렸다. 유 비서의 눈이 수안의 옆에 앉아 있는 해윤을 향했다.

유 비서가 병문안을 온 사이에 해윤이 수안을 보러 병실로 왔다. 조금은 어색하게 만난 둘은 넉살 좋은 유 비서와 명랑한 해윤의 성격 덕분에 금세 친해졌다.

"우리 오빠지만 저도 몰라요."

해윤의 말에 유 비서의 눈이 수안이 입원해 있는 병실 내부를 휘둘러봤다. 말로만 들었지 이런 곳은 생전 처음이었다. 하물며 병실을 지키고 있는 이들은 몇 번의 확인 후에나 유 비서를 병실 안으로 들어가게 허락했다.

"병실을 보면 마음이 떠난 건 절대 아닌데요. 입구 앞에 서 있는 남자들도 장난 아니고요."

"사정이 있겠죠."

"아무리 절박한 사정도 한 달 동안 얼굴 한 번 안 비칠 이유가 될 수 없어요. 하물며 사장님의 몸이 안 좋은 것도 아니고, 출퇴근도 꼬박꼬박하시는 분이 여기를 한 번도 안 오셨다는 게 말이 안 되잖아요."

유 비서의 말에 수안이 눈을 내렸다. 수안의 반응에 유 비서가 소리 없이 한숨을 내쉬었다.

총에 맞아서 사경을 헤매다가 이제 좀 괜찮다는 말에 와 봤건만 이건 괜찮은 게 아니라 더 심각했다. 휴가 처리 안 할 테니 우선 병원에 가 보라며 등 떠밀던 손 비서의 행동이 이제 확실히 이해가 됐다.

"언니 혹시 자는 사이에 오빠가 왔던 거 아니에요? 진짜 안 온 거예요?"

"청운회 일로 바빠서 그런 걸 거야."

"세상에! 내 오빠지만 뭐 이런 남자가 다 있어요? 안 그래요?"

해윤의 말에 유 비서가 격하게 고개를 끄덕였다. 워낙 둘이 화를 내니 졸지에 수안이 무현의 편을 들어주는 상황이 되어 버렸다.

무슨 일이 있을 것이라는 말로 적당히 무마시키고 있었지만 오지 않는 무현을 기다리느라 수안 또한 지쳐 갔다. 차라리 헤어지자고 했다면 화를 내든지 설명을 해 보라든지 하겠건만 무현은 오지 않는 것도 모자라 어떤 말도 그녀에게 하지 않고 있었다.

그렇다고 또 수안에게 실망해서 마음을 접었다고 하기에는 병실의 상황은 그렇지 않았다. 조금이라도 불편한 일이 있거나 급하게 처리해야 할 상황이 오면 1시간도 채 지나지 않아 손 비서가 직접 병실로 왔다.

"정리되면 오겠지."

수안의 말에 속이 터진다는 얼굴로 해윤이 고개를 저었다.

"화가 났다 해도 지금까지 안 온 건 진짜 아니라고요. 우리 오빠이기 전에 애인으로 할 짓이 아니란 말이에요."

"그건 해윤 씨 말에 전적으로 동감. 이건 진짜 아니라고요."

손발이 척척 맞다 못해 한마음으로 행동하는 둘을 보며 수안이 시선을 내렸다. 하지만 그게 아니라는 말은 쉽게 나오지 않았다.

커플도 종종 의견이 안 맞아 싸운다고는 하지만 이런 식의 감정 소모는 하고 싶지 않았다. 처음 해 보는 연애가 마음처럼 쉽지 않아 어두운 표정을 한 수안을 보던 유 비서가 입꼬리를 살짝 올렸다.

"흐으음."

예전에도 들어 봤던 소리에 수안이 유 비서를 향해 고개를 돌렸다. 무현과의 관계를 처음 알아챘던 그때와 똑같은 표정에 수안의 이마에 식은땀이 맺혔다.

뭔지 모르겠지만 위험하다.

"왜, 왜요?"

수안을 보던 유 비서의 눈이 해윤을 보았다. 허락을 구하듯 지그시 바라보는 시선에 눈치 빠른 해윤이 입꼬리를 올렸다.

불안한 기분에 수안이 무슨 생각이냐고 물으려는 순간 유 비서가 냉큼 그녀의 말을 잘랐다.

"채 비서님은 편안히 쉬고 계세요."

한 달 하고 보름이 지나자 복잡했던 청운회의 내부는 어느 정도 정리되었다.

원로와 이사회는 물론이고 청운회를 완전히 장악한 무현에게 더는 이를 드러내는 이들은 없었다. 우현과 유란이 끊임없이 감옥 밖으로 나가려 수를 쓰고 있었지만, 어차피 무현의 손바닥 안이었다. 청운회의 내부는 정리되었으니 이제는 그룹을 정리해야 할 때, 그러던 중 일이 터졌다.

콰직.

결재 서류에 사인을 하던 무현의 펜이 부러졌다.

"뭐?"

무현의 반응에 손 비서의 등으로 식은땀이 흘러내렸다. 당장에라도 다른 말을 꺼내고 싶었지만 이미 유 비서와 모종의 거래를 끝낸 후였다. 더는 이 상태로 수안과 무현 사이를 오갈 수 없었다. 헤어지든지 다시 사이좋다 못해 닭살인 모습을 보이든지 결판을 내게 해야 했다.

　"수안의 병실에 누가 다닌다고?"

　무현의 몸에서 살기가 스멀스멀 생겨났다. 숨 막히는 분위기에 손 비서가 숨을 들이마셨다.

　지금이라도 자신이 처리하겠다 할까? 하지만 그러기에는 이젠 평화를 좀 찾아보자는 유 비서의 속삭임이 너무나도 달콤했다. 어쨌든 얼굴을 보기만 하면 뭐가 돼도 될 터였다.

　"보름 후면 퇴원이시니까요. 당분간은 쉬시면서 통원 치료를 하시겠지만……."

　"퇴원과 남자가 무슨 관계지?"

　"유 비서의 지인이라고 합니다. 우연히 채 비서의 병실까지 들어왔었는데 채 비서님께서 먼저 호감을 보이셨다고…… 퇴원 이후에 만나자는 약속까지 한 상황……."

　"그걸 왜 이제야 보고해!"

　살벌한 무현의 목소리에 손 비서가 숨을 삼켰다. 하지만 누구의 탓을 할 수도 없는 것이 무현이 수안의 병실에 발을 끊어 버리자 헤어진 게 아니냐는 소문이 본가에도 일파만파 퍼져 있었다.

　"그래서 병원에 가 보시라고 말씀드렸지 않습니까?"

　"……."

442

솔직히 이렇게 된 건 무현이 원인이었다. 아무리 청운회의 상황이 복잡하고 위험해도 최소한 지킬 것은 지켜야 하지 않는가? 하물며 일주일도 아니고 한 달 반이나 지나도록 안 가 보다니.

하루가 다르게 의기소침해지는 수안의 모습에 손 비서조차 불안했던 것이 사실이었다.

"아무리 채 비서님을 본가와 막아 놓아도 소문이 또 그리 쉽게 막아지는 건 아니지 않습니까? 이미 본가에 두 분이 헤어지셨다는 소문이…… 회주님?"

자리에서 일어난 무현이 재킷을 걸치더니 차를 준비시키라는 말도 없이 사무실 밖을 뛰쳐나갔다.

무현의 빈자리를 보던 손 비서가 길게 한숨을 내쉬었다.

"저럴 거였으면 진작 가든가."

사랑 앞에 장사 없다더니, 아무리 청운회를 장악한 이라 해도 별수 없었다. 백날 고집을 부려 봤자 수안의 행동에 저리 휘둘릴 것이면서 왜 저러는지 알다가도 모를 일이었다.

"그나저나 김 의원의 약속은 어떻게 해야 하나……."

중요한 약속이었지만, 무현의 상황으로 봤을 때 오늘 약속은 전부 미루는 것이 좋을 듯했다. 다이어리에 빼곡하게 적혀 있는 일정을 보던 손 비서가 한숨을 내쉬며 휴대폰을 열었다.

어찌 되었느냐고 묻는 유 비서의 메시지에 무현이 자리를 비웠으니 일정을 모두 미뤄 달라는 메시지를 남겼다. 손 비서의 메시지를 읽자마자 기다렸다는 듯이 유 비서가 즐겁게 춤을 추는 모습의 이모티콘을 남겼다.

기분 탓인지는 모르겠다.

웃고 있는 이모티콘의 표정이 너무나도 음흉해 보였다.

한 달 반 만에 나타난 무현은 미안한 이야기지만 청운회에서 쫓겨난 양아치 같았다.

차가운 눈은 여전했지만 헝클어진 머리에 구겨진 재킷 주름은 아무리 좋게 봐도 누구에게 매타작이라도 당하고 온 사람처럼 보였다.

"무슨 일 있어요?"

가쁜 숨을 내쉬던 무현이 수안을 보며 눈을 좁혔다.

누구 때문에 여기까지 이런 모습으로 왔는데 정작 문제의 당사자는 너무나도 태연했다. 확실히 마지막으로 보았을 때보다는 안색도 한결 나아졌지만 그럼에도 상체만 올린 침대에 몸을 기대고 있는 수안은 여전히 위태로워 보였다.

몸도 저런 주제에 무슨 다른 남자에게 호감을 가진단 말인가!

애써 참고 있던 분노가 스멀스멀 다시 기어 나왔다.

"누구야?"

"네?"

무현의 물음에 영문을 모르겠다는 듯 수안이 고개를 갸웃했다. 뜬금없이 나타나서 누구라고 물어보면 뭐라고 대답해야 하는 것인가?

수안이 대답이 없자 무현의 미간에 핏줄이 도드라졌다. 수안은 모르는 척하고 있었지만 그렇다고 못 알아낼 무현이 아니었다. 찾기만 해 봐라. 쥐도 새도 모르게 수안의 눈에서, 아니 이 대한민국에서 없애 버릴 것이다.

"누구냐고?"

"내 눈에 보이는 사람은 지무현 씨인데 누굴 말하는 거예요?"

"여기까지 왔다 갔다는 그놈 말이야!"

"······놈이라고 치면 한둘이 아닌데요?"

수안의 대답에 무현의 눈이 커졌다. 하지만 수안의 대답이 틀린 것은 아니었다. 하루 한 번씩은 꼭 오는 손 비서부터 청운회에서 교대로 오는 관리인에 병실을 지키는 이들조차 제일 먼저하는 일이 병실에 있는 수안에게 인사를 하는 것이었다.

하지만 수안과는 달리 무현의 이성은 저 멀리, 아주 멀리 가버린 상태였다. 청운회 회주의 여자인 수안이 하물며 몸도 이 꼴인 상황에서 한 명도 아닌 여러 명의 남자와 만났다니 도저히 있을 수 없는 일이었다.

"채수안!"

무현의 고함에 수안의 미간이 모였다. 내내 메시지를 보내도 외면하고 오지 않던 사람이 다짜고짜 와서는 놈이 누구냐고 윽박지르고 있었다. 자신은 내내 유 비서와 해윤의 비난에서 무현의 편을 드느라 진땀을 흘렸건만. 게다가 청운회 내에서 둘이 헤어졌다는 소문이 돌고 있다는데, 정작 해명을 해야 할 당사자는 오자마자 자신에게 핏대를 세우고 있었다.

울컥, 내내 참았던 화가 치밀었다.

"그러니까 당신이 말하는 놈이 누구인지 확실히 말하라고요! 오랜만에 와 놓고 이러는 사람이 어디 있어요?"

얼굴만 봤으면 좋겠다고 생각했던 건 이미 저 멀리로 사라져버린 뒤였다. 도대체 무슨 이야기를 들어서 이러는 것인지 알고 싶다는 생각을 하는 순간 무현의 입에서 속사포처럼 말이 쏟아져 나왔다.

"유 비서와 함께 온 남자에게 관심을 보였다며! 하물며 퇴원 이후에 만나자는 약속까지 한 걸 내가 모를 거라 생각했어?"

이건 또 무슨 개소리인가?

무현을 보던 수안이 눈을 껌벅였다. 총 맞고 아파서 내내 누워 있었는데 도대체 이 병실 밖에서 무슨 일이 일어나고 있는 건지 직접 보고 싶을 정도였다.

하지만 돌직구를 던진 무현 덕분에 대충 상황은 그려졌다.

다시 한 번 느끼는 것이지만 눈이 돌아갔을 때의 무현에게 평소의 침착함이나 인내심을 기대하면 안 됐다. 마음 같아서는 한 달 반 만에 와서 이러는 무현에게 거짓말로라도 한 방 먹이고 싶었지만, 왠지 그랬다가는 애먼 목숨 하나 황천 관광을 시킬 것 같았다.

"괜히 말 잘못해서 애먼 사람 죽일 일 있나요?"

"내가 못 찾을 것 같아?"

으르렁대는 무현을 보던 수안이 고개를 저었다.

저렇게 나올 거였으면 진즉 와서 간병도 좀 해 주고 사람 애간장 좀 끓지 않게 해 줬으면 얼마나 좋은가. 예전의 냉정한 사람은 어디 가고 지금은 활활 타다 못해 모든 걸 집어삼킬 것처럼 구는 무현을 보며 수안이 한숨을 내쉬었다.

팔자 타령을 하면 무엇하는가. 저 위험한 남자를 선택한 사람은 누구도 아닌 자신이었다.

"그럼 하나만 물어볼게요."

"너 지금 말 돌리려고……."

"내가 다른 남자가 생겼으니 그만하자고 했나요?"

눈에 보일 것처럼 타오르던 무현의 기세가 그 순간 탁 멈추었다. 눈을 좁히는 무현을 향해 수안이 다시 한숨을 내쉬었다. 말이라도 잘못해서 이름이라도 나왔다면 그 사람은 지금 어떻게 되었을지 생각만으로도 눈앞이 깜깜해졌다.

"무슨 이야기가 도대체 어떻게 돌고 있는 건지는 모르겠는데요. 얼마 전에 유 비서님과 해윤이가 비슷한 때 면회를 와서 같이 있어 주고 갔어요. 당신이 하도 안 오니까 유 비서님이 알아서 할 테니 걱정하지 말고 푹 쉬라고 하더라고요. 움직이지도 못하는데 무슨 남자예요?"

"……."

"이게 이렇게 되돌아올 줄은 상상도 못 했지만, 적어도 그 새로운 남자는 총 맞은 애인의 병실에 오는데 과일이나 꽃 정도는 사 오지 않을까 싶네요."

말을 끝낸 수안이 고개를 저었다. 진짜 이참에 확 바꾸고 싶다는 생각이 잠깐 들었다. 상황을 다 들은 무현에게서 어느새 호기롭게 병실에 들이닥쳤던 모습은 완전히 사라져 있었다. 이 남자를 어찌할 것인가 고민하던 수안에게 무현이 다가왔다.

"후우."

수안의 어깨에 머리를 기댄 무현에게서 안도의 숨이 흘러나왔다. 어깨에서 느껴지는 떨림에 화를 내려던 수안의 말문이 막혔다. 몸이 좋지 않아서 그런지, 아니면 그녀를 꼭 붙잡고 있는 차가운 손 때문인지는 알 수 없었지만 저리 안심하는 걸 보니

화낼 마음조차 사라져 버렸다.

"그러게 왜 이제야 왔어요?"

"말 안 듣고 행동하다가 총에 맞았으니까."

"그거 가지고 한 달 반이나 안 왔다고요? 지무현 씨. 어설프게 속일 생각하지 마요."

안 속는다는 눈으로 수안이 노려보자 무현이 긴 한숨을 내쉬었다. 다른 일은 행동하기 전에 전후사정을 다 본 다음에 움직였건만, 수안의 일에 한해서는 그게 되지 않았다.

이제 와서 몸을 사려 봤자 이미 혼자서 땅 다 파고 그 안에 들어가 있는 상황이었다. 여기서 몸을 빼 버리면 진짜 수안이 다른 남자를 만나겠다며 끝내자는 말을 꺼낼지도 몰랐다.

"청운회 안을 확실히 정리한 후에 오는 게 낫다고 생각했어."

"그럼 그 정리를 언제까지 할 생각이었는데요?"

"……."

"몸을 못 움직이니 덕분에 생각은 하루 종일 할 수 있더군요. 그러니까 잘 생각해 보고 말해요. 지금 당신 점수 엄청 깎인 거 알죠?"

"……조금만 더 정리하고 오려고 했어."

어쩔 수 없다는 듯 무현이 한숨을 내쉬었다. 아무래도 이 상태면 스스로 제 몸에 흙까지 덮을 것 같았다. 취조 아닌 취조를 당하고 있으면서도 무현의 손은 수안의 손을 붙잡은 채 놔주지 않았다.

"남자는 없었지만 그래도 진지하게 다시 생각해야 하나 고민은 했네요."

"지우현 그놈이 사라지고서 놈의 자리를 노리는 다른 놈들이 널 노려서 일부러 안 온 거야. 불나방처럼 뛰어드는 놈들도 내 약점이 너라는 것 정도는 아니까."

"난 과일이나 꽃 사 주는 애인으로 바뀌어도 상관없는데요? 곰곰이 생각해 보니까 손해 보는 장사는 아니더라고요."

"그러기만 해 봐."

무현의 눈이 수안을 조용히 응시했다. 수안에게 얌전히 꼬리를 내릴 때는 언제고, 다른 남자도 생각해 본다는 말에 그의 눈이 바뀌어 있었다. 그의 시선에 얌전히 있던 심장이 천천히 뛰었다.

사람이 연애라는 걸 하게 되면 손해 본다는 말이 사실인 듯했다. 막무가내인 행동에 화가 났던 것이 바로 얼마 전이었건만 또 저리 그녀만 바라보는 시선에 심장이 떨렸다.

"네 옆에 있는 놈부터 묻어 버릴 거야."

"대부분 저런 말을 할 때는 잘해 줄 테니까 나한테 돌아오라는 말부터 하지 않나요?"

"놈부터 확실히 없앤 후에 해야지."

당연하게 나오는 대답에 수안이 헛웃음을 터트렸다. 언제 외면했느냐는 듯이 무현의 시선은 수안에게서 잠시도 떨어지지 않았다. 울컥 치밀던 화도, 서운했던 마음도 어느새 사라졌다.

무현과의 관계에서 수안은 약자였다. 아직 이 사람에게는 실망보다는 의지를 더 많이 하게 되었다.

"그런 일 안 일어나게 잘해요."

"미안."

다른 사람들 앞에서는 기색조차 보이지 않는 사람이 수안의 앞에서는 미안하다는 말을 꺼내는 데 주저하지 않았다. 그러니 더더욱 고집을 부릴 수 없었다.

　"상처 봐."

　"어차피 붕대로 감겨 있는걸요."

　"그래도 봐."

　침대에 앉은 무현이 수안을 보자 그녀가 조심스럽게 환자복을 드러냈다. 시간이 지났기에 붕대에 피가 묻어 있지는 않았지만 그래도 상처가 거슬리는 건 어쩔 수 없었다.

　무현이 무겁게 한숨을 내쉬자 수안이 눈을 내렸다. 그의 손이 상처를 감싸고 있는 붕대로 향했다. 몸을 숙인 무현이 수안의 상처가 있는 곳에 입술을 맞췄다.

　"그러니까 해윤이랑 있으라고 했던 거잖아."

　"그래도 무현 씨가 안 다쳤잖아요. 그러니까 괜찮아요."

　"나는 괜찮을 것 같아?"

　갑자기 치고 들어오는 물음에 수안의 말문이 막혔다. 잠시 무현의 시선을 외면하던 수안이 한숨을 내쉬었다. 빈말이라도 무현이 자신을 지키다가 다쳤는데 괜찮다고 하면 화가 날 것 같았다.

　"이제 비긴 거지?"

　숙였던 고개를 드니 미소를 지은 무현이 입꼬리까지 올리고 있었다.

　방금 전까지 수안이 우세였던 상황이 단숨에 역전되었다. 아무튼 사람의 마음을 흔들고 휘어잡는 데 수준급이었다.

미소를 지었던 무현이 침대에서 의자로 내려왔다. 피곤한 듯 무거운 숨을 내쉬며 무현이 침대에 엎드렸다.

"머리카락 만져 줘."

냉기를 풀풀 흩날리며 달려올 때는 언제고 이렇게 있을 때는 또 덩치 큰 강아지처럼 굴었다.

성질 더럽고 제멋대로인 강아지.

그래도 그녀의 중심에 있는 커다란 강아지.

수안의 손이 머리카락에 닿자 무현에게서 편한 숨이 흘러나왔다. 무현의 머리카락을 어루만지며 수안도 미소를 지었다.

"다음에 다치면 뜸 들이지 말고 바로바로 와야 해요."

"이제 이렇게 다칠 일 따위 없어."

더는 수안에게 위험한 일은 시키지 않을 것이다. 그녀를 건들면 그게 누구든 간에 그 이상의 대가를 치르게 할 것이다.

수안과 함께하는 미래. 그걸 위해서라면 무현은 어떤 희생도 치를 수 있었다.

"사랑해."

무현의 머리카락을 어루만지던 수안의 손이 멈추었다.

놀란 눈으로 바라보는 그녀를 향해 무현이 눈을 맞추었다.

"사랑해."

숨을 쉬는 것조차 멈춰 버린 것 같은 정적 속에서 수안이 무현을 바라보았다.

"내가 당신에게 단단히 씌긴 씌었나 봐요."

수안의 말에 무현이 미소를 지었다. 그런 그를 보던 수안이 환한 미소를 지었다.

"나도 사랑해요."

아직 사랑한다는 말을 꺼내는 건 어색했지만 그래도 수안이 고백을 할 수 있는 사람은 무현뿐이었다. 몸을 일으킨 무현이 침대에 다시 앉았다.

수안의 뺨을 손으로 감싼 무현이 고개를 숙였다. 입술에 닿는 그의 촉감을 느끼며 수안이 무현을 안았다.

❖

병실의 문을 연 손 비서의 눈에 처음 들어온 건 자신을 보며 얼굴이 붉어질 대로 붉어진 수안과 그런 수안에게 먹으라며 죽을 뜬 수저를 든 무현이었다.

"아, 안녕하세요."

손 비서에게 어색하게 인사를 한 수안이 무현의 옆구리를 꾹꾹 찔렀다. 하지만 정작 옆구리를 찔린 당사자는 태연했다.

"아!"

"제가! 제가 먹을게요. 손 비서님. 들어오세요!"

"수저 들 기운도 없잖아. 어서 아!"

손 비서가 어떤 얼굴을 하고 있는지 못 봐서 그런 것인지 무현은 눈썹조차 꿈틀대지 않았다. 그렇게 병원에 가 보라고 등을 떠밀 때는 가지 않던 무현은 병원에 온 후 사람이 바뀌어 있었다.

"아니면 다른 방법을······."

"알았어요! 먹어요! 먹는다니까요!"

손 비서의 눈치를 보며 주저하던 수안이 무현의 말 한마디에 얼른 수저의 죽을 입에 넣었다. 붉어진 뺨을 손가락으로 톡 건들면 압력밥솥처럼 김이 나올 것 같았다. 하지만 호기심을 행동으로 옮길 정도로 손 비서는 담이 크지 않았다.

"아!"

"저기…… 무현 씨…… 제가 먹을…….."

"아직 반이나 남았어."

그새 그릇의 죽을 수저로 떠낸 무현이 수안에게 다시 내밀었다.

내내 앉아 있고 누워 있으니 죽을 먹어도 속이 더부룩했다. 결국 몇 숟갈 뜨지 못하고 수안이 수저를 내려놓았다. 무현이 잔소리를 할 건 알고 있었지만, 솔직히 한 소리 듣고 넘어갈 생각이었다. 그런데 잔소리를 하는 대신 무현이 수안이 내려놓은 수저를 들었다. 그때부터 내내 어미 새와 아기 새였다.

"아!"

아기 새를 사랑으로 감싸기는 개뿔, 사람들 앞에서도 제 일만 밀어붙이는 어미 새의 추진력에 졸지에 아기 새가 된 수안은 제대로 반항조차 못 하고 있었다.

수저 가득 떠 있는 죽을 입에 넣은 수안이 대충 씹고는 꿀꺽 삼켰다. 그리고 그 모습을 매의 눈을 가진 어미 새가 놓치지 않았다.

"그렇게 삼키면 체해."

"씹, 씹었어요!"

"역시 안 되겠네. 입으로 먹여 줄……."

"으아악! 알았어요! 꼭꼭 씹을게요! 씹는다니까요!"

달달하다 못해 씁쓸한 장면을 보며 손 비서가 눈을 좁혔다. 자신이 모시는 상관이지만 참 알다가도 모를 인간이었다.

저리 좋아 죽을 거였으면 진즉 병원에 올 것이지, 애먼 자신만 생고생을 한 꼴이 되었다. 뭐 고생은 고생이고 저러고 있으니 당분간 손 비서가 걱정할 일은 없을 것이다.

"보고할 일이라도 있는 건가?"

수안이 자꾸 손 비서를 신경 쓰자 무현이 고개를 돌렸다. 급한 일 아니면 당장 꺼지라는 살벌한 시선에 손 비서가 꿀꺽 침을 삼켰다. 보고할 일이 있었지만 저 눈을 보니 아무 생각도 나지 않았다. 어미 새를 가장한 맹수는 함부로 건드는 것이 아니다.

"밖에서 기다리고 있겠습니다."

"아니요! 손 비서님. 전 괜찮으니······."

수안의 말을 듣기도 전에 몸을 숙인 손 비서가 냉큼 병실 밖으로 나갔다. 수안의 눈이 무현을 향해 휙 돌아갔다.

"왜?"

"앞으로 손 비서님 얼굴을 어떻게 봐요!"

"어떻게 보긴 어떻게 봐. 그냥 보면 되지."

그녀를 보지 못한 한 달 반 동안 상처 때문인지는 몰라도 수안은 전보다 더 말라 있었다.

잘 먹고 푹 쉬어도 모자랄 판에 수안은 죽도 제대로 먹지 않고 배부르다며 수저를 내려놓기까지 했다. 외면했을 때야 그렇다 쳐도 마주한 이상, 예전처럼 살이 붙을 때까지 지켜볼 생각이었다.

무현이 들고 있는 수저로 남아 있는 죽을 전부 퍼 올렸다.

"여기까지."

"배불러요."

"곧 소화돼. 자."

너무나도 단호한 어미 새를 보며 아기 새가 한숨을 내쉬었다. 상황을 봐 달라며 투정을 부려 봤자 눈 하나 깜짝도 안 할 어미 새였다. 결국 아기 새가 할 수 있는 최선의 선택을 하며 수안이 입안의 죽을 꼭꼭 삼켰다.

"소문이나 안 났으면 좋겠네요."

"글쎄."

수저를 내려놓은 무현이 잔에 물을 가득 부어 수안에게 내밀었다.

"마셔."

목 끝까지 죽이 들어차 있는 기분이었건만 거절을 하기에는 지켜보는 무현의 눈이 날카로웠다.

"다음에는 제가 먹을게요."

"싫은데?"

무현의 대답에 수안의 눈이 커졌다. 비어 있는 잔에 물을 잔뜩 따른 무현이 단숨에 들이켰다.

"떠먹여 주는 거 의외로 재미있더군."

"아하?"

"저녁에도 해 줄게."

이 상황에서 누굴 탓하겠는가. 저런 사람이 좋다며 냉큼 손을 잡아 버린 자신이 문제였다.

길게 한숨을 내쉬며 수안이 잔의 물을 들이켰다.

❖

병실로 들어온 수안의 걸음이 멈추었다.

긴 치료의 시간이 끝나고 퇴원을 하는 날, 수안이 찾아간 사람은 옆 병실에 누워 있는 성훈이었다.

숨만 쉬고 있을 뿐 의식은 없는 성훈을 물끄러미 보던 수안이 한숨을 내쉬었다. 김 비서에게 받은 서류에는 우현이 승세를 잡을 것을 대비해 그녀를 건들지 못하도록 원로들과 이사들의 약점, 그리고 그들이 수안을 지키겠다며 쓴 각서와 함께 도피가옥과 자금이 준비되어 있었다.

성훈의 손을 향해 뻗었던 수안의 손이 허공에서 멈추었다.

"아직…… 모르겠어요."

아버지를 죽게 방치한 사람.

그녀를 원수의 곁으로 보낸 사람.

청운회에서 평생 벗어나지 못하게 만든 사람.

그리고…… 지옥 같았던 곳에서 그래도 숨을 쉬게 만들어 줬던 사람.

수안은 성훈을 용서하지 못한다. 고작 이런 거로 성훈을 받아들이기에는 그녀가 우현의 곁에서 보내며 느꼈던 고통이 아직도 생생했다.

"분명 회장님께서 저에게 해 주신 일도 있는데……."

아무도 없던 상황에서 손을 내민 사람은 성훈이었다. 그저 거두고 외면했어도 될 어린아이를 곁에서 지켜 주고 아껴 준 사람 또한 그였다. 힘이 없으면 휘둘리고 잡아먹히는 청운회에서 성훈의 관심이 있었기에 여기까지 올 수 있었다.

"그걸 알면서도 서운한 일만 자꾸 생각이 나요."

성훈이 자신을 무현에게 보내 주지 않았다면 지금 그녀는 어떻게 되었을지 알지 못한다.

"아버지라고는 못 부를 것 같아요."

주저하던 손이 조심스럽게 성훈의 손을 붙잡았다.

조금의 여지도 없이 자른 유란과 우현과는 달리 성훈에게는 그렇게 하기 어려웠다. 성훈을 볼 때마다 정준이, 과거의 기억이 나겠지만 결국 그것조차 수안이 짊어져야 할 과거였다.

"언제 다시 올지도 모르겠어요."

숨을 고른 수안이 눈을 감았다.

밖에서 기다리는 무현을 위해서라도 이젠 나가야 할 시간이었다.

"가 볼게요."

말을 끝낸 수안이 병실을 나왔다.

부탁대로 병실 밖에서 기다리고 있던 무현이 수안을 보았다. 수안이 무현의 품에 파고들며 그의 어깨에 얼굴을 묻었다. 혼자서 버텨 냈던 시간은 이제 그만, 이젠 손만 뻗어도 함께해 줄 사람이 있었다.

"이제 가요."

수안의 미소에 무현의 눈이 파르르 떨렸다.

왜 그러냐는 물음에 대한 답을 하는 대신 무현이 고개를 숙였다. 쪼는 듯이 짧게 닿았다가 떨어지기를 반복하던 입술이 더운 숨을 내쉬는 수안의 입술 위에 오랫동안 머물렀다.

다른 사람이 본다며 밀어내려던 수안이 조용히 무현의 허리에 팔을 감았다.

우현을 정리하고 병원에 입원해 있는 동안 어느새 가을이 와 있었다. 이제 더는 고통을 억지로 삼키지도, 감정을 억누를 필요도 없었다.

앞서가는 무현의 손을 감싸며 수안이 환한 미소를 지었다.

#14.

"슬슬 옮기긴 해야 하는데…….."

수안이 죽을 뻔했던 이후로 무현은 그녀를 혼자 두려 하지 않았다.

"다른 취직자리라도 알아봐야 하나."

자신도 모르게 나온 생각에 수안이 고개를 저었다. 마음 같아서는 경호원을 계속하고 싶었지만, 너무나도 단호한 애인이자 상관인 무현 때문에 졸지에 수안은 실업자가 되었다. 무현은 자신이 알아서 다 하겠다는 배부른 소리를 하고 있었지만, 솔직히 결혼도 하지 않은 상태에서 그의 지원을 받으며 살고 싶지는 않았다.

하지만 다른 직장이라도 구하겠다며 어딘가에 이력서라도 제출하는 순간, 대한민국에서 가장 빠른 정보력을 가진 누구 씨가 바로 알 터였다.

"갔다 와서 생각해야겠다."

머리 아픈 생각은 적당히 넘기며 수안이 화장대 앞에 앉았다. 그저 점심 같이 하자는 문자였지만, 그래도 냉정히 생각해 볼 때 처음 있는 데이트였다. 처음 시작할 때의 두근거림까지는 아니더라도 그래도 내심 기대되는 것 또한 사실이었다.

"옷도 사야겠어."

쭉 걸려 있는 옷을 보며 수안이 고개를 저었다. 매해 옷이 없다며 사도 또 입을 옷을 고르려면 마음에 차지 않았다. 하물며 이번 해의 절반 가까이 병원에서 머무른 터라 옷은 더더욱 없었다.

바지를 입으려다가 그래도 첫 데이트인데 치마가 낫지 않겠느냐며 입었다가 또 다른 치마가 눈에 띄어 갈아입기를 여러 번, 그나마 괜찮은 옷으로 골라 입고 아파트 밖으로 나온 수안이 앞에 보이는 모습에 걸음을 멈추었다.

일렬로 서 있는 검은 세단과 그 앞에 서 있는 사내들, 그리고 그걸 보고 있는 아파트 주민의 모습이었다.

"타시죠."

남의 집 앞에서 이게 무슨 민폐인가.

"전 제 차로 가면 되는데요?"

"회주님의 명령이 있으셨습니다. 모시겠습니다."

모처럼 옷차림이나 화장에 신경 좀 썼건만 식은땀이 날 것 같다. 드라마나 영화에서 보면 돈 많은 애인 만나 호사를 누린다고 하는데 솔직히 사람들의 시선이 이쪽으로 다 향해 있는 상황에서 호사고 나발이고 아무 생각도 나지 않았다.

경호원일 때야 일이니까 그렇다 치더라도 막상 당사자가 되니 달라진 대우에 기분이 하늘을 날 것처럼 좋은 게 아니라 담이 올 것 같았다.

"오르시죠."

거듭 나오는 말에 수안이 한숨을 내쉬었다.

"제가 직접 올 수 있다고 했잖아요."

예약한 레스토랑에서 기다리고 있던 무현이 처음 본 수안은 무엇이 그리도 마음에 안 드는지 입이 쭉 튀어나와 있었다. 빵빵하게 부푼 수안의 볼을 손가락으로 꾹 찔러 보고 싶었지만, 애써 시선을 외면하며 무현이 대답했다.

"생각난 김에 보낸 거야."

"어차피 백수인데 운전 좀 하고 오면 어때요. 가시방석도 아니고 불편하다고요."

"넌 어떻게 행동할지 모르니까 사람을 붙여 놓는 게 편해."

"저 어린아이 아니에요."

수안의 불평에도 무현은 눈 하나 깜짝하지 않았다. 찔러서 피 한 방울 안 나올 것 같은 그를 보며 수안이 고개를 저었다. 당장 내일부터 볼 사람들의 시선에 수안이 소리 없는 한숨을 내쉬었다.

"안 다치게 조심하면 되죠."

"네가 다치면 데리고 오라고 보낸 놈들은 죽어."

물을 마시다 사레가 걸린 수안이 콜록콜록 기침을 터트렸다.

농담이래도 참으로 무시무시한 말이었다. 문제는 그녀가 아는 지무현은 그러고도 남을 사람이라는 것이었다.

"제가 잘못 말하긴 했네요."

"음."

부정하지 않는 무현을 보며 그녀가 고개를 저었다. 그냥 던지는 말로라도 다친다는 말은 꺼내지 말아야겠다. 시작을 하면 할수록 땅을 파는 건 수안이었다.

그사이, 웨이터가 가져온 식사를 테이블에 하나씩 내려놓았다. 앞에 놓인 음식의 가짓수를 세어 보던 수안이 눈을 좁혔다.

"너무 많은데요."

그녀가 아는 무현은 딱 정량을 먹으면 아무리 입에 맞아도 더는 먹지 않는 사람이었다. 하물며 경호원으로 체력 관리를 했던 수안의 식사량 또한 그다지 많지 않았다.

"네가 다 먹어야 해."

"왜요? 왜!"

앞에 놓인 스테이크를 반으로 뚝 자른 무현이 수안의 접시에 올려놓았다. 순식간에 1.5배로 늘어 버린 스테이크를 보던 수안이 무현을 향해 눈을 흘겼다.

"너 너무 빠졌어."

무현의 물음에 수안이 입을 꾹 다물었다. 병원에서 내내 죽만 먹고 있었는데 살이 붙을 리가 없었다. 하물며 침대에 앉아 움직임도 거의 없다 보니 근육까지도 빠진 상황이었다.

하지만 그래도 이걸 다 먹으라니…… 이건 솔직히 적을 마주했을 때보다도 더 암담했다.

"별로 안 빠졌어요."

"안아 보면 알아."

사람들이 있는 곳에서 태연히 지난밤에 있었던 일을 꺼내는 무현을 보며 수안이 해야 할 말조차 잊어버린 채 입을 쩍 벌렸다.

회주로서 자리를 잡은 후에도 무현은 변화가 없다고 했었던가? 분명 그룹과 본가의 사람들이 그렇게 말하고 다닌다고 들었건만, 정작 그녀와 함께하는 그는 나날이 능글맞아졌다.

"몸에 감기는 느낌이 달라. 대략……."

"알았어요! 먹어요! 먹는다고요!"

이 남자 무슨 인간 이상의 능력이라도 가진 것이 아닐까? 저 뒤에 나올 말을 듣지 않았지만 왠지 그녀가 빠진 체중이 그대로 나올 것 같아 무서웠다.

앞에 놓여 있는 스테이크를 보며 수안이 입술을 굳게 다물었다. 맛이 없어 보이는 건 절대 아니지만 여기 있는 걸 다 먹으면 배탈부터 날 것이 뻔했다.

"좀 도와줄 테니까 먹어."

병 주고 약 주고도 아니고 무현의 말에 수안이 눈을 좁혔다.

"그러니까 조금만 시켜도 되었잖아요."

"그럼 시키기도 전에 안 먹는다고 말렸을 테지."

최근 그녀에 대한 탐구일지라도 쓰는 것인지 정곡을 찔린 수안이 눈을 흘겼다.

그녀에게 전부 해 줄 것처럼 행동해도 결정적인 순간에서 그에게 휘둘렸다. 차라리 불쾌하기라도 했다면 하지 말라고 언성

이라도 높이겠는데 또 그가 왜 이러는지 알기에 그마저도 쉽지
않았다.

여기에 있는 음식을 다 먹을 자신은 없지만 그래도 생각해 준
성의가 있는데 마냥 싫다고 하기도 그랬다. 큼지막하게 스테이
크를 잘라 입에 넣은 수안의 입가에 미소가 생겼다.

"맛있네요."

못 먹는다며 툴툴댄 것도 잠시, 부지런히 칼과 포크를 움직
이며 접시 위의 스테이크를 없애 갔다. 행복한 미소를 지으며
스테이크를 먹던 수안이 앞에서 느껴지는 시선에 고개를 들었
다.

"생각 없어요? 왜 안 먹어요."

"포크 들 기운도 없네."

"네?"

"먹여 줘."

입을 벌리는 무현을 따라 수안의 눈이 커졌다. 병실에서야 단
둘이 있었으니까 어미 새와 아기 새 놀이를 했지, 여긴 직원들
이 서 있는 레스토랑이었다. 수작질도 장소와 사람을 봐 가면서
하라는 말이 목 끝까지 치밀었지만, 애써 화를 삼키며 수안이
물었다.

"흑심이 있어서 같이 밥 먹자고 한 거죠?"

"응."

미치겠다.

입 밖으로 튀어나오려는 쌍욕을 수안이 인내로 억눌렀다.

누가 지무현을 냉정하고 고지식하고 꽉 막혀서 융통성도 없

는 사람이라고 했던가. 지금 자신의 앞에 있는 남자는 구렁이 수만 마리는 잡아먹고 나온 사람 같았다.

당신 손으로 직접 고기를 잘라 입에 넣으라는 말을 꺼내려던 수안이 머리를 스치는 생각에 무현에게 물었다.

"내가 당신에게 먹여 주면 무슨 이득이 있는데요?"

"네가 먹을 음식량이 줄어들겠지."

"안 먹여 주면요?"

"이걸 다 먹을 때까지 일어나지 못하겠지?"

"지무현 씨."

"음."

"다른 여자들하고도 이렇게 데이트했어요?"

수안의 말에 무현의 미간이 굳었다. 무현의 시선이 다른 자리에 앉아 있는 여자를 향했다.

아무런 감정도 느껴지지 않는 눈이 한참 동안 여자를 바라보았다. 그리고 잠시 후, 여자에게 있던 눈이 다시 수안을 향했다. 감정 없던 눈에 수안이 익숙하게 보아 왔던 감정이 깃들었다.

"감정이 없는 여자랑 이렇게 먹는 남자도 있던가?"

그녀의 애인은 능글맞고 성격도 강하고, 손해는 절대 안 보고 자신만 아는 것처럼 오만하기까지 했지만 적어도 하나만큼은 확실했다. 그는 수안과 함께 있는 상황에서 다른 여자에게 관심을 가지지 않을 것이다. 그녀의 단순한 착각일 수도 있지만 왠지 무현은 그럴 것 같았다.

"입 벌려요."

자신이 먹으려고 잘라 놓은 스테이크를 포크로 찍어 무현에

465

게 내밀었다. 당장에라도 터질 듯이 붉어진 얼굴로 부끄러워하는 모습이 그녀에게는 미안한 말이었지만 좀 더 놀려서라도 보고 싶을 정도로 귀여웠다.

수안이 건넨 스테이크를 받아먹으며 무현이 입꼬리를 올렸다.

"아기 새도 나쁘진 않네."

"어미 새는 부끄러워 죽겠네요."

수안의 대답에 무현이 웃음을 터트렸다. 모르는 척 입을 벌리니 다른 음식을 찍어 입에 넣어 주었다.

"잘 먹고 산책하자."

"바로 들어가야 하는 거 아니에요?"

"손 비서가 알아서 하겠지."

이곳에 없는 손 비서의 절규가 들려오는 듯했지만 수안이 애써 외면했다. 확실히 어색하고 부끄러웠지만 그래도 이렇게 편안하게 함께 있는 것도 싫지 않았다.

무현과 눈을 마주한 수안이 즐거운 미소를 지었다.

식사를 끝내고 나오자마자 무현은 차를 타는 대신 수안의 손을 붙잡았다. 그러고 보니 수안을 데리고 왔던 차도, 무현이 타고 온 차도 없었다.

"손 비서도 없으시네요."

"연락하면 올 거야."

"네?"

"손."

평일 오후여도 시내라서 그런지 제법 걷는 사람이 많았다. 무현이 내민 손을 보던 수안이 조금은 붉어진 얼굴로 손을 내밀었다.

이제 무현과 함께 있는 걸 숨길 필요도, 걱정할 이유도 없었다. 그저 다른 사람들처럼, 같은 곳을 바라보며 함께 걸어도 괜찮았다. 예전에는 서늘했던 그의 손이 지금은 수안만큼이나 따듯했다.

"아!"

전에 유 비서와 왔었던 피규어 매장이 보이자 수안이 무현을 바라보았다. 수안의 시선에도 무현이 말없이 그녀를 끌었다.

"여길 가자고요?"

"왜? 가면 안 되는 이유가 있어?"

안 되는 이유는 없지만 무현이 이곳으로 수안으로 데리고 올 줄은 생각조차 하지 못했다. 내심 오고 싶었지만 시간이 없어서 못 왔던 터였다. 그런데 바쁜 사람을 데리고 한가롭게 피규어 구경을 해도 괜찮은 것일까? 수안의 걱정은 무현이 뒤이어 하는 말에 깨끗이 멈추었다.

"얼마 전에 새로운 게 나왔다던데?"

"정말요? 그런데 그걸 무현 씨가 어떻게 알아요?"

수안의 물음에 무현이 입꼬리를 올렸다. 왠지 모르는 음흉한 미소에 수안이 눈을 좁혔다.

지난번 일의 주범이 유 비서라는 것을 알자마자 무현이 먼저 그녀에게 접근했다. 어차피 유 비서와의 연봉협상을 해야 할 시기였으니 그걸 조금 일찍 진행한다고 문제 될 일은 없었다.

청운회와 연관은 없었지만, 그걸 커버할 정도로 유연함도 있었고, 무엇보다도 수안의 속마음을 잘 아는 사람이라는 장점도 있었다. 이득이 있을 관계라면 손을 잡는 건 당연한 일. 그러기 위한 몇 가지 조건이야 무현에게는 대수롭지 않았다.

"와!"

매장에 들어서자마자 수안의 눈에서 반짝반짝 빛이 빛났다. 그의 눈에는 다 그저 그런 장난감 정도로만 보였지만, 수안은 이미 완전히 넘어간 뒤였다. 무현의 손을 놓은 수안이 피규어가 전시되어 있는 곳으로 자석에 끌려가듯 걸어갔다.

"무현 씨. 이거 귀엽죠?"

무현은 보지도 않은 채, 수안이 전시된 피규어를 손가락으로 가리켰다. 왠지 우선순위에서 단숨에 밀려난 복잡한 기분, 설상가상 수안이 가리킨 건 자세만 다를 뿐, 사무실에 있는 그 곰이었다.

워낙 좋아하기에 데려왔는데 막상 피규어에만 눈이 뒤집혀 있는 그녀를 보니 묘하게 심보가 꼬였다.

"사무실에 있는 거네."

"그거랑은 또 다르죠. 모양이 다르잖아요."

서 있던 곰이 앉아 있다고 해서 다른 곰이 되는 건 아니지 않은가? 하지만 그렇게 말하자니 이미 수안의 눈은 곰에게 완전히 빠져든 상황이었고, 모처럼 생기가 흐르는 그녀를 방해하고 싶지는 않았다.

하지만 생각은 생각일 뿐, 시선조차 주지 않는 수안에게 슬슬 화가 나기 시작했다.

"잠시만요."

"어떤 게 더 괜찮아요?"

"그냥 둘 다 살까요?"

이미 수안의 시야에 무현은 없었다. 다른 것도 많았건만 수안의 시선에는 오직 작은 피규어뿐이었다. 그녀를 우현에게 빼앗길까 봐 불안불안했던 것이 얼마 전이었는데, 이젠 하다 하다 수안을 플라스틱 곰에게 빼앗길 위기였다.

"무현 씨가 골라 줘요."

이 곰과 저 곰 사이에서 고뇌하던 수안이 무현을 향해 고개를 돌렸다. 하지만 무현을 보던 수안의 눈이 움찔 떨렸다. 한 달 반 만에 청운회의 양아치로 병실에 왔을 때와 눈이 똑같았다. 혹 자신이 피규어에 정신이 팔려 있는 사이에 무슨 일이라도 일어났던 것인가? 하지만 부지런히 둘러봐도 매장 안은 너무나도 평온했다.

"왜요?"

"……아니야."

말을 끝낸 무현이 몸을 획 돌렸다. 불안한 기분이 엄습했다.

설마 하는 생각부터 들었지만 사람의 마음이라는 게 머리와는 또 다르게 움직였다.

"혹시 삐쳤어요?"

삐쳤냐는 말에 무현의 눈썹이 꿈틀댔다. 그의 표정을 보던 수안이 숨을 삼켰다.

솔직히 무현이 몇 번 부르기는 했지만, 피규어에 빠져 제대로 대답하지 않았다. 무현이 들으면 기함을 할지도 모르지만, 솔직히 피규어에서 무현의 모습이 자꾸 겹쳐 보였다.

대한민국에서 가장 막강하다는 조직의 회주를 곰 피규어에 비교한다는 것부터가 우스운 일이었지만 그래도 자꾸 시선이 가는 건 어쩔 수 없었다.

"아니죠?"

수안을 보던 무현이 한숨을 내쉬었다.

청운회의 회주라고 해 봤자 결국 무현도 사람이고 사내일 뿐이었다. 언제나 수안은 무현이 자기를 흔든다고 생각했지만 실제로는 반대였다.

조심스러운 목소리, 다정하게 다가오는 손길에 하루에도 몇 번이나 수안과 함께하는 현실에 감사했다. 그러니 저 살아 있지도 않은 플라스틱 곰 때문에 수안에게 신경질을 부릴 수는 없다.

"삐쳤으면 어쩌려고?"

무현의 반응에 수안의 눈이 커졌다. 잠시 고민하듯 눈을 굴리던 수안이 고개를 푹 숙였다.

모처럼 무현이 같이 와 준 건데 넋을 놓고 본 것이 패인이었다. 자신의 잘못, 수안의 눈 끝이 내려갔다.

"안 삐쳤어."

"……거짓말."

"지금이라도 삐칠까?"

무현의 물음에 기함한 수안이 고개를 저었다. 시끄러운 매장도 별로고, 북적거리는 사람도 그다지 좋아하진 않았고, 수안의 시선을 사로잡은 저 곰은 진심으로 싫었지만 그래도 수안이 좋아하는 거니까 전부 감수할 수 있다.

연애는 쉽지 않다. 하지만 그걸 모두 감수하고라도 수안과 같이 있고 싶었다.

"난 이런 건 잘 모르니까. 두 개 다 사."

무현을 물끄러미 보던 수안이 고민하던 피규어를 향해 눈을 돌렸다. 결국 사려고 고르던 피규어를 얌전히 자리에 내려놓았다. 아마 혼자였기에 기댈 곳이 필요했는지도 모른다. 손가락만한 물건이었지만, 적어도 자신과는 다르게 환하게 웃는 모습에 수집하는 일을 하게 되었을 수도 있다.

'안 사겠다는 건 아니지만……'

여전히 좋아하고 욕심도 났지만 지금만큼은 사고 싶지 않았다.

손을 내밀기만 해도 잡아 주고, 힘들다고 하면 안아 주는 사람이 생겼다. 그것만으로도 공허했던 마음 한구석에 온기가 돌았다.

그것만으로도 수안은 만족했고 행복했다.

"안 가도 돼요?"

퇴원 후 시작된 백수생활은 어느새 한 달이 넘어가고 있었다. 처음 2주 동안은 처음 가져 보는 휴식에 만족했지만 그것도 잠시, 한 달이 되어 가자 불안해졌다. 수안의 불안을 눈치챈 무현은 회복되는 대로 경호원은 아니더라도 비서로는 부려 먹을 거라면서 걱정하지 말라고 했지만, 스무 살 때 이후로 제대로 된 휴가도 없이 일했던 수안에게는 그마저도 불만스러웠다.

"음."

"어물쩍 넘어가지 말고요."

수안의 물음에 그녀의 다리를 베고 누워 있던 무현이 눈을 좁혔다. 하지만 잠시 후, 피곤한 듯 눈을 감은 무현이 입을 열었다.

"아."

모르는 척 넘어가는 그를 보며 수안이 고개를 저었다. 그녀는 테이블에 놓인 접시의 과일 중 딸기를 포크로 찍어 그의 입에 넣어 주었다. 새삼 느끼는 것이지만 달콤한 딸기를 먹고 있음에도 무현의 표정은 평소와 전혀 차이가 없었다.

여전히 그는 단호하다 못해 냉정한, 조금의 반기도 용서하지 않는 청운회의 강한 회주였다. 그가 여지를 주고 받아 주는 사람은 연인인 수안뿐이었다.

"이제 과일 좀 그만 사 와요."

딸기를 삼킨 무현이 무슨 소리냐는 듯 그녀를 보았다. 포크를 접시 위에 올려놓은 수안이 무현의 머리카락을 손가락으로 천천히 쓸었다. 수안의 손길을 받은 무현이 편안한 숨을 내쉬었다.

"꽃이나 과일 사 오는 남자가 좋다며?"

"그것도 하루 이틀이죠. 아무리 먹어도 줄지가 않는다고요."

농담 삼아 새 애인이면 과일과 꽃 정도는 사 오겠다던 말이 이런 결과를 낳을 줄 상상도 하지 못했다. 처음에는 한 아름 안겨 주는 꽃과 생전 먹어 보지도 못한 과일에 두근거리기도 했었지만, 그것도 한두 번이었다. 집 안을 꽃집으로 만들 기세인 무현을 말렸더니만 이제는 꽃을 안 사 오는 것만큼 과일을 사 오기 시작했다.

"누가 보면 과일 가게 하는 아가씨인 줄 안다고요. 냉장고에 과일만 가득 차 있단 말이에요."

"먹으면 되잖아?"

"당신. 가서 냉장고 열어 봐요. 당신이 사 온 과일이 어느 정도인지 직접 보라고요."

수안의 투정에 무현이 피식 실소를 터뜨렸다. 몸을 돌린 무현이 수안의 허리에 팔을 감았다. 포근한 품에 얼굴을 묻은 무현이 코끝을 간질이는 체향에 몸을 맡겼다.

마음 편히 쉴 수 있는 유일한 휴식처. 수많은 사람 중에서 단 한 사람.

무현에게 수안은 그런 존재였다.

"시간 늦었어요. 이만 가요."

"가기 싫어."

주저 없이 나오는 무현의 대답에 수안의 눈이 커졌다. 머리카락을 어루만지던 손가락이 무현의 코를 확 붙잡았다. 생각지 못한 공격에 놀란 무현이 눈을 뜨자 수안이 입을 열었다.

"나 아직 지무현 씨 아내 아니거든요? 다 큰 처녀 집에 이 시간까지 있으면 사람들이 수군거린다고요."

"그래도 안 가."

왠지 자신도 모르는 사이에 기둥서방을 하나 만든 것 같다.

불편하지도 않은지 작은 소파 밖으로 삐져나온 다리는 둥둥 띄워 놓고는 악착같이 수안의 허벅지에 머리를 기대고 있었다.

머리카락을 만져 주던 손길이 멈추자 편안한 표정이었던 무현이 눈을 찌푸렸다.

곧바로 나오는 반응에 수안이 고개를 저었다.

"지무현 씨가 이런 사람이라는 걸 다른 사람들도 알아야 하는데 말이죠."

자신의 곁에서 본모습을 보여 주는 커다란 강아지는 참으로 손이 많이 갔다.

말을 그렇게 했지만 무현이 절대 남에게 저런 모습을 보이지 않을 것이라는 걸 수안은 잘 알고 있었다. 남을 쉽게 믿을 수 없는 자리의 주인, 그렇기에 본심을 보여 줄 수 있는 자신을 무현이 얼마나 아끼는지도 알고 있다.

"본가가 나을까? 아니면 예전에 같이 있었던 집이 나을까?"

무현의 물음에 수안이 고개를 갸웃했다. 하지만 그의 물음은 여기서 끝나지 않았다.

"아니면 새로 집을 구할까?"

"무슨 소리예요?"

"이젠 하나로 합치는 것도 좋을 것 같아."

혼자서 버텨 내는 것이 당연하다고 생각하던 때가 있었다.

피할 수 없다면 차라리 자신의 자리로 만드는 것이 최선이라며 불나방처럼 달려들었던 순간도 있었다. 그랬던 삶에 그녀가 나타났고, 그의 중심에 그녀가 자리 잡았다.

마냥 행복한 길도, 그렇다고 편한 자리도 아니라는 것을 알고 있지만 이젠 그도 가족이라는 걸 이루고 싶다.

"너라면 결혼해도 괜찮을 것 같아."

수안의 눈이 조용히 무현을 응시했다. 누워 있던 무현이 자리에서 일어났다. 정적이 제법 길게 이어졌지만 무현은 조용히 기다렸다. 그가 생각했던 것보다도 훨씬 긴 시간이 흐른 후, 수안이 굳게 닫았던 입을 열었다.

"혹시 프러포즈인가요?"

"아니."

"그럼 뭐예요?"

"해윤이한테서 내일 유 비서하고 셋이서 만난다고 들었으니까. 꼭 셋이 만나면 이상한 소리가 나와서 미리 단속하는 거야."

무현의 대답에 자신도 모르게 웃음을 터트렸다. 가끔 둘이 해보라는 걸 몇 번 해 봤더니만 셋이 만난다고 할 때마다 그는 유난히 긴장했다.

얌전히 답을 기다리고 있었지만 무현의 눈은 평소보다 훨씬 경직되어 있었다.

초조한 무현의 눈을 보던 수안이 대답했다.

"대한민국에서 제일 위험한 사람을 내가 구제하는 거네요."

수안의 대답에 무현이 입꼬리를 올렸다. 무현이 수안의 손목을 잡고 끌자 그녀가 얌전히 안겼다.

"구제받는 것도 나쁘지 않네."

"대신 프러포즈는 좀 뒤에 하는 게 좋겠어요."

"왜?"

수안의 대답에 무현이 눈을 좁혔다. 어쩐지 답이 너무 쉽게 나왔다고 생각했다.

"당신은 성격이 급하니까 프러포즈하자마자 결혼식부터 하자고 할걸요."

"그래서?"

"치료받느라 거의 반년이 훌쩍 지나간 것도 있고, 따뜻할 때 결혼하려면 아직 한참 남았는걸요. 봄에 프러포즈 받고 식을 올려도 되죠."

"왜 봄까지 기다려야 하지?"

"날도 따뜻하고 꽃도 많이 필 때잖아요."

"어차피 예식은 실내서 하잖아?"

이미 반은 승낙한 이상 내일 당장이라도 식을 준비할 생각이었다. 그런데 수안은 태연한 얼굴로 봄에 식을 올리고 싶다는 말을 꺼내고 있었다.

누구를 피 말려 죽일 생각인 것인가? 프러포즈고 나발이고 당장 결혼식부터 올려 버릴까 생각을 하는 순간, 수안이 쐐기를 박았다.

"난 결혼식은 반드시 봄에 할 거예요!"

단호한 눈을 보는 순간 무현이 한숨을 내쉬었다. 피가 말라 가는 기분으로 봄까지 기다릴 것인가? 아니면 열심히 설득할 것인가?

고민은 간단했고, 정답 또한 확실하게 정해졌다.

"열심히 설득해야겠네."

"흥. 안 통해요."

"그럴까?"

어느새 다가온 그가 수안의 입술에 입을 맞추었다. 밀어내려는 양손을 한 손으로 붙잡아 머리 위로 올린 무현이 소파에 누운 수안을 내려다보았다.

냉정하던 시선에 드리워진 열기를 느낀 수안이 입술을 깨물었다. 저런 시선의 무현은 무슨 말로 설득해도 절대 가라앉지 않았다. 설득이라는 그럴듯한 말을 썼을 뿐, 오늘 밤에 잠자기는 완전히 글렀다.

"저기…… 설득을 한다면서요. 이게 무슨 설…… 흐읍."

그녀의 혀에 자신의 혀를 감은 무현이 거칠게 빨아들였다. 그 사이 재빠른 손이 수안의 티셔츠와 브래지어를 한꺼번에 올렸다. 부드러운 감촉의 가슴을 움켜잡은 그가 손가락 사이로 닿는 유실을 힘껏 비틀었다.

그의 혀놀림에 입안이 뜨거워지고 부어올랐다. 손목을 얼마나 단단히 붙잡았는지 아무리 비틀어도 전혀 빠져나올 수 없었다.

"무현…… 씨. 조금만……."

청바지의 버클이 풀리자마자 그의 손이 수안의 팬티 안으로 파고들었다. 얇은 팬티 안에서 느껴지는 그의 손길에 수안이 입술을 깨물었다.

"망할."

청바지를 벗기던 그에게서 낮은 신음이 흘렀다. 무현의 행동이 멈추자 수안이 무슨 일이냐는 듯 그를 바라보았다.

"소파가 작아."

무현의 대답에 수안이 결국 참았던 웃음을 터트렸다. 무현의 턱에 짧게 키스한 수안이 유혹하듯 속삭였다.

"침대는 안 작아요."

수안의 속삭임에 무현의 눈썹이 파르르 떨렸다. 지금 그녀의 모습이 자신의 눈에 어떻게 보이는지 수안은 절대 모를 것이다.

"난 잠버릇이 심하거든요."

"내가 붙잡고 자면 돼."

웃음을 터트리는 입술에 그가 깊게 키스했다. 다리에 아슬아슬하게 매달려 있던 청바지를 벗긴 그가 수안을 안아 들었다. 그의 인내를 시험하듯 단단한 목에 수안이 자잘하게 키스를 남겼다.

문이 열리고, 하나로 엉킨 둘이 방 안으로 들어갔다.

수안의 몸에 남아 있는 옷을 벗긴 무현이 다급히 자신이 입고 있던 옷을 벗었다.

그녀에게 다가오는 무현을 보며 수안이 달콤한 미소를 지었다. 수안의 위로 올라온 무현이 그녀의 입술에 자신의 입술을 묻었다.

"흐웃."

고른 치열을 훑기도, 입안의 여린 내벽을 핥기도 했다. 입안을 자극할 때마다 나오는 타액은 남김없이 빨아들여도 다시 생겨났다. 엉키는 타액을 경쟁적으로 빨아들이자 서로에게서 가쁜 숨이 흘러나왔다.

"하아."

수안의 손이 무현의 뺨에서 목으로 어깨에서 단단한 가슴으로 옮겨 갔다. 손에서 느껴지는 심장의 고동이 좋았다. 무현은 자신에게만 이런 모습을 보여 준다. 그 미묘한 차이가 수안의 소유욕을 부추겼다.

무현이 수안의 손을 붙잡았다. 손가락 하나하나에 입을 맞춘 무현이 수안의 목에 얼굴을 묻었다. 숨을 힘껏 들이마시자 그녀만의 체향이 진하게 느껴졌다. 손목을 붙잡았던 손이 어깨를 지나 한껏 잡히는 가슴을 애무했다. 그녀가 내쉬는 달콤한 숨이 그의 귓가를 간질였다.

"하웃."

깨물고 있는 입술에서 흘러나오는 신음에 그의 몸에 소름이 돋았다. 다른 여자들에게서는 절대 느껴지지 않는 감정이 수안과 있으면 물밀듯이 밀려왔다.

"자제 못 하겠다."

수안만이 해결해 줄 수 있는 갈증이었다. 길들여진 것처럼 이제는 그녀만이 달래 줄 수 있는 열기였다.

"당신이 하고 싶은 대로 해요."

수안의 손이 무현의 복부에서 천천히 아래로 내려갔다. 그녀의 손이 몸에 닿을 때마다 무현의 눈이 파르르 떨렸다. 단단히 팽창한 분신에 닿은 수안의 손이 살짝 떨렸다. 하지만 그것도 잠시, 대담해진 손이 단단한 분신을 감쌌다.

"너……."

무현의 신음에 수안이 입꼬리를 올렸다.

이젠 그와 자신 사이를 방해받는 일은 없다. 마음껏 사랑하고 함께할 것이다. 그와 함께라면 그곳이 청운회여도 이젠 상관없다.

"같이 있어요."

악마의 유혹이어도 상관없다. 아슬아슬하게 붙잡았던 이성이 그녀의 속삭임에 무너졌다.

그녀의 가슴을 힘껏 움켜잡은 채로, 몇 번이나 삼키고 **빨아들**였던 입술에 그가 입을 맞추었다.

그녀는 그의 것이다. 내쉬는 숨도, 그를 보며 짓는 미소도 전부 자신만의 것이었다. 힘껏 **빨아들**인 입술을 살짝 깨물자 그녀에게서 옅은 신음이 터져 나왔다.

"하아."

키스하며 섞이는 타액을 전부 **빨아들**일 기세로 그가 다가왔다. 동시에 가슴을 애무하던 손이 복부를 지나 촉촉한 여성으로 향했다. 젖어 든 여성으로 손가락이 밀려 들어가자 그녀가 몸을 떨었다.

힘이 잔뜩 들어간 여성이 그의 손가락을 힘껏 붙잡았다. 녹아들듯 따뜻한 그녀의 안이 너무나도 좋았다. 여성 안으로 손가락이 하나 더 들어가자 민감한 곳에서 밀려오는 쾌락에 수안이 고개를 젖혔다.

"흐윽."

그녀의 턱에서 목으로 시작된 키스는 가쁜 숨을 내쉬는 가슴의 유실로 향했다. 그의 혀가 유륜을 핥고, 유실을 **빨아들**였다. 곧 이를 세워 부드러운 가슴을 깨물자 그의 흔적이 붉게 새겨졌다.

여성의 내벽을 어루만지던 손가락이 이번에는 클리토리스를 비틀었다. 집요할 정도로 거침없는 그의 움직임에 촉촉한 여성에서 쾌락의 증거가 샘처럼 흘러나왔다.

가슴의 계곡에 얼굴을 묻은 그가 숨을 들이마셨다. 수안의 체향, 유일하게 그를 흔들고 매혹시키는 그녀만의 향기였다.

"무현…… 씨."

잇새로 나오는 이름이 그의 이성을 툭 흔들었다. 서로의 체온에 달궈진 열기가 어느새 방을 뜨겁게 채웠다. 몸을 비틀려는 수안의 허리를 붙잡은 그가 단단히 솟은 분신을 여성 깊숙이 묻었다.

"흐읏."

몸에서 나가지 못하고 괴롭히던 열기에 불이 붙었다. 몸을 경직시키며 수안이 고통을 삼켰다. 무현과의 시작은 언제나 버거웠다. 이성을 흔들게 하는 쾌락만큼이나 하부에서 느껴지는 아릿한 고통에 수안의 눈 끝이 떨렸다.

수안의 표정을 본 무현이 그 자세 그대로 그녀를 기다렸다. 그녀의 허락이 떨어져야만 움직일 것처럼, 지금 움직임을 참는 게 그에게도 쉽지 않은 일임에도 무현은 언제나 수안을 먼저 생각했다.

하지만 지금은 절제하는 그를 보고 싶지 않다. 그녀가 그를 사랑하는 만큼 그가 그녀를 사랑한다는 걸 직접 느끼고 싶었다. 경직된 입술에 수안이 입술을 포갰다. 열린 입술로 서로의 달콤한 숨이 얽혀 들었다.

"하읏."

경쟁적으로 서로의 몸에 자신의 흔적을 각인시켰다. 적극적으로 다가오는 수안의 허리를 붙잡은 그가 자신의 몸에 그녀를 밀착했다.

"흐윽."

그가 성이 난 분신을 뺐다가 삽입하기를 반복했다. 그의 손에 뭉개진 가슴이 그가 허리를 퉁길 때마다 흔들렸다.

살과 살이 닿으면서 나는 소리가 방을 채웠다. 서로의 체온을 느끼며 나오는 신음이 누구의 것인지 알 수 없을 정도로 섞여 들었다.

눈을 감은 수안이 고개를 젖히자 매끄러운 목이 그의 눈을 사로잡았다. 이를 세워 목을 긁어내리자 붉은 상흔이 생겨났다. 그의 행동에 반응하듯 수안의 손톱이 무현의 등을 파고들었다.

"하앙."

고개를 젖힌 그녀에게서 색에 젖은 신음이 터져 나왔다. 온몸을 태우는 열기에 몸을 맡기며 그가 무게를 실어 여성에 자신을 묻었다.

그의 자극에 반응한 여성이 힘껏 분신을 조였다.

거칠게 흔적을 남기는 상대 외에는 아무것도 느껴지지 않았다. 계속된 움직임이 점점 절정을 향하는 순간 그가 그녀의 몸을 자신에게 끌었다.

"하악."

한계를 지나 절정이 둘을 집어삼킨 순간 그가 그녀의 안에 자신을 풀었다. 그의 허리에 다리를 감았던 수안이 몸을 채우는 이질감에 잘게 떨었다. 무현의 이마에서 흐른 땀이 수안의 가슴 위에 몇 방울 떨어졌다.

지쳐 쓰러진 수안의 입술에 짧게 키스한 그가 여성에 묻은 분신을 빼려 했다. 그런 그를 말리듯 수안이 무현을 껴안았다.

"이대로…… 있어요."

"무거워."

"안 무거워. 이렇게 있을래요."

다정하게 속삭이는 목소리가 그를 부드럽게 어루만져 주는 것 같았다. 그녀의 여성에 분신을 묻은 채로, 무현이 수안을 품으로 끌었다. 나긋하게 안기는 여체에 몸을 맡긴 그가 편안한 숨을 내쉬었다.

"당신 진짜 따뜻하다."

"……차가워."

"나만 따뜻하면 되죠."

이제 더는 혼자가 아니다.

그에게도 전부를 맡기고 함께 나아갈 사람이 생겼다.

지쳐 잠들려는 수안을 재우듯 무현이 작은 등을 천천히 어루만졌다.

깊게 잠들어 있던 수안이 눈을 떴다.

잠에서 깨서 일어나려 해도 그때마다 무현이 수안을 붙잡았다. 얼마나 오랫동안 같은 시간을 공유하며 서로를 탐했는지는 모르겠다. 다만 무현의 품에서 기절하듯 잠에 빠진 기억은 남아 있었다.

"아!"

침대 옆 장식장에 놓인 곰 피규어에 수안이 눈을 비볐다.

분명 지난번에 산다고 꺼냈다가 사지 않았던 것이었다. 그랬던 것이 지금 그녀의 눈앞에, 그것도 선택하지 못했던 두 개 다 있었다. 심지어 그 옆에 이번에 새로 나왔다고 하는 토끼 피규어까지 같이 놓여 있었다.

수안이 무현을 향해 고개를 돌렸다. 언제 깼는지 차분한 무현의 눈이 수안을 지켜보고 있었다.

"언제 샀어요?"

"글쎄."

가까이 다가온 무현이 수안의 등에 입술을 맞췄다. 그녀의 등에 자잘한 키스를 남기자 몸을 움츠린 수안이 간지럽다며 작게 웃음을 터트렸다.

더는 수안은 무현에게 아무것도 숨기지 않았다. 그가 그녀만을 바라보는 것만큼은 수안 또한 무현만을 보았다. 그 사실 하나가 그에게는 다른 것과는 비교할 수 없는 만족감을 주었다.

"피규어 모으는 취미 그다지 좋아하지 않잖아요?"

"그걸 모으는 게 싫은 게 아니라……."

무현의 눈이 자신이 사 온 곰 모양의 피규어로 향했다. 수안이 저 곰에 넋을 놓는다는 게 싫은 것이지만 그걸 입 밖으로 말하고 싶진 않았다. 청운회 회주인 그가 겨우 곰에게 지다니 있을 수 없는 일이다.

"아니라…… 뭐요?"

"대답 안 할래."

"아하?"

말을 돌리는 무현을 수안이 노려보았다. 이번만큼은 그녀의 취조에도 절대 알려 주지 않을 생각이었다. 수안의 시선을 외면하며 무현이 그녀의 품으로 파고들었다. 가슴골 사이에 얼굴을 묻은 무현을 보며 수안이 눈을 흘겼다.

"당신 점점 능글맞아지는 거 알아요?"

"음."

어물쩍 넘기며 무현이 눈을 감았다. 불리해지는 대답은 은근슬쩍 피하는 그를 보며 수안이 한숨을 내쉬었다.

"누구 탓을 하겠어요. 좋다고 당신 손을 덥석 잡은 내 잘못이죠."

"이젠 못 놔."

"놔줄 생각도 없네요."

가슴에 얼굴을 묻은 무현의 입꼬리가 올라가는 게 느껴졌다.

잠시 생각하던 수안이 미소를 지었다. 이제 수안에게는 어디에 있느냐보다 누구와 있느냐가 더 중요했다. 함께하자며 내민 그의 손을 붙잡은 건 자신이었다. 그러니 아낌없이 사랑하고, 사랑받으며 살아갈 것이다.

"무현 씨."

"음?"

"사랑해요."

품에 안겨 있던 그가 고개를 들어 수안을 바라보았다. 위태롭고 불안했던 수안은 어디에도 없었다. 누구보다도 밝은 빛을 품은 여자가 자신을 보며 사랑한다며 속삭였다.

그녀의 고백에 답을 하는 대신 무현의 입술에 자신의 입술을 포개었다. 그녀를 세상에서 가장 사랑해 주는 남자의 키스를 받으며 수안이 무현을 힘껏 껴안았다.

봄이면 어떻고 겨울이면 어떻겠는가?

같이 있는 이 순간, 둘은 하나였다.

_fin

#에필로그. 1

　서류를 보던 무현의 눈이 날카로워지자 손 비서가 숨을 삼켰다.

　2주에 한 번씩, 문제가 있을 시에는 그보다도 자주 있는 보고였지만 솔직히 지금 같은 보고는 최측근인 그도 그다지 하고 싶지 않았다.

　"지우현의 발작이 전보다 심해진 것 같습니다. 병원으로 옮긴다는 것을 우선 기다리라고 막아 놓긴 했습니다."

　"그대로 둬."

　무현이 청운회의 회주로 완전히 자리 잡은 것도 4년째, 동시에 우현이 감옥에 들어간 시기도 벌써 그렇게 지나 있었다. 끝나지 않는 린치에도 무너지지 않던 우현이 정신을 놓은 건 모순되게도 수안과 무현의 결혼 기사가 나온 다음이었다.

한번 발작이 시작되면 자신은 물론이고 주변까지도 다치게 했기에 독방으로 옮겼지만, 시간이 지나도 그의 상태는 호전이 될 줄 몰랐다.

"여전히 수안이를 찾는다지?"

무현의 물음에 손 비서가 고개를 숙였다. 차라리 완전히 놓아 버렸다면 약간의 자비라도 받았을지도 모른다. 하지만 제 부모 까지도 완전히 잊어버린 우현이 마지막까지 기억하고 찾는 사람은 수안이었다.

"이제 슬슬 우현에게 자비를 내리란 말이 있다고?"

"목소리가 나오고 있는 듯합니다."

"마치 기다렸다는 듯이 말이지."

"……회주님."

"말이 나오고 있는 곳부터 조사해."

결정은 신중하게, 행동은 빠르게. 청운회의 최정점에서 권력을 유지하고 있지만 예전이나 지금이나 무현은 변화가 없었다. 유일하게 무현의 분위기가 달라질 때는 부인인 수안이 곁에 있을 때뿐이었다.

"그럼 오늘 안으로 추가 보고 올리겠습니다."

인사를 끝낸 손 비서가 사무실 밖으로 나가고, 피곤한 숨을 내쉰 무현이 미간을 눌렀다. 청운회와 그룹을 혼자 관리할 수 없었기에 그룹에 한해서는 전문경영인을 세우고 자신은 청운회에 집중하는 식으로 일의 방향을 바꾸었다. 그렇다고 산처럼 쌓인 업무가 줄어드는 건 아니었다.

똑똑.

노크 소리에 의자에 몸을 맡기던 무현이 다시 허리를 세웠다. 닫혔던 문이 열리며 관리인이 주스와 다과를 가지고 안으로 들어왔다. 가져오라는 지시도 내리지 않은 걸 가져온 관리인을 무현의 눈이 훑었다.

머리가 아플 정도로 진하게 한 화장에, 절묘한 위치에 풀려 있는 단추, 다른 관리인들보다는 한 뼘은 짧은 치마까지 무현의 날카로운 눈이 빠르게 관리인을 훑었다.

"이 시간쯤 회주님께서 피곤해하신다고 들어서요. 명령 없이 이러면 안 된다고 들었지만 신경이 쓰여서…… 내려놓고만 가겠습니다."

단정하고 깔끔해 보여도 자세나 시선은 그렇지 않았다. 심지어 쟁반을 내려놓으면서 노골적으로 풀어헤친 블라우스 사이 뽀얀 가슴의 굴곡을 내보이기까지 했다.

"회주님."

무현의 시선을 피부로 느끼며 관리인이 고혹적인 미소를 지었다.

본가가 아닌 따로 마련한 아파트에서 살던 무현이 아이를 낳은 후, 본가로 들어왔다. 내내 몸을 숙이고 숨을 죽이며 기다려 온 순간이었다. 회주가 부인 외의 여자들에게 시선을 돌리지 않는다고 하지만, 그건 남자를 몰라서 하는 말이다. 다른 여자에게 마음이 기우는 순간 바뀌는 것이 남자들이었다.

무현에게 다가간 여자가 그의 어깨 위에 손을 갖다 댔다. 그 순간 무현의 눈이 더 날카로워졌다.

"내려만 놓고 간다고 하지 않나?"

"저는 회주님께 관심이 아주 많아요."

"……."

"회주님은 저에 대해 알고 싶지 않으세요."

"글쎄?"

명확한 답을 주지 않는 무현을 보며 여자가 입꼬리를 올렸다. 승계에서 완전히 물러난 전 부회주와는 달리 회주는 역시 쉽지 않았다. 하지만 그렇기에 더 의욕이 샘솟았다.

이 남자만 무너뜨리면 그 이후는 걱정할 필요가 없다.

무현의 재킷 안으로 여자가 손을 집어넣었다. 와이셔츠 너머로 느껴지는 단단한 근육에 여자의 얼굴이 붉어졌다.

"제가 어떤지 회주님께서 봐 주세요."

"……기왕이면 같이 보는게 좋겠군."

"네?"

"거기에 서 있지 말고 들어와."

무슨 소리냐며 고개를 돌렸던 관리인의 몸이 딱딱하게 굳었다. 언제 와 있었는지 정장을 입은 수안이 무현과 관리인을 보며 팔짱을 끼고 있었다. 무현에게서 내려온 관리인이 수안을 향해 고개를 숙였다.

"사, 사모님. 그게……."

수안의 눈이 몸을 숙인 여자를 보았다. 무현을 유혹한 여자는 수안보다 아름다운 데다 젊기까지 했다. 고개를 숙이고 몸을 굽히고 있지만, 분명 느껴지는 기색은 수안을 향한 도전이었다.

"이만 나가는 게 좋겠죠?"

수안의 말에 몸을 숙였던 여자가 고개를 들었다. 수안이 생각보다도 담담하자 믿을 수 없다는 듯 여자가 눈을 좁혔다. 하지만 수안의 말은 거기서 끝이 아니었다.

"본가 밖으로 나가서 일하는 게 생각보다는 많이 힘들어요. 그건 알고 있죠?"

"네?"

마주 보는 수안의 눈에서 살기가 느껴진 건 여자의 기분 탓일지도 모른다. 하지만 그 뒤에 이어서 나오는 말에 여자의 눈이 커졌다.

"내가 편하고 좋은 곳으로 당신을 보낼 거라고 생각하지 말아요."

"사! 사모님!"

"내 선에서 정리해도 되죠?"

여자를 보던 수안이 무현을 보며 물었다. 마지막 보루가 된 무현을 여자가 간절한 눈으로 바라보았다. 하지만 그녀의 시선에서 무현은 귀찮다는 듯 손을 저었다.

"마음대로 해."

"회주님."

"자, 이만 나가 줄래요?"

"사모님! 사모님!"

당황한 여자가 수안을 거듭 불렀지만, 이미 안으로 들어온 관리인들이 여자를 끌어낸 후였다. 단둘이 남은 사무실에서 수안이 무현을 조용히 응시했다. 하지만 그것도 잠시, 수안이 고개를 절레절레 저었다.

"그렇게 노골적으로 불쾌해하니 내가 화도 못 내겠네요."

"……짜증나."

상의에 남아 있는 화장품 냄새에 무현이 인상을 찡그렸다. 불쾌한 듯 무현이 양복 상의를 벗자 수안이 받아 들었다.

"솔직히 말해 봐요. 내가 안 왔으면 어떻게 하려고 했어요?"

"……뭘 어떻게 해?"

"설마 서로를 알아 가는 시간이라도 가져 보려고 했어요?"

수안의 물음에 무현이 눈을 찌푸렸다. 진심으로 짜증이 가득 찬 얼굴을 보며 수안이 눈 끝을 내렸다. 여자를 빨리 내보낸 게 다행 아닌 다행이었다. 저리 노골적으로 싫은 티를 내는 걸 보니 그녀가 걱정할 일은 없을 것 같았다.

"당분간은 걱정 안 해도 되겠다."

"앞으로도 하지 마. 불쾌해."

누굴 종마로 아는 것도 아니고…….

뒤이어 나오는 말에 수안이 웃음을 터트렸다. 처음 본가로 들어오겠다는 말을 꺼냈을 때만 해도 조금은 불안했던 것이 사실이었다. 하지만 그런 걱정이 기우였다는 듯 무현은 본가 안의 여자들이 손을 뻗을 때마다 불쾌하다며 얼굴을 찌푸려 댔다. 저렇게 싫어하는 걸 보니, 좀 전의 모습을 보고 난 뒤임에도 기분이 좋아졌다.

수안의 기분을 아는지 모르는지 다가온 무현이 그녀의 어깨에 얼굴을 묻었다.

"나간 일은 잘 되었어?"

"어차피 부인들끼리 모임이니까요. 하지만…… 여전히 불편하네요."

그의 뺨을 감싸자 고개를 든 무현이 수안의 눈 옆에 짧게 키스했다. 그의 키스를 받은 수안이 달콤한 미소를 지었다.

"사모님이니 그 정도는 감수해야지."

"솔직히 그 사모님 소리도 아직까지 어색하다고요."

조금은 회주의 부인이 주는 권력에 빠져도 괜찮건만, 수안은 여전했다. 무현의 곁에서 그의 업무를 보조해 주는 일은 기꺼워하면서도 정작 본인이 나서서 누려도 될 부분에 한해서는 불편하다며 고개를 저었다.

똑똑.

이내 잠에 취해 눈조차 제대로 뜨지도 못한 남자아이가 열린 문으로 들어왔다. 아직 어린데도 아이의 모습에서 무현의 모습이 겹쳐 보였다. 잠결에 잠시 비틀대던 아이가 수안을 보며 미소를 지었다.

"엄마!"

아이의 부름에 수안의 얼굴이 밝아졌다. 수안이 팔을 벌리자 쪼르르 달려온 아이가 품에 덥석 안겼다.

"우리 아들! 자다 깼어?"

"사모님이 오셨다는 말에 잠들려다가 일어났어요."

수현을 따라온 관리인이 무현과 수안을 향해 고개를 숙였다. 수안의 품을 파고드는 수현을 그녀가 안았다.

"엄마. 졸려."

"졸리면 자면 되지. 왜 깼어?"

"엄마랑 잘래!"

엄마랑 잔다는 말에 무현의 눈이 옅게 떨렸다.

그녀와 그 사이에서 태어난 아들은 손이 많이 가는 편은 아니었지만, 솔직히 수안에게 너무 의존했다. 수안은 이제 세 살이니까 당연하다지만, 같은 남자인 무현의 입장에서 낮밤을 가리지 않고 엄마만 찾는 아들이 조금은 아쉽기도, 살짝 밉기도 했다.

"엄마랑 잘 거야."

수안의 목에 얼굴을 묻으며 수현이 잠투정을 했다. 아들의 반응에 눈을 내린 수안이 무현을 보며 작게 속삭였다.

"수현이 재우고 올게요."

"지금 들어왔잖아. 관리인에게 맡겨."

"싫어! 엄마랑 잘 거야!"

잠이 들락 말락 하는 와중에도 수현의 손은 수안의 옷을 꼭 붙잡고 있었다. 왠지 모르게 소유권을 빼앗긴 기분에 무현의 눈이 굳었다. 복잡한 표정의 남편과 잠투정을 부리는 아들 사이에서 수안의 고민은 짧았고, 선택은 그보다도 빨랐다.

"이따 다시 올게요. 일하고 있어요. 수현아. 아빠. 안녕 해야지."

"아빠. 안녕!"

반쯤 눈이 감겼는데도 수안의 말은 참으로 잘 듣는 아들이었다. 무현이 대답하기도 전에 몸을 돌린 수안이 쌩하니 사무실 밖으로 나갔다.

순식간에 휑해진 사무실을 보며 무현이 한숨을 내쉬었다. 자신만 봐 달라며 나신으로 달려드는 여자와 청운회의 회주가 되겠다며 악의를 가지고 달려드는 정적보다도 지금은 자신의 아들이 제일 원수같이 느껴졌다.

하지만 화를 낼 수도 없는 일, 자리로 돌아가는 무현이 크게 한숨을 내쉬었다.

아침부터 모임에 나간다며 준비하느라 내내 부산을 떨어 댔더니만 수현을 재우면서 수안 또한 같이 잠들어 버렸다. 분명 수현의 등을 두드려 준 기억까지 있었건만 부스럭거리는 소리에 눈을 뜨니 등을 돌리고 있는 수현이 부지런히 무언가를 만지고 있었다.

수현을 키우면서 하나 알게 된 사실은 어린아이가 등을 돌린 채 손을 부지런히 움직일 때 가장 무서운 일이 일어난다는 것이었다.

"수현아?"

수안의 목소리에 등을 돌리고 있던 수현이 고개를 돌렸다. 보면 볼수록 수현은 무현을 닮았다. 문제는 지금의 무현이 아니라…….

"엄마! 이거 봐! 반짝반짝 팔찌다!"

과거의 무현이 보인다는 것이었다.

수현이 집어 든 것을 본 수안이 숨을 삼켰다.

팔찌는 참 반짝반짝했다. 다만 그 반짝반짝한 팔찌가 수갑이라는 게 문제였다. 도대체 저 수갑이 왜 이곳에 있으며, 수현은 또 어떻게 저걸 찾아냈단 말인가!

하지만 당장 뺏기는 어려워 보였다. 수안은 수현의 손목에 수갑이 채워질까 봐 아이에게서 한시도 눈을 뗄 수가 없었다.

"수현아."

"응?"

"엄마도 그 팔찌 한번 만져 봐도 될까?"

"싫은데?"

지수현!

목 끝까지 아들의 이름이 치밀었지만, 한번 고집을 부리면 수현은 제 것을 절대 내놓지 않았다. 최대한 웃으면서 수갑을 가져와서 없애든지 숨기든지 해야 했다.

"반짝반짝해!"

"엄마도 만져 보고 싶은데…….."

수안의 말에 수현이 고개를 푹 숙였다. 풀이 죽을 수현에게는 미안했지만 수갑을 가지고 노는 것보다야 우선은 빼앗아 놓고 다른 쪽으로 시선을 돌리는 편이 나을 듯했다.

그녀를 보던 수현이 할 수 없다는 듯 긴 한숨을 내쉬었다.

"대신 잠깐만이야! 꼭 돌려줘야 해!"

"그래."

수현이 수갑을 내민 순간, 수안이 손을 뻗었다. 수안의 손이 수갑에 닿기 직전, 씩 미소를 지은 수현이 팔을 뺐다. 수현의 장난이라는 걸 깨닫기도 전에 수안의 손과 수현의 손이 엉켰다.

철컥.

"어?"

"아…….."

수현의 목소리와 수안의 탄식이 섞였다.

수안의 오른쪽 손목에 걸린 수갑을 허망한 눈으로 바라봤다. 장난을 치려다가 졸지에 수안의 손에 수갑을 채운 수현이 놀란 눈으로 그녀를 바라봤다.

"……엄마."

"수현아. 괜찮으니까 아빠 좀……."

"흐아앙."

갑자기 돌변한 상황에 수현이 울음을 터트렸다. 어차피 오른
쪽만 채워져 있으니까 무현에게 연락해서 열쇠를 받든지 아니
면 사람을 불러오면 될 것이었다. 수갑의 나머지 부분도 달라며
수안이 손을 뻗는 순간, 놀란 수현이 수안에게 달려왔다.

철컥.

"아……."

수안에게 품으로 안겨 오던 수현의 발이 미끄러지면서 나머
지 수갑을 침대헤드에 걸었다. 수현의 몸이 딱딱하게 굳었다.

"엄마!"

"수현아."

"엄마아!"

수안이 묶여 버리자 수현이 대성통곡을 시작했다. 손목에 걸
린 수갑을 보고 울음을 터트리는 수현에 그녀가 정신을 차리지
못하는 순간, 문을 열고 관리인이 안으로 들어왔다.

"사모님!"

눈앞의 광경에 관리인이 눈을 좁혔다. 분명 1시간 전만 해도
애를 재울 테니 들어오지 말라는 명령을 받았던 터였다. 조용하
기에 둘 다 잠들었다고 생각했는데 앞의 모습은 상상 초월이었
다.

"미안하지만 회주님 좀 불러 줄래요?"

수갑에 작게 쓰여 있는 무현의 이름에 수안이 한숨을 내쉬었다. 무슨 사연이 있는 것인지는 몰라도 수갑의 주인은 무현이었다.

수현이를 먼저 데려가라고 말하고 싶었지만, 놀란 수현은 껌딱지처럼 수안에게 붙어 있었다. 괜찮으니까 울지 말라는 다독임에 수현이 간신히 울음을 삼켰다.

하지만 그것도 잠시, 수갑이 채워져 있는 오른쪽 손목을 보던 수현이 다시 울음을 터뜨렸다.

"엄마가 묶였어. 흐아앙."

사고 아닌 사고에 놀란 아들을 다독이며 수안이 진땀을 흘렸다.

이걸 웃어야 할지, 화를 내야 할지, 이도 저도 아니면 미안해야 하는 것인지. 침대에 수갑으로 묶인 수안과 그녀의 다리를 베고 잠든 아들을 보며 무현이 한숨을 내쉬었다.

"생각보다 늦었네요."

"음……. 원로들과 대화 중이서 빠져나오기 어려웠어."

무현이 회주로 완만히 청운회를 지배하고 있었지만, 원로들의 눈에 또 그게 만족스럽게 보이지 않을 수 있었다. 조심스럽게 시작된 조언은 어느새 잔소리가 되어 무현을 흔들어 댔다.

적당히 끝내자는 말을 하고 싶었지만, 성훈 때부터 청운회에 도움을 준 이들의 기분을 상하게 할 수 없었다. 간신히 마무리하고 원로들에게 빠져나온 무현에게 들려온 소식은 그의 상상을 초월했다.

"수현이부터 옮겨야겠군."

"많이 놀랐어요. 달랜다고 달랬는데 모르겠어요."

"한숨 자고 일어나면 괜찮겠지."

수현을 안아 든 무현이 기다리던 관리인에게 아이를 넘겼다. 조심스럽게 수현을 안아 든 관리인이 방을 나가자마자 수안이 무현을 흘겨보았다.

"왜?"

"왜 여기에 수갑을 넣어 놨어요!"

"글쎄. 나도 왜 여기에 수갑이 있는지는 기억 안 나는데."

답답한 듯 넥타이를 푼 무현이 수안의 손목을 살폈다. 침대에 묶여 있을 뿐 별다른 상처는 없었다. 수갑을 풀 생각은 안 하고 이리저리 보고 있는 무현을 향해 수안이 눈을 흘겼다.

"그렇게 보지만 말고 좀 풀어 줘요. 내가 묶였으니 망정이지 수현이가 묶였으면 어쩔 뻔했어요."

"차라리 수현이가 묶였으면 빼기라도 쉬웠지."

"네?"

무슨 소리냐는 듯 눈을 좁히는 수안을 향해 무현이 어깨를 으쓱했다.

"수갑보다 수현이 손목이 더 작잖아. 수갑이 채워지기 전에 손부터 빠져나갔을걸."

"아……."

그 간단한 사실을 이제야 파악한 수안이 한숨을 내쉬었다. 놀란 아이를 달래는 데 정신이 팔린 사이, 거기까지 생각하지 못했다. 오늘따라 일이 꼬인다는 생각을 하며 수안이 무현에게 말했다.

"어서 좀 풀어 줘요."

"음. 싫은데?"

"네?"

"열쇠가 어디에 있는지 기억이 안 나."

와이셔츠를 풀며 무현이 천연덕스럽게 대답했다.

이 사람이 지금 무슨 생각인가. 왠지 수갑보다도 무현이 더 무섭게 느껴졌다.

"알고 있어도 알려 주기 싫어지네."

"이보세요. 지무현 씨."

"요즘 내내 바빠서 같이 있지도 못했잖아."

그건 당신이 바빴던 거고, 나랑은 상관없다는 말이 나오려는 순간, 무현이 수안의 입술에 깊게 키스했다. 그녀에게 키스한 상태서 무현이 원피스의 지퍼를 내렸다.

방에 오자마자 이게 무슨 행동인가? 수현도 자고 있고, 단둘밖에 없었지만 그래도 아직 대낮이었다.

"사랑이 식었어."

"지무현 씨. 이거부터 풀라고요."

장난기가 가득한 무현의 눈을 보는 순간 수안이 숨을 삼켰다.

단단히 걸렸다.

도대체 어느 포인트에서 성질을 건드렸는지는 몰라도 무현의 무언가가 단단히 틀어진 게 분명했다. 거침없이 다가오는 그가 싫은 건 절대 아니다. 도리어 다른 여자들에게 보이지 않는 모습을 볼 수 있기에 더 짜릿한 기분까지 들었다.

하지만 그 모든 조건에서 수갑에 묶인 채라는 건 없다.

"수현이만 소중하고."

"이보세요. 내 아들이고 당신 아들이에요."

"난 꿔다 놓은 보릿자루만도 못하지."

"내가 언제 당신을 보릿자루만도 못한 취급을 했다고 그래요!"

"수현이가 졸립다는 말에 뒤도 안 돌아보고 가 버리고 말이지."

"애가 졸립다잖아요!"

"흥."

이미 반쯤 흘러내린 원피스와 슬립이 어깨에서 미끄러지듯 내려왔다. 수갑부터 풀라며 수안이 무현을 밀어냈지만, 열기에 뜨거워진 숨이 턱을 지나 어깨에 닿자 자신도 모르게 몸을 떨었다.

치마 안으로 파고든 손이 다리 사이를 파고들었다. 다리를 오므렸지만, 손끝에 닿은 팬티는 촉촉하게 젖어 있었다.

"아직…… 대낮이라고요!"

"덕분에 잘 보이네."

"이 수갑 좀 풀고 시작…… 흐읏."

팬티를 젖힌 손이 충분히 젖어 있는 여성 안으로 거침없이 들어갔다. 침대헤드에 몸을 기댄 수안이 무현의 어깨에 손을 올렸다. 단단히 선 유실에 아슬아슬하게 걸려 있는 속옷과 원피스를 한 번에 끌어냈다. 소담한 가슴에 단단히 솟은 유실을 한입에 삼키니 입술을 깨문 수안이 신음을 억지로 삼켰다.

"참지 마."

"밤에 해도…… 하으읏."

거듭 밀어내는 수안이 마음에 들지 않았는지 젖은 여성으로 손가락이 하나 더 들어갔다. 여성의 깊은 곳까지 휘젓는 손가락의 감촉에 수안의 눈가에 눈물이 맺혔다. 신음을 참는 그녀에게서 나오는 더운 숨이 몇 번이고 유실을 깨물고 빨아들이던 무현의 귓가를 간질였다.

"이거 풀어요."

"도망가지도 못하고 딱 좋네."

모처럼 그에게 온 기회를 놓칠 생각 따위 없었다. 그녀를 침대헤드에 가둬 놓은 무현이 제 마음껏 그녀의 몸에 자신의 흔적을 남겼다.

유실이 얼얼할 정도로 빨아 대던 무현이 이를 세워 하얀 가슴을 잘끈 깨물었다. 그사이, 빠져나왔던 손가락이 다시 깊게 여성 안으로 들어왔다.

"하읏."

참았던 신음을 터트리며 수안이 몸을 떨었다. 동시에 손가락이 들어가 있던 여성에서 샘이 흐르듯 액이 터져 나왔다. 절정에 다다른 수안이 원망하듯 무현을 노려보았다.

저 모습에 미안하다는 말을 해야 하는데 솔직히 미안하기보다는 자극적이었다 하물며 내내 참았던 분신이 이제는 아플 정도로 단단해졌다. 여성에 넣었던 손가락을 꺼낸 무현이 붉게 달아오른 입술을 한입 가득 삼켰다.

"재미있는 거 알려 줄까?"

무슨 말이냐고 묻기도 전에 수갑이 풀렸다. 열쇠 없이 열리는 수갑을 보며 수안의 눈이 커졌다. 놀란 그녀의 눈 끝에 입술을 맞춘 무현이 귓가에 속삭였다.

"이거 가짜야. 예전에 생일 선물로 받았던 것이거든."

"아하?"

"덕분에 잘 썼네."

누가 가짜 수갑을 생일 선물 따위로 주냐는 소리가 속사포처럼 나오려는 순간 내내 기다리다 못해 단단해진 분신이 젖은 여성 안으로 깊숙이 들어왔다.

"하으읏."

"아. 미치겠다."

여성 깊숙이 분신을 넣은 무현의 이마에 핏줄이 도드라졌다. 온몸의 소름이 돋을 정도로 수안의 안은 뜨거웠다. 고통을 참듯 입술을 깨문 수안이 무현의 허리에 다리를 감았다.

그녀에게만 안고 싶다는 열망이 생겨났고, 미칠 것처럼 녹아드는 쾌락 또한 수안만이 줄 수 있었다. 수안의 허리를 감고는 침대에 눕힌 그가 허벅지를 붙잡았다.

작정한 듯 움직이려는 그를 보며 수안이 눈을 떨었다. 곧 있을 폭풍이 두렵기보다는 곧 있을 쾌락에 대한 자극과 설렘이었다.

수안이 무현을 힘껏 안자 참았던 그가 허리를 움직이기 시작했다. 깊게 넣었던 분신을 천천히 뺀 그가 빠르게 그녀의 안에 자신을 박아 넣었다. 붉게 달아오른 입술에 핏기가 보일 정도로 이를 세워 깨물며 허리를 퉁기자 더운 숨을 터트리며 수안이 고개를 젖혔다.

"하아."

달뜬 신음이 그녀에게서 연거푸 흘러나오자 행위는 점점 더 거칠어졌다. 그가 허리를 움직일 때마다 그녀의 몸이 힘없이 흔들렸다. 거칠게 이어지는 행위 속에서 느껴지는 아릿한 고통 사이로 서서히 피어오르는 열망에 참았던 신음이 다시 터져 나왔다.

"하웃."

더 깊숙이, 더 빠르게 사라지는 생각만큼이나 그만이 느껴졌다.

몸 위에 올라탄 남자만이 줄 수 있는 쾌락에 그녀가 자신을 완전히 내려놓았다. 허리를 감았던 팔이 매끈한 엉덩이를 움켜잡았다. 무게를 실어 삽입과 후퇴를 거듭하던 그가 입술을 깨물었다.

"흐으윽."

가득 채워지는 그의 흔적에 수안이 고개를 뒤로 젖혔다. 격한 섹스의 여운으로 떨리는 몸을 애써 잠재우며 그녀가 그를 향해 미소를 지었다. 혼을 흔드는 모습에 무현이 입꼬리를 올렸다.

달콤한 숨결을 탐하듯 가쁜 숨을 내쉬는 수안의 입술에 그가 깊게 키스했다.

"내가 아무튼 당신 때문에 정말."

"난 잘못한 거 없어."

침대에 앉아 있는 수안의 허리에 팔을 감은 무현이 그녀의 다리에 얼굴을 묻었다. 밝았던 밖은 어느새 어두워져 있었다.

"아가씨가 온다고 했으면 미리 말해 줘야죠."

"잊고 있었어."

수현이를 보러 나가려는 수안을 무현이 붙잡았다.

잠에서 깬 수현이를 해윤이 데리고 갔다고 했다. 친구네 부부와 조카와 함께 놀러 가는데 해윤이 수현이도 데려가고 싶다는 연락을 며칠 전에 했었다. 수안에게 이야기한다는 것을 완전히 잊고 있다가 해윤이 온 다음에나 기억이 나 버렸다.

어차피 수현이 가는 곳에는 경호도 붙을 것이고, 지금의 청운회에 감히 반기를 들 정도로 무모한 곳은 없었다.

"재미있겠네요."

"우리도 갈까?"

"당장 손 비서님에게 연락 올걸요. 회주님의 음모를 좀 막아 달라면서 엄청 매달리실 거란 말이에요."

그녀의 대답에 무현이 피식 실소를 지었다.

언제부터인지 무현을 수행하는 비서들이 곤란한 일이 있을 때마다 수안을 통해 부탁하는 일이 늘었다. 누구의 말을 대신 건네며 해 달라고 부탁을 하진 않았지만 무현의 의견에 비서들의 생각과 그녀의 의견을 보태 말을 꺼내는 일은 종종 있었다.

"아가씨 덕분에 그래도 이틀은 푹 잘 수 있겠네요."

"누구 마음대로 잔다는 거야?"

허리를 감싸고 있던 손이 슬립의 안으로 파고들었다. 씻고 온지 얼마 되지 않았건만 다리 안으로 파고드는 무현의 나쁜 손을 수안이 툭 쳤다.

"나 이제 씻고 나왔어요!"

무현이 물끄러미 보았지만 수안은 완강했다. 여지라고는 전

505

혀 없는 그녀의 시선에 무현이 한숨을 내쉬었다.

몇 번이나 이어진 섹스에 지친 수안을 위해서 참고 있었지만, 얇은 슬립 너머로 느껴지는 살 내음이 그를 끊임없이 괴롭히고 있었다. 지금도 온몸으로 밀려드는 충동을 참느라 무현은 힘들었다.

무현이 힘든 숨을 내쉬자, 보고 있던 수안이 그의 머리카락을 어루만졌다.

"당신 이러고 있을 때마다 커다란 강아지 생각나는 거 알아요?"

"음?"

"정말 덩치만 큰 멍멍이요. 귀와 꼬리만 없지. 하는 건 똑같다니까요."

"그 큰 멍멍이 좀 아껴 줘. 요즘 관심을 못 받아서 힘들어."

전혀 힘들어하지 않는 얼굴로 무현이 수안을 품으로 끌었다. 얌전히 품에 안기는 그녀의 등을 어루만지며 무현이 몸을 맡겼다.

혼자였던 삶에 수안이 다가오고, 수현이 생겼다. 생길 줄 몰랐던 가족이라는 존재가 어느새 무현에게는 청운회 외에 새로운 욕심을 가져다주었다. 단순히 살기 위해 청운회를 가지려 했었던 과거와는 다르다.

"딸도 있었으면 좋겠어."

무현의 대답에 수안이 웃음을 터트렸다.

"그게 우리 마음대로 되나요?"

"느낌이 괜찮아."

"지무현 씨. 당신의 느낌과 아이를 가지는 건 아무 상관도 없어요."

"난 느낌만큼이나 노력하는 사람이니까."

능청스러운 대답에 수안이 까르르 웃음을 터트렸다. 간지러운 미소에 무현의 입꼬리가 올라갔다. 어깨의 슬립을 내리며 무현이 하얀 어깨에 입술을 맞췄다. 솔직히 누구를 닮든 상관은 없었다. 수안을 닮았다면, 딸이든 아들이든 괜찮았다. 그녀가 낳아 주는 자신의 아이라면 무현에게는 축복이었다.

그리고 무현의 느낌이었는지 아니면 그저 시기가 좋았는지는 알 수 없었지만 이듬해 수안은 딸을 낳았다.

그녀와 함께 같은 곳을 보게 되자 무현에게 새로운 길이 하나씩 열렸다. 자신이 먼저 손을 내밀었지만 결국 구원받은 건 수안이 아니라 무현이었다.

딸을 안은 채 미소를 짓는 수안에게 무현이 진심을 담아 키스했다.

#에필로그. 2

창가로 들어오는 햇살에 여자아이의 눈이 번쩍 떠졌다.

침대에서 일어난 아이가 비어 있는 옆자리를 바라봤다. 널찍한 침대에는 그녀를 안아 주던 엄마와 아빠는 물론이고 언제나 그녀에게 장난을 거는 오빠도 없었다.

아직 잠이 완전히 깨지 않았는지 부스스한 머리에 자꾸 눈이 감기는 여자아이가 커다란 침대에 뒹굴고 있는 곰인형을 품에 안았다.

"꼬맹아. 나가 보자."

이름이 꼬맹이인 듯 품에 꼭 인형을 안은 아이가 열린 문으로 빼꼼 고개를 내밀었다.

"아가씨. 일어나셨어요?"

아이를 발견한 관리인이 환한 미소를 지었다. 무표정한 얼굴로 관리인의 인사를 받은 아이가 부지런히 눈을 굴렸다. 무언가를 찾는 것처럼 이리저리 고개를 돌리더니 곧 아이의 얼굴에 화색이 돌았다.

"아빠!"

휴대폰의 대화 내용을 보던 무현이 아이를 보자 미소를 지었다. 도도도 작은 걸음으로 무현에게 다가간 아이가 안고 있던 곰인형조차 던지고는 덥석 무현의 품에 안겼다.

"서윤이 일어났어?"

무현의 물음에 고개를 끄덕인 서윤이 그의 품을 파고들었다.

확실히 아들인 수현과 딸인 서윤은 너무나도 달랐다. 하루가 멀다 하고 사고를 쳐서 머리를 붙잡게 하는 수현과는 달리 서윤은 적은 말수만큼이나 얌전했다.

"아빠."

"음?"

"사랑해."

뜬금없는 고백에 무현이 입꼬리를 올렸다. 수현을 키울 때는 전혀 듣지 못했던 말을 서윤에게서 들으니 그 기분이 새로웠다. 두 아이를 차별하는 건 절대 아니었지만 아침에 일어날 때마다 품에 폭 안기면서 애교를 부리는 딸을 이기기란 쉽지 않았다.

"아빠는? 아빠는 나 안 사랑해?"

무현이 아무 대답도 하지 않자 서윤이 입을 쭉 내밀었다. 조용히 애교를 부리는 만큼이나 서윤은 수현보다는 욕심도 많았다. 무현과 수안이 자신에게 시선을 안 주면 자신을 보라며 손목을 잡고 당기거나 꼬집기도 했다.

"사랑해."

무현의 대답에 서윤이 환하게 미소를 지었다. 그 모습에서 수안이 보이자 무현의 눈이 부드럽게 휘었다.

하지만 그 평화도 잠시, 묵직한 소리와 함께 계단을 내려온 수현이 무현의 앞에서 몸을 숙였다.

"안녕히 주무셨어요! 아빠."

또래들보다 키가 한 뼘은 큰 수현이 무현을 향해 몸을 숙였다.

일곱 살이라고 이제부터 효도를 한다고 했던가? 유치원에서 뭘 배워 왔는지 얼마 전부터 자신은 이제 어린이라며 말을 잘 듣겠다는 말만 하고 있었다.

무현의 품에 안겨 있던 서윤이 수현을 물끄러미 보았다. 답답할 정도로 말은 없으면서도 애교는 많은 동생을 보던 수현이 무현의 옆에 앉았다. 서윤을 안았던 무현의 팔을 자신의 어깨에 두른 수현이 그를 보며 환한 미소를 지었다.

"서윤이만 예뻐하기 없기."

수현의 능청스러운 행동에 무현이 웃음을 터트렸다. 커다란 손이 머리카락을 헝클자 수현이 하지 말라며 몸을 푹 숙였다. 무현이 하는 모습을 조용히 지켜보던 서윤이 똑같이 수현의 머리카락을 슥슥 어루만졌다.

"지서윤! 하지 마!"

수현의 항의에 서윤이 까르르 웃음을 터트렸다. 무현의 옆에서 껌딱지처럼 붙어 있는 아이들의 뒤로 머리를 올린 수안이 계단을 내려왔다.

"엄마!"

무현의 곁에 붙어 있던 아이들이 수안에게 쪼르르 달려왔다. 먼저 달려온 수현의 머리를 어루만져 준 수안이 얌전히 치맛자락을 붙잡는 서윤을 보며 입꼬리를 올렸다.

"서윤이는 머리부터 묶어야겠다. 수현이는 준비 다 끝났어?"

"응!"

"그럼 점퍼 가지고 내려와."

수현이 제 방으로 들어가자 수안이 서윤을 안아 올렸다. 수안의 품에 안긴 서윤이 빙긋 미소를 지었다.

유난히 말이 없는 터라 걱정했는데 그저 조용하기만 할 뿐, 다른 아이들과 잘 놀기도 하고 특히나 매번 장난을 거는 수현에게는 화도 내고 울음을 터트리기도 했다.

"서윤이는 오늘 무슨 머리로 할까?"

"엄마 머리!"

"이건 아직 서윤이가 하기에는 짧아."

올린 머리를 보며 눈을 빛냈던 서윤이 수안의 말에 금세 시무룩해졌다. 서윤의 반응을 보던 무현이 재미있다는 눈으로 수안을 보았다. 무현의 시선에 서윤의 얼굴을 본 수안이 눈을 내렸다.

"대신 서윤이가 좋아하는 공주님 머리 해 줄게."

"응!"

수안이 소파에 앉자 서윤이 그녀의 무릎 위에 앉았다. 관리인이 가져온 빗을 받아 든 수안이 서윤의 머리카락을 빗고 옆머리를 땋기 시작했다.

"엄마가 머리 해 주면 기분 좋아!"

"그래?"

"아빠도 기분 좋지?"

"음?"

"엄마가 아빠 머리 만져 주는 거 지난번에 봤어!"

서윤의 말에 수안이 얼굴을 붉혔다. 하지만 정작 지목을 당한 무현은 태연했다.

"아빠는 엄마가 머리 만져 주면 안 돼?"

"아니! 하지만 아빠만 몰래 만져 달라고 하면 안 돼!"

"지서윤. 가만히 있어."

"네!"

머리카락이 자꾸 미끄러지자 수안이 서윤을 불렀다. 서윤이 자세를 잡자 수안이 머리를 제대로 잡았다. 양옆으로 땋은 머리카락을 하나로 모은 수안이 리본이 달린 머리끈으로 마무리했다.

"다 되었다."

"아빠! 나 공주님 같아?"

무릎에서 내려온 서윤이 쪼르르 무현에게 다가갔다. 눈을 빛내며 말해 보라는 서윤을 보며 무현이 피식 실소를 터트렸다.

"지난번에 서윤이도 공주님이 아니라 어린이라며?"

"그래서 공주님 아니야?"

금세 달라지는 표정을 보며 무현이 눈을 내렸다.

확실히 아들을 키울 때와는 다르다. 하얗고 보들보들한 뺨을 살짝 꼬집은 무현이 입꼬리를 올렸다.

"공주님보다 예뻐."

장난만 치는 수현과는 다르게 무현은 서윤이 듣고 싶은 말만 해 주었다. 소파로 낑낑 올라간 서윤이 무현의 입술에 자신의 입술을 쪽 맞췄다.

"엄마! 나도 원피스 입을래!"

방으로 쪼르르 사라지는 서윤을 보며 수안이 고개를 절레절레 저었다. 얌전한 것처럼 보여도 꾸미는 것도 좋아하고 여우 짓도 잘했다. 자신이 어렸을 적에는 저러지 않았던 것 같은데 누굴 닮았는지 신기할 따름이었다.

"가도 괜찮겠어?"

서윤의 옷을 입혀 주려 일어난 수안의 뒤로 무현이 물었다. 수현과 서윤을 상대할 때와는 또 다른 표정에 수안이 괜찮다는 듯 고개를 끄덕였다.

"내키지 않으면 가지 않아도 돼."

서윤에게 가려던 수안이 무현의 옆자리에 앉았다. 옆에 앉은 수안의 손을 무현이 말없이 감쌌다.

"혼자서 저 둘을 다 데리고 가려고요?"

"못 할 것도 없지. 부담은 좀 많이 되겠지만⋯⋯."

뒷말을 흐리는 무현을 보며 수안이 웃음을 터트렸다. 힘들게 붙잡은 과거를 보상받듯 그때나 지금이나 무현은 똑같았다. 아니 도리어 흐른 시간만큼이나 이제는 말을 하지 않아도 느껴지는 것 또한 분명히 있었다.

"같이 가요."

괜찮다는 수안을 보던 무현이 눈 옆에 짧게 키스했다. 몇 마디의 말보다도 짧은 입맞춤이 그녀에게는 위로가 되었다. 무현을 보며 환한 미소를 지은 수안이 그의 입술에 입을 맞추었다.

선두의 차가 멈추자 뒤따르던 차들이 일렬로 멈추었다. 차 문을 열고 내린 사내가 가운데에 세워진 차의 문을 열어 주자 수현이 차에서 날렵하게 내렸다.

"지수현! 인사해야지."

수안의 말이 끝나자마자 수현이 문을 열어 준 사내를 향해 머리를 꾸벅 굽혔다.

"감사합니다!"

수현의 인사에 멋쩍은 사내가 어찌할 바를 몰랐다. 수안의 손을 잡고 차에서 내린 서윤 또한 사내를 향해 몸을 숙였다. 회주의 부인이 경호원이었기 때문인지 알 수 없었지만 밑의 사람들에게 눈길조차 주지 않았던 유란과는 달리 수안과 아이들은 종종 도와주는 이들과 무난한 관계를 유지해 왔다.

수현과 서윤의 인사에 표정이 풀어져 있던 사내가 마지막에 내리는 무현을 보자 서둘러 몸을 숙였다. 수안과 회주의 두 아이들이 다른 사람에게 친절할지는 몰라도 회주인 무현은 범접할 수 없는 존재였다.

"안에 계신가?"

입구에서 기다리던 관리인이 무현을 보며 몸을 숙였다.

"잠시 바람을 쐬신다고 김 비서님과 나가 계십니다. 말씀 전하겠습니다. 들어가시지요."

"엄마! 나 할아버지한테 먼저 가 봐도 돼?"

수안의 손을 잡고 있던 수현이 기다렸다는 듯이 물었다. 수현의 물음에 고민하는 수안을 향해 무현이 다가왔다.

"별일이야 있겠어. 할아버지 모시고 와."

무현의 허락에 신이 난 수현이 안으로 뛰어갔다. 어느새 완전히 사라진 수현을 보던 수안이 손을 붙잡고 있는 서윤을 보았다.

"서윤이도 갈래?"

수안의 대답에 서윤이 손을 꼭 잡는 것으로 대답을 대신했다. 서윤의 답을 들은 수안이 무현과 함께 관리인의 안내를 받으며 들어갔다.

"감사합니다!"

수안의 영향 때문인지는 몰라도 회주의 아들임에도 수현은 관리인들에게 인사도 잘했고, 낯도 가리지 않았다. 그런 아이가 예쁘다며 하나씩 건네던 간식이 수현의 주머니에 차고 넘칠 무렵, 내내 찾던 사람을 발견한 수현이 환한 미소를 지었다.

"할아버지!"

휠체어에 앉아 있던 노인이 들려오는 목소리에 고개를 돌렸다. 주머니에 있던 간식이 하나씩 떨어지는 것에도 상관없이 달려온 수현이 노인의 앞에서 숨을 골랐다.

"할아버지! 나 왔어!"

수현을 보던 노인이 말없이 입꼬리를 올렸다. 대신 휠체어의 뒤를 지키고 있던 김 비서가 수현을 보며 고개를 숙였다.

"작은 도련님. 오셨습니까?"

"김 비서님. 안녕하세요!"

"작은 도련님. 꼬리를 너무 남기고 오신 것 같습니다."

"네?"

김 비서의 말에 수현이 고개를 돌렸다. 자신이 달려온 길을 따라 하나씩 떨어져 있는 간식을 보며 수현이 얼굴을 찌푸렸다.

"으아악."

과자가, 초콜릿이, 때로는 사탕이 수현이 달려온 길에 하나씩 떨어져 있었다. 입을 벌리고 있는 수현을 보며 미소를 지은 김 비서가 몸을 숙였다.

"여기 계시지요. 제가 주워 오겠습니다."

"안 돼! 엄마가 자신의 일은 자기가 하는 거라고 했단 말이에요. 할아버지! 기다려!"

간식을 향해 달려가려던 수현이 걸음을 뚝 멈추었다. 잠시 제자리에서 주머니에 가득 차 있는 간식을 내려놓은 수현이 도도도 작은 걸음으로 흘린 간식들을 하나씩 줍기 시작했다.

"사모님이 도련님을 반듯하게 가르치시는 것 같습니다."

김 비서의 말에 노인이 고개를 끄덕였다.

2년 전, 기적적으로 성훈은 정신을 차렸지만 독극물에 상한 몸이 돌아오는 데는 오랜 시간이 걸렸다. 처음에는 눈을 깜빡이는 것밖에 하지 못했지만, 어떻게든 회복하려는 성훈의 의지와 부단한 치료로 천천히 회복이 되어 가고 있었다. 다만 치료에도 불구하고 성훈의 목소리는 나오지 않았다.

수안과 무현에게 가 보라는 손짓에 김 비서가 몸을 숙였다.

"인사만 드리고 오겠습니다."

성훈이 고개를 끄덕이자 김 비서가 조용히 물러났다.

"어? 김 비서님이 없네!"

한 아름 간식을 가져온 수현이 미리 쌓아 놓은 간식 위에 가져온 것을 올려놓았다. 동동거리며 다녀서인지 수현의 이마에 땀이 송골송골 맺혀 있었다. 성훈이 가까이 오라며 손짓을 하자 수현이 한달음에 그에게 달려갔다.

"내가 할아버지 제일 먼저 보고 싶어서 빨리 왔다! 몸은 괜찮아?"

수현의 물음에 성훈이 고개를 끄덕였다. 올라오라는 것처럼 성훈이 무릎을 두드리자 수현이 고개를 저었다.

"할아버지. 난 이제 여섯 살 때와는 달라. 엄청 무겁다고!"

수현의 말에 성훈이 괜찮다며 무릎을 두드렸다. 무현과 수안은 할아버지가 힘드시니 그러지 말라고 했지만, 솔직히 수현이 가장 좋아하는 곳이 바로 성훈의 무릎이었다.

고정되어 있는 휠체어에 올라온 수현이 성훈의 무릎에 앉았다. 그런 수현의 등을 토닥토닥 두드리던 성훈이 주머니에서 사탕을 한 움큼 꺼내 작은 손에 쥐어 주었다.

"와! 그런데 할아버지. 나 이거 먹으면 안 돼."

가장 좋아하는 사탕을 받았으면서도 수현의 표정은 좋지 않았다. 왜 그러냐는 시선에 수현의 입이 쭉 튀어나왔다.

"이에 벌레가 생겨서 은이빨을 했거든. 엄마가 사탕 먹으면 다시 벌레가 생기니까 먹으면 혼난다고 했어. 그러니까 먹으면 안 돼."

518

주눅이 든 수현을 향해 성훈이 미소를 지었다. 친아들이었던 우현에게도, 양아들인 무현에게도 느끼지 못한 기쁨이었다. 그런 수현이 풀이 죽으니 괜히 성훈이 더 마음이 아팠다. 수현에게 자신을 보게 한 성훈이 자신을 손바닥으로 두드렸다.

"할아버지가 준 거니까 괜찮다는 거지?"

성훈이 끄덕이자 시무룩했던 수현의 얼굴에 화색이 돌았다. 성훈이 준 사탕을 주머니 가득 넣은 수현이 두 개를 꺼냈다. 사과 맛과 딸기 맛을 꺼낸 수현이 성훈을 보며 조심스럽게 물었다.

"할아버지. 내가 사과 맛을 제일 좋아하거든? 내가 사과 먹어도 돼?"

혼자 전부 먹어도 괜찮건만, 수현은 꼭 성훈과 하나씩 나눠 먹으려 했다. 성훈이 고개를 끄덕이자 딸기 사탕의 껍질을 깐 수현이 성훈에게 내밀었다. 성훈이 사탕을 받아먹자 그제야 사과 사탕의 껍질을 깐 수현이 입에 넣었다.

"맛있다!"

만족스러운 미소를 짓는 수현의 머리카락을 성훈이 어루만졌다. 조잘조잘 유치원에 있었던 일부터 집에서 있었던 일까지 손짓 발짓 다 해 가면서 말하던 수현이 기척에 고개를 돌렸다.

"아! 아빠다!"

수현의 목소리에 무현을 발견한 성훈이 미소를 지었다.

부인과 친아들에게 버림받았던 성훈을 붙잡은 사람은 결국 무현과 수안이었다. 그렇게 못할 짓을 했으면서도 결국 마지막까지 그의 곁에 남은 사람도 결국은 둘이었다.

수현을 안는 무현의 뒤로 수안의 모습이 보였다. 여전히 굳어 있는 모습에 성훈의 표정이 어두워졌다.

"바람이 찹니다. 이제 안으로 들어가시죠."

"할아버지! 들어가자!"

가까이 다가간 무현이 수현을 내리고는 휠체어를 붙잡았다. 휠체어 뒤의 무현의 손을 두드리며 성훈이 고개를 끄덕였다.

❖

아이들을 데리고 무현이 먼저 사라지고, 수안과 성훈만이 남았다. 무현과 같이 있을 때를 제외하고는 절대 같이 있지 않았던 수안과 같이 있게 되자 긴장한 성훈이 마른침을 삼켰다.

복잡한 눈으로 성훈을 보던 수안이 떨리는 숨을 내쉬었다. 그러고는 한쪽 무릎을 꿇고 성훈과 눈을 마주쳤다.

"왜 단추를 풀고 계세요. 바람도 찬데…….."

무현과 결혼하고 가정을 이루면서 마음이 약해진 것일지도 모른다. 어쩌면 수현이 유난히 성훈을 따르는 터라 단단히 먹었던 마음이 풀어져 버린 것일 수도 있다.

그게 아니라면…….

하루가 다르게 늙어 가는 성훈의 작은 어깨가 목에 걸린 가시처럼 그녀의 신경을 건드는 것일 수도 있다.

하지만 하나는 확실했다. 성훈은 수안에게 먼저 다가갈 수 없다. 결국 이 관계를 풀 사람은 바로 그녀였다.

"감기 드시면 힘드세요."

티셔츠의 풀린 단추를 잠그는 수안의 눈이 충혈되어 있었다.

성훈을 보는 일이 쉽지 않았지만 이제는 피하고 싶지 않았다. 그녀에게도, 성훈에게도 시간은 너무나 빨리 흘러갔다.

"이제 본가로 돌아오세요."

본가에 같이 있자는 무현의 말에도 성훈은 싫다며 고집을 부렸다. 그게 단순한 늙은이의 고집이 아니라 성훈과 마주하는 것을 꺼리는 수안을 위해서였다는 걸 알고 있었다.

수안의 말에 성훈이 말없이 고개를 저었다. 수안이 자신의 죄를 용서해도, 자신이 그럴 수 없었다.

"이제 고집 피우셔도 안 무서워요."

수안의 말에 놀란 성훈의 눈이 커졌다. 수안의 손이 노인의 주름진 손을 조심스럽게 감쌌다. 수안의 손에 닿은 성훈의 손에서 떨림이 느껴졌다.

"다음에 올 때는 같이 가시는 거예요."

"……."

"이만 가 볼게요."

손을 풀은 수안이 몸을 일으켰다. 가 보겠다며 고개를 숙인 수안을 보던 성훈이 그녀의 손을 붙잡았다. 그녀의 손을 어루만지는 손길이 무척이나 조심스러워 수안의 눈이 촉촉이 젖어 들었다. 아무런 말도 없었지만 손에서 느껴지는 감정만으로 모든 것이 충분했다.

오랫동안 속앓이를 해 왔던 노인의 말없는 고백에 수안이 결국 울음을 터트렸다.

"괜찮아?"

잠이 든 수현과 서윤을 관리인에게 맡긴 무현이 수안의 손을 붙잡았다. 산책을 해 봤자 결국 본가 안이었지만 그래도 종종 무현은 수안과 함께 걷는 것으로 시간을 보냈다.

"눈이 많이 부었죠?"

"음. 서윤이는 모르겠고, 수현이는 한마디 하겠네."

"참으려고 했는데…… 나도 모르게 터져서 그래요."

퉁퉁 부은 눈두덩을 누르며 수안이 한숨을 내쉬었다.

"그래 가지고 나중에 수현이나 서윤이가 사고 치면 어쩌려고 그래."

"수현이는 이미 쳤어요."

"음?"

생각지도 못한 대답에 무현이 눈을 좁혔다. 너그러워 보여도 수현과 서윤이 잘못된 행동을 하면 수안보다도 무현이 더 엄하게 혼냈다. 그 때문인지는 몰라도 풍성하게 얻은 혜택과는 다르게 아이들은 또래들보다도 어른스러웠다.

"지난번에 부모 면담 갔을 때에 수현이랑 같은 반에 있는 소연이라는 아이가 갑자기 저보고 어머니라고 하더라고요. 무슨 일인가 했더니 나중에 수현이랑 결혼한다고 인사드리는 거래요."

이제 겨우 일곱 살인 애들이 무슨 결혼을 운운하는 것인가. 하지만 결혼보다도 그 뒤에 나오는 말에 무현이 눈을 좁혔다.

"참고로 소연이는 명진회 늦둥이 막내딸이에요. 당신도 알죠? 지난번에 명진회 회주님하고 아들 다섯이 인사하러 왔었잖아요."

"늦둥이가 딸이었나?"

"명진회 회주님이 금이야 옥이야 한다고 하더라고요."

"그래도 명진회면 조건이 별로네."

무현의 대답에 같이 걷던 수안이 멈추었다. 무슨 일이냐는 듯
바라보는 무현을 보던 수안이 웃음을 터트렸다.

"당신 무슨 일곱 살짜리 어린애들인데 조건까지 생각해요!"

"가볍게 보면 일곱 살짜리 어린애들이고, 청운회로 보자면 명
진회는 좋지 않은 조건이지."

"그런 식으로 생각하면 난 정말로 안 좋은 조건이라고요! 내
세울 세력이 있어요? 그렇다고 든든한 뒷배가 있는 것도 아니고
말이죠."

"든든한 세력 있잖아?"

"네?"

"나 정도면 든든한 세력이지."

태연하게 나오는 대답에 수안이 입을 쩍 벌렸다. 하지만 그것
도 잠시, 나쁘지 않은 대답에 수안이 고개를 끄덕였다. 결혼한
무현이 다른 여자에게 시선을 돌리지 않으니 자연스럽게 청운
회 내부에서 수안의 입지 또한 단단해지고 있었다.

미소를 지은 수안이 무현의 손을 붙잡았다. 끝을 걱정하면서
시작했던 연애는 어느새 그녀에게 평생을 함께할 반려와 소중
한 가족을 만들어 주었다.

"말 나온 김에 솔직히 말해 봐요."

"음?"

523

"아직도 내가 거슬려요?"

수안과 부딪혔을 때 무현이 꺼냈던 말이 다시 되돌아왔다.

당장에라도 사라져 버릴 것처럼 불안하고 위태로운 그녀가 별다른 이유도 없이 거슬렸다. 그의 시선 밖에서도, 시선 안에서도 수안은 언제나 무현의 눈을 사로잡았다.

"대답 없는 거 보니까 아직도 거슬리나 보네요."

무현에게서 아무런 답이 없자 수안이 서운한 듯 미간을 모았다.

이제는 거슬리고 말고의 문제가 아니었다. 귀한 아이가 둘이나 생겼고, 가족이라는 울타리가 생겼지만 무현에게 우선순위는 언제나 수안이었다. 이젠 그녀가 없는 삶은 떠올리기조차 힘들었다. 누구도 그의 삶에 수안만큼 의미를 주는 존재는 없었다.

"사랑해."

무현의 고백에 수안의 눈이 동그랗게 떠졌다. 놀란 눈으로 무현을 보던 수안이 얼굴을 붉혔다.

"그렇게 갑자기 말하니까 아무 생각도 안 나네요."

그녀의 대답에 무현이 웃음을 터트렸다. 기분 좋은 무현의 웃음소리를 듣던 수안이 팔을 활짝 벌렸다.

이제 더는 혼자가 아니다. 그녀의 시선이 향하는 곳에, 손을 내밀고, 이름을 부르면 자신에게로 오는 사내가 있었다.

"지무현 씨."

그녀만의 사내.

커다란 강아지.

두 아이의 아버지이자 자신의 남편.

"같이 있어요."

수안의 대답에 무현이 다가왔다.

두 개였던 그림자가 하나로 포개졌다.

서로의 체온을 느끼며, 서로가 서로에게 환한 미소를 지었다.

Power play

#작가 후기

대책 없이 시작했다가 어마무시하게 고생한 〈파워 플레이〉가 끝났습니다. (짝짝짝)

글을 쓸 때는 어려우면서도 재미있게 썼는데…… 막상 되돌아보는 시간을 가지니 겹치는 것도 많고 문장도 대책이 없고 또 이야기에 구멍은 얼마나 나 있던지요.

그래도 예쁜 표지를 입은 종이책으로 나오니 글자로 표현하기 어려운 감정이 밀려옵니다. 또 어찌어찌 좋은 분들 도움으로 출간을 하게 되었습니다.

언제나 무대책, 무대포인 무씨와 함께해 주시는 로맨스 화원 작가님들 감사합니다! 심심하다며 놀아 달라는 무씨랑 같이 있으시느라 고생하시는 박윤애 작가님, 비향 작가님, 루연 작가님,

꽃신 작가님 감사합니다! 매번 못 쓰겠다며 폭풍 징징을 들어 주시느라 고생하는 꽃신 작가님 이번에도 고생 많으셨습니다. 앞으로도 잘 부탁드려요!(그러니 내 약점은 영원한 시크릿으로 해 주세요.)

내 글은 답이 없지만 그래도 구제해 달라며 매달리는 절 버리지(?) 않고 거둬 주신 로크미디어 편집자님들! 특히 원고 관련으로 부를 때마다 움찔거리는 무씨에게 이리 수정하면 된다며 잘 다독여 주신 정 팀장님 감사합니다! 기왕 한번 작업한 거 앞으로도 열심히 매달리겠습니다. 그러니 외, 외면하지 말아 주세요오.

그리고 현대물은 못해 먹겠다며 절규하는 무씨를 잘 쓴다! 예쁘다! 우쭈쭈쭈쭈 해 주신 고운 독자님들 다시 한 번 감사드립니다! 덕분에 초반에 포기했을지도 모를 글을 마무리까지 지을 수 있었습니다! 앞으로도 열심히 글로 들이대고 인사드리겠습니다!

〈파워 플레이〉의 배경은 겨울이지만 현실은 여름이네요. 더운 날씨 건강 조심하시고, 저는 곧 다음 글로 인사드리겠습니다.

평온하고 즐거운 하루가 되시기를 바라며, 언제나 행복하십시오! 감사합니다!

_무연 드림